LE SILÉSIEN

DU MÊME AUTEUR

DIX-SEPT POÈMES À LA CRAIE DE LUNE, éd. Seghers, 1954.
FRAPPE MAIS ÉCOUTE, adapté d'un roman espagnol de Enrique Meneses, éd. Olivier Perrin, 1955.
EUGENIA, éd. Seghers, 1958.
LE CHEVAL ANDALOU, éd. Seghers, 1967.
LE HÉROS, pièce radiophonique, France Culture, 1971.
MADAME, PETIT SOLDAT, éd. De Rache, 1975 (*Primé par l'Académie française*).
LA NUIT PRINCESSE, éd. De Rache, 1982.
Avec Pierre D'Arcangues : DIALOGUE, éd. De Rache, 1982 (*Prix des Trois Couronnes*).
CHÂTEAUX DE PLÂTRE, éd. De Rache, 1983 (*Primé par l'Académie des jeux floraux de Toulouse*).
LE JARDIN À LA FRANÇAISE, poème, éd. Opales, 1992.

GUY D'ARCANGUES

LE SILÉSIEN

Roman

BERNARD GRASSET
PARIS

A mon fils Michel

Je t'ai donné la vie,
Tu m'as rendu la liberté,
Nous sommes quittes.

Pierre d'ARCANGUES.

PREMIÈRE PARTIE

LE CAMP D'OFENER

Quand mes amis sont borgnes, je les regarde de profil.

Joseph Joubert.

CHAPITRE PREMIER

Lentement Cario se redressa. Ses genoux craquèrent. Il y avait bien une demi-heure qu'ils attendaient, Jacques et lui, accroupis sur le sol gelé, que s'éteignent les dernières lueurs des baraques. Ses membres étaient engourdis, raides de froid. Il recula d'un pas, et se mit à scruter la nuit par-dessus le remblai. A son côté, Jacques fit mine de se relever.

— Bouge pas ! souffla-t-il.

On ne voyait pas grand-chose. Seuls les rails, tout près d'eux, luisaient dans l'obscurité. De l'autre côté des voies, à environ cent mètres, on distinguait la masse sombre de la petite gare. En prêtant l'oreille, on pouvait entendre le pas de la sentinelle sur le ciment du quai, toutes les sept à huit minutes. « Roupillent jamais, ces gars-là ! » pensa Cario. Près de lui Jacques recommençait à s'agiter. Il avait déplié une jambe et cherchait une position plus confortable. « Doit crever de froid, le môme ! », se dit Cario. Il examina un instant le visage de son compagnon, celui d'un adolescent aux pommettes hautes, au nez busqué, dont les lèvres bien ourlées coloraient seules la pâleur mate et presque transparente de la peau. Sous le béret trop grand, deux yeux fixaient le vide, deux yeux très clairs bordés de cils immenses. Les épais sourcils noirs, à la limite d'un front large et bombé, se froncèrent, et le visage du jeune homme reprit son air buté.

Le train était en retard. Cario n'avait pas de montre, mais il n'en avait pas besoin pour savoir que le train était en retard. Il le sentait. Là-bas, la sentinelle repassait sous le préau. Un, deux, trois, quatre, cinq, six, sept, huit pas. Et puis le silence. « Je l'entendrai bien venir », pensa Cario, et il s'accroupit à nouveau près de son compagnon.

— Alors ? dit Jacques.

— Patience ! Il arrive.

— De quel côté ?

— Par là, fit Cario, en désignant le côté gauche par-dessus un affaissement du talus.

Jacques tendit le cou. Il pouvait voir maintenant le deuxième pylône, du côté qu'avait indiqué Cario. S'ils restaient là encore longtemps, peut-être que, ses yeux s'habituant à l'obscurité, il apercevrait le troisième. Mais ce n'était pas sûr. L'ombre était épaissie de brume. Il devait y avoir de plus en plus de brume dans la plaine.

— C'est la Pologne, par là ?

— Oui, mon pote.

— Cracovie..., murmura Jacques. Et par là ?

Cario ricana :

— Par ici la sortie ! Breslau, Berlin, Leipzig, Francfort, Metz, Paris...

Des centaines et des centaines de kilomètres de rails dans la même nuit sale et humide de brouillard. Un train allait passer tout à l'heure, avec des tas de soldats dedans qui se moquaient des noms de villes, et qui feraient tout le chemin, jusqu'à Paris peut-être...

— C'est drôle, dit Jacques. Tu ne crois pas que... Il hésita et se tut.

— Quoi ?

— Eh bien je ne sais pas... Tu n'as jamais pensé qu'on pourrait essayer...

— Laisse tomber ! C'est de la connerie... Tu n'irais pas plus loin que Sagan.

Jacques détacha ses moufles et souffla sur ses doigts.

— Comment avez-vous trouvé cette combine ?

— Quelle combine ?

— Ben, le charbon.

— Oh, ça dure depuis six mois, un an peut-être. Depuis que je suis au camp, probable... Tu penses, si on attendait pour se chauffer que les frisés nous ravitaillent...

— Mais...

— Le mécanicien, dit Cario. Un copain à moi. Il est Tchèque.

Il jeta un coup d'œil furtif à son voisin.

— Et puis, qu'est-ce que ça peut te foutre ?

Jacques avait remis ses moufles sans répondre et replacé ses mains au creux de ses aisselles. Un long silence suivit. Le froid était si vif que le jeune homme eut l'impression qu'on aurait pu lui déchirer les oreilles sans qu'il s'en aperçût. Attendre, écouter, ne pas bouger, ne pas poser de questions. Et crever d'ennui au bord de cette voie, pour ce maudit charbon...

Au bout d'un moment :

— Qu'est-ce qu'on fait ? demanda-t-il.

— Ta gueule ! souffla Cario en tendant le cou. T'entends rien ?

— Non...

Jacques crut deviner cependant les pas lointains de la sentinelle repassant devant la gare. Elle marchait lentement, pesamment, aussi sourdement que battaient ses veines. *Eins, zwei... Eins, zwei...*

— Non ? chuchota Cario, et ça ?

Une clochette tinta faiblement au loin. « Le train, pensa Jacques. On va pouvoir aller se coucher. »

— T'as ton seau ? demanda Cario à mi-voix.

— Oui.

— Faudra faire vinaigre, mec ! Dès que le train aura stoppé, tu me suis.

— Bon.

— Et tu ramasses tout ce que tu trouves. Pigé ?

Jacques serra plus fort la poignée du seau. Pas question de faire tinter le damné récipient. En un rien de temps on aurait toute la patrouille sur le dos. Il retira ses moufles et les enfouit dans la poche de son pantalon.

Le convoi approchait. Il n'était plus qu'à quelques centaines de mètres. On l'entendait ahaner dans l'ombre, du côté du troisième pylône. « Des centaines de kilomètres à cette allure, pensa Jacques, avec, sur le parcours, des tas de petites gares dégueulasses comme celle-ci... » Soudain la masse du train creva l'épaisseur de l'obscurité. Des freins grincèrent, déchirant la nuit, et dans un effroyable tintamarre de wagons entrechoqués, le convoi s'immobilisa. Un bref silence, puis l'aboiement de la sentinelle. Une voix répondit du train. Les pas des hommes de la patrouille se rapprochèrent, piétinant le long du convoi. Cario et Jacques se redressèrent. Le train leur masquait la gare et les hommes de la patrouille en conversation avec le mécanicien. « Ça va, pensa Cario. Peuvent pas nous repérer ! » Son compagnon l'interrogea du regard.

— Allez, viens !

Cario enjamba le talus, son seau à la main tendu à bout de bras. Jacques le suivit. Ils dévalèrent la pente de terre battue, puis, parvenus aux cailloux du remblai, ralentirent leur allure. Ils franchirent sans encombre la première voie. Le train était là. Il soufflait, comme une grosse bête exténuée qui reprend des forces. A intervalles réguliers la machine lâchait un soupir assourdissant qui couvrait les voix. Un peu en arrière résonnèrent des coups de marteau. Un homme vérifiait des écrous. Un silence. Puis les coups résonnèrent plus près.

Cario saisit Jacques par le bras.

— Faut se planquer près de la loco !

Ils s'agenouillèrent tous deux près des roues arrière, et posèrent les seaux à côté d'eux. Jacques se mit à examiner cette roue énorme dont le centre lui arrivait à hauteur du visage. Chaque tour de roue, neuf ou dix mètres. Des milliers et des milliers de tours de roue. Toute l'Allemagne de long en large, de la Pologne à l'Alsace. Il se rappela cette affiche collée dans les couloirs du métro à Paris : *Räder müssen rollen nur für den Sieg* (1), et un sourire fugitif erra sur ses lèvres. Mais, de l'autre côté du train, la conversation s'envenimait. Les hommes de la patrouille avaient pris le mécanicien à partie pour une raison inconnue. Allaient-ils enfin s'éloigner ? Le train ne restait en gare que quelques minutes et le mécanicien n'aurait plus le temps de leur jeter le charbon.

Jacques se pencha, la tête au ras du sol. La terre était dure, gelée. Les cailloux du remblai s'enfonçaient dans ses genoux. Il aperçut, derrière l'autre roue, les jambes des soldats. Deux, quatre, six, huit, dix, onze... Pourquoi onze ? Il recompta. Il y avait bien onze bottes. C'était idiot. Il voulut se retourner vers Cario pour lui demander une explication, et puis il pensa que Cario devait avoir d'autres préoccupations que celle de compter des paires de bottes.

— Je vais aller voir, dit-il.

— Qu'est-ce que tu fous ?

Il se glissa sous l'énorme machine et avança à quatre pattes. Cario le tira d'un coup sec par le pan de sa veste, mais il fit comme s'il n'avait rien remarqué. Parvenu tout contre l'autre roue, il leva la tête, le nez sur un rayon de la roue. Il y avait bien six hommes, mais l'un d'eux, qui discutait avec le mécanicien, s'appuyait d'une jambe sur le marchepied. « La voilà, ma botte manquante. C'est toujours con, une explication », se dit Jacques.

— T'es pas louf, non ? gronda Cario.

— Chut ! fit Jacques, un doigt sur ses lèvres.

Cario haussa les épaules.

— Alors, questionna Jacques ?

— On est marrons !

— Et le charbon ?

Cario se grattait la tête. Tout à coup il se décida :

(1) « Les roues ne doivent rouler que pour la victoire. »

— Attends-moi là. Je vais t'en donner, moi, du charbon !

Il se redressa, fit quelques pas dans la direction du tender, et l'examina avec attention. Il était très haut. L'escalade ne serait pas facile.

— Viens me faire la courte échelle, souffla-t-il.

Jacques s'approcha. Les souliers ferrés de Cario labourèrent ses mains jointes puis son épaule. Un instant Cario resta en équilibre sur une jambe, puis il réussit à se hisser jusque sur le tender. Jacques leva la tête. Cario avait disparu à l'intérieur. On ne distinguait plus là-haut que la ligne droite du rebord qui se découpait sur un ciel à peine plus clair. « Tout ça pour du charbon, se dit Jacques, qui se retrouva soudain très seul. Merde alors ! » Les hommes, à côté, parlaient toujours. Soudain, son cœur s'arrêta, et il faillit crier de surprise. Quelque chose de lourd était tombé à ses pieds. Il se pencha et ramassa un morceau de charbon. Comment les autres n'avaient-ils pas entendu ? Un autre boulet tomba, puis un autre. Ils roulaient autour de lui et sautillaient en tous sens. Pris de panique, il se précipita pour les ramasser. Il les cueillait d'un coup de patte avant qu'ils ne s'immobilisent, et les déposait l'un après l'autre dans l'un des seaux. Une pluie de charbon. Il n'avait même pas le temps de se relever ou de jeter un coup d'œil du côté de la patrouille. Un des boulets en tombant heurta le seau. Le bruit résonna dans la nuit. Les hommes, de l'autre côté du train, brusquement cessèrent de parler. « Pourvu que cet idiot-là... » Avant qu'il ait eu le temps de relever la tête, un nouveau morceau de charbon était tombé à ses pieds, roulant, lui sembla-t-il, interminablement.

— *Aber was ist das?* gronda une voix.

Par-dessus le rebord du fourgon, la tête de Cario apparut.

— Fous le camp ! souffla-t-il.

— *Was ist da los?* répéta la voix menaçante.

Jacques, en se penchant, vit les bottes piétiner quelques secondes, puis se précipiter toutes ensemble vers la tête du train pour le contourner. Il ramassa les deux seaux et se mit à courir aussi vite qu'il put. Il enjamba la voie en deux bonds, dévala la pente du remblai et l'instant d'après se retrouva derrière le talus, aplati sur le sol. L'un des seaux s'était renversé, répandant autour de lui quelques morceaux de charbon. Il les chercha à tâtons et les mit dans ses poches. Le faisceau d'une lampe torche passa juste au-dessus de lui ; il écrasa son nez dans la poussière et ne bougea plus. Des gouttes de sueur coulaient de ses tempes et lui chatouillaient le visage. Là-bas, sur le quai, des appels retentissaient dans un grand va-et-vient de bottes. Il entendit des coups violents frappés contre la tôle d'un wagon. Le piétinement des bottes lui parut enfin s'éloigner. Les éclats de voix s'espacèrent, puis cessèrent tout à fait. Le silence revenu bourdonnait dans ses oreilles. Il ôta son béret et s'essuya le front. « Et Cario ? » Il l'imagina assis sur son tas de charbon, dévidant à mi-voix un chapelet d'injures. Il sourit en songeant à la tête que ferait Cario quelque part entre Sagan et Berlin au lever du jour.

Jacques se dressa lentement et se laissa glisser de l'autre côté du talus. Les hommes de la patrouille avaient dû regagner la gare. Au moment où il atteignait la première voie il entendit derrière lui une fenêtre qui s'ouvrait. « Le *Lagerführer* », pensa-t-il. Le Chef habitait la dernière baraque, qui donnait directement sur la voie ferrée. Une porte claqua et il lui sembla qu'une conversation à voix basse s'engageait derrière lui, dans l'ombre. Avec qui le *Lagerführer* pouvait-il bien bavarder à cette heure? Le jeune homme fut sur le point de rebrousser chemin. « J'aurais mieux fait de ne jamais quitter la carrée », grommela-t-il entre ses dents. Mais il continua d'avancer. Parvenu à la hauteur du convoi, il se glissa entre la locomotive et le fourgon, et colla son oreille contre la paroi froide. Rien. Il frappa quelques coups espacés de son poing fermé. Une voix sèche, furieuse, s'éleva dans la brume derrière lui : — *Was ist da los?* « Cet abruti de *Lagerführer* » pensa Jacques. « Qu'est-ce qu'il peut bien foutre dehors à cette heure ? » Les imprécations reprirent de plus belle, entrecoupées de murmures à voix plus basse. Avec qui diable parlait-il au milieu de la nuit ? Soudain le train eut un soubresaut. La locomotive jeta un long soupir, cracha quelques bouffées d'âcre fumée, et, tout doucement, s'ébranla. « Hé, Cario ! hurla le jeune homme en frappant des deux poings sur la tôle, Cario-o-o ! ». Mais le sifflement aigu de la locomotive couvrit sa voix. Il recula, tourna sur lui-même et s'enfuit en courant.

Il dut faire un détour pour ramasser les deux seaux. Cet imbécile de *Lagerführer* était peut-être encore en train de jouer à la sentinelle dans le noir. Etouffant le bruit de ses pas, Jacques se faufila entre les baraquements des Russes et ceux des Polonais, jusqu'à la fenêtre arrière de la baraque des Français, au pied de laquelle il déposa son chargement. Un concert de ronflements l'accueillit lorsqu'il enjamba l'appui de la fenêtre, et cette odeur lourde de la chambrée qu'il connaissait bien. Il allait se retourner pour hisser les seaux, lorsqu'une allumette craqua près de lui. Une main le saisit par le revers de son veston et brutalement l'immobilisa. La lueur fugitive avait éclairé le visage de Cario.

— Laisse donc, dit Jacques, c'est moi...

Mais Cario ne desserrait pas son étreinte. Il se pencha, lui soufflant les mots dans la figure, la voix colère.

— Je ne sais pas ce qui me retient !...

Brutalement, il repoussa le jeune homme.

— Qu'est-ce qui te prend ? T'es malade ?

— D'où sors-tu ? gronda Cario.

— D'où je sors?... D'où je sors? – Jacques haussa les épaules. — Et toi ?

— Avec qui parlais-tu ?

— Moi ?

Une nouvelle allumette craqua et la flamme d'une bougie vacilla dans l'obscurité. Cario posa la bougie sur le châlit le plus proche. Les ronflements avaient presque cessé, bien que les deux hommes eussent parlé à mi-voix. Au-dessus des grabats superposés, les masses informes des dormeurs roulés dans leurs couvertures se profilaient dans la pénombre.

— Avec qui parlais-tu dehors ? insista Cario d'une voix sourde. Je veux savoir.

— Avec personne.

— Je t'ai entendu. — Cario se gratta la joue d'un air perplexe. — Je te dis que je t'ai entendu.

Jacques réprima un mouvement d'impatience, et l'autre ajouta à voix basse :

— On nous a donnés.

— Hein ?

— Donnés... dénoncés, quoi ! Le *Lagerführer* avait été prévenu de notre trafic. Il a alerté la patrouille. Mon copain tchèque, le mécanicien, s'est fait poisser...

— Merde !

Cario qui marchait de long en large, l'air mauvais, s'immobilisa devant Jacques.

— Quand je suis rentré je t'ai entendu parler au *Lagerführer*.

— T'es trop con ! fit Jacques.

— Qu'est-ce que vous complotiez, tous les deux, hein ?

— Je te dis que c'était pas moi !

Cario se mit à ricaner. Jacques sentit une bouffée de colère lui monter au visage.

— Et puis, tu m'emmerdes, dit-il sèchement. Tu m'emmerdes ! T'as compris ?

Cario serra les poings sans répondre. Qu'est-ce qu'il fallait faire avec ce petit gars ? Lui foutre sur la gueule, ou bien le croire sur parole ? Il scruta le visage de Jacques, les yeux clairs aux pupilles dilatées dans la lueur aveuglante de la bougie. Se méfier... toujours se méfier... C'était dégoûtant à la fin. Mais celui-là, avec sa tête d'enfant sage et ses mains d'écolier, il ne savait pas ce qu'il fallait en penser.

— Où as-tu planqué le charbon ? questionna-t-il.

— Là ! — Jacques désigna la fenêtre. — Il n'y a qu'un seau de plein.

Ils hissèrent les deux seaux et les cachèrent au fond de la baraque, sous un amas de vêtements. En se relevant, la bougie à la main, Jacques heurta de l'épaule le dernier châlit.

— Vous avez bientôt fini ? fit une voix.

Le jeune homme se retourna. Assis sur son séant, Robin, le benjamin de la carrée, l'observait d'un œil intrigué.

— Tu ne dors pas ?

Robin secoua la tête. Jacques remarqua que le gosse portait encore sa casquette. « Drôle d'idée », songea-t-il. Mais l'autre dormait peut-être avec tout le « barda », godillots compris...

— Y a pas moyen de roupiller, grogna Robin. Vous faites un raffut !...

Cario avait repris la bougie des mains de Jacques. Après l'avoir posée sur une chaise, sans un mot il se jeta sur son lit, s'enroula dans sa couverture et ferma les yeux.

En tâtonnant, le jeune homme regagna son coin, près de la porte. Il s'assit sur le rebord de bois de sa paillasse et commença à défaire les lacets de ses godillots. Une grande lassitude l'avait envahi. La fatigue lui écrasait les épaules, creusant les reins. Il ôta son béret et s'étendit sur le tas de paille. Au fond de la pièce, Cario avait soufflé la bougie.

CHAPITRE II

Quand Sibert secoua Jacques, il était déjà cinq heures et demie. La carrée était presque vide. Cario, Badie et le Mataf étaient déjà partis.

— On va être en retard, dit Sibert.

Jacques rejeta la couverture et s'assit sur le lit.

— Tu ne pouvais pas me réveiller plus tôt ?

De la glu collait ses paupières ; il était de mauvaise humeur.

— Je suis déjà venu. Tu ne voulais rien entendre...

Jacques se leva en titubant, ramassa son quart sur l'étagère, et se dirigea en traînant les pieds vers le centre de la baraque. Le pichet de jus était posé sur le plancher. Il remplit son quart et vint se rasseoir sur son lit.

— On va être en retard, répéta Sibert.

— Va-t-en !... Pourquoi m'attends-tu ?

Sibert ne répondit pas et lui tendit un soulier. Jacques le chaussa en silence et chercha l'autre sous le lit.

— Grouille ! dit Sibert.

Jacques lui jeta un regard mauvais. La baraque était maintenant déserte. Les deux derniers hommes qui s'affairaient encore dans le fond étaient passés devant eux sans un mot, leurs besaces sur l'épaule. Ils avaient ouvert la porte et s'étaient enfoncés dans la nuit.

— Et ton *Frühstück?* dit Sibert.

Jacques enroula sa boule de pain et un morceau de saucisson dans un papier journal, puis se leva. Des yeux il cherchait ses moufles et son béret.

Adossé au mur de planches, Sibert l'observait.

— Ils ont parlé de toi, tout à l'heure, dit-il.

— Qui ça ?

— Badie, et le Mataf... Cario aussi.

— Et qu'est-ce qu'ils disaient ? demanda Jacques en se dirigeant vers la porte.

Sibert lui jeta un regard craintif.

— Ben... C'est-à-dire que...

— Allez viens ! fit Jacques. Tu me raconteras ça tout à l'heure.

Le froid était intense et leur griffa le visage. Jacques leva le nez et aspira une bouffée d'air. C'était glacé, comme un morceau de métal au fond de la gorge. Une aube aussi sale qu'une soupe de prison commençait à poindre. De-ci, de-là les baraquements émergeaient de l'ombre. Les deux garçons se mirent à courir. Leurs besaces de grosse toile à demi remplies leur battaient les flancs, et ils soufflaient devant eux des petits nuages de fumée blanche.

— On va se faire baiser ! hoqueta Sibert. — Sa voix se fit plaintive : — Tu leur expliqueras, dis?

Jacques hâta le pas sans répondre. De la *Ofenerstrasse* qui bordait le camp jusqu'à la *Tauentzienstrasse,* où se trouvaient les ateliers de réparation de la N.S.U., il fallait bien compter quinze minutes de trajet. Et le tram, quelquefois, se faisait attendre. Sibert jeta devant lui un regard de noyé.

— Le voilà ! bredouilla-t-il. On va le louper !

Les deux garçons franchirent le portillon du camp en se bousculant et se ruèrent vers le tram qui venait de démarrer à une cinquantaine de mètres.

— Dépêche-toi ! cria Jacques en se retournant.

Il sauta sur la plateforme et tendit la main à son compagnon, qu'il réussit à hisser à son côté.

— Ouf, dit Sibert entre deux hoquets. J'ai bien cru...

Hors d'haleine, il vint s'affaler sur la banquette. Jacques alla s'asseoir en face de lui. La voiture était presque vide. Deux ouvriers allemands, comme eux vêtus de bleus, mais coiffés de casquettes noires, somnolaient sur une banquette du fond. Une fille avec un cabas sur les genoux les regardait en mâchonnant un morceau de pain. Jacques ferma les yeux. Le bruit du tram lui donnait toujours une irrésistible envie de dormir. Il sombrait alors, jusqu'à la limite de l'inconscience, dans une torpeur épaisse dont il se gavait d'autant plus goulûment qu'elle n'était qu'un sursis. Lorsque le tram à nouveau s'arrêtait dans un grand bruit de ferrailles, à travers ses paupières mi-closes Jacques laissait glisser un regard plein de brume vers l'extérieur pour repérer les lieux, puis, bien vite, retournait à sa somnolence.

— C'est le Mataf qui t'en voulait le plus, dit Sibert tout à coup.

Jacques ouvrit les yeux. Le visage de Sibert se détachait sur la vitre obscure, long et blême entre les deux oreilles un peu décollées. « Comme il est laid » pensa-t-il, fasciné par la grosse lèvre ombragée d'un duvet naissant et la pomme d'Adam qui montait et descendait le long d'un cou trop grêle.

— Le Mataf, et aussi Badie...

— Pas Cario ? demanda Jacques en s'arrachant à ses brumes.

— Non... Enfin, oui.

— Qu'est-ce qu'il disait ?

— Il disait que tu avais peut-être tes raisons... Sibert hésitait. Il avala sa salive, et du doigt se mit à dessiner des cubes dans la buée de la vitre. Des petites rigoles d'eau se formèrent qui coururent le long du carreau.

— Mes raisons pour quoi ? demanda Jacques.

D'un geste brusque Sibert effaça les dessins sur la vitre.

— Pour être volontaire, dit-il.

— Ah ! fit Jacques.

— Ils disent qu'ils l'ont lu dans tes papiers... « engagé volontaire ».

— *Freiwillig...* fit Jacques ricanant.

— Ce n'est pas vrai, hein ?

Qu'est-ce qu'il allait pouvoir leur expliquer ? Travailleur volontaire! Quelle dérision! Il savait bien qu'un jour ou l'autre on lui poserait la question. Il y avait souvent pensé. Mais il savait aussi qu'il n'expliquerait rien à personne. A quoi bon ? Tenir le coup, c'était bien tout ce qui importait. Et puis enfin, quels comptes avait-il à leur rendre ?

— Ils attendent que je roupille pour fouiller dans mes papiers ! dit-il avec colère.

— Alors, c'est vrai ?

Jacques haussa les épaules.

— Ils n'avaient pas besoin de fouiner dans mes affaires. J'aurais pu le leur dire.

— Tu aurais mieux fait. Maintenant ils vont t'emmerder avec ça...

— De quoi se mêlent-ils ?

— Ecoute, Jacques, mets-toi à leur place. Ils ne comprennent pas pourquoi tu es ici... Pourquoi tu as choisi...

— Je ne leur demande pas de comprendre... Qu'ils me foutent la paix !

Sibert secoua la tête d'un air gêné.

— Ils ne te foutront pas la paix, maintenant... Surtout après cette histoire de charbon.

— Quelle histoire ?

— Le mécano s'est fait pincer. Ils disent que c'est pas par hasard...

— Tu ne penses tout de même pas... grogna Jacques. Et puis tiens, vous me dégoûtez avec vos salades !

Et il se rencogna sur sa banquette. Encore deux stations. Il dormait si bien ! Pourquoi l'autre abruti était-il venu lui casser les oreilles ?

— Ecoute, Jacques...

Sibert se tortillait sur son siège, de plus en plus mal à l'aise.

— Ils disent aussi...

— Une fois pour toutes, gronda Jacques, ce qu'ils disent, je m'en fous !

— Mais, bon Dieu ! cria Sibert, mets-toi à leur place. Comment veux-tu qu'ils comprennent ?

— Parce que toi, t'as compris quelque chose, empaffé ?

— Non, dit Sibert, mais moi, ça n'a pas d'importance. Ce sont les autres... A cause du charbon, de tes papiers de volontaire... Et puis à cause de ce qui s'est passé à Sagan...

— A Sagan ? fit Jacques étonné.

— Il y a des types qui étaient dans le même convoi que toi ; ils viennent d'être versés au camp. Ils ont raconté comment ça c'était passé, comment...

Sibert s'interrompit et coula vers Jacques un regard terrifié.

— Comment quoi ?

— Tu les as fait mettre en rang, reprit Sibert très vite. Sur le quai, tu aidais les types de l'*Arbeitsamt* à commander la manœuvre.

— Oui, dit Jacques, je me rappelle.

Sibert eut l'air soulagé.

— Tu vois...

— Je me rappelle, répéta Jacques...

Ils étaient très nombreux. Il pleuvait... Tous ces hommes, ses compagnons d'un voyage de cauchemar, parqués là, silencieux, sur ce quai de gare. Du bétail. « En rang par quatre ! Une, deux ! Une, deux !... » Le civil inconnu qui l'avait appelé : « Vous, là-bas »... Il avait dit « Vous », l'homme blond avec sa mèche sur les yeux, et cet accent qui n'était pas allemand. Pourquoi l'avait-il appelé, lui, parmi tous les autres ?

— Après, tu as continué le voyage jusqu'à Breslau dans le wagon de l'*Arbeitsamt*...

Bien sûr qu'il se rappelait. L'homme était Tchèque et s'appelait Stelovsky. Il était interprète, un ancien étudiant. Bien sûr...

— ... Et tu es devenu copain avec ce collabo, l'interprète...

Maintenant on allait lui demander des comptes, lui reprocher d'avoir accepté cette main tendue.

Il se retourna vers Sibert.

— Alors, vous me prenez pour un mouton ?

— Non, dit Sibert, gêné.

— Si, fit Jacques. C'est dégueulasse !

— Jacques, je t'assure que ça ne changera rien pour moi. Ça m'est égal...

— Tu veux dire que ça ne t'empêchera pas de partager mes colis ?

— Non... Enfin je veux dire : je continuerai à te laver tes chemises. — Il enchaîna sur un ton confidentiel : — Et puis moi, je ne te mettrai pas en quarantaine.

— Hein ? fit Jacques.

— Ils vont te mettre en quarantaine, murmura Sibert en baissant la tête.

Jacques ressentit comme un pincement au cœur et fronça les sourcils. « En quarantaine ! » Il eut une vision brutale de ce que cela signifiait, tous ces hommes dont il partageait l'existence qui lui tourneraient le dos, qui refuseraient de lui adresser la parole.

— Vous êtes une bande de cons ! cracha-t-il à la figure de Sibert.

Et il se leva.

— Me laisse pas tomber, implora Sibert qui s'était levé à son tour. Je laverai aussi tes bleus...

Le tram avait stoppé. *Tauentzienstrasse.* Jacques sauta sur la chaussée et se mit à courir en direction de l'entrée de l'usine.

— Jacques ! cria Sibert en courant après lui. Tu m'en veux, dis ?

— Non, dit Jacques en le poussant devant lui dans

le couloir mal éclairé. Je te donnerai aussi mes chaussettes à repriser !

Les deux garçons poussèrent la lourde porte de fer et pénétrèrent dans l'usine. La pendule marquait six heures et quart.

CHAPITRE III

Le bâtiment central de l'usine, dans lequel étaient garés trente à quarante camions de toutes marques et de tous volumes, donnait sur une cour cimentée d'où l'on accédait à d'autres hangars nouvellement construits, l'atelier numéro 2 réservé aux menuisiers et charpentiers, et la buanderie où se trouvait la cuve. Un passage au fond du bâtiment central débouchait sur une cour plus petite menant aux ateliers de précision, au magasin d'accessoires, à un abri servant à la fois de réfectoire et de vestiaire aux ouvriers, et enfin aux w.-c.

C'était sur la salle centrale, de vingt-cinq mètres sur dix, où du matin au soir ronflait quelque moteur à l'essai, où résonnaient sur les enclumes les coups de marteau des tôliers, sifflaient les chalumeaux et ronronnaient les meules, que s'ouvrait la porte du bureau vitré de King, le contremaître.

Le bureau du patron se trouvait juste derrière. Personne, en principe, en dehors de King, n'y pénétrait jamais. Monsieur Wenger, maître tout-puissant des lieux, semblait n'apprécier ni la conversation ni le contact direct des quelque quarante ouvriers de nationalités diverses qui travaillaient dans son usine. C'était un homme d'une cinquantaine d'années, de haute taille, les cheveux coupés en brosse et les mains soignées, toujours habillé d'un complet qui paraissait sortir de chez le meilleur faiseur berlinois. Impassible et hautain, il lui arrivait parfois de parcourir les ateliers de son domaine. Mais il passait parmi les hommes, aussitôt courbés sur leurs pièces, sans qu'une parole franchît ses lèvres. Il s'arrêtait rarement et laissait errer son regard bleu, apparemment distrait, sur les hommes et les machines. Après quoi, d'un pas égal, il regagnait son antre.

C'était généralement à la suite de ces inspections furtives que les ennuis commençaient. Convoqué d'un geste bref de son chef, King, le gros contremaître ressortait soudain du bureau transformé en bouledogue. Arpentant les divers ateliers, il s'empressait de faire connaître par de furieux aboiements ses consignes. L'usine entière retentissait de hurlements inarticulés, que chacun était censé interpréter comme des ordres. Mais cette débauche d'éloquence tombait au milieu d'une indifférence générale. Les hommes, en effet, s'absorbaient dans leur ouvrage, disparaissant comme par enchantement, qui sous un capot, qui dans le fond d'une cabine ou sur le haut d'une échelle. Les meules tournaient plus vite, les marteaux frappaient plus fort, tandis que des plaques de tôle s'agitaient inexplicablement dans un coin de l'atelier puis dans un autre, et, dans le vacarme assourdissant qu'elle essayait en vain de dominer, la voix du contremaître finissait par se casser définitivement. King, vaincu, piétinait de rage ; puis, brusquement, les mains dans le dos, l'œil féroce, il fonçait à la recherche d'une victime. La règle du jeu consistait alors à ne pas se faire voir. A ne pas rire non plus. Il devenait sage de disparaître momentanément et sans laisser de traces. C'était l'heure où les w.-c. regorgeaient de monde ; on y payait sa place d'une cigarette ou d'un quignon de pain. Mais lorsque King n'avait pu mettre la main sur l'une de ses victimes préférées, Sibert ou Waslav l'Ukrainien, il arrivait qu'il se rabattît sur les lieux où il était sûr d'en trouver plusieurs à sa merci. Là, les hommes ne pouvaient pas lui échapper. A travers les grillages — qu'il avait fait poser à la place des panneaux de bois plein pour constater *de visu* le bien-fondé des prétentions à la diarrhée chronique de ses ouvriers — s'engageait alors une conversation :

— Qu'est-ce que vous faites-là ?

— Devinez !

— Il y a une heure que vous y êtes.

— Je suis constipé.

— *Was ?*

— *Krank*...

— Ce n'est pas vrai ! Mensonges... ! Sabotage ! !

— Venez voir vous-même...

Et les hommes faisaient mine de lui ouvrir la porte. Une fois, Cario lui avait même montré son derrière, ce qui semblait l'avoir impressionné car le *Meister* n'était plus jamais venu importuner le Français.

Malheur à ceux, pourtant, qu'un besoin légitime obligeait à s'attarder trop longtemps sur leur siège. Ayant fait semblant de s'éloigner, le contremaître allait en hâte remplir un seau d'une eau glacée que, traîtreusement revenu sur la pointe des pieds, il déversait sur eux sans crier gare. « Pas besoin de tirer le cordon », leur lançait-il, enchanté de sa plaisanterie. Après cet exploit, il arrivait que King retrouvât sa bonne humeur.

Mais le *Meister* n'avait pas toujours la rancune facétieuse. Il arrivait parfois que ses colères prissent une tournure dramatique. King avait la main lourde. Il le savait et se méfiait de sa propre brutalité. En effet, s'il lui était permis — voire recommandé — de punir les ouvriers étrangers en les dénonçant à la police du travail ou en les livrant à la Gestapo, il n'avait pas le droit de porter la main sur eux. Dans le souci de préserver la réputation des employeurs allemands, les sanctions prises contre les ouvriers étrangers coupables de quelque incartade étaient administratives : on les expédiait dans les camps de l'Est. On ne les giflait pas, on les gazait. Ainsi la morale était sauve, et le règlement respecté.

Or le maladroit Sibert avait tendance à se trouver toujours sur le chemin de King lorsque celui-ci jaillissait de son bureau à la recherche d'une victime. Plusieurs fois Jacques, qui l'aimait bien, l'avait tiré d'affaire. L'agrippant de force par le bras, il l'avait projeté sous une aile de camion et soustrait à la dernière minute à la vue de King. Depuis, Sibert lui vouait une reconnaissance admirative, et ne le quittait plus d'une semelle. Ils avaient conclu un marché : « Je te laverai tes frusques — je sais que t'aimes pas ça — et toi, tu me défendras. Tu veux bien, dis ? — D'accord ! » avait dit Jacques.

Un matin les choses faillirent se gâter. Jacques et Sibert se trouvaient sous un Bosh de dix tonnes, étendus côte à côte sur leurs plateaux à roulettes, occupés à en décrasser le châssis. Se soulevant sur un coude pour éviter la brosse que Sibert essayait de lui mettre dans la figure par plaisanterie, Jacques heurta de la tête le châssis. Rendu furieux par la douleur, il décocha un formidable coup de pied à son compagnon qui roula sur son plateau, hors de l'écran protecteur du camion. Au même instant Jacques aperçut les deux jambes du *Meister* plantées juste devant le capot. King avait assisté à toute la scène ; ses vociférations ne laissaient aucun doute à ce sujet. Jacques à son tour se glissa de dessous le camion pour faire face à l'orage. Il vit King, le visage congestionné, qui tenait Sibert par les épaules et le secouait comme un paquet de chiffons.

— Ha! Ha! Je vous y prends! Chiennerie de Français! Immondes saboteurs! hurlait King. Vous allez me payer ça! Tiens! Et tiens!...

Jacques attrapa Sibert par sa veste, et tirant de toutes ses forces, réussit à le dégager.

— Mais laissez-le donc ! cria-t-il.

Voyant sa proie lui échapper, King saisit à deux mains une planche qui traînait sur le capot du camion, et la balançant à bout de bras, en assena un coup violent dans la direction des deux garçons. Jacques fit un bond de côté et l'évita. Mais la planche s'abattit à plat sur le visage de Sibert. Celui-ci s'écroula sans un mot et Jacques vit avec horreur que sa joue était labourée de trois sillons profonds où le sang commençait à perler. Il se retourna vers King, et lui arracha des mains la planche à l'extrémité de laquelle trois clous achevaient de rouiller.

— Vous n'avez pas le droit ! hurla-t-il. Vous savez bien que vous n'avez pas le droit ! Je vous dénoncerai !

King, tout d'un coup dégrisé, se pencha vers Sibert et le saisit sous les bras pour le soulever.

— Vous ne vous en tirerez pas comme ça ! dit Jacques.

— Aidez-moi ! dit King.

Ils transportèrent Sibert dans le bureau du *Meister*.

King ouvrit la boîte à pharmacie, et en retira de la gaze et des bandes velpeau. Sibert avait repris connaissance, et gémissait. La blessure était vilaine, mais n'avait pas l'air très profonde. « Il gardera une marque », pensa Jacques. Mais il était déjà si laid! « Ça lui donnera l'air martial ! »

— Vous auriez pu lui crever l'œil, dit-il à King. Je le dirai à la Police !

— Ce n'est rien, je vais lui faire un pansement... Et je lui donnerai un congé de vingt-quatre heures.

— Ça m'est égal, dit Jacques. Si la blessure s'envenime, je vous dénoncerai !

La blessure guérit, et Jacques ne dénonça pas le *Meister*. Il n'en avait jamais eu vraiment l'intention, d'ailleurs. A quoi bon? Si le *Meister* avait été puni, Sibert et lui auraient sans doute payé très cher cette satisfaction. Mais il avait réussi à faire peur à King. Celui-ci évita désormais de leur chercher querelle. Quant à Sibert, éperdu d'admiration, il voua dès lors à Jacques un attachement sans bornes.

Et les heures passaient, les semaines, les mois. Rien ne ressemblait davantage à une aile de camion, bosselée ou pas, qu'une autre aile de camion. Les châssis à décrasser de la boue ramassée sur les routes de Russie, ou à repeindre, étaient faits invariablement des mêmes pièces, des mêmes recoins inaccessibles où brosses et pinceaux s'évertuaient en vain à pénétrer. De nouveaux ouvriers étaient arrivés ; d'autres étaient repartis, blessés, malades, ou transférés dans des camps disciplinaires. Mais King était toujours là, avec ses mains de tueur et sa blouse maculée de cambouis, et les apprentis avec leurs gueules de petits Boches promis à la mitraille d'une juste guerre, et les files de camions, et ces meules qui ne s'usaient pas, et l'œil bleu de Wenger...

Ainsi, dans la grisaille uniforme de cette cour d'usine étrangement assortie aux ciels de Silésie, se confondaient les jours triés sur un modèle unique, comme les pièces interchangeables d'un monstrueux châssis dont la réparation ne serait jamais achevée. Et tout était enregistré, minute après minute, précieusement, sur la machine à pointer les heures supplémentaires et les retards, les *Pfennige* de la paye et les punitions. Comptabilisés aussi chaque tour de manivelle, chaque coup de balai, chaque serrage d'écrou, sur la grosse horloge ronde qui pendait du plafond et lâchait à midi son hululement indiquant la mi-temps de ce match contre l'ennui.

— Une demi-heure pour bouffer ! râlait Badie.

— Je trouve que c'est largement compté. Pour ce qu'ils nous donnent à becqueter ! Pas vrai, le Mataf ?

Mais le Mataf ne disait rien. Il ne disait jamais rien d'ailleurs, ne s'exprimant que par grognements successifs. Sans doute n'avait-il même pas fait l'effort de dire son nom, car les autres l'avaient appelé « le Mataf », déduisant de son unique pantalon de gros drap bleu à pont, qu'il avait dû être marin quelque part sur la côte bretonne. Il faisait équipe avec Badie, un gars du Bordelais qui parlait pour deux.

Pendant la pause, les cinq Français de l'usine s'installaient pour grignoter les restes de la boule de pain distribuée la veille, sur des caisses, dans le réfectoire, ou assis par terre par petits groupes avec les *Ostarbeiter*. Les ouvriers allemands se tenaient à l'écart, et après avoir fait chauffer à la forge leur *Suppe* apportée dans des thermos, mangeaient en silence sans se mêler aux conversations des étrangers.

Quand Jacques s'approcha ce matin-là comme d'habitude du groupe des Français pour casser la croûte, Badie et le Mataf se levèrent en maugréant, et rejoignirent Cario qui vidait une boîte de sardines dans l'embrasure d'une fenêtre. Le jeune homme s'assit sur une caisse inoccupée, sans leur prêter attention. Sibert, entré à sa suite, hésita sur le seuil et s'allongea dans un coin, le dos contre le mur.

— Dis-donc, Cario, fit Badie en poussant du coude son camarade, tu ne sais pas la dernière ?

— Non.

Cario retourna sa boîte sur un morceau de pain et la secoua. Une dernière goutte d'huile tomba.

— Vide ! murmura-t-il, faisant la moue. Il la jeta à travers la pièce aux pieds de Sibert qui sursauta comme si une grenade avait éclaté entre ses jambes.

— Tu connais le type blond de l'*Arbeitsamt*, l'interprète ? continua Badie.

— Stelovsky ?

— Figure-toi qu'il a ramené sa fraise, ce matin. Le Mataf et moi, on l'a vu. Il parlait avec Jacques.

— Y a longtemps qu'ils se connaissent, fit remarquer Cario.

— Tu veux dire qu'ils sont comme cul et chemise, oui !

— Si tu veux. — Cario cracha par terre. — Et après ?

— Après, après... répéta Badie. Mais c'est un salaud, ce Stelovsky.

— Qu'est-ce que t'en sais ?

— Y travaille bien pour les Boches, non ?

Cario se mit à rire, une lèvre curieusement retroussée sur sa dent en or.

— Et toi, conard, tu bosses pas pour les Anglais, que je sache ?

— Merde! On peut pas causer avec toi!

Cario haussa les épaules.

— Minute! T'as pas tout entendu. Le Malaf a vu Stelovsky entrer dans le bureau de King et demander à parler au patron. Pas vrai, le Mataf ?

Celui-ci émit un grognement affirmatif.

— Le patron ? Tiens, quelle drôle d'idée.

— Tu ne trouves pas que c'est louche ? dit Badie, triomphant.

— J'ai comme une idée que tu ferais bien de surveiller ça, Cario.

— Pourquoi moi ? Ils peuvent bien tous aller péter, qu'est-ce que tu veux que ça me foute ?

— Je ne sais pas, mais s'il y a un « drôle » comme ça parmi nous, bonne mère, faudrait quand même aviser !

— Vous me faites mal aux seins ! dit Cario furieux. Surveillez-le vous-mêmes, ce gazier ! De quoi avez-vous peur au juste, qu'il vous envoie le patron aux fesses pour vous obliger à bosser davantage, ou qu'il vous fasse priver de dessert ?

— Il prend des airs... dit le Mataf.

— Et puis y a cette histoire de charbon hier soir, remarqua Badie.

— Ça, c'est une autre affaire. — Cario fronça les sourcils. — Celui qui nous a donnés, le jour où je le tiendrai, ça va être sa fête !

— Tu vois...

— T'occupe pas pour l'instant. Çui-là, j'te dis qu'il perd rien pour attendre. Un de ces quatre, on le retrouvera sur la voie, en train de le bouffer not' charbon... Mais y a des chances pour que le mec y soye plus en un seul morceau.

— Aussi sec ! trancha le Mataf.

— En attendant, foutez-moi la paix tous les deux. Je fais la sieste. — Cario s'étendit de tout son long, en équilibre sur le rebord de la fenêtre, et poussa sa casquette sur ses yeux.

Sibert s'était levé pendant le conciliabule des deux hommes, et s'était approché de Jacques. Il fouilla dans sa musette et lui tendit une boîte de conserves.

— T'aimes les sardines ?

Jacques leva les yeux. Il avait ôté son béret et l'avait posé sur ses genoux, à l'envers, comme une assiette. Dedans, sur la doublure d'un bleu déteint, on lisait « Jacot — Bayonne ».

— Tu parles ! dit-il en saisissant la petite boîte oblongue. — Il jeta un regard étonné à son camarade. — C'est ton anniversaire ou quoi ?

Sibert esquissa un sourire gêné. Il lui manquait deux dents sur le devant. Cela lui faisait un trou noir au milieu de la figure.

— Aujourd'hui, c'est moi qui partage. J'en ai une autre...

— Ça alors ! Et où les as-tu piquées ?

— Au camp.

— Au camp, comme ça ! Dans le tiroir de la coiffeuse ou sur la cheminée du salon ?

— Chez les Polaks...

Jacques se mit à rire. Il passa une main dans ses cheveux drus et noirs, tassés sur le sommet du crâne par le port du béret, et qui retombaient en bouclettes rebelles sur les oreilles.

— T'aimes pas les Polonais, hein ?

— Non, dit Sibert. Sont pas comme nous...

— N'empêche que ça m'épate ! — Jacques eut un petit rire de gorge — Tu fais des progrès!

Rassuré, Sibert introduisit la lame courte de son couteau dans la boîte, et fit sauter le couvercle.

— Ils partagent aussi, là-bas, reprit Jacques.

Il avait remarqué les trois Français qui discutaient à voix basse.

— Des sardines ? demanda vivement Sibert en se retournant.

— Des soupçons, ricana Jacques.

Son visage était redevenu sérieux. Il eut un regard distrait pour son compagnon, et laissa tomber négligemment.

— Je vais foutre le camp.

— Où vas-tu ?

Alarmé, Sibert écarquillait les yeux.

— Je ne sais pas, mais ce qui est sûr c'est que je change de crémerie.

Sibert le fixait, incrédule. La pomme d'Adam monta et redescendit dans un grand bruit de déglutition.

— Quand ?

— Bientôt. J'attends ça d'un moment à l'autre. — Jacques désigna les trois autres qui avaient cessé leur conciliabule et somnolaient. — Tu pourras le leur dire...

La sirène indiquant la fin de la pause se mit brusquement à hurler. Sibert ramassa sa besace en hochant la tête et se leva.

— Faut toujours que tu te foutes de ma gueule, murmura-t-il.

CHAPITRE IV

— Quel est le plus grand boxeur ? demanda Muller en posant sa truelle.

— C'est Carpentier, dit Jacques en relevant la tête.

— Non, c'est Max Baer.

— Zéro, dit Jacques, vous n'y connaissez rien !

— C'est Max Baer, répéta Muller buté. C'est connu. Tout le monde vous le dira.

Il reprit sa truelle, et désignant le sol de la cour :

— Qu'est-ce que vous attendez pour travailler ?

Les deux hommes agenouillés côte à côte se courbèrent à nouveau sur l'ouvrage. Muller étendait le ciment devant lui avec sa truelle, et Jacques l'égalisait à l'aide d'une énorme poutre qu'il aplatissait au niveau du reste de la cour. Ils reculaient sur les genoux au fur et à mesure que l'ouvrage avançait.

— Et le plus grand philosophe ? reprit soudain Muller en lissant sa moustache grise d'un air finaud.

— Descartes.

— Mais non, c'est Kant !

— Si vous voulez, dit Jacques.

— Vous n'avez pas beaucoup d'instruction, remarqua le vieux. Qu'est-ce qu'on vous apprend donc, à l'école, en France ?

— On nous parle de Napoléon.

— Et de Frédéric II, de Bismarck ?

— Jamais.

— Oh ! s'exclama le vieux scandalisé.

— ... De la guerre de 14...

Le maçon posa sa truelle.

— Je l'ai faite, dit-il fièrement.

— Moi, je fais celle-ci. On est quittes !

— Mais vous n'avez pas fait la guerre, vous. Vous êtes un moutard !

— Moutard ou pas, dit Jacques en se redressant, on a quand même trouvé bon de m'envoyer faire l'imbécile dans votre sale garage. Je travaille pour l'Europe de demain, *Arbeit durch Freude,* le Travail par la Joie... Et vous ?

— Moi, j'ai toujours été terrassier. Je travaille pour gagner ma vie.

— Vous voyez, de nous deux, le meilleur Européen, c'est moi.

Jacques saisit la poutre à deux mains et lui imprima un mouvement de va-et-vient.

— En France, dit-il, on se sert d'un niveau d'eau. C'est peut-être idiot, mais c'est moins lourd !

En déplaçant la poutre il eut un geste brusque, et ses phalanges tracèrent des rainures dans le ciment.

— Pas comme ça, espèce de cochon maladroit !

— Comment, alors ?

Le vieux maçon hocha la tête d'un air découragé :

— Il y a huit jours, on m'a donné pour m'aider un Polonais ; il lui manquait trois doigts sur cinq à chaque main. Aujourd'hui c'est vous.

— Il ne me manque rien, dit Jacques.

— Non, mais vous n'en auriez pas du tout que ce serait pareil !

— Qu'est-ce qui se passe ici ? aboya tout à coup derrière eux une voix familière.

Les mains dans le dos, King se dressait au-dessus d'eux, le groin menaçant.

— Qu'est-ce que vous foutez là tous les deux, hein ?

— Rien, dit Jacques.

— Rien, éructa le contremaître. Rien !... Je le vois

bien que vous ne foutez rien. Ce terrassement n'avance pas !

— *Meister*, il ne veut pas travailler, dit Muller. Il discute. Il dit...

Jacques décocha un regard meurtrier au vieux.

— Qu'est-ce qu'il dit ? grogna King.

— Il dit, reprit Muller, que les Allemands ne savent pas travailler... Il dit que c'est un « sale garage »...

— Viens ici, toi ! bredouilla King.

Jacques se redressa sans lâcher la poutre, qu'il tenait à deux mains à un mètre au-dessus du sol.

— Espèce de saboteur ! J'ai deux mots à te dire. Suis-moi dans mon bureau.

Le jeune homme fit un pas en avant.

— Et puis, lâche donc cette poutre, imbécile !

Jacques ouvrit les mains. La poutre en retombant devant Muller indigné, s'incrusta profondément dans le ciment frais.

— Et plus vite que ça ! gronda King qui avait pivoté sur ses talons et s'éloignait.

Jacques lui emboîta le pas, et par-dessus l'épaule lança un regard au vieux maçon.

— Qu'est-ce que vous attendez pour travailler ? lui jeta-t-il.

— Le patron veut te voir ! dit King, en poussant Jacques dans le bureau vitré.

Ses petits yeux porcins brillèrent, et il fixa sur le jeune homme un regard faussement apitoyé.

« Nous y voilà», pensa Jacques, et une contraction subite de ses muscles abdominaux lui révéla qu'il avait peur. « ... Stelovsky lui a parlé ! » C'était idiot d'avoir peur, mais il avait tant misé sur cette entrevue ! « Est-ce que je ne fais pas une bêtise ? » C'était très joli de déclencher les événements ; à condition de s'en rendre maître, après. Il avait tout combiné. Depuis des semaines. Pourtant, il se disait qu'un accident imprévisible, à la dernière minute, pouvait jeter bas son bel échafaudage d'espérances. « On ne peut jamais savoir... » Et beaucoup plus que l'idée d'avoir à défendre avec âpreté sa chance, c'était cette incertitude qui le terrifiait. Un instant, il éprouva la tentation de renoncer. « Avance, bon Dieu ! » grogna-t-il à mi-voix. Et il fit un pas vers la porte.

— Ton béret, grogna King. Enlève ça! Et d'un geste brusque il arracha le béret qui roula sur le sol. Et dépêche-toi, le patron t'attend !

Le jeune homme ramassa son couvre-chef et l'épousseta soigneusement. Puis il s'approcha de la porte et frappa, par deux fois, nettement. Son cœur cognait jusque dans ses oreilles. A peine eut-il franchi le seuil qu'il se sentit soulagé. Il savait bien, maintenant, qu'il ne manquerait pas de courage. Il regarda Wenger devant lui, qui n'avait pas encore relevé la tête, en essayant de se décontracter, devinant que cette fixité du regard, et cette raideur de son corps, ne pouvaient que le desservir.

Wenger compulsait ses dossiers. Jacques observa les mains soignées qui n'avaient jamais rien dû manipuler d'autre que des papiers ou des livres, et ce visage attentif penché sous la lampe, sans vulgarité ni mollesse. Que fallait-il penser de lui ? Tout à fait au début, Wenger avait traité le jeune homme avec courtoisie ; il lui avait même adressé la parole une ou deux fois, contrairement à ses habitudes, pour le questionner sur son travail. Et, quoique méfiant, Jacques avait retiré de ces premiers contacts la certitude que son sort pourrait un jour s'améliorer.

Et puis, il y avait eu cet entretien dans le bureau de Wenger qui avait tout déclenché, l'espoir, l'impatience, la peur aussi. Jacques travaillait depuis six mois dans la place lorsque le patron l'avait fait appeler. Il lui avait alors parlé avec une douceur et une compréhension qui, bien que Jacques eût tout lieu de le croire favorablement disposé à son égard, ne l'en avaient pas moins surpris. Wenger l'avait invité à s'asseoir en face de lui et lui avait posé un tas de questions, s'intéressant à ses parents, à ses goûts.

— Vous habitez un beau pays ; l'Aquitaine, je crois.

— Oui le pays basque.
— Votre mère est espagnole... De quel endroit?
— De Ronda.
— Ah! Ronda! Je connais... L'Andalousie.

Qu'est-ce que ce Germain, tout policé qu'il fût, pouvait bien connaître à l'Andalousie ? les taureaux, peut-être une Semaine Sainte pour touristes...

Wenger s'était penché au-dessus de la table et soudain lui avait adressé la parole en anglais.

— Cela vous sera peut-être plus facile. Et comme le jeune homme acquiesçait, il reprit :

— Je suis au courant de... vos ennuis. Les rapports vous concernant m'ont été transmis par la Gestapo.

Imperceptiblement, Jacques avait tressailli. Et Wenger ajouta :

— Je suis le seul au courant, ici. La Police d'Etat ne divulgue ses dossiers que sur demande.

Le jeune homme avait été sur le point de lui demander pourquoi il avait éprouvé le besoin de s'informer à son sujet, mais il avait craint de l'indisposer par des questions. Peut-être après tout était-ce une obligation pour les employeurs, de se renseigner sur leurs ouvriers.

— Vous avez de la chance, reprit Wenger. Il n'est pas sain à notre époque d'aller en prison...

Jacques hocha la tête. Qu'est-ce qu'il appelait de la chance ?

— ... Six mois de forteresse, à votre âge, c'est une épreuve !

La voix de Wenger s'était faite plus douce.

— J'aimerais vous aider. Vraiment. Après votre longue détention, le rythme du travail, ici, doit vous paraître terrible...

Jacques observait l'homme avec une sorte d'étonnement inquiet. Cette main tendue était-elle amicale ? Oh, comme il aurait souhaité... Mais la voix insistait, grave, pressante, qui rendait toute méfiance si malaisée.

— Il faut me le dire, jeune homme ; je puis sans doute vous aider, mieux que cela...

Ah, comme il eût été facile de se livrer, de tout dire, d'abandonner cette cuirasse de défiance dans laquelle depuis des mois il se sentait si seul !

— Voulez-vous ? — Wenger esquissa un imperceptible mouvement de tête. — Allons ! Je vois que vous me croyez. Le travail est très dur, n'est-ce pas ?

Et Jacques avait répondu « Oui », dans un souffle. L'aveu que sa fierté réprouvait avait jailli du plus lointain de son être, comme un appel à l'aide. En face de lui, Wenger n'avait pas bronché, son beau visage penché vers lui sous la lampe, ses yeux qui ne cillaient pas...

Certes, le travail avait été dur ! Et ce n'était pas assez dire ! La feuille de route du jeune homme portait la mention *Hilfsarbeiter.* « Manœuvre », il l'avait été dans toute l'acception du terme. Au début, un hasard malveillant s'était acharné à le désigner pour les tâches les plus ingrates, et il les avait acceptées sans rechigner, persuadé qu'il devait ce mauvais sort à son ignorance de tout métier. King s'était occupé de lui sans relâche, le reléguant dans les sous-sols à bourrer la gueule des chaudières, ou l'abandonnant des jours entiers dans le froid glacial de la cour, sur un tas de décombres à trier. D'autres fois, on l'occupait à des travaux de terrassement ; une masse ou la pioche en main, il abattait des murs ou creusait des galeries souterraines. Il avait appris, aussi, à charger des camions de ciment, arrachant au sol pour les hisser sur ses épaules des sacs qu'autrefois il se serait cru absolument incapable de déplacer. Enfin, quelque temps qu'il pût faire, King avait pris l'habitude de l'envoyer tous les deux ou trois jours « faire l'âne », une des bonnes plaisanteries du *Meister*. Attelé à une charrette, Jacques emportait à travers Breslau des chargements de cinq à six cents kilos de bois ou de ferrailles, souvent même de détritus et d'ordures ; qu'il devait emmener jusqu'aux dépotoirs municipaux à une quinzaine de kilomètres dans les faubourgs de la ville.

Il avait essayé d'accomplir son travail avec conscience, avec zèle même. « Je vais leur montrer !... » se répétait-il ingénument. Il n'avait pas compris tout de suite que plus il acceptait docilement les ordres, plus il en recevrait, que tôt ou tard, onze heures de travail quotidien à ce rythme-là auraient raison de son orgueil. Et qu'il en crèverait.

Un jour, il avait craqué. On l'avait ramassé vers six heures du soir, au moment où l'usine fermait ses portes, étendu sans connaissance sur le ciment d'un hangar, et grelottant de fièvre. Badie et Cario l'avaient transporté jusqu'au camp et jeté sur sa paillasse où trois jours et trois nuits durant il avait déliré, secoué par une fièvre comparable par la violence à un accès de paludisme, et dont il n'aurait jamais cru que la fatigue seule pût être la cause. Alertés par l'Usine, des hommes de la Police de l'*Arbeitsamt* étaient venus chaque jour au camp pour vérifier s'il était vraiment malade. Ils avaient tiré de son grabat trempé de sueur une loque incapable de se tenir debout.

Le quatrième jour, le jeune homme s'était levé de lui-même et les avait suivis, ses forces d'un seul coup revenues. Le médecin de la *Krankenkasse* avait conclu à son rétablissement, et prononcé le verdict attendu : *Morgen, Arbeit.* Le lendemain, il était retourné à l'usine.

Depuis ce jour-là, Jacques n'était plus le même. Inexplicablement cette fièvre avait agi sur son tempérament comme ces maladies de la puberté d'où les adolescents émergent brusquement mûris. Elle n'avait pas seulement aguerri son corps en le restituant à la lutte, vacciné par la fatigue même, mais lui avait montré la faiblesse de toute attitude dictée par l'orgueil.

Dès lors, Jacques résista — et si ce mot avait un sens, c'était bien celui-là. Il résista — sans toutefois y parvenir complètement — à ce besoin immodéré de se donner de l'importance, et s'aperçut bientôt que moins il se prenait lui-même au sérieux, plus il ôtait aux autres leur épaisseur de drame, que mieux il savait rire, moins il était vulnérable. A sa manière, qui était un mélange de souplesse et de détachement, d'acquiescement et d'insolence, il résista aux ordres, à la violence, à la fatigue, à l'ennui, aux hommes. Quant à King, la bête noire des premiers mois, avec ses colères de garde-chiourme, il avait suffi pour lui résister de le trouver ridicule, et de percer à jour, sous le masque de la brutalité, une certaine lâcheté.

Restait Wenger. Celui-là, Jacques se l'avouait avec inquiétude, il n'y avait pas eu moyen de le contrer. L'homme était demeuré une énigme. « Pourquoi ? se demandait-il. De tous ici, il est le plus proche de moi, je le sens, j'en suis sûr. » Plus proche que King, que Sibert, que Karl le petit « arpète », que Stelovsky même qui ne pouvait pas toujours comprendre, parce que le Tchèque n'avait que vingt-cinq ans et qu'à cet âge on n'a pas la même curiosité des autres qu'à cinquante, ni la même patience. Wenger et Jacques, dès le premier jour, s'étaient reconnus : ils appartenaient à la même race d'hommes. D'où venait alors que le malaise persistât, que l'un fût si secret à l'autre qui se savait percé à jour, et que cet étranger fût précisément celui qui offrait sa confiance ? Lequel des deux cultivait le mystère et lequel la méfiance ? Lequel des deux appelait l'autre à l'aide, lequel avait tendu la main ? Car enfin Jacques n'avait pas rêvé, c'était bien Wenger qui avait fait les premiers pas. C'était bien lui qui avait soudain rompu le silence en posant l'incroyable question :

— Vous aimeriez rentrer chez vous ?

Il suffisait de peu de choses pour avoir la tête bourdonnante, et cela, c'était plus qu'il n'en fallait.

Wenger s'était mis à sourire.

— Cela vous ferait-il vraiment plaisir ?

— Plaisir ? murmura Jacques. Il fixait Wenger d'un regard incrédule.

— Vous pourriez rentrer chez vous pour quelque temps, en permission de convalescence. Vous avez été malade, je sais... Si des docteurs qualifiés pouvaient certifier que votre état de santé nécessite un repos, cela me permettrait...

— Ce serait possible ? balbutia Jacques.

— Pourquoi pas ?

Oui, pourquoi pas, puisque Wenger lui-même le disait ?

— Les certificats, je les obtiendrai ! dit le jeune homme.

Une permission pour la France ! Le patron se rendait-il compte de ce qu'il était en train de proposer ? Il ne pouvait ignorer que ces mots-là, c'était de la dynamite !

— Quand vous les aurez, donnez-les-moi, je m'occuperai du reste.

S'il ne parlait pas sérieusement, à quoi donc jouait-il ?

— Vous ne me croyez pas ? fit Wenger, un sourire narquois sur les lèvres.

— Si... Je ne sais pas. C'est merveilleux, dit-il.

— Cependant, reprit Wenger...

Jacques releva un sourcil. Est-ce que le mirage allait s'évanouir ?

— Si pour une raison ou pour une autre, je n'obtenais pas pour vous ce congé, voici ce que je vous propose !

Wenger s'était levé. Cette manière de jongler avec les « si » et les « peut-être », c'était épuisant. Jacques respira profondément. Il tremblait. C'est quand on est sur le point d'être heureux que l'on commence à avoir peur.

— ... Je vous ferai affecter ailleurs, à un travail qui corresponde davantage à vos possibilités et à vos goûts. D'accord ?

— D'accord, dit Jacques.

— Il suffira que l'*Arbeitsamt* vous trouve un remplaçant. Je choisirai moi-même votre nouvelle affectation. Vous êtes content ?

Jacques fit oui de la tête. Le cauchemar était fini. Il n'y avait pas de mots qui puissent expliquer... La porte ouverte, il se détourna et s'enfuit.

CHAPITRE V

Et voici que deux mois plus tard le dialogue interrompu reprenait. Le rideau se levait sur un décor identique : le bureau du patron, la lampe, les dossiers ; d'un côté, carré dans son fauteuil, l'industriel aux cheveux gris, aux mains soignées; de l'autre, dans ses bleus d'ouvrier raidis de poussière et d'huile, le jeune homme au visage mince, barbouillé de cambouis ; face à face, de chaque côté de la lumière, pour questionner et pour répondre, pour jouer à ce jeu dont un seul connaissait le secret. Rien, en apparence, n'avait changé.

Ces dernières semaines, cependant, la situation avait évolué, d'une façon qui ne laissait pas d'être inquiétante. Au prix d'innombrables démarches, de ruses, de mensonges, de manœuvres subtiles, Jacques avait réussi à obtenir les certificats demandés. Le premier, d'un médecin de la ville, qui ne pouvait suffire, mais qui lui avait servi de base pour se faire délivrer les autres, le second d'un docteur assermenté de la *Krankenkasse*. Et enfin, par un tour de passe-passe, qui lui avait demandé des semaines d'un obscur travail d'approche, un certificat en bonne et due forme du médecin militaire de l'*Arbeitsamt* attestant que le jeune homme devait rentrer chez lui en permission de repos ou tout au moins changer de métier. Le dossier avait été remis au patron, mais Wenger n'avait pas réagi. Deux fois, trois fois, Jacques avait demandé à lui parler. En vain. La porte du bureau lui restait obstinément fermée. Un matin que le patron inspectait les ateliers, il avait tout de même réussi à se mettre sur son chemin, mais Wenger ne l'avait pas même regardé, et King s'était précipité sur Jacques pour l'obliger à reprendre son travail. Il s'était décidé à lui écrire. La lettre était restée sans réponse.

Désemparé, Jacques s'était alors confié à son ami Stelovsky « Je te conseille de ne pas trop te faire d'illusions sur cette histoire de permission », lui avait dit le Tchèque. En revanche, il lui avait proposé de l'aider à réaliser le programme de rechange, son affectation nouvelle. Il lui avait trouvé un remplaçant, un mécanicien tchèque arrivé à Breslau dans un des récents convois de travailleurs. Proposé par téléphone à Wenger, il avait été aussitôt embauché. Maintenant, il y avait plus de huit jours que le remplaçant avait commencé de travailler à l'usine, et Jacques attendait toujours sa nouvelle affectation. Stelovsky venait de dénicher le boulot rêvé : un emploi de chauffeur-livreur chez un quincaillier en gros. Le patron de la nouvelle firme s'était même engagé à réclamer Jacques en temps voulu aux bureaux de l'*Arbeitsamt*. Encore fallait-il que Wenger acceptât de le laisser partir.

Jacques attendait que Wenger levât la tête. Il sentait, sous ses mains croisées dans son dos, rouler la laine de son béret. Une pendulette ronde, toute seule sur le haut d'un meuble en fer, cliquetait les secondes.

Wenger referma le dossier d'un claquement sec, et posa ses yeux sur le jeune homme. Ses traits paraissaient tirés.

— Qu'est-ce que vous voulez ? Le ton de la voix, neutre, ne décelait ni impatience ni curiosité.

— Vous m'avez fait appeler, monsieur.

— C'est exact... Wenger repoussa sa chaise, et son visage sortit du foyer lumineux de la lampe... Mais c'est vous qui avez quelque chose à demander, n'est-il pas vrai ?

— Oui, murmura Jacques. J'ai essayé de vous voir plusieurs fois.

Wenger sortit un étui de cuir de sa poche et alluma une cigarette. Son visage se détendit, et il fixa le jeune homme avec bonhomie.

— Je sais. J'ai reçu votre lettre.

— Je voulais savoir, reprit Jacques le cœur battant, si vous aviez bien eu communication des certificats médicaux que je vous ai fait parvenir.

— Des certificats? Ah, oui... En effet.

— Il y en avait trois...

— J'en ai pris connaissance.

Wenger ouvrit un tiroir et en sortit un dossier qu'il posa sur la table. La première feuille sur le dossier était une fiche jaune. Il l'examina un instant sous la lampe.

— Vous avez manqué cinq jours pleins pour cause de maladie, lut-il sur un ton monocorde.

— Oui... Un accès de fièvre...

— Au cours des dernières semaines, vous avez pointé quatre fois en retard.

— Quatre fois ?

— Pour quelles raisons ?

— Je ne sais pas... Je ne me rappelle que deux fois. J'avais manqué le tramway.

Wenger posa la feuille sur le bureau et croisa les mains. Jacques crut voir s'amorcer un sourire sur son visage.

— Il ne faudra plus arriver en retard. Cela n'est pas permis.

— Bien, monsieur.

Il fallait absolument empêcher la conversation de dévier.

— Je n'ai pas besoin de vous rappeler, continua Wenger, qu'il existe des camps spéciaux qui sont réservés aux mauvais travailleurs. Je serais désolé qu'il vous arrivât quelque chose de ce genre.

— Oui, dit Jacques. Moi aussi...

— Votre travail laisse à désirer. C'est très grave. Il suffirait que vous soyez encore une fois en retard pour qu'à mon grand regret, vous soyez envoyé par la Police dans un de ces camps de concentration.

« Allons bon ! » pensa Jacques. Ces camps disciplinaires, il en avait entendu parler. Un tas d'histoires sinistres circulaient à leur sujet, auxquelles jusqu'à présent il n'avait pas attaché beaucoup d'importance. Des gars disparaissaient, c'était certain. Arrêtés ? En fuite ? Comment savoir ? Ils n'étaient plus là : on les oubliait.

— Je ne sais pas si vous m'avez bien compris, dit Wenger en regardant distraitement ses ongles.

— Si, si, parfaitement. Mais je vous assure que si j'ai pointé parfois en retard, ce n'était pas par mauvaise volonté.

Pointer ! Pointer ! Ils n'avaient que ce mot-là à la bouche ! Chez eux, sur la table de nuit, à côté de la photo du *Führer*, il devait y avoir une machine à pointer. Pour bouffer, pour dormir, pour faire l'amour.

— Ces certificats... dit le jeune homme.

— Ils sont joints au dossier.

— Je peux donc espérer... Vous m'aviez promis qu'une permission...

— Je croyais vous avoir fait comprendre, dit Wenger dont le regard s'était durci, qu'il ne fallait pas compter sur cette permission.

— Ne pas compter dessus ? Mais je croyais au contraire... Vous m'aviez assuré...

— Ces certificats ne peuvent pas suffire.

— Pourtant, monsieur, ils sont très explicites ; les docteurs...

— Ce ne sont pas les docteurs qui commandent ! trancha Wenger. C'est moi qui décide.

Jacques lui jeta un regard désemparé. — Ces trois certificats qu'il s'était donné tant de mal à obtenir ! Qu'est-ce que tout cela signifait? — Le jeune homme passa une main sur son front.

— Mais, monsieur Wenger, c'est vous-même qui m'avez proposé cette permission, il y a deux mois.

— Vous avez mal compris.

— Non, non, dit Jacques en secouant la tête, vous m'avez dit...

— Depuis combien de temps êtes-vous ici ? coupa Wenger.

— Six mois.

— Votre contrat stipule que vous devez rester ici un minimum d'une année. Vous attendrez. D'ailleurs, les permissions pour la France sont supprimées.

— Je ne crois pas, dit Jacques.

— Plaît-il ?

Le jeune homme baissa la tête. Des mensonges, un tissu de mensonges ! Comme c'était simple. Il suffisait de nier. Quand on est le plus fort, on peut faire que les choses n'aient jamais existé, que les mots n'aient pas été dits. C'est facile. Ni vu, ni connu. Rien dans les mains, rien dans les poches, on escamote l'espérance.

Wenger s'était levé, repoussant sa chaise d'un geste brusque.

— C'est tout ? interrogea-t-il.

— Non ! dit Jacques. Ce n'est pas tout !

Une sourde colère grondait en lui, refluant les larmes qui remplissaient ses yeux. Oh ! non, ce n'était pas tout ! Il y avait autre chose. Maintenant qu'il était là dans ce bureau, il allait falloir sauver ce qui pouvait être sauvé de ce naufrage. Jacques fit un violent effort sur lui-même. Ce n'était pas le moment de se mettre en colère.

— C'est entendu, monsieur Wenger, nous ne parlerons plus de permission...

Les mots coulaient sans effort. Les mains crispées sur son béret, Jacques s'étonnait d'entendre sa propre voix s'élever avec calme, avec détachement, dans la semi-obscurité de la pièce. Il lui sembla que quelqu'un d'autre parlait à sa place, qui n'avait pas conscience de la menace, qui ne devait rien ressentir, ni espoir, ni peur; et qu'il l'écoutait, stupide et glacé, jetant d'un pied sur l'autre le poids insupportable de son angoisse.

— ... Mais si vous le permettez, j'aimerais vous parler de ma nouvelle affectation.

— Nous pourrons examiner cela plus tard.

— Monsieur Wenger, j'aimerais autant qu'on en parle tout de suite.

Wenger eut un geste d'impatience et consulta sa montre-bracelet. Le jeune homme en profita pour enchaîner.

— Vous m'aviez dit, monsieur, que vous ne verriez pas d'inconvénient à ce que je quitte cet établissement pour un autre. Vous aviez apporté une condition à votre accord : je devais être remplacé. Le remplaçant, le mécanicien tchèque Vlasek, travaille ici depuis huit jours. Je vous demande donc de bien vouloir me laisser libre de me présenter à l'*Arbeitsamt*.

Adossé au mur, Wenger gardait le silence.

— L'interprète de l'*Arbeitsamt*, reprit Jacques, monsieur Stelovsky...

— Nous sommes en temps de guerre, coupa Wenger froidement. Vous n'êtes pas libre !

— Je ne demande pas de ne plus travailler. Je comprends très bien...

— Je ne crois pas que vous compreniez.

— ... Je vous demande seulement de me laisser travailler ailleurs.

— Vous n'êtes donc pas bien ici ?

— Pas mal, merci, articula Jacques, mais je pense que je pourrais trouver une occupation plus en rapport...

— Je ne pense pas.

— Stelovsky m'a assuré...

— Stelovsky, Stelovsky ! interrompit de nouveau Wenger. — Il fit quelques pas de long en large. — Votre ami est venu me voir ce matin. Il a trouvé pour vous une place de livreur chez un quincaillier.

— Oui... C'est cela.

— De quoi se mêle monsieur Stelovsky ?

Le patron avait fait un pas en avant. Ce visage lisse, ce regard lavé, Jacques se demandait s'il allait enfin s'animer. Mais peut-être Wenger n'était-il même pas en colère.

— Dois-je vous rappeler, jeune homme, reprit Wenger sur un ton égal, que vous travaillez dans mon usine, à mon service, encore une fois que nous sommes en temps de guerre ? Vous ne comptez pas. Les hommes comptent très peu aujourd'hui, il y en a beaucoup. Vous ne comptez actuellement que pour ce que je vous autorise à être : mon ouvrier. Vous ne pouvez donc en appeler à une autre autorité que la mienne. Tâchez d'en tenir compte à l'avenir.

Le patron posa ses deux mains sur la table et se pencha vers Jacques. Il parlait sans élever la voix, du bout des lèvres, comme s'il racontait une histoire sans intérêt qui ne nécessitât pas de l'auditoire une attention excessive.

— Vous avez voulu intervenir. Vous avez eu tort. Je n'admets pas que l'on vienne me dire ce que j'ai à faire.

Wenger esquissa un sourire.

— Vous êtes très bien ici, non ? Si j'étais vous, je me tiendrais tranquille. Vous pourriez quitter cet endroit dans des conditions très... tristes, pour nous deux.

Son sourire ne déplissait que les lèvres ; le regard restait vide. Jacques n'avait jamais vu un sourire dont le regard fût à ce point absent. Est-ce qu'on pouvait sourire, juste avec les dents ?

Le jeune homme frissonna. Il haïssait cet homme.

— Comment pouvez-vous... murmura-t-il. A ma place...

— A votre place, dit Wenger sèchement, je ferais très attention. Ne me défiez pas.

— Je ne vous défie pas ! cria Jacques. J'essaye seulement de sauver ma peau. Vous ne pouvez pas comprendre cela ?

— Vous y tenez donc tellement ? demanda Wenger tout à coup.

— Hein ? fit Jacques, à nouveau sur ses gardes.

— Vous tenez absolument à quitter cet établissement ?

— C'est-à-dire... Vous me laisseriez vraiment tenter ma chance ?

— Peut-être, dit Wenger.

Il inscrivit quelques mots sur un bout de papier qu'il glissa rapidement dans le dossier de Jacques.

— Je pourrai me présenter à l'*Arbeitsamt*?

Wenger fut secoué d'une sorte de rire intérieur qui ne faisait aucun bruit.

— Vous n'avez jamais travaillé sur les voies ferrées ?

— Non.

— On travaille au grand air. Excellent pour la santé. Et très instructif.

— Hum, fit Jacques...

— Et les mines de sel?... Entendu parler?

— Oui, vaguement. Je préfère la quincaillerie.

— Vous ferez ce qu'on vous ordonnera, dit Wenger en élevant le ton. Rien d'autre. — Sa voix se radoucit. — Vous pouvez disposer.

— Alors, vous acceptez, je peux me présenter à l'*Arbeitsamt*?

— A partir de lundi prochain.

Jacques salua, et se retourna pour sortir. Il ne savait pas s'il devait se réjouir ou non. « Qu'est-ce encore que ce coup fourré ? » Il était allé jusqu'au bout de son courage, espérant qu'après il n'y aurait plus d'incertitude, d'une manière ou d'une autre. Mais l'incertitude demeurait. Il ouvrit la porte, et jeta un dernier coup d'œil à Wenger. Le patron s'était rassis à son bureau. Son visage seul émergeait de l'ombre, pâle et détendu. L'œil bleu, inondé de lumière, était posé sur lui. Wenger secoua la tête.

— Vous l'aurez voulu, dit-il.

CHAPITRE VI

Le ciel était d'un gris de plomb. Il pesait sur les maisons, au ras des toits. « Il va neiger, pensa Jacques. Ce soir peut-être. » Il pressa le pas. S'il était surpris par la neige avec son chargement, il aurait du mal à revenir. Il tira sur la corde, d'un coup d'épaules, et la carriole bondit en avant, les deux brancards imprimant une secousse à ses poignets. La charrette était une simple caisse sans couvercle, de trois mètres sur deux, posée sur deux roues. Elle sautait allégrement derrière Jacques. Le grincement des roues sur la chaussée lui remplissait les oreilles. Une promenade. « Si seulement il ne faisait pas si froid ! » Un vent glacé soufflait par rafales, soulevant autour de lui des tourbillons de poussière blanche. A chaque croisement, le vent s'engouffrait par les rues transversales et le clouait sur place avec son attelage. Il fermait à demi les yeux, et repartait, courbé dans le vent. La charrette était vide ; mais tout à l'heure, ce serait moins facile.

Plus que cinq minutes avant d'arriver. A la petite place au bout de l'avenue, il prendrait la première rue à droite. Il se souvenait du chemin ; il l'avait déjà pris plusieurs fois. « Qu'est-ce que ce sera ce coup-ci ? Des planches, probablement. » De toute façon, il n'en rapporterait pas plus de cinq cents kilos. Si on lui en confiait davantage, il ne pourrait même pas faire démarrer la carriole. « Peut-être seulement des cales, ou des traverses. » C'était plus facile à caser. Lorsque King lui avait remis le bon de commande, Jacques ne l'avait pas lu. Il n'avait pas écouté non plus le discours dont le *Meister* l'avait gratifié, ne retenant, entre deux aboiements, que le nom de la scierie. C'était tout. Il avait dit *ja* deux ou trois fois, d'un air pénétré. Les ordres ! À quoi bon se frapper ?

Maintenant, il y avait bien une heure qu'il marchait. Encore un tournant, et il serait arrivé. En levant la tête il vit, se découpant sur le ciel au-dessus des maisons, les trois cheminées noires de la scierie.

Jacques pénétra dans la cour de l'usine. Le vacarme était assourdissant. Le grincement strident des scies entamant les troncs ou tournant à vide, le claquement régulier des courroies, le cri des poulies, le froissement des grosses chaînes le long des treuils, évoquèrent pour le jeune homme ces descriptions des forges de Vulcain qu'il avait lues, enfant, dans un grand livre d'images rouge et or illustré par Gustave Doré. Il arrêta sa charrette dans un coin de la cour, et s'avança sous le hangar, où des ouvriers s'affairaient. Personne ne lui prêtait attention. Il huma l'air. Ça sentait la résine, une bonne odeur de bois fraîchement débité. Il se baissa, ramassa une poignée de sciure fraîche, et commença à se frotter les mains. Rien de tel, pour enlever le cambouis. Deux fois il recommença, jusqu'à ce que la sciure coulât entre ses doigts, toute sèche, et blanche comme du sable, saupoudrant le bout de ses souliers. Il traversa le hangar. Le bureau du patron se trouvait de l'autre côté. On y accédait par un petit escalier de trois marches. Une ampoule jaune qui se balançait dans l'encadrement de la fenêtre éclairait un bureau couvert de papiers autour duquel deux hommes discutaient. « Occupé », se dit Jacques. Et il alla s'asseoir sur un tas de sacs un peu en retrait, contre le baraquement.

« Je ne suis pas pressé ! » Il faisait bon rester là, sous ce hangar, à l'abri du vent. Après cette balade dans le froid glacial des rues, l'endroit lui parut tiède à souhait. Ses oreilles commençaient à se réchauffer, ses doigts gourds à se délier. Le sang affluait peu à peu au bout des doigts avec des petits picotements aigus, sauf à ceux de la main droite qui étaient encore très blancs et insensibles. Il les glissa sous son chandail, contre son ventre chaud. Le ronronnement des scies mécaniques le berçait, comme les ronflements de la chambrée, le soir. Il rejeta son béret en arrière et appuya sa tête contre le mur. De grosses poutres de fer soutenaient le toit du hangar. Il en compta sept. Au bout, il y avait une verrière par où filtrait un jour gris. Il ferma les yeux. Puis les rouvrit. Il recompta les poutres dans l'autre sens. Des poutres toutes nues, avec de gros boulons, comme sur les traverses de chemin de fer. Dévisser les boulons... Le hangar déraillerait. Des poutres et des poutres, de toutes les dimensions, sur des montants en fer. On peut y monter comme sur des échelles d'incendie. Au-dessus des poutres, le couvercle du ciel, d'un gris métallique. C'est étouffant. Mais au milieu de cette grisaille uniforme, découpée au chalumeau, il y a une trouée bleue. Un autre ciel, plus lointain, qui doit être celui d'avant. Celui-là, c'est le vrai. Peut-être est-il possible d'aller de ce côté. Il suffit de monter là-haut, de se glisser sur le ciel gris, et de marcher. On peut marcher dessus : il tient. Après, il n'y a plus qu'à marcher le plus longtemps possible pour arriver quelque part. Personne ne le rattrapera là-haut. Personne ne peut plus le voir. Pourtant il faut faire attention. Il y a des crevasses, des ornières, du verglas aussi, et la route n'est pas nettement marquée. Ni bornes, ni poteaux indicateurs. Alors, il va tout droit. Il ne peut pas faire autrement; d'ailleurs il est sur des rails. C'est idiot ; il ne comprend pas comment il peut être sur des rails. Et il se retourne. Aussitôt il le regrette. S'il ne s'était pas retourné, rien ne se serait passé. On peut provoquer les pires catastrophes rien qu'en se retournant. Cela suffit. Il s'est retourné parce qu'il avait peur, et maintenant il sait qu'il ne pourra plus empêcher ce qui va se produire. Un point noir grossit, se rapproche de lui à une allure vertigineuse, grandit, grandit. Une locomotive. Il n'a plus le temps de se retourner, de fuir ; elle est sur lui. Elle lui passe dessus, le couche sans lui faire de mal, et le couvre d'ombre. Il rampe sous le monstrueux châssis, entre les roues, et se relève, honteux. Wenger est là. C'était lui. Il le savait. C'est pour ça qu'il s'est retourné tout à l'heure. Il avait toujours été là. Il a allumé un feu au bord de la voie; dans la glace, et maintenant il se tient tout contre le tablier de la locomotive. Le feu dégage une fumée épaisse et noire. — « Vous allez faire fondre la glace ! » — Wenger sourit, et retire un dossier jaune de la poche intérieure de son veston. — « Vous aviez oublié vos papiers. Où vouliez-vous aller sans papiers ? » — Jacques tend la main, incrédule. Wenger ouvre le dossier, prend les feuilles une à une, et les jette dans le feu où elles font jaillir une grande flamme claire. — « Vous êtes fou ! Qu'est-ce que vous faites ? crie Jacques en se précipitant vers le feu. Mes certificats !... » Wenger allume une cigarette et le regarde. Cet œil, cet œil bleu ! Jacques ramasse un tison et se jette sur lui. Brûler ce visage, crever cet œil. Il veut lui porter un coup sauvage, mais son bras s'enfonce dans le vide, et la torche s'éteint dans un chuintement humide. L'œil, énorme, a tout absorbé. Surmontant sa répugnance, il en retire son bras dégouttant d'eau, et s'aperçoit qu'il pend, informe, sans main. Alors, il s'éloigne, glacé de terreur, sans se retourner. Il marche, il marche de plus en plus vite, puis se met à courir comme un fou, portant devant lui son bras qui diminue peu à peu et fond dans le vent. Il court, trébuche, se relève, repart, poursuivi par une peur inconnue. Une main le saisit soudain à l'épaule, et l'arrête net.

— Hé ! Qu'est-ce que tu fous là ?

Jacques sursauta et ouvrit les yeux. Un homme était penché sur lui. Un chandail gris de grosse laine dans une salopette ; un visage rieur sous une casquette d'où s'échappaient de longues mèches de cheveux blonds. Jacques passa une main sur son front.

— Tu m'as fait peur !

— D'où sors-tu ?

Le jeune homme à la salopette avait croisé les bras et le regardait d'un air narquois.

— T'as bien dormi ?

— Pierrot, tu tombes à pic !

Jacques se redressa péniblement. Ses jointures craquèrent. Le plomb du sommeil avait coulé jusque dans ses membres. Il regarda ses mains et se mit à rire.

— Ce qu'on peut être con en dormant !

— Qu'est-ce que tu viens faire chez nous ?

— Chercher une commande.

— Ça va à l'usine ?

— Pas fort. Je suis en pétard avec le patron !

— T'as pas changé. Toujours des problèmes. Avec toi, y a pas de milieu : ou tu roupilles ou tu te grattes ! Fais donc comme moi : est-ce que je me casse la tête ?

— Je sais... Tu dois avoir raison...

Cette salopette, ce chandail propre, ce visage tendre et frais comme la jeunesse, que ne souille aucune tache d'huile. On devient peut-être gai, à travailler le bois, parmi les copeaux bien blancs, l'odeur de résine et les tas de sciure.

— Il est chic, ton patron ? demanda Jacques.

— Y gueule. Une nature. Un type qui gueule, ça mord pas... Dis-donc, tu sais que j'ai une chambre en ville ?

— Sans blague, où ça ?

— *Oderstrasse,* près du *Ring,* avec un copain. J'ai quitté le camp il y a huit jours. Je te montrerai... Vingt-deux, v'là le patron !

La porte du bureau venait de s'ouvrir. Une tête hirsute apparut, suivie d'un long buste muni de bras qui n'en finissaient pas.

— Tas de fainéants ! rugit le gorille. Au travail !

Et plus vite que ça! Puis, apercevant Jacques : Qu'est-ce que tu veux, toi ?

Le jeune homme tira de la poche de sa vareuse un papier plié en quatre.

— Je viens pour une commande. Voilà le bon.

Le patron déchiffra la note, et fit signe aux garçons de le suivre. Ils traversèrent le hangar, puis la cour et pénétrèrent dans un nouveau hangar qui servait de dépôt. Des piles de planches de toutes dimensions y étaient remisées en tas bien réguliers. Le patron s'arrêta devant l'une d'elles.

— Voilà, dit-il.

Jacques s'approcha et mesura les planches du regard. Elles avaient bien six mètres de long.

— Elles rentrent pas dans ma charrette.

— Vous êtes venu avec une charrette ? — Le patron hocha la tête. — Il y en a six cents kilos.

— Il faut les scier, dit Jacques.

— Tut... tut... Vous devez les emporter comme ça.

— Mais ce n'est pas possible, je vais bloquer toute la circulation...

Le patron haussa les épaules.

— Ce n'est pas moi qui ai rédigé l'ordre.

Il signa le papier et le tendit à Jacques.

— C'est écrit là.

Il se tourna vers le jeune homme à la salopette :

— Aide-le à charger, toi. Mais que je ne vous y prenne pas à bavarder, tous les deux !

Jacques se gratta la tête.

— Je me demande comment je vais les emporter, ces planches !

Il était plus de trois heures de l'après-midi lorsque les deux garçons eurent achevé de charger leur tombereau. Il avait fallu, après plusieurs essais infructueux, se décider à poser les planches en travers de la charrette, puis immobiliser la charge aux deux bouts par des pieux perpendiculaires cloués dans les quatre coins de la caisse. Placer les planches dans le sens de la marche s'était en effet révélé impossible, Jacques occupant l'espace entre les brancards. Une fois terminé, les jeunes gens contemplèrent leur ouvrage avec satisfaction. Sans doute le véhicule avait-il une allure insolite, avec ses lattes de six mètres dont les extrémités oscillaient à droite et à gauche jusqu'à frôler le sol ; mais il roulerait. A condition qu'on le lance au départ, et qu'on ne l'arrête plus. Une fois immobilisé, ce serait le diable pour le relancer. « Si jamais je tombe sur des feux... » pensa Jacques. Par précaution, les deux garçons placèrent des chiffons rouges à l'arrière et sur les côtés de l'échafaudage branlant et craquant de toutes parts. Arrachant une petite sonnette de signalisation qui pendait sous une des presses de l'atelier, Pierre la fixa à la cheville de son camarade. « Tu risques d'en avoir besoin ! » Enfin Jacques s'était attelé à la carriole, la corde autour de l'épaule, les mains serrées sur les brancards.

— Je tire, ou je pousse ?

— Je crois qu'il vaut mieux que tu tires.

— Derrière, je ne vois rien !

— T'en fais pas, on te verra.

— Bon, allons-y !

Les deux garçons, l'un arc-bouté dans les brancards, l'autre adossé au chargement, avaient ébranlé l'énorme machine qui s'était mise en marche en grinçant.

— Ça roule ! dit Jacques. Je crois que tu ferais bien de me donner un coup de main pour descendre la côte. Sinon avec le barda que j'ai aux fesses, je vais m'écraser sur le mur d'en face !

La pente était raide, à la sortie de la scierie. Ils s'y engagèrent avec précaution. Un pavé, deux pavés. « Attention au trou ! Vas-y molo ! » Jurant et soufflant, ils finirent par arriver dans la rue. Ils s'arrêtèrent. La ville commençait là.

— Bon, dit Pierrot. Ça ira...

— Putains de planches ! dit Jacques.

Le vent soufflait de plus belle, aigre, suffocant.

Quelques rares passants glissaient furtivement le long des murs sans regarder autour d'eux. Un camion passa, soulevant un nuage de poussière.

— On se les caille, dit Pierrot.

— T'as raison. Je m'en vais.

Les jeunes gens s'arc-boutèrent de nouveau, l'un devant, l'autre derrière, et la carriole se remit en marche.

— Au revoir, cria Pierrot.

Jacques tourna la tête :

— Je te rapporterai la clochette ! Et il agita la jambe.

C'était lourd, mais ça roulait. Il n'y avait qu'à tirer d'un pas égal. L'important était de rentrer au garage dans les délais. « Pas la peine de s'énerver. Il reste un sacré bout de chemin !... » Une heure, deux heures peut-être. En ville, dans le centre, les choses pourraient bien se corser. Les autos, les tramways, les feux rouges. Et puis, son épaule ne tarderait pas à lui faire mal. Mais les ennuis commenceraient vraiment s'il était obligé de s'arrêter.

La première catastrophe faillit se produire aussitôt. A moins de cent mètres, Jacques se trouva nez à nez avec un homme qui poussait devant lui une brouette remplie de sable. Entre ses brancards, Jacques esquissa une mimique impérative pour l'inciter à se ranger, non sans agiter fébrilement sa sonnette. Incapable de ralentir sa charrette lancée dans le virage, il escalada brutalement un coin de trottoir et manqua faucher au passage le malheureux maçon. L'oreille basse, il continua son chemin sans répondre aux vociférations de l'ouvrier qui, de saisissement, en avait renversé sa brouette.

Herbertstrasse, Mainstrasse, Erfurter Platz, le pont de Catherine sur l'Oder, avec ses trois arches de pierre. Le fleuve roulait des eaux sales. Aux flancs des chalands immobiles venaient fondre des glaçons. Friedrichstrasse. La ville. Au-dessus des toits, les deux flèches du *Rathaus*. « Il vaut mieux que j'évite le Ring », pensa le jeune homme.

Au moment d'aborder la grande place sillonnée de tramways, il obliqua sur la droite dans une petite rue pavée qui lui parut peu encombrée. La corde commençait à lui scier l'épaule ; à chaque pas il lui semblait qu'elle s'enfonçait un peu plus profondément dans sa chair, juste sur la clavicule. Crispées sur les montants, ses mains bleuissaient aux jointures. Il ne les sentait plus.

Jacques venait de s'engager dans la rue lorsqu'il s'aperçut que des rails, à ses pieds, suivaient le bord du trottoir. « Il faut que je sorte d'ici au plus vite ! » Presque aussitôt, il entendit derrière lui tinter la cloche du tram. « Nous y voilà ! » songea-t-il, et il se maudit d'avoir emprunté ce chemin « pour plus de prudence ». Se courbant davantage, il accéléra l'allure. Le tombereau se mit à bondir sur les pavés avec de tels grincements que le chargement parut prêt à se désagréger. Ding, ding ! Ding, ding ! D'une sonnette insistante, le tram réclamait le passage. « La barbe ! grommela Jacques. Laisse-moi le temps d'arriver au bout de la rue ! » Tout à coup, à cent mètres devant lui, un camion militaire déboucha. « Cette fois, se dit-il, je suis foutu ! » A deux, dans le même sens, on pouvait encore s'en tirer, à condition de n'être pas trop pressés. A trois, et en sens inverse, pas question ! Les six mètres d'envergure de son chargement barrant les trois-quarts de la chaussée, personne ne pourrait plus passer du tout, ni dans un sens, ni dans l'autre. Et cet imbécile de camion qui continuait d'avancer ! Le tramway sonna derechef. Jacques jura tout haut, déversant à la cantonade un flot d'insultes. Retenant la carriole de toute la force de ses bras, et se servant de ses godillots pour freiner, il essaya de ralentir l'allure progressivement. Il n'allait tout de même pas s'écraser bêtement sur le capot du camion. Celui-ci était maintenant tout proche. A travers la vitre de la cabine, Jacques pouvait voir le visage hilare du conducteur. « Enfant de salope ! hurla-t-il, ça te ferait mal de reculer ? » Le chauffeur, un soldat de la *Wehrmacht*, faisait de grands moulinets avec le bras et actionnait son klaxon en riant. « Qu'est-ce que je fais, maintenant ? » Quelqu'un devait se décider au plus vite, et se ranger sur le côté. Ce ne serait pas le tram. Le camion non plus, semblait-il. « C'est encore moi, le cave », ragea-t-il. Il ne lui restait plus qu'à tourner sa charrette de telle sorte que ses six mètres de planches se profilent dans le sens de la rue. Le tram pourrait passer, puis, dans le sens inverse et en montant sur le trottoir, le camion. Mais lui, Jacques, sa carriole arrêtée, ne pourrait plus repartir. La mort dans l'âme, il s'apprêtait à entamer la manœuvre, lorsqu'une motocyclette conduite par un *Feldwebel* doubla le camion et stoppa à quelques mètres du jeune homme.

— Voulez-vous dégager le chemin immédiatement ! hurla l'officier.

— Attention à tes arpions ! cria Jacques.

Il n'était plus qu'à quelques pas de la moto et commençait à esquisser son tournant.

— Arrêtez ! Tout de suite !

— Impossible !...

— Espèce de saboteur de la circulation ! Cochon d'étranger! éructa le *Feldwebel* qui fourrageait dans son ceinturon à la recherche de son revolver. Je vous donne l'ordre de lâcher cette charrette à l'instant même !

— *Heil Hitler !* dit Jacques.

Et il leva les mains. D'un seul coup la charrette oscilla, les deux brancards se redressèrent, et tout l'arrière de l'échafaudage s'écrasa sur la chaussée dans un vacarme épouvantable de planches brisées.

Son revolver à la main, médusé, le *Feldwebel* contemplait le désastre. La caisse du tombereau était à moitié défoncée. Un des pieux s'était brisé à l'arrière et une bonne partie du chargement avait versé sur le sol.

— J'attends, reprit le militaire, un poing sur la hanche.

— Mon lieutenant, qu'est-ce que vous attendez ?

— Vous ne voyez pas que vous encombrez toute la rue ?

— Si, dit Jacques.

— Otez-moi ce bastringue de là ! Et plus vite que ça !... Vous m'entendez ? Et il pointa son arme sur le jeune homme.

— Tout de suite, mon lieutenant. — Jacques fit un geste dans la direction du revolver. — Vous devriez faire attention, il est peut-être chargé !

Il avait remis son béret, et soufflait sur ses doigts pour les réchauffer. Se retournant vers le conducteur du tram qui était descendu de sa plate-forme et, les mains dans les poches, considérait l'entassement des planches d'un œil critique, il lui jeta, l'air bonhomme :

— Salut, papa ! On se distrait comme on peut, pas vrai ?

— *Was ?* fit le trolleyman.

— Je vous ai donné un ordre! s'impatienta le *Feldwebel.*

Des ordres ! Comme si c'était à la portée de n'importe quel abruti de donner des ordres ! Avec la prétention d'être obéi par-dessus le marché !... Malgré son désarroi, Jacques eut envie de rire. Il regarda l'homme, ses petits yeux ronds à fleur de casque, son ceinturon briqué, ses bottes. Il était si rassurant, avec son attirail à faire peur aux passants, et sa grande gueule ! « T'as bonne mine, avec ton casque et ta pétoire ! marmonna Jacques. C'est pas avec cette panoplie que tu vas dégager la chaussée... »

— Mon lieutenant, — il désigna d'un geste le tas de planche — si vous voulez voir disparaître toute cette cochonnerie, vous serez obligé de me prêter votre aimable concours.

— Caporal Fuchs! rugit le sous-officier.

Le conducteur du camion dégringola de son siege, et se présenta, la main sur la couture du pantalon.

— Veuillez aider cet ouvrier à nettoyer la voie sans délai !

— *Jawohl, Herr Leutnant !*

L'attention de Jacques fut attirée soudain par une jeune femme arrêtée non loin d'eux sur le trottoir. Immobile, elle observait le groupe gesticulant. Son visage, encadré de boucles brunes à demi dissimulées sous un capuchon, était rosi par le vent. Une lueur malicieuse brillait dans ses yeux. Un instant le regard de la jeune femme croisa le sien, et Jacques en ressentit comme un choc. « Je suis bête ! » pensa-t-il. Il n'était plus un enfant ; était-il concevable à son âge, de s'émouvoir ainsi parce qu'une jeune inconnue passait dans la rue et le regardait ? « Elle est jolie », pensa-t-il encore, avec une sorte de pincement au cœur qui ressemblait à du plaisir. Après tout, c'était gentil de sa part d'être jolie. C'était inattendu. Et il lui en savait gré, une chaleur subite dans la poitrine, comme s'il venait de retrouver, à ce signe de connivence la douceur d'un monde oublié. La fille, à nouveau, le fixait du regard. Sa main, remontant à son visage, en chassa une boucle rebelle. Jacques, machinalement, lui adressa un imperceptible salut de la tête, et à sa grande confusion, il lui sembla qu'elle lui avait souri. « J'ai des visions, maintenant ! » Et, fronçant les sourcils, il lui tourna le dos. Mais déjà, il regrettait son geste. « Je suis trop stupide ! » Il était furieux, d'abord de s'être laissé intimider par une simple apparition, et puis de l'avoir repoussée aussi grossièrement. Elle était ravissante, cette fille... et elle lui avait souri. Quand il se retourna, elle n'était plus là. Il distingua, au bout de la rue, sa silhouette encapuchonnée de laine grise qui s'éloignait.

CHAPITRE VII

Ils s'étaient mis à trois pour ramasser les planches, le caporal Fuchs, le trolleyman et Jacques. A la satisfaction générale, le *Feldwebel* était parti, emportant sur sa moto pétaradante sa panoplie de croquemitaine. Tant bien que mal, on avait consolidé le pieu arrière, rafistolé la caisse et redonné au chargement un équilibre approximatif ; puis remisé le tout sur le côté. Le tram avait pu passer, puis, après deux ou trois manœuvres, le camion. Quand celui-ci avait démarré, Jacques avait couru le long de la portière, et appelé : « Eh, caporal ! Ne me laisse pas tomber ! » Mais Fuchs avait profité des vrombissements de son moteur pour ne rien entendre. Pas question de redescendre de la cabine pour aider cette espèce d'Espagnol à pousser sa charrette ! Il s'était rendu bien assez ridicule comme cela dans cette affaire d'encombrement, et n'avait perdu que trop de temps. Quelques instants plus tard, il ne restait plus, dans la rue déserte, qu'une voiture de charpentier ambulant, autour de laquelle tournait un malheureux en proie à la plus grande perplexité.

Un moment pourtant, Jacques crut qu'il réussirait à repartir. En déplaçant le poids des planches vers l'avant, et en se suspendant à la pointe des brancards, il parvint à remettre la charrette à l'horizontale. La corde au creux de l'épaule, il tira de toutes ses forces, mais ce fut peine perdue. Cinq fois, six fois, il reprit son élan, et tenta d'arracher à son inertie l'énorme charge. En vain. Chaque fois il sentait ses forces diminuer un peu plus. Alors il laissa remonter les brancards, et s'assit sur le trottoir, découragé.

Demander l'aide de quelqu'un, mais qui ? Les rares passants, des femmes ou des employés de bureau, marchaient vite, l'air préoccupé, sans lui prêter attention. Les regards distraits qu'ils jetaient au passage ne l'incitaient guère à les aborder. Une troupe de jeunes gens portant l'uniforme noir de la *Hitlerjugend* s'engagea dans la rue. Ils défilèrent en rangs, marquant le pas, sérieux comme le destin. Jacques allait se porter à leur rencontre, mais se ravisa. « Avec eux, je n'ai aucune chance ! » Ces petits guerriers en rupture d'école affichaient à l'endroit des ouvriers étrangers une hostilité que le moindre prétexte suffisait à faire éclater au grand jour. Jacques était à peine plus âgé qu'eux. S'il réclamait leur aide, en admettant qu'ils ne la lui refusassent pas grossièrement, ils la lui feraient payer de tant de hauteur qu'il ne pourrait pas le supporter sans se mettre en colère. Jacques les laissa s'éloigner sans bouger. Il ne put s'empêcher toutefois, d'admirer la gravité de leur démarche, et cet air martial dont ils s'affublaient comme d'un vêtement trop grand pour eux. « Bonne graine de *S.S.* », pensa-t-il. Le même poignard au côté que leurs aînés, les derniers gosses, en queue du détachement, ne devaient pas avoir plus de dix ans. « Non, ce qu'il me faut, songea-t-il, c'est un ouvrier français ou tchèque, à la rigueur un travailleur de l'Est. » Il y avait trente mille travailleurs étrangers dans Breslau, sans compter les prisonniers de guerre. Il en passerait bien un dans cette damnée rue ! Il suffisait d'attendre.

Le jour commençait à baisser. Tous les quarts d'heure un tramway passait, emportant dans ses flancs jaune pisseux un flot d'inconnus vers le cœur de la ville. Il s'en était succédé trois. Le dernier était éclairé. A présent, il avait disparu à son tour, laissant derrière lui la rue soudain plus déserte et plus sombre qu'avant. « Bientôt, se dit Jacques, je ne distinguerai même plus la gueule des passants. » Français ? Polonais ? Boche ? Dans cette ombre charbonneuse, d'un trottoir à l'autre, il ne reconnaîtrait même pas un homme d'une femme !

Le vent était tombé, faisant place à un grand silence que troublaient seulement les mille bruits étouffés qui montaient du *Ring*, les trompes des autos, les sonnettes des trams, et, de loin en loin, le pas d'un promeneur résonnant sur le pavé. Le froid était intense, et Jacques, tassé sur lui-même, à l'abri sous ses planches, se raidissait pour ne pas trembler, chaque fois qu'un frisson lui secouait l'échine.

Quelle heure pouvait-il être? Quatre heures et demie, peut-être cinq ?... Du bout de ses doigts engourdis, il extirpa une cigarette de la poche de sa vareuse. Elle était un peu froissée, mais intacte. Jacques la renifla. C'était, avec celle du pain, l'odeur qu'il préférait. Une odeur blonde, sèche, un parfum qui évoquait quelque forêt tropicale, des savanes lointaines. Sans hâte, il l'alluma. Le papier grésilla une seconde. Puis la cigarette se consuma lentement. Il voulait voir la fumée, avant qu'il fît tout à fait nuit. Voir la fumée était important ; il n'y avait pas de bonne cigarette dans le noir. Il la regardait avec beaucoup de soin. Il la voulait libre, comme son plaisir. Et le mince filet bleu tremblait un instant sur ses doigts, frôlait ses narines, puis s'échappait, mangé par l'ombre qui gagnait au-dessus de lui.

« Encore un jour de tiré ! » ... Tous ces jours mis bout à bout : un cordeau de fumée qui s'évanouissait dans la nuit épaisse des derniers mois. Qu'en restait-il ? Rien d'autre finalement que cette lassitude aveugle d'aujourd'hui, cette indifférence à se ressouvenir. « La réalité s'épuise vite, pensa-t-il, et la laideur ne laisse pas de place au rêve. » Il subissait l'ennui, mais l'ennui ne se prolongeait pas au-delà du moment. Pour retrouver le temps vraiment perdu, sa mémoire en vain se raccrochait à des points de repère, elle ne repérait entre eux que le vide. Il y avait quelque chose de troublant dans cette sensation d'irréalité qu'il éprouvait à l'évocation des paysages où il avait vécu, des jeux de son enfance ou des visages aimés. Il lui semblait que le rideau soudain levé, ces paysages lui apparussent comme un décor ! Et que ces personnages d'autrefois, qui étaient sa vie véritable, — qui étaient « lui », mais travestis —, n'eussent plus l'air vrai. « Et pourtant, se répétait Jacques, je ne veux pas croire qu'ils mentent ! » Ce n'était pas possible. Simplement ils n'avaient pas su franchir la distance, et le rejoindre. Car c'était eux qui avaient raison, qui étaient dans le vrai, contre lui ; eux tous, sa maison, ses frères, le village, ses dix-huit ans, le lycée, les arbres... Il n'y avait pas de mensonges. Mais ses souvenirs étaient restés pêle-mêle de l'autre côté d'une porte de prison.

Aujourd'hui, sur les bords d'une rivière qui charriait des glaçons à travers la Silésie, un jeune homme attelé à une charrette trop lourde, tirait sans conviction sur la corde des jours. Sur les quais de l'Oder, dans une ville inconnue, la charrette de ses soucis... Cela n'avait pas beaucoup de sens ! A quoi donc pouvait bien correspondre ce chambardement ridicule ? Et qu'est-ce qu'il faisait là dans cette nuit de sourds, à pêcher des fantômes ? La guerre ? Mais Jacques n'y croyait pas tout à fait. La guerre, c'était surtout un bon prétexte à beaucoup d'absurdités, de cochonneries, un alibi par trop commode. La petite phrase qui revenait à tout propos, ici et là, chez les vainqueurs comme chez les vaincus : « C'est la guerre ! » n'avait jamais convaincu personne. Il y avait quelque chose de détraqué, ailleurs, hors de sa portée. Le monde était devenu dingue, salement dingue, et, d'un seul coup, comme ceux d'une montre folle, ses mécanismes, du plus simple au plus secret, s'en étaient trouvés irrémédiablement faussés.

La guerre ! Comme si cela avait jamais été clair. Ici le bien et là le mal. Certains pouvaient se contenter de cette foi confortable que dictent les passions.

Pas Jacques, plus maintenant, après quatre années d'une telle aventure. Aimer, haïr ? Dérisoire. Allemands, Français, Russes, ils avaient tous leur vérité. Comment se laisser prendre encore à des mots qui avaient depuis longtemps perdu leurs majuscules — liberté, droit, vérité... — ? Non, décidément, il n'y avait ni vérité ni mensonge, ni bien ni mal. On avait beau se battre dans les deux hémisphères du globe, la terre n'en était pas coupée en deux. Le sang, sous les capotes vertes, grises ou kaki, était du même rouge, et le froid et le feu aussi cruels pour tous. Il y avait aussi la mort, où les uns et les autres finissaient par tant se ressembler qu'on pouvait les confondre.

Jacques frissonna. Entre ses doigts la cigarette finissait de grésiller, promenant dans l'obscurité grandissante sa lueur capricieuse. « Je suis vivant », se dit-il, et il pensa que les hommes étaient sots, ou bien inconscients, qui ne se le répétaient pas du matin au soir aussi longtemps que c'était vrai. Sans doute aujourd'hui était-il pauvre, pauvre d'une rivière inamicale et gelée, d'un tas de planches et d'une rue vide, pauvre d'un ennui démesuré. Mais il serrait les dents, le visage fermé, le corps ramassé dans le froid, et sa pauvreté ne ressemblait en rien au désespoir. En rien. Cette tentation-là, il ne l'avait jamais connue.

« Un jour, de nouveau, je serai riche comme avant ! » Il en était sûr. On ne pourrait pas ne pas tout lui rendre, puisqu'il serait vivant. Comme avant, lorsqu'il avait deux rivières. « Elles m'appartenaient. » La Nive, en Pays basque, que lui avait donnée son père, dont il savait par cœur la vallée rassurante, les champs de maïs, et les collines où l'on chassait les palombes à l'automne. Et le Guadalquivir, qu'il tenait de sa mère andalouse, et que chaque printemps il allait voir descendre, entre ses plateaux d'oliviers et de vignes, des auteurs de la Sierra vers Cordoue. Deux rivières... Elles l'avaient accompagné d'année en année, avec leurs caprices, leurs sécheresses, leurs remous, leurs eaux poissonneuses, leurs cailloux, leur limon, jusqu'à la grande porte grise au-delà de laquelle plus rien ne transpirait de ce qui, pendant dix-huit ans, avait été sa vérité. Et cette absence-là était profonde. Elle était en lui, et partout. Elle brisait jusqu'aux élans les plus spontanés du cœur, la confiance. Elle faisait de l'instant une marchandise dévaluée dont le prix importait peu pourvu qu'on l'écoulât le plus vite possible et le moindre geste devenait une monnaie d'échange. A présent, Jacques troquait chaque jour pour un autre jour de même poids et de même mesure, payant ainsi, patiemment, le droit d'attendre, le droit de refuser la guerre...

Il s'étira. Sa cigarette était depuis longtemps éteinte. Elle s'était consumée jusqu'à son dernier petit bout de savane, et elle lui avait brûlé les lèvres. Avec une grimace il l'avait crachée, et la minuscule braise lumineuse avait roulé sur le sol, rendant soudain immense la nuit.

Il se leva. Ses membres étaient ankylosés, lourds et craquants. « Il faut que je fasse quelque chose. Je ne peux pas rester là... » Il se mit en marche. Peut-être sur le *Ring*, au café Joss, trouverait-il des Français? Ou bien à l'Amicale, qui ne devait pas être à plus de vingt minutes à pied. Brusquement, il s'immobilisa. Un bruit de pas parvint jusqu'à lui. Il prêta l'oreille. Clic, clac ! Clic, clac... Les pas se rapprochaient, claquant avec netteté sur le pavé. Il retint sa respiration. Les pas ralentirent, puis cessèrent.

— Hoé ! hurla Jacques. Holà ! Attendez une minute, s'il vous plaît !

Et il se mit à courir. L'obscurité n'était pas totale, mais il ne distinguait rien à plus de trois mètres. Ses deux bras tendus devant lui, il courait aussi vite qu'il le pouvait, dans la direction des pas. Il n'était pas question de le laisser échapper, ce passant providentiel. Il le ramènerait, de gré ou de force, jusqu'à sa charrette.

— Où êtes-vous ? Attendez-moi ! cria-t-il encore.

Son pied buta contre le rebord du trottoir, et il fut

projeté en avant. Il battit l'air de ses bras et vint s'échouer brutalement sur une forme humaine qu'il bouscula contre le mur.

— Je vous demande pardon ! Je...

Tout à coup, il distingua le visage devant lui, les yeux pleins d'effroi qui le fixaient, la bouche arrondie comme pour crier, et il en resta muet de surprise. La jeune fille ! La jeune fille au capuchon qui tout à l'heure lui avait souri.

— Je suis désolé... Je vous assure...

Qu'est-ce qu'elle allait croire ? Il se jetait sur elle en pleine nuit, dans une rue déserte...

— ... Je n'ai pas voulu vous faire de mal !

Il en avait oublié sa charrette, l'heure, ses résolutions. Il ramassa son béret qui était tombé à terre.

— Qu'est-ce que vous voulez ? balbutia la jeune fille.

— Rien... Rien du tout !

— Comment rien ?

— ... Je cherchais quelqu'un. Ma charrette...

Il secoua la tête. Comment lui expliquer ?

— Je sais, reprit-il, ça paraît bizarre...

— Plutôt, oui. Vous avez une curieuse façon de sauter sur les gens, dans le noir, et puis de leur déclarer ensuite que vous ne leur voulez rien !

Il était tout penaud. « Ça m'apprendra !... » La jeune femme respira profondément, et ses traits se détendirent. Elle scruta avec attention le visage de Jacques. Ses yeux étaient très clairs, noisette, peut-être verts...

— Mais...

Le jeune homme tressaillit.

— Il me semble...

— Oui, dit Jacques...

— ... Que vous étiez déjà là tout à l'heure, dans la rue.

— Oui... J'étais là.

— Vous discutiez avec des soldats au milieu d'une assez jolie pagaille. Ils vous ont laissé là ?

— Il y a longtemps qu'ils sont partis.

— Mais alors, qu'est-ce que vous faites toujours au même endroit ?

— Je suis en panne.

— En panne ?... En panne de quoi ?

— Eh bien voilà... Je ne peux plus repartir.

— Le moteur ?

Jacques s'esclaffa.

— Le moteur, si vous voulez... J'ai une charrette à bras.

— Ah... Elle est cassée ?

— Non, dit Jacques gêné. Elle est lourde.

— *Ach so !* fit la jeune femme, et elle sourit.

« Mon Dieu, qu'elle est jolie ! », pensa Jacques fasciné par ces yeux qui se plissaient malicieusement. « Elle doit avoir une fossette sur la joue quand elle rit... » Ses cheveux étaient longs et ondulés, probablement châtain foncé. Quelques boucles sur le front et autour du visage s'échappaient du capuchon gris. Il recula d'un pas. Cette insistance à la dévisager, de si près qu'il pouvait respirer son parfum, était peut-être un peu sans-gêne. Elle ne croirait jamais que c'était parce qu'il faisait nuit.

— Ça ne fait rien, dit-il. Excusez-moi...

— Je vais vous aider.

— Non, non ! — Il battit en retraite. — Ce n'est pas la peine.

— Mais comment allez-vous faire ?

— Oh, ne vous inquiétez pas. Je me débrouillerai !

« Imbécile, se dit-il à part lui, tu te débrouilleras, hein ? Ducono !... »

— Comme vous voudrez... Vous avez tort, je suis très robuste.

— Bon... Eh bien, je m'en vais, bredouilla-t-il. Je vous remercie...

Mais il ne bougea pas.

— Où est-elle, cette charrette ?

— Là !

Et il tendit le bras derrière lui.

— Allons-y.

— Elle est beaucoup trop lourde, je vous assure...

Maintenant, il avait peur d'avoir l'air ridicule entre ses brancards.

— On verra bien. Essayons. Vous n'allez pas passer la nuit ici ?

— Non.

— C'est par ici, dit-il.

Elle lui emboîta le pas. Ils marchaient en silence, côte à côte, les yeux au sol pour ne pas trébucher. Il avait envie de la prendre par le bras, pour la guider, mais il n'osa pas. Elle était grande, presque de la même taille que lui. Il se redressa. « Je mesure pourtant plus d'un mètre soixante-quinze ! » Et elle sentait bon, un parfum à peine perceptible. « Peut-être un parfum, peut-être juste son odeur à elle. » De temps en temps, il lui jetait un coup d'œil furtif. Son profil incliné était fin, son nez tout droit, avec des petites ailes qui avaient l'air de respirer, sa bouche bien ourlée. Jacques se sentit tout joyeux. Il y avait longtemps qu'il n'avait vu spectacle aussi réconfortant.

— Vous êtes français?

— Oui.

Elle le regarda. Ses lèvres, toutes lisses, n'étaient pas fardées.

— Vous parlez bien l'allemand.

— Vous trouvez ?

— Pas mal. Avec un drôle d'accent...

Elle rit.

« La fossette ! » murmura Jacques au comble de la joie.

— Comment ?

— Non... Rien.

Le tas de planches surgit brusquement de l'ombre. « Déjà ! » pensa Jacques. La jeune femme fit le tour de la carriole, et revint se planter devant les brancards dressés au-dessus de sa tête.

— Qu'est-ce qu'on fait maintenant ?

Elle était tout près de lui, attentive, et l'interrogeait du regard. De ce regard sérieux et appliqué des enfants qui vont essayer un jouet nouveau.

— Attendez. Je vais la mettre en position. Après, vous pousserez.

— Bien.

— Seulement quand je vous le dirai.

— A vos ordres !

Elle rit de nouveau, la tête un peu rejetée en arrière. Son capuchon glissa doucement sur ses épaules. Elle ne le remit pas. Sa chevelure faisait une grande masse vivante autour de son visage, et une bouffée de parfum assaillit Jacques. D'un geste de la tête, elle chassa les longues boucles sur sa nuque. Son cou était blanc. Jacques détourna les yeux à regret.

La carriole était prête. Avant de démarrer, il regarda la jeune femme et esquissa un petit sourire triste :

— Dans mon pays, dit-il, nous avons des mulets. Les jours de fête, on leur met des pompons aux oreilles, et ils traînent des charrettes fleuries. Des mulets, quelquefois des ânes, de tout petits ânes à poil gris...

— Ça doit être charmant.

— Les filles les trouvent jolis ; elles frottent leurs joues contre leurs museaux, flattent leurs longues oreilles. Et les enfants rêvent d'en avoir un pour eux.

— Pourquoi me racontez-vous cela ?

— Je ne sais pas... Moi aussi, j'en voulais un. Je rêvais d'attelages. J'aimais tous les attelages. Pour eux-mêmes. Mais aussi parce que je pensais que les jeunes filles me regarderaient passer...

Il passa la corde autour de ses épaules, enfonça son béret en le tirant sur le côté, et cracha dans ses mains. Elle l'observait du coin de l'œil.

— Je suis prêt, dit-il.

Elle s'agita.

— Qu'est-ce que je fais ? Je pousse ?

— Oui. Je vais compter jusqu'à trois. A trois, vous appuyez de toutes vos forces à l'arrière.

Jacques agrippa les montants et, à demi couché sur eux, compta d'une voix forte. A trois, il se raidit violemment et tira. Ses pieds crissèrent sur les pavés. Presque aussitôt les roues s'ébranlèrent. Il poursuivit progressivement son effort, sans à-coup ; quelques secondes plus tard, arrachée à la ruelle du trottoir, la charrette roulait normalement au milieu de la chaussée.

La jeune femme était venue le rejoindre à l'avant. Une main posée sur un brancard, elle regardait devant elle. Elle ne dit rien, mais son visage était rose d'animation, et ses yeux riaient. Le bruit du tombereau remplissait la rue, résonnait entre les maisons, rebondissant de porte en porte. Il paraissait exagéré. Au bout de la rue clignotaient des lumières. « Nous avons gagné ! » se dit Jacques. Il était heureux, mais il ne savait pas au juste pourquoi. Une main posée sur son bras, puis retirée. Un petit signe d'adieu. Deux yeux clairs qui le regardaient. La jeune femme était arrivée devant sa porte. On ne sait pas très bien pourquoi on est heureux, jusqu'au moment où l'on apprend soudain pourquoi l'on devient triste. Jacques se pencha, et par-dessus le crissement aigu des roues sur le pavé, cria :

— Votre nom ?

Les lèvres de la jeune femme remuèrent. Tourné vers elle, il essaya de deviner le nom, mais ne l'entendit pas. Il la suivit des yeux, — elle restait là, plantée au milieu de la rue, ce nom silencieux sur les lèvres — jusqu'à ce que les planches de son chargement l'eussent masquée à sa vue.

Alors il se courba davantage sur la corde, et tira. « Gerda... Gerda... répéta-t-il tout bas. Je suis sûr qu'elle a dit Gerda !... » Il lui sembla qu'il la connaissait depuis très longtemps.

CHAPITRE VIII

— J'ai des gargouillis ! dit Marino en s'asseyant.

— Bouffe ! Ça te passera.

Badie saisit une pomme de terre dans le bol devant lui et commença à la peler. Sous ses doigts alertes, les épluchures, minces comme des feuilles de papier à cigarette, s'enroulaient sur elles-mêmes, avant de s'entasser sur la table. De la pointe de son couteau, il les repoussait pour faire de la place.

Marino sortit de sa poche une glace, un peigne minuscule, et entreprit de se coiffer.

— Robin s'est ouvert la main cet après-midi, commença-t-il.

Le Mataf leva le nez.

— Accident ?

— Non. Il s'est foutu un coup de rasoir... De là à là.

Marino montra sa main gauche du creux du pouce à l'index.

— Pour quoi faire ?

— Tu sais comment il est ! — Marino se tapota le front. — Ravagé, le pôvre !

— Il se figurait peut-être qu'on allait l'envoyer en perm !

Badie haussa les épaules et revint à ses pommes de terre.

Le miroir posé devant lui sur la table, soigneusement Marino se peignait. « Quand on est joli garçon, faut savoir sacrifier à l'hygiène ! » La glace reflétait un visage aux traits réguliers, encadré de cheveux noirs et bien lisses ; mais c'était surtout la moustache mince accentuant le modelé des lèvres, qui mettait Marino de bonne humeur. Ah, cette moustache ! S'en était-il donné du mal !... Elles pouvaient venir, les filles du camp de Morzig. Et la belle Mado. Elle flirtait avec un chleu, mais elle devait bien faire des à-côtés... Un dernier coup de peigne avant d'attaquer les patates. Le *Lagerführer* était venu à la baraque, juste avant la soupe. Il avait parlé à Robin. Robin pleurait. Il avait mal, bien sûr. Mais pourquoi est-ce qu'il pleurait ? Décidément, il y avait des types qui se compliquaient la vie! « Ainsi, moi »... Et Marino pensa à Mado. Elle était drôlement balancée, la garce, avec ses seins lourds qui roulaient sous le chandail. Et des jambes ! Bou Diou, ces jambes !... Marino dans son miroir sourit pour lui seul. « C'est pas moi qui me foutrais un coup de rasoir. A la main en plus ! Où c'est qu'on est, après, pour tripoter les filles ! » Le *Lagerführer* avait apporté de la charpie et des aspirines. Et Robin chialait. Qu'est-ce que l'autre pouvait bien lui dire ? Et le plus marrant, c'est que Robin avait l'air de comprendre et que ça le faisait chialer de plus belle. Depuis quand est-ce qu'il comprenait le chleu, ce môme ? Le Marseillais jeta un regard satisfait à son image et rangea le peigne dans la poche de sa vareuse. Le soir, quelquefois, les filles de Morzig venaient faire un tour. Mado pouvait toujours se présenter...

— Il est pas rentré, ce soir, fit remarquer Badie.

Le Mataf hocha la tête.

— Qui ça ? demanda Marino.

— Jacques. Tantôt il est resté une heure dans le bureau du patron. Tu m'avoueras...

Marino s'agita sur son banc. Il ouvrit la bouche, le regard comme absorbé par un effort de réflexion.

— Curieux ça!... Ces gargouillis!

— Et puis, vous n'avez pas vu la lettre ?... Vous ne remarquez jamais rien. Heureusement que j'ai l'œil, moi !

Marino tendit le cou.

— Quésaco, cette lettre ?

— Tout à l'heure à la baraque, il y avait une lettre pour lui. Elle était timbrée d'Allemagne.

— Ah, et qu'est-ce que c'était ?

— J'en sais rien, justement. Mais elle venait d'Allemagne, tu piges ?

— Et alors, j'en reçois bien des bafouilles, moi ! fit Marino, heureux de rappeler ses bonnes fortunes.

Il recevait chaque semaine un courrier abondant qu'il lisait en cachette. « Les filles ! disait-il l'air excédé, toujours les filles ! » Certains le soupçonnaient de s'envoyer lui-même ces lettres dans le but de soutenir sa réputation de joli cœur. « Hier encore », commença-t-il...

— Couillon ! l'interrompit Badie, ça n'a rien à voir...

Cario, puis Sibert, s'assirent à leur tour. Le réfectoire était plein de monde. A toutes les tables, les hommes, encore revêtus de leurs bleus de travail, épluchaient des patates. D'autres, dans la longue file, devant le guichet, attendaient qu'on leur délivrât leur ration de soupe au fond du bol et une poignée de pommes de terre.

Cario posa son bol sur la table, enjamba le banc et envoya au passage une bourrade dans le dos du Mataf.

— Salut les gars !

Le Mataf, la bouche pleine, piqua du nez dans sa soupe, et s'étrangla. Il jeta un regard meurtrier à son voisin, et se poussa au bout du banc. Cario se mit à rire.

— Pas causant, hein, la Terreur ?

— Robin s'est mutilé la main, dit Badie.

— Je sais. Je viens d'aller le voir...

— Qu'est-ce qui lui a pris ?

Cario haussa les épaules.

— Il a dix-sept ans, ce môme, et il est déjà plus

qu'à moitié braque. Chaque fois qu'il y a une couillonnade à faire... Il y a trois mois, Norbert, de la baraque, s'était fait sauter une phalange, d'un coup de ciseau. Accident de boulot... Tu parles ! Il avait eu huit jours de repos. Ce petit con de Robin, il aura voulu faire mieux !

Il sortit un canif de sa poche et en essuya la lame sur sa manche.

— Ce qui m'épate, c'est que le « *Lago* » l'ait pris en amitié. Il le soigne...

Il se retourna vers Sibert qui venait de déposer deux bols devant lui sur la table.

— Dis-donc, Greta Garbo, double ration aujourd'hui ?

— C'est pas pour moi, bredouilla Sibert. C'est pour Jacques.

— Viendra pas ! dit le Mataf.

— Peut-être que si.

— Donne ! fit Badie. On va le mettre de côté.

Il prit le bol et en versa le contenu dans le sien.

— ... Des fois que ça pourrait refroidir !

— Tu penses à tout, ricana Cario. T'es un petit futé ! Mais t'as pt'être été un peu vite...

Du menton, il désigna la porte du réfectoire. Jacques venait d'entrer, et se dirigeait vers eux. De nouveau, Marino s'agita sur son banc.

— Je ne sais pas ce que j'ai avec ces gargouillis !...

— Tu as mon dîner ? demanda Jacques.

Sibert ouvrit la bouche pour répondre, et coula un regard angoissé vers le bol de son voisin.

— C'est Badie que... qui, bafouilla-t-il.

Jacques fronça les sourcils. Il n'avait pas envie de se mettre en colère, pas maintenant. Juste la soupe, ce fond de patates... « Je suis mort de fatigue, et j'ai faim... Tellement faim. » Il avait eu si peur d'arriver en retard. Et voilà que cet abruti...

Le jeune homme se pencha au-dessus de la table, et, d'un coup de patte, ramassa le bol devant Badie.

— Hé ma soupe ! cria celui-ci.

— Je vois que t'as pensé à moi, dit Jacques.
— Ma soupe, nom de Dieu !
— T'as même épluché mes patates.
Badie s'était levé d'un bond.
— Veux-tu remettre ça !...
Jacques le repoussa, et saisissant le bol vide sur la table, y transvasa la moitié du contenu du premier.
— Tiens ! dit-il en le lui tendant avec les pommes de terre non épluchées. Bouffe!
Son bol à la main, Badie hésita. Un instant Jacques crut qu'il allait recevoir le contenu du bol en pleine figure. Mais l'autre se rassit en maugréant. « Il est comme moi, pensa-t-il, il a faim. »
Personne n'avait bronché. Sibert roulait des yeux blancs. Marino se curait les ongles. Un petit sourire au coin des lèvres, Cario épluchait sa dernière patate.
Jacques s'apprêtait à s'asseoir au bout de la table lorsque le Mataf se retourna brusquement, et aboya :
— Pas de place ! Va-t-en ailleurs !
Jacques lui jeta un mauvais regard et s'éloigna sans répondre. Il s'assit à une table vide un peu plus loin, et commença à manger.

Le jeune homme sortit seul du réfectoire. Tous les autres avaient déjà réintégré la baraque. Les mains dans les poches, le nez en l'air, il traversa le camp, surpris à nouveau par l'épaisseur de l'obscurité. Il se démancha le cou pour essayer de trouver une étoile. Il n'y en avait pas une seule, nulle part. Pourquoi n'y avait-il jamais d'étoiles dans ce ciel de *Lager*? Etaient-elles interdites? *Sterne verboten...* Il sourit. On n'avait pas placé de barbelés autour du camp, mais posé sur les baraquements ce ciel parfaitement hermétique, comme si le geôlier avait été assez subtil pour savoir que par là seulement on aurait pu s'évader.
Jacques sentait à peine le froid de la nuit sur son

visage. Il s'appliquait sur la peau, tel un masque, sans trou pour le regard. Anonyme. Le jeune homme avançait sans hâte, attentif. Le sol grumeleux craquait sous ses pieds. « Demain, il sera blanc de gel. Demain, après-demain... » Très loin, dans la direction de la voie ferrée, un train mugit. « Le rapide de Berlin... » Dans quelques instants, il passerait là, tout près, dans un grand fracas de vent déchiré.

Tout à coup, le son grêle d'un instrument à cordes lui parvint. Cela venait du baraquement des Russes. Jacques s'approcha. Devant la porte, assis sur un tabouret, un homme grattait une balalaïka en fredonnant un air infiniment triste. C'était une vieille rengaine ukrainienne que Jacques reconnaissait pour l'avoir entendue parfois, le samedi soir, quand il y avait « bal » devant la cabane des Russes, et que des *pomienkas* aux nattes blondes venaient danser gravement à la nuit tombante. L'homme aperçut Jacques et s'arrêta de jouer.

— Bonsoir ! dit Jacques en allemand.

— Bonsoir.

— Vous ne jouez plus ?

L'homme haussa les épaules. Il plaqua un accord, puis un autre, et tendit son instrument à Jacques. Celui-ci secoua la tête.

— Non, murmura-t-il. Pas moi...

L'espace d'une seconde, il avait hésité. Prendre la balalaïka, pincer les cordes. Dieu sait quelle chanson familière la première note du hasard aurait ainsi jeté dans sa mémoire ? Une seule note parfois pouvait suffire... Il fit un signe de la main et s'éloigna. A quoi bon essayer cet instrument dont il ne savait pas jouer ? Mais cette tentation d'un instant lui rappelait un de ses rêves les plus fréquents : il s'asseyait devant un piano et en jouait durant des heures. C'était le rêve qu'il préférait parce qu'il ne laissait, au réveil, aucune tristesse. Après, le jeune homme regardait ses doigts crevassés, pleins d'engelures, et il trouvait que son rêve était drôle. Un piano, dans ce bled...

Il pressa le pas. Il fallait rentrer avant que la lumière ne s'éteignît dans la carrée. Et tout à coup, il se souvint : « La lettre ! » Tout à l'heure, revenu très en retard au camp, et dans la crainte de manquer la soupe, il n'avait fait que la parcourir en hâte. Timbrée d'Allemagne, la lettre n'avait pas été mise à la poste à Breslau. Le texte était en français. Mais la signature ne lui avait rien appris : « Pauline von Becher. »

Il poussa la porte de la baraque et entra. Les rires qu'il entendait fuser depuis le seuil cessèrent brusquement. La plupart des garçons n'avaient pas encore regagné leur paillasse. Ils s'affairaient, en caleçon, long et chandail, autour de la table centrale, jouant aux cartes ou écrivant. D'autres, enroulés dans leur couverture, se chauffaient près du poêle qui ronflait au milieu de la pièce. Ils avaient fait semblant de ne pas le voir. Seul Badie, qui se trouvait au milieu du groupe, une chaussette dans une main, une aiguille et du fil dans l'autre, lui décocha au passage un regard narquois.

Jacques regagna son coin, tout de suite à droite après le premier lit, sans leur adresser la parole. Ils commençaient à l'agacer avec leur histoire de quarantaine. Est-ce qu'on n'avait pas assez d'emmerdements comme ça ? C'était grotesque. Il rabattit la petite planchette qu'il avait fixée au mur et qui lui servait d'écritoire, et tira de sa cassette du papier à écrire et un stylo. D'abord la lettre. La relire. Où l'avait-il mise ? Il fouilla sa besace sur le lit et ne trouva rien, retourna ses poches, puis regarda sous le lit. Où diable avait-il pu la mettre ? Il releva la tête. Silencieusement, Sibert s'était glissé entre deux châlits et se tenait à côté de lui :

— Qu'est-ce que tu cherches ? demanda-t-il à voix basse.

— Une bafouille. Je l'avais posée là...

— C'est moi qui l'ai.

— Toi ? Par exemple !

Sibert sortit la lettre de sa poche et la tendit à Jacques.

— Qu'est-ce que tu fous avec cette lettre dans ta poche ?

— Je vais t'expliquer...

Sibert s'assit à côté de lui sur le grabat, et avala sa salive. Il paraissait mal à l'aise, et sa pomme d'Adam roulait le long de son cou.

— Alors? Tu accouches?

— Voilà !... C'est à cause des autres ! Mais sa gorge était comme une rivière sans eau encombrée de cailloux. Les mots ne passaient pas. Tu comprends... Ils avaient repéré la lettre... P'têtre le timbre... Ils voulaient... Enfin, je me suis dit... J'ai pensé... Je ne sais pas, moi... Je l'ai prise.

— Tu l'as prise ! gronda Jacques. Tu l'as prise ! Non, mais est-ce que tu te fous de ma gueule ?

— Tais-toi ! fit Sibert en jetant un regard par-dessus son épaule. Parle plus bas, ils pourraient nous entendre...

— Mais je m'en contrefiche qu'ils nous entendent !

Sibert se tortilla sur son siège. Il donnait l'impression d'être assis sur un réchaud à gaz.

— Pour l'amour du ciel, ne fais pas tout ce raffut ! Je l'ai pas prise pour la lire, ta bafouille...

— Pourquoi alors ?

— Parce que les autres voulaient la lire !

C'était donc ça ! Pauvre Sibert ! Jacques le fixa un instant sans rien dire. Ce visage long comme un jour d'usine, ces yeux saillants. Il se ferait toujours engueuler.

— Qui ça les autres ?

— Je ne sais pas... Badie, le Mataf... P't'être Mimile ou Marino. Les autres, quoi...

« Les autres ! Les autres ! » bougonna Jacques. Il prit la lettre, la glissa dans sa poche, et se leva. Qu'est-ce qui pouvait bien les intéresser dans cette lettre ? Est-ce qu'ils étaient assez bêtes pour penser... ?

Jacques serra les poings. Ils étaient assez bêtes pour imaginer n'importe quelle infamie. Même Cario ; c'était affligeant. Et leur bêtise allait lui empoisonner l'existence. Bien sûr, il aurait pu aller les trouver, là, tout de suite, et leur lire cette lettre. Il aurait pu aussi leur expliquer pourquoi il avait fait ci et ça, son arrivée en gare de Sagan, son voyage dans le compartiment des interprètes, l'amitié de Stelovsky, ses « bons » rapports avec Wenger... Leur raconter pourquoi il était là, au milieu d'eux, avec sa sinistre auréole de volontaire, et ses papiers d' « Européen ». Il aurait pu. C'était si facile...

Jacques se mordit la lèvre. Il ne leur devait aucun compte. Il ne leur dirait rien. Surtout pas maintenant... Il n'en voulait pas de leur sympathie... Pas comme cela. Il y avait des hommes qu'il avait aimés, dont il ne savait rien que la forme du visage ou la façon de bouger, de sourire ; des hommes rencontrés au hasard de ces derniers mois, qui avaient été ses amis, — de vrais amis — et qui ignoraient tout de lui, jusqu'à son nom, des hommes qui, parfois, ne parlaient même pas sa langue. La sympathie, c'était quelque chose de beaucoup plus lointain, de beaucoup plus sûr que des phrases. De beaucoup moins facile.

Jacques se retourna. Sibert le tirait par la manche, essayant de le retenir.

— Laisse ! dit-il. Laisse-moi...

Et il s'avança vers le groupe d'hommes, près du poêle.

— Badie ! appela-t-il.

Levant le nez de sa chaussette, le Bordelais fixa sur Jacques un œil étonné.

— Quoi ?

— Quand tu veux savoir quelque chose à mon sujet, est-ce que tu ne pourrais pas venir me poser des questions, franchement ?

Jacques essayait de parler calmement, mais sa voix vibrait de colère contenue ; il était devenu tout pâle.

Déconcerté par cette offensive brusquée, Badie roulait des yeux comme des billes.

— Ça te ferait mal de demander les choses en face, au lieu de venir fouiner par-derrière comme un malpropre ?

— Qu'est-ce que tu veux dire ? Tu déménages ?

— Tu sais très bien ce que je veux dire. Mes papiers, l'autre jour. Mon courrier maintenant...

— P'têt' bien qu'on sait ! remarqua le Mataf qui s'était avancé. Justement...

— Justement quoi ? fit Jacques en le toisant. Qu'est-ce qui vous intéresse donc tellement dans mes papiers ? Mais dites-le donc !

Le Mataf cracha par terre.

— La lettre.

Jacques tâta sa poche.

— Tu voudrais peut-être que je te lise mon courrier ?

— Pourquoi pas ? ricana Badie.

— On veut savoir ! dit le Mataf.

— Im-bé-ci-le ! articula Jacques sèchement. Est-ce que tu sais lire, seulement ?

— Pas l'allemand ! rétorqua Badie.

Comme Jacques détournait la tête pour répliquer, le Mataf lui sauta dessus, et introduisant la main dans la poche de sa vareuse, essaya de subtiliser la lettre. L'agrippant aux épaules, Jacques le repoussa avec une telle violence que le marin perdit l'équilibre et vint s'affaler dans les jambes des autres.

— Pas comme ça! dit-il sur un ton glacial. Tu ne sauras rien comme ça.

Intéressés par la scène, les hommes s'étaient rapprochés sans mot dire et faisaient cercle autour d'eux. Le Mataf se releva et marcha sur le jeune homme en roulant les épaules. Avec son front bas d'enfant buté, et sa mèche jaune sur les yeux, il donnait une impression de méchanceté sournoise. Il s'approcha de Jacques jusqu'à le toucher.

— Rien ! répéta Jacques.

Les deux garçons s'observèrent quelques secondes

sans bouger, puis le Mataf à nouveau cracha un jet de salive aux pieds de Jacques.

— Pas la peine, dit-il. On le sait déjà que t'es un mouton !

Sous l'insulte, Jacques devint encore plus pâle. Mais la riposte jaillit, instantanée, comme déclenchée par un ressort. Son poing vint s'écraser sur le nez du Mataf avec un bruit mat. L'autre tituba, et porta la main à son visage. Du sang se mit à couler sur ses doigts.

Badie s'avança. Il allait prendre Jacques à partie, mais Cario le tira en arrière.

— Laisse ! dit-il. Laisse-les s'expliquer tous les deux !

A la vue du sang dégouttant de ses narines, le Mataf fit entendre une sorte de grognement inarticulé. Il se rua sur Jacques, et, avant que celui-ci ait pu l'éviter, d'une formidable gifle sur l'oreille, l'envoya rouler à terre. Jacques se releva d'un bond, le visage en feu. Le coup l'avait atteint de plein fouet ; il avait eu l'impression que sa tête éclatait en morceaux. Il se jeta sur le Mataf et fit pleuvoir sur lui une grêle de coups. De nouveau, il le toucha au nez, lui éclaboussant la figure de sang. Il tapait, sans prendre garde aux coups qu'il recevait lui-même et qui lui défonçaient les côtes. Mais les poings du Mataf étaient lourds, et bientôt un coup plus violent le fit hoqueter, la respiration coupée. Il recula d'un pas en suffoquant, les yeux voilés, et l'autre en profita pour lui plonger dessus de tout son élan. Les deux hommes tombèrent l'un sur l'autre, entraînant dans leur chute une chaise qui se brisa. Ils roulèrent, enlacés, entre les jambes des spectateurs qui, très excités, les encourageaient de la voix : « Allez-y, les gars ! Tapez-vous sur la gueule !... » Mais Jacques et le Mataf n'entendaient rien, crachant et soufflant, leurs corps enchevêtrés naviguant entre la table et le poêle. « Il va m'avoir ! » pensa Jacques. Il savait que l'autre était plus fort que lui, mais de sentir ses forces diminuer décuplait sa rage. Un moment il crut avoir le dessus. Il avait réussi à tordre le bras de son adversaire à demi couché sur lui. Le Mataf hurla de douleur, mais aussitôt, d'un coup de genou dans la mâchoire, le fit lâcher prise. Rejetée violemment en arrière, la tête de Jacques heurta le poêle, et le jeune homme roula sur le côté, à demi assommé. Maintenant, le Mataf était agenouillé sur lui, ses jambes l'enserrant comme dans un étau, immobilisant ses bras. Des deux mains il saisit Jacques aux épaules, et, par trois fois, le souleva et le laissa retomber. Chaque fois la tête du jeune homme heurta le sol avec un bruit sourd. Penché sur lui, le visage en sang, le Mataf grimaçait sous l'effort.

— Dis que t'en as marre ! Hein ? Dis-le... Mais dis-le donc !

Les yeux fous, de la morve lui coulant du nez, Jacques desserra les lèvres.

— Charogne ! articula-t-il.

Sa tête résonnait comme un tambour ; il pouvait à peine respirer sous le poids du Mataf qui lui écrasait les côtes. Une gifle soudain l'aveugla, et un éclair de douleur lui traversa la tête de part en part.

— Charogne ! répéta-t-il, pleurant de rage.

L'éclair d'une nouvelle gifle lui rejeta la tête sur le côté, et il fut sur le point de vomir. Tout à coup, il sentit que le Mataf desserrait un peu son étreinte, et de la main fouillait sa poche à la recherche de la lettre. Bandant tous ses muscles dans un effort désespéré, Jacques se redressa soudain, assena un formidable coup de tête sur le crâne penché sur lui, puis complètement épuisé, il se laissa retomber. L'autre avait lâché prise. Alors son estomac eut une brusque contraction, et il vomit.

CHAPITRE IX

Une voix glapit au-dessus de lui :

— *Aufstehen !*

Jacques ouvrit les yeux et ne vit rien tout d'abord. Des milliers de petites lumières dansaient derrière ses yeux, lui fouillant le cerveau comme avec des aiguilles.

— *Los! Los!*

Le jeune homme reconnut la voix rauque du *Lagerführer*. Il se redressa en s'appuyant à la table, et réussit à se mettre debout. Ses jambes tremblaient. Il aperçut le Mataf, à deux pas, qui étanchait le sang sur son visage, l'œil vague. « Il a l'air sonné », pensa-t-il avec satisfaction.

Le *Lagerführer*, dans son uniforme noir boutonné jusqu'au cou, se tenait au milieu du groupe. De sa casquette plate enfoncée sur ses yeux s'échappaient des mèches grises qui retombaient sans soin sur ses oreilles. Ses grosses mains aux ongles cernés de noir jouaient distraitement avec son ceinturon. Il observait les visages autour de lui d'un air bourru, et Jacques eut l'impression que dans le regard d'un bleu délavé, sous les gros sourcils broussailleux, flottait comme une sorte d'étonnement, de tristesse...

Surpris par le silence qui s'était abattu brusquement sur la carrée, Jacques se retourna. Deux soldats casqués encadraient la porte. Un *Feldwebel* et un caporal. « La Gestapo ! » murmura-t-il en reconnaissant les insignes à tête de mort des *S.S.*

A nouveau la voix du *Lagerführer* s'éleva :

— Qui est le chef de baraque, ici ?

— Moi ! dit Mimile en faisant un pas en avant.

En exposant sur lui, le regard du *Lagerführer* se durcit.

— Vous avez une minute pour vous habiller et faire votre paquet !

— Mais..., protesta Mimile...

— Compris ?

La réplique avait jailli, sèche, impitoyable. Le Parisien, pâle comme un mort, se détourna et commença de fourrager dans ses affaires.

— Il n'a rien fait, dit Cario qui s'était avancé. Pourquoi l'emmenez-vous ?

Mais le *Lagerführer* ignora la question. Quelques secondes il parut réfléchir. Soudain, écartant Cario et Badie, il se fraya un chemin entre les lits jusqu'au fond de la baraque.

Jacques tressaillit. Près du dernier lit, sur lequel Robin était allongé, le visage tourné vers le mur, le reste du charbon volé la veille était caché sous une pile de vêtements.

Le *Lagerführer* s'immobilisa devant le lit. La tête hirsute de Robin, lentement, se tourna vers lui. Au-dessus de la couverture, deux yeux noirs fixèrent l'homme sans ciller. « Qu'est-ce qu'il va faire ? » se demanda Jacques étonné. Mais le *Lagerführer*, après avoir hésité un instant, pivota brusquement sur ses talons, et, sans ajouter un mot, regagna le centre de la baraque.

Il tira le Parisien par son blouson.

— Cela suffit, dit-il. Vous n'avez pas besoin de tout emporter. Allons ! et il le poussa devant lui.

— Je ne comprends pas, bredouilla Mimile... Qu'est-ce que j'ai fait ?...

Il jeta à ses compagnons un regard affolé.

Un des *S.S.* s'était approché. Il saisit Emile par le bras.

— Avance !

Au moment de franchir le seuil, le Parisien tourna la tête. Le désespoir se lisait dans ses yeux.

— Adieu, les copains ! dit-il.

La porte claqua et on entendit les pas des trois hommes décroître au dehors.

Le cœur de Jacques se serra. Rage, tristesse ? Il ne savait. Combien de fois déjà avait-il assisté à cette scène ? Ce ne serait donc jamais fini ?

— Commandant, demanda-t-il, où l'emmène-t-on ?

Le *Lagerführer* eut un geste d'ignorance.

— Pourquoi l'avez-vous fait arrêter ? demanda encore le jeune homme.

Le vieux haussa les épaules. Il avait l'air las.

— Mais répondez-nous ! cria Jacques comme il gagnait la sortie.

Le *Lagerführer* se retourna, et d'une voix furieuse :

— On a volé du charbon sur la voie ferrée. Ce vol a été commis par les occupants de cette baraque !... C'est du sabotage ! Conformément aux lois du temps de guerre...

— Mais ce n'est pas lui ! s'exclama Cario.

— Je ne veux pas savoir ! coupa le vieux. C'est votre chef de baraque.

— Mais ce n'est pas possible, rugit Cario qui avait bondi et faisait face au *Lagerführer*. Puisque je vous dis que ce n'est pas lui, puisque...

— Taisez-vous ! tonna le vieux avec une violence soudaine.

D'un geste sec, il détacha son revolver qu'il brandit sous le nez de Cario. Un homme suffit. Ils n'ont pas besoin de douze coupables !

Le vieux recula d'un pas. On entendit le déclic de l'arme dont il ôtait le cran de sûreté. D'une voix que la colère faisait trembler, il ajouta :

— Aucun d'entre vous ne peut faire revenir votre camarade !

Jacques baissa la tête. Autour de lui les hommes restèrent silencieux. Le *Lagerführer*, à pas lents, gagna la porte. Il resta un instant immobile sur le seuil, puis :

— Deux hommes se sont battus ici ce soir, déclara-t-il sur un ton neutre. Le premier que je reprends en train de se battre, je le livre à la Gestapo !

Et il sortit.

La lumière était éteinte depuis longtemps dans la carrée. Jacques avait ôté ses godillots et s'était étendu sur sa paillasse. Le poêle que l'on n'avait plus alimenté depuis le départ du *Lagerführer*, et dont on distinguait dans l'ombre la lueur rougeoyante, ne répandait plus qu'une chaleur très atténuée. Dans une demi-heure il serait éteint, et le froid de la nuit s'abattrait sur les hommes endormis et les roulerait en boule sous leurs couvertures. Pour l'instant quelques-uns d'entre eux parlaient encore à voix basse près du poêle. Jacques n'entendait pas très clairement ce qu'ils disaient. Des chuchotements, des éclats de voix lui parvenaient, parfois des bribes de phrases. « C'est moche ! » disait Cario. « Où c'est qu'ils l'ont emmené ? » bredouillait Sibert. Puis la voix de Marino : « Ces putains de gargouillis !... » On n'entendait pas le Mataf ; il avait dû se coucher. Et Badie ? Qu'est-ce qu'il attendait pour mettre son grain de sel dans cette soupe de confidences ? S'il y avait réunion, il devait en être. Et si tel était le cas, il ne manquerait pas de se manifester par quelque remarque judicieuse. De nouveau la voix chevrotante de Sibert : « Les camps, peut-être... Tu crois qu'ils fusillent ? » Puis l'accent grasseyant de Bébert, le métallo d'Ivry ! « J'vois pas c'qui t'fait rigoler ! » — « Je rigole pas, c'est nerveux ! » Encore Marino : « Qu'est-ce que tu crois que c'est ? » — « Quoi ? » — « Ces gargouillis » — « Tu nous emmerdes avec tes gargouillis ! Va te faire faire une pipe par les Polaks, ça te passera ! » Quelqu'un frappa sur la table : « Moi, si vous voulez mon avis... », Badie enfin, « ... On ne me fera pas croire qu'il a découvert ça tout seul! » La voix se fit plus étouffée... « A bien fallu que quelqu'un le renseigne, le *Lago*! » Un bruit de chaise. On marchait de long en large. Un silence, puis Cario : « Lui ou un autre ! » Des chuchotements, et encore Cario, de sa voix basse « Laissez tomber ces conneries... J'ai mon idée !... »

Jacques se dressa sur son séant, et prit sa tête dans ses mains. Penser à autre chose... Surtout ne pas écouter. Il en avait assez, terriblement assez... Toutes ces histoires, ces jalousies, ces soupçons... « On le sait bien que tu es un mouton ! » Il s'était battu. Mais qu'est-ce que cela prouvait ? Il arrive un moment où l'on ne se bat plus pour prouver quelque chose, mais pour gagner. Et encore un moment où l'on ne sait plus ce qu'on voulait gagner. Un « mouton », bien sûr qu'il y en avait un. Mais qui ? Ils avaient arrêté Mimile. C'était cela qui était insupportable.

Jacques se baissa et tira une bassine d'eau de sous son lit. Demain elle serait gelée, cette eau, comme gelait l'urine dans les boîtes de conserves où les hommes pissaient la nuit. Il trempa les mains dans l'eau déjà froide et les passa sur sa figure. Ses joues étaient brûlantes ; une migraine violente lui martelait les tempes. Il s'agenouilla, plongea un instant son visage dans la cuvette. Puis, à tâtons, ramassant un chiffon sous sa paillasse, il s'essuya. Après quoi, il vida la bassine par la fenêtre.

Le jeune homme tressaillit soudain. Quelqu'un s'était approché dans l'obscurité et s'appuyait au montant du lit.

— Dis donc... fit une voix.

Jacques reconnut Cario, et il sentit se raviver sa colère.

— Quoi ?

— Je venais voir comment ça allait !

— Comment ça va, quoi ? grogna Jacques. Ils ne cesseraient donc jamais de l'espionner ?

— T'as pas du feu ? insista Cario.

— Non !

Jacques ne savait pas si c'était sa rancune ou sa migraine, mais il avait envie de crier. Il explosa :

— Pouvez pas me foutre la paix, non ?

— Bon... Bon... Ça va, dit Cario. Je m'étais dit comme ça qu'on aurait pu en griller une... Et il s'éloigna.

Jacques entendit ses pas décroître, puis un bois de lit craquer dans la chambrée. « Je suis un con », se dit-il. Cario, de lui-même avait rompu la quarantaine. Et il lui avait tourné le dos.

Jacques se réveilla brusquement au milieu de la nuit, grelottant de froid. Il s'était endormi comme une masse, sans se rouler dans ses couvertures. Il se leva et fit quelques pas dans la pièce en essayant de se réchauffer. Son corps était douloureux de la tête aux pieds. Le jeune homme se souvint brusquement : le Mataf... La bagarre, le départ de Mimile...

Dans le concert des ronflements qui emplissait la carrée, Jacques crut distinguer une sorte de sanglot étouffé. Mais ce n'était pas facile d'en repérer l'origine exacte, parmi les vrombissements irréguliers entrecoupés de crachouillis. Sur la pointe des pieds, il s'engagea dans le couloir du fond. Parvenu au bout de la rangée des lits, il s'arrêta et tendit l'oreille de nouveau. C'étaient bien des sanglots. Et soudain, il crut deviner. Il se pencha au-dessus d'un lit, et resta un moment sans bouger, attentif : Robin pleurait, la tête enfouie dans ses couvertures.

CHAPITRE X

Il n'y avait plus personne dans la salle d'attente de la petite gare. Jacques ramassa sa valise et sortit. Un vent aigre balayait le quai. Au-dessus des dernières maisons, après la place, le jeune homme aperçut la crête noire des sapins. Il lui sembla qu'il respirait beaucoup mieux, parce qu'il y avait des arbres proches.

Une carriole surmontée de trois arceaux et d'une bâche verte stationnait le long du trottoir, attelée à un petit cheval à longue crinière. « Une troïka », pensa Jacques. Il ne lui manquait que les grelots. Il s'approcha de l'homme, près de l'attelage. Adossé à un pilier, il fumait.

— S'il vous plaît ?... Pourriez-vous me dire... pour Polgsen ?...

L'autre retira la pipe de sa bouche et, désignant la carriole, lui fit signe de monter. Jacques se hissa sur le banc et posa sa valise près de lui. Polgsen n'était peut-être pas tout près. La lettre disait que quelqu'un lui indiquerait la route. Elle ne mentionnait pas de charrette. Mais la lettre disait si peu de choses...

Son compagnon rassembla les rênes et les fit claquer au-dessus de la tête du cheval dont les oreilles frissonnèrent. Les roues grincèrent sur le pavé, et la carriole s'ébranla. « En route pour Polgsen !... Ou le diable sait où ! » Peu importait, d'ailleurs. Jacques préférait que rien ne fût prévu tout à fait, que chaque pas constituât une surprise. Imaginer l'avenir, de toute façon, ne servait à rien. Les gens, les endroits, n'étaient jamais ceux dont on avait rêvé.

Près de lui, l'homme ne parlait pas. De ses yeux gris, il fixait la route. Son visage buriné, tanné, paraissait absent et Jacques savait qu'il ne le tirerait pas de son mutisme. Allemand ? Polonais ? Un terrien en tout cas ; il suffisait de regarder ses mains larges, aux jointures épaisses. Dans sa charrette lancée au petit trot sur une route de campagne, ce paysan avait l'air parfaitement à sa place. C'était rare de rencontrer des hommes qui eussent l'air à leur place. Bringuebalé près de lui, épaule contre épaule, Jacques s'abîma dans une morne torpeur.

Wolhau, petite bourgade aux maisons blêmes, aux toits pointus, était déjà loin derrière eux. Effacée, perdue. Et avec elle, les fermes dans la plaine, et sur la grisaille imprécise de l'horizon, les cônes noirs et les cheminées des mines de charbon. Un hameau, puis un autre. Le ciel était rouge au-dessus de la forêt qui venait à leur rencontre. « Il va faire nuit, pensa Jacques. Le vent est tombé. » De temps en temps, sous la capote, il jetait un regard en arrière. Au bout de la route droite où flottait encore un peu de poussière, il n'y avait plus rien. Il ressentait au cœur comme un vide. Partout où il était passé, il avait regardé, regardé... Mais il lui avait fallu laisser filer des paysages entiers qui disparaissaient, et, avec eux, les visages d'une multitude d'hommes. Il ferma les yeux. Cette plaine aussi était stérile. Il n'y pousserait aucun souvenir.

Jacques se rapprocha de son compagnon. Il avait froid, et sommeil. Où diable l'emmenait-il, celui-là, le taciturne, avec ses yeux gris et sa troïka sans grelots ? Et qui était cette Pauline von Becher ? « Venez chez moi samedi prochain, écrivait-elle... mon nom ne vous dira rien. Je vous expliquerai... » Polgsen? Cette inconnue? Mais il n'avait pas envie de poser des questions à son voisin. L'ignorance, c'était confortable comme le sommeil.

Ils avaient gagné la forêt, et la forêt était tout autour, haute, et déjà nocturne. Elle s'était refermée sur eux comme un piège. « Par où allons-nous passer? » s'était d'abord demandé Jacques en examinant le rideau d'arbres devant lui. Dressés très près les uns des autres, leurs branches traînant au sol, les sapins formaient une barrière en apparence infranchissable. Tout à coup, il avait fait plus sombre. A droite, sur l'horizon, le soleil avait roulé d'un arbre à l'autre, et puis sa boule rouge avait éclaté en mille petites aiguilles de pins, comme une grenade. Quand Jacques à nouveau regarda autour de lui, il s'aperçut qu'il voyait maintenant la sapinière de l'intérieur. « C'est comme de l'eau, se dit-il, il suffit de plonger. »

Il ferma les yeux. L'air sentait la résine. Il y avait du sable partout. La nuit était un grand sablier qui coulait sans faire de bruit. Les sabots du cheval ne martelaient plus que l'ombre, et l'épaisseur des sapins étouffait jusqu'aux grincements des roues. La forêt devait être immense. La tête inclinée sur l'épaule du conducteur, Jacques s'assoupit.

Quand il se réveilla, la charrette était arrêtée. La lune qui montait entre les arbres éclairait vaguement la nuit. Le jeune homme chercha son compagnon, et l'aperçut à quelques pas de là qui ouvrait la porte d'une remise. Il sauta à bas de la carriole.

— Madame von Becher... C'est ici?

— Par là!... dit l'autre. Vous montez la côte. De la main, il désigna un sentier qui contournait la cabane.

Jacques ramassa sa valise et se mit en marche. Il aurait bien aimé savoir si c'était encore loin, mais l'homme avait déjà disparu.

Au bout d'une centaine de mètres à flanc de coteau sous les arbres, le sentier débouchait sur un espace nu. La lune, qui avait jailli au-dessus des arbres et bondi en plein ciel, s'immobilisa en même temps que lui. Sa valise dans une main, les yeux noyés de lune, Jacques regardait.

Tout de suite il aperçut l'étang. Sa cuirasse d'eau miroitait, un peu en contrebas, recouverte par endroits de nénuphars et de branchages morts. Sur ses bords, des arbres aux troncs noueux, dont certains à demi couchés, paraissaient jetés sur l'eau comme des cordages. A gauche, une allée d'ormes dénudés contournait l'étang. Plus loin, se détachant contre le rideau noir des sapins, la masse plus claire de quelques saules pleureurs. Enfin, dominant l'étang sur sa droite, à peine dissimulée dans un bouquet d'arbres, la maison.

Jacques ne distinguait qu'une paroi de pierre blême, surmontée d'une tour à clocheton. Une partie de la façade était couverte de lierre, à moins que ce ne fût du chèvrefeuille. Aucune lumière ne brillait aux fenêtres.

« Polgsen » se dit Jacques, et il s'engagea dans l'allée. L'air vif lui mordait les joues, emplissant ses yeux de brume. Il avait envie de rire. La lune aussi avait repris sa course. « Tu marches comme moi, vieille folle ! » pensa-t-il. Qu'est ce qui était vrai à cette heure, et dans ce paysage ? Même les rêves n'étaient pas si jolis ! Et cette gentilhommière qui arrivait du fond des âges, à sa rencontre, qu'abritait-elle entre ses murs ? Peau d'Ane, la Belle au Bois dormant ?

Devant la grande porte de bois clouté, Jacques s'arrêta et prêta l'oreille. Aucun son ne parvenait jusqu'à lui. Seul, le bruissement des branches rendait le silence encore plus épais. Dans un renfoncement du mur, Jacques distingua une autre porte, plus petite et vitrée. Les volets n'avaient pas été fermés. Il s'approcha et frappa au carreau. « Le verrou n'est peut-être pas mis », se dit-il, mais il n'osait pas vérifier.

Une lumière apparut derrière la vitre et il entendit un bruit de pas. Il recula, le cœur battant. Quelle apparition allait surgir de l'ombre, lui tendre la main peut-être, ou l'appeler par son nom ?

— Polgsen... dit Jacques. Je suis bien dans la maison de... Et il se tut, brusquement intimidé.

La jeune fille le fixait sans ciller de ses yeux noirs. Sur ses épaules d'enfant, de longs cheveux blonds ébouriffés retombaient en pluie autour de son visage. Elle ne devait pas avoir plus de quinze ans.

— Entrez ! Mais entrez donc ! dit une voix du fond de la maison. Nous vous attendions...

La voix, lointaine, un peu fêlée, avait parlé en français. Jacques avança un pas hésitant, et la jeune fille s'effaça pour le laisser passer.

— Par ici, par ici ! fit la voix.

Il leva les yeux. Sur le palier, en haut d'une dizaine de marches, une vieille dame lui faisait signe de la main. La lumière du plafonnier, au-dessus de la cage de l'escalier, tombait juste sur sa tête, jouant dans ses cheveux blancs.

Jacques posa sa valise. La jeune fille ne le quittait pas des yeux. « Pourquoi ne parle-t-elle pas ? » se demanda-t-il. Elle n'avait pas l'air effarouchée. Au contraire. Cette insistance à le dévisager était même gênante. Sans doute, dans le visage mince et fermé, le regard sans indulgence de ses yeux sombres ne trahissait-il que la gravité de l'enfance. « C'est une petite fille ! » se dit Jacques. Mais il ne savait pas s'il disait cela par conviction, ou pour se donner une contenance.

— Je suis Pauline von Becher, dit la vieille dame en lui tendant la main, tandis qu'il grimpait les marches. Je suis contente que vous soyez venu, très contente...

Elle le prit par le bras, et l'attira vers la lumière.

— Vous êtes un beau jeune homme ! fit-elle après l'avoir examiné quelques instants. Si, si... Je sais, — et elle ajouta, un éclair de gaieté dans ses yeux : « C'est beaucoup plus amusant ! »

— Vous avez été très aimable... commença Jacques, un peu déconcerté. Je ne sais...

— Tut, tut... Laissez donc les formules, et venez avec moi.

« Cette vieille dame est sympathique, pensa Jacques, elle vient d'autrefois. » Il eut envie de lui expliquer ce qu'il ressentait, mais il ne dit rien, et lui emboîta le pas. Il montait en silence à côté d'elle, étonné que cette vieille dame qu'il ne connaissait pas pût lui inspirer un tel sentiment de joie. Dans les petits yeux gris qui l'avaient observé tout à l'heure, il y avait une gaieté qui ne le trompait pas. Depuis combien de temps n'avait-il pas lu tant d'amitié dans un regard ?

Pauline von Becher se pencha au-dessus de la rampe.

— Nathalie ! cria-t-elle, pourquoi restes-tu en bas ? Viens !

La jeune fille secoua la tête. Une lueur de défi passa dans ses yeux curieusement écartés. Sa main rejeta sur son dos une mèche de cheveux, et le jeune homme l'entendit qui murmurait en allemand : « Il est tard, Granny... Je vais dormir. »

— C'est ma petite-fille, dit la vieille dame.

Ils pénétrèrent dans une pièce assez grande, tendue de rideaux rouges défraîchis, et qui devait être le salon. Sur une table ronde recouverte d'étoffe et surmontée d'une vieille lampe à pétrole transformée, le couvert était mis pour une personne.

— A cette heure, il fait froid dans la salle à manger. Je vous ai préparé un peu de thé ici et de quoi vous restaurer. Asseyez-vous.

Madame von Becher rejeta le châle de laine noire qui entourait ses épaules, et, d'une main qui ne tremblait pas, saisit le lourd samovar.

— Je vous tiendrai compagnie. Il y a si longtemps que je n'ai pas parlé français !

Devant la cheminée un poêle en faïence ronronnait doucement, dispensant dans la pièce une douce tiédeur. Sa tasse de thé fumante à la main, Jacques laissa errer son regard autour de lui. Au mur, deux grands tableaux lui faisaient face, représentant des personnages du siècle passé, avec favoris et redingotes. Au fond du salon, une paire de fauteuils et un immense canapé dormaient dans l'ombre sous leurs housses de drap. On distinguait au-dessus des rayonnages pleins de livres. « Il faudra que j'aille jeter un coup d'œil », se dit-il. Peut-être y avait-il des livres français...

— Quel âge avez-vous ? demanda la vieille dame.

— Dix-neuf ans.

Elle se mit à rire. Jacques la regarda. Son rire aussi, à elle, avait vingt ans. Elle poussa vers lui une assiette pleine de sandwiches et de galettes.

— Allons ! Mangez, voyons ! A votre âge, on dévore.

Jacques posa sa tasse. Il mangeait en silence. Non loin de lui, sur une commode encombrée de bibelots, alignés dans leurs cadres dorés des visages inconnus lui faisaient signe. « Les photos de famille », songea-t-il. Une femme en robe blanche et chapeau 1900 avec deux enfants et un chien ; un vieux monsieur, la moustache en croc, et la poitrine barrée de décorations ; le visage mince et triste, un autre tout jeune, en uniforme de la *Wehrmacht*...

— Ça, par exemple !...

Jacques se leva et s'approcha de la commode. Son attention avait été attirée par une photo plus petite représentant une maison et des arbres. Il prit le cadre dans ses mains.

— C'est Uraldia ! dit-il.

Pauline von Becher l'observait.

— Mais oui, dit-elle, c'est votre maison.

— Comment est-ce possible ?

— J'y ai beaucoup vécu, il y a très longtemps. C'était avant mon mariage. Vos grands-parents me recevaient chaque été... Voyez-vous, mon petit, cette photo, c'est toute ma jeunesse !

— C'est marrant, dit Jacques...

Il fouillait en vain sa mémoire. Pauline, Pauline... On avait dû lui parler d'elle.

— Non, ne cherchez pas, reprit-elle... Je ne suis

pas retournée à Uraldia depuis... mon Dieu, depuis quarante ans !

Tout à coup Jacques se frappa le front.

— La princesse Obolensky !

Elle rit.

— C'était vous ?

— Oui, c'était moi.

Bien sûr, il se rappelait. Comme c'était étrange ! Elle, la princesse russe d'avant l'autre guerre, dont son père lui avait tant parlé ! Il disait que c'était la plus belle femme qu'il eût jamais vue. « Des yeux mauves de la couleur des myosotis. Ton grand-père en était fou. Il avait voulu s'enfuir avec elle... » Pauline Obolensky ! Cela se perdait dans la nuit des temps. Elle habitait la chambre bleue tout en haut de la maison, celle qui est tapissée de toile de Jouy pervenche, et qu'on avait toujours appelée la « chambre de la princesse ». Enfant, il avait bien fallu qu'on lui expliquât pourquoi, et son imagination cent fois avait redoré la légende. « Je crois qu'ils s'étaient beaucoup aimés, lui avait confié son père. Et puis, un jour, à la fin d'un été, elle est partie dans la Victoria qu'on avait attelée pour la mener à la gare. Je ne savais pas que c'était la dernière fois. Elle n'est plus jamais revenue à Uraldia. »

La vieille dame lui sourit.

— Cela vous étonne... Mais il y a si longtemps...

Non, il n'était pas étonné. Malgré les rides et les plis aux coins des yeux, en dépit du cou décharné autour duquel s'enroulait un ruban noir à la mode ancienne, on devinait aisément que ce visage avait été d'une grande beauté !

Elle se leva, et désignant les photos sur la commode :

— Ça, c'est moi, avec les enfants, pendant la guerre de 14... J'avais épousé un général allemand, Ludwig von Becher, et je suis venue habiter ici. Le baron est mort il y a dix ans.

— Et lui ? demanda Jacques en montrant la photo

du jeune homme en uniforme de la *Wehrmacht*. C'est votre fils ?

— Oui, Karl, le plus jeune. Le père de ma petite Nathalie que vous avez vue tout à l'heure. J'en ai un autre, Wolfgang, que vous verrez peut-être un de ces jours s'il revient en permission. Il est en Russie.

— Et Karl ?

Elle esquissa un geste de la main qui ressemblait à un geste d'excuse.

— Il est mort à Sedan, pendant la campagne de France...

— Ah ! fit Jacques, et il se sentit tout bête. La guerre ici aussi, avait frappé au hasard. Une vieille dame en Silésie accroche au mur un nouveau portrait, comme on le fait en Bretagne, en Touraine...

— Il était veuf, continua-t-elle ; la mère de Nathalie est morte en couches. Il n'aimait pas la guerre.

— Personne, dit Jacques.

La baronne lui versa une nouvelle tasse de thé.

— Buvez ! dit-elle en posant la tasse devant lui. Elle ajouta : — Mais parlez-moi de vous plutôt. Racontez-moi... Je ne sais rien. Des amis espagnols m'ont écrit que vous vous trouviez en Silésie, mais ils ne m'ont pas expliqué comment vous aviez échoué ici. Elle se pencha vers lui :

— Si vous saviez comme je suis heureuse de vous recevoir aujourd'hui dans ma maison ! Je vous regarde, et mon cœur a vingt ans. Mais... Il est tard, et vous devez avoir sommeil. Si vous le désirez je vais vous conduire à votre chambre...

— Non, non... Je suis bien ici. Je suis très bien...

— Puisque vous n'avez pas envie de dormir, moi non plus ! s'écria-t-elle toute joyeuse, en se drapant dans son châle de laine. Mais alors, racontez-moi... Je suis très curieuse, vous savez !

« A elle, je pourrais tout dire, pensa Jacques. C'est drôle... » Pendant des mois il n'avait rien dit. Même à ses copains. Pas même à Stelovsky. Il s'était claquemuré dans son secret. Il s'était tout durci de silence. Parler ne valait rien. Cette idée qu'on pouvait monnayer la sympathie des autres avec des confidences lui répugnait. Sans doute entrait-il une certaine prudence dans cette obstination à se taire. (Il avait intérêt à ce que les services de la Gestapo l'oublient, et les Français étaient si bavards !) Mais peut-être, dans cet acharnement qu'il mettait à garder pour lui son secret, puisait-il sa force, la certitude de protéger une liberté ultime : sa fierté d'homme.

« C'est drôle... » se répéta-t-il. Rien n'était plus pareil tout à coup. Devant cette vieille dame dont le regard bleu-gris avait fait couler en lui une chaleur oubliée, il n'avait rien à préserver. Ni sa fierté, ni encore moins sa liberté. A nouveau la vie était toute simple. « Oui, se dit-il, c'est quelqu'un qui vient d'autrefois !... »

— A votre âge, reprit la baronne, vous devriez être en train de faire vos études. Vous êtes bien jeune pour connaître ces... déracinements.

Jacques émit un ricanement, et son œil brilla d'un éclair malicieux :

— Quand la guerre a éclaté, j'avais quinze ans, j'étais ravi. Je voulais absolument vivre des événements historiques. On se fait une curieuse idée de l'Histoire, une idée de luxe... Les études, c'est ennuyeux, c'est fade. Je voulais partir pour le front, me battre... Je crois que ce que je souhaitais le plus au monde c'était de porter un revolver ! Je trouvais ça très excitant d'être un homme, et je pensais qu'on n'était pas tout à fait un homme sans revolver !... — Il haussa les épaules — : Aujourd'hui je ne fais plus du tout de rêves héroïques. On ne m'a pas donné de revolver, mais un bleu d'ouvrier !... Je n'ai plus qu'un souci : vivre !

— Vous faites partie du contingent des travailleurs, de ce qu'ils appellent « la relève » ?

— Non, pas exactement... — Il esquissa un geste vague de la main — je suis volontaire...

— Vous êtes venu ici de votre propre gré ? demanda la baronne en le dévisageant. Ne me dites pas... C'est ridicule !

Jacques se mit à rire. Cette vieille dame, la veuve d'un général allemand, était la seule personne qui eût l'air de ne pas prendre au sérieux cette étiquette de « volontaire ».

— Non, avoua-t-il, je n'ai pas eu le choix... Ou plutôt si, mais le choix était tel ! — Il se pencha vers elle. — Comme c'était facile de parler ! Il n'avait jamais quitté ce salon. Cette maison était la sienne. Et cette vieille dame qui l'écoutait, serrée dans son châle de laine, qui était-elle donc, pour que sa présence lui parût si familière ?

— Il y a un peu plus d'un an, reprit-il, j'ai été arrêté par la Gestapo en même temps que mon père, et jeté en prison.

— Pourquoi cela, mon Dieu ?

— Nous étions soupçonnés d'avoir organisé des réseaux d'évasion à la frontière pour faire évader des officiers français vers l'Espagne. Bien sûr nous avions des amis, qui étaient passés à la dissidence, comme tout le monde, et qui s'agitaient dans le coin. Mon frère, entre autres... Moi je préparais mon bac. Mon père s'occupait de la commune ; il est maire du village. Mais cette histoire de réseaux... Bref, la police nous a considérés comme dangereux. Elle n'avait pas de preuves. De toute façon, les preuves... En temps de guerre... !

— Mais... cette prison...

— C'était le fort du Hâ, à Bordeaux. Une prison de cauchemar...

— Cela dut être très dur !

— Oui... Surtout très long! On vivait, entassés dans des cachots... Nous ne savions pas quand cela finirait.

— Comment avez-vous fait pour en sortir ?

— Un jour ils sont venus me chercher. C'était le 12 mars... Je n'ai pas oublié la date, c'est celle de mon anniversaire, j'ai eu dix-neuf ans ce jour-là. Dans la cour, ils m'ont dit que j'étais libre. Libre ! Vous comprenez ? Libre de m'en aller !... Je n'avais jamais ressenti quelque chose comme ça ! Après tous ces mois passés en cellule, j'étais malade de bonheur, j'étais fou ! Comment vous expliquer ?

— Je sais...

— Je n'osais pas y croire ! C'est alors que j'ai demandé des nouvelles de mon père, poursuivit Jacques en s'animant.

Chaque fois qu'il évoquait cette scène, son cœur battait plus vite, comme alors. Il y a des gestes que l'on recommence sans fin. Ils étaient deux, en civil, mais un seul parlait, un grand blond. L'autre écoutait, attentif derrière ses lunettes de myope, en lui offrant des cigarettes. Des manières aimables. « Votre père sera envoyé dans un camp de concentration en Allemagne, dit le blond. Jusqu'à la fin de la guerre ! » Alors sa joie s'était évanouie d'un seul coup. « Vous comprenez ? dit-il à la vieille dame, cette liberté que l'on me rendait, j'en avais honte. Je leur dis que je ne voulais pas qu'ils emmènent mon père, et je leur ai demandé de prendre sa place. »... La liberté, c'était lui, plus encore que cette porte entrouverte. C'était lui, seulement lui, la permission d'être heureux. « Alors ils m'ont tendu une feuille de papier à signer. »

— Mon Dieu !

— Que faire d'autre ? C'était mon père ou moi. D'abord j'ai refusé. Je savais bien ce qui était écrit...

Il lisait assez d'allemand. Le papier qu'on lui avait mis sous les yeux, c'était un contrat de travailleur volontaire. Le grand blond était devenu désagréable. Il lui avait expliqué qu'il était un imbécile de ne pas vouloir travailler pour le *Führer* et la « Grande Europe ».

— Sur l'heure — je vous demande un peu — qu'est-ce que j'en avais à faire, de la Grande Europe ? Ils me dégoûtaient, tous les deux, et j'étais triste parce que je n'allais pas rentrer chez moi.

— Alors ?

— J'ai attendu deux jours qu'ils libèrent mon père, et j'ai signé. — Jacques haussa les épaules. — Ils m'ont félicité ; en me disant que j'avais de la chance, qu'ils auraient pu faire de nous ce qu'ils voulaient. Je crois que c'était vrai : ils pouvaient vraiment faire de nous ce qu'ils voulaient, nous déporter, nous fusiller...

Sur le moment il avait été consterné. Il avait tellement envie de revoir Uraldia ! Mais ne fallait-il pas en finir, d'une façon ou d'une autre ? Après tout, son père était libre, et lui bien vivant. Et puis il y avait aussi le fait que son père avait cinquante-huit ans — cela lui paraissait très vieux! — lui, dix-neuf. A cet âge on a de meilleures chances de s'en tirer.

— Maintenant je sais que j'ai eu raison!

— C'est ignoble, ce chantage ! Je n'imaginais pas, soupira la baronne...

Son visage blanc et velouté de vieille dame se plissa, soudain très triste. Elle détourna la tête. « Je déteste cette guerre ! »

Jacques allongea ses jambes vers le poêle. Ses gros souliers de marche étaient pleins de terre. « J'aurais dû les enlever », pensa-t-il. Un instant il ferma les yeux. « Ce soir je dormirai bien... » Mais il ne voulait pas dormir encore. Il ne fallait pas perdre ces heures heureuses. Sur la cheminée, la vieille pendule de bronze avait un cadran sans aiguilles. Depuis combien d'années le temps s'était-il arrêté dans cette maison ? Jacques se souvint d'une remarque que lui avait faite un prisonnier : « Il faut aimer bougrement la vie pour remonter les pendules ! »...

— Je sais bien, à présent, que la chance ne me quittera pas, dit-il, comme s'il se parlait à lui-même.

— Vous n'avez pas peur de dire cela ?

Le petit œil gris de la vieille dame eut un éclair moqueur.

— Non ! La chance, on la porte en soi. On l'accepte, ou on la refuse, mais elle est là. Il me semble qu'il n'y a qu'à la prendre par la main... C'est quand on n'aime pas la vie qu'on n'a pas de chance...

Non, jamais il n'oublierait de remonter les pen-

La baronne se mit à rire. Un tout petit rire fêlé comme sa voix :

— Vous avez l'air méchant quand vous dites cela. Allons! Je crois que nous allons bien nous entendre, tous les deux. Vous ne pensez pas ?

— Si, dit Jacques.

La vieille dame se leva :

— Il est tard, maintenant. Demain, nous aurons toute la journée. Vous me raconterez encore... Venez, je vais vous conduire.

Jacques la suivit. Dans le couloir flottait une odeur de bois ciré, de vieilles tapisseries. L'odeur d'Uraldia. « Toutes les vieilles maisons »... pensa-t-il. Une latte du plancher craqua sous son pas. « Mes godillots, il faudra que je les enlève... Demain je me lèverai tôt, j'irai regarder les livres... » Au bout du couloir, la baronne ouvrit une porte.

— Votre chambre, dit-elle.

Et comme il restait sur le seuil, songeur, elle ajouta :

— Il ne neigera peut-être pas encore, demain. Je vous montrerai le parc...

« Ma chambre !... » Un lit, des draps, un sommeil du dimanche...

— Bonne nuit ! dit-elle.

Elle s'éloigna, drapée frileusement dans son châle, de son pas tranquille.

— Bonne nuit, répéta Jacques.

CHAPITRE XI

— Du diable si je retrouve jamais mon chemin !

Jacques regarda autour de lui. Rien que des arbres. Des sapins silencieux, sans oiseaux, quelques bouleaux. Plusieurs sentiers se croisaient sous bois. Lequel prendre? Levant les yeux, il essaya de se repérer sur le soleil ; la lumière hivernale filtrait uniformément au travers des branches. Cet examen ne fit qu'augmenter sa perplexité. Où était le soleil ? Jacques n'avait jamais eu le sens de l'orientation. Il haussa les épaules. « Par là ! » décida-t-il en s'engageant résolument sur un sentier.

Jacques s'était levé tôt le matin, incapable de se rendormir après qu'il eut aperçu les lueurs de l'aube blêmir les murs de sa chambre. Il avait rejeté son édredon de plume, et bondi à la fenêtre malgré le froid. Aucune fumée d'usine à l'horizon ! Pour une fois se lever était un plaisir. A peine habillé, il était sorti. Se dirigeant du côté opposé à celui par lequel il était arrivé la veille, il avait pris un chemin qui s'enfonçait sous bois.

Il avait marché très vite, pour se réchauffer, et n'avait rencontré personne. Bientôt ses pas l'avaient conduit hors de la forêt, sur une colline qui dominait un pays plat et, lui sembla-t-il, marécageux. A nouveau il s'enfonça dans la forêt. « Ce sont les arbres que je veux ! » Il était heureux d'être seul.

Parfois, il quittait le sentier. « J'invente mon voyage ». Adossé au tronc d'un bouleau, il restait un moment immobile, laissant monter vers lui les tressaillements de la forêt, ce murmure ininterrompu des arbres. L'appel d'un courlis déchirant la brume quelque part sur le marais le faisait tressaillir. Cela ressemblait à un cri d'enfant.

Au croisement de deux sentiers, un écriteau attira son attention. Il portait un nom inconnu : « Klobschen », avec une flèche. Par là c'était peut-être la Pologne. Il s'engagea dans la direction indiquée. Il n'avait jamais été aussi libre. Personne ne lui donnerait d'ordres, « Faites ceci ! Allez là ! ». C'était grisant d'imaginer qu'il s'enfuyait, qu'il allait franchir la frontière silésienne, et ne plus revenir... Wenger, l'usine, le camp, étaient loin. Peut-être n'avaient-ils jamais existé. Il s'enfoncerait dans la forêt jusqu'à ce qu'elle devienne si épaisse que les hommes de Breslau, avec leurs uniformes, leurs paperasses et tous leurs outils de guerre, ne puissent plus l'y retrouver. Les arbres lui tiendraient lieu d'amis, d'ennemis... Une forêt qui dirait non à la guerre...

Soudain, il se figea. Cet appel... Non, ce n'était pas le cri de tout à l'heure, cette plainte triste du courlis. Attentif, il écouta, la tête pleine de rumeurs. Encore... Il n'y avait pas de doute possible : une voix scandait distinctement les syllabes de son nom. Une voix de femme. « Qui m'appelle? » se demanda-t-il. De nouveau le cri, plus proche: *Wo sind Sie?* Il mit ses mains en porte-voix et répondit. C'était bien la peine de rêver de forêts interdites, d'évasion...

Il l'aperçut qui courait à sa rencontre, ses cheveux blonds au vent, sa mince silhouette bondissant entre les arbres. « Nathalie ! » La petite-fille de la baronne venait sans doute le chercher. Dès qu'elle l'eut repéré, immobile au milieu du sentier, la jeune fille cessa de courir et marcha jusqu'à lui.

— Bonjour ! dit Jacques.

Elle posa sur sa tête une toque de fourrure qu'elle

avait dû ôter pour courir, et le fixa de son œil noir. L'essoufflement de la course avait rosi ses joues.

— Je vous cherchais, dit-elle. Granny vous attend.

— Je ne savais pas comment revenir, dit-il.

Elle restait à deux pas de lui et continuait à le dévisager avec attention. Les ailes de son nez battaient imperceptiblement.

— Venez ! fit-elle. C'est par ici.

Elle marchait vite, coupant à travers bois par des sentiers inattendus, et il la suivait en silence. Une ou deux fois, parvenu à sa hauteur, il fut tenté d'engager la conversation, mais le regard dédaigneux qu'elle lui jeta l'en dissuada aussitôt. « Une vraie sauvageonne ! » se dit-il. Sur le chandail bleu à col roulé, la lourde chevelure blonde dansait devant lui avec des reflets roux. Elle tourna la tête :

— Où alliez-vous ?

— Nulle part. Je me promenais...

D'un geste elle désigna la direction d'où il venait :

— Par là, ce sont les marais de Klobschen. On ne peut pas aller de ce côté.

— Pourquoi ?

— C'est dangereux. Il faut connaître... Beaucoup de gens se sont noyés à Klobschen.

A nouveau, la plainte d'un courlis vint mourir à la lisière du bois. Jacques se mit à rire.

— On les entend, dit-il.

— Ne riez pas. On ne rit pas des gens malheureux.

— Non, dit Jacques. Mais qui est malheureux ?

Elle haussa les épaules.

— Vous n'êtes pas d'ici. Qu'est-ce que ça peut vous faire ?

— Je ne sais pas. Expliquez-moi...

— Il y a longtemps, dit-elle, c'était encore plus dangereux que maintenant. Beaucoup de gens ont disparu. Des enfants. Mais ils ne sont pas morts. Ce sont eux qui appellent.

— Ah...

— Le soir, reprit la jeune fille en s'animant, il y a un grand remue-ménage sur le marais. Tout le monde peut vous le dire. Quand la brume est épaisse sur les roseaux, ils parlent entre eux.

— Et maintenant ?

— Maintenant, ils sont tristes parce qu'ils n'ont pas le droit de quitter les bas-fonds. Quand la brume monte, ils appellent.

— Je comprends, dit Jacques. — Il ajouta en souriant — : Je vous remercie d'être venue me chercher !

Elle secoua la tête.

— Ce n'est pas moi. C'est Granny.

« Décidément, se dit Jacques, je n'ai pas la cote ! » Ils étaient maintenant presque sortis de la forêt. Le jeune homme reconnut entre les arbres qui s'éclaircissaient la tour à clocheton de Polgsen. De nouveau, ils marchaient l'un derrière l'autre.

— Prévenez votre grand-mère que j'arrive tout de suite, fit Jacques. Il faut que je monte dans ma chambre pour ôter mes souliers.

Nathalie se retourna brusquement.

— Ce n'est pas votre chambre ! dit-elle. C'est celle de mon père.

— Ah oui ? dit Jacques, surpris par le ton agressif.

— Mon père est mort, mais c'est toujours sa chambre...

Elle ajouta d'une voix que la colère contenue rendait toute blanche : « Mon père a été tué en France ».

— Je sais...

— Il conduisait un tank. Il était capitaine... Vos soldats ont fait sauter le tank, et il est mort brûlé. Granny ne sait pas qu'il est mort brûlé, mais moi, je le sais.

— Je regrette, murmura Jacques...

Comme ils s'engageaient dans l'allée de bouleaux, Jacques saisit la jeune fille par le bras.

— Pourquoi m'en voulez-vous ?

— Je n'aime pas les Français ! dit-elle en fixant le bout de ses souliers.

— Vous êtes une petite fille trop romantique, dit Jacques agacé.

Elle releva la tête d'un geste brusque.

— Mais vous, vous avez perdu la guerre !

Il haussa les épaules. Tant de violence l'étonnait. Etait-il possible qu'une enfant, à cet âge, connût une telle haine ? Il regarda la jeune fille sans savoir s'il devait se fâcher, ou l'excuser. Quand on est très jeune sans doute prête-t-on à son propre goût du drame de faux mobiles.

— Nathalie, vous ne comprenez pas, dit-il. Quel âge avez-vous ?

— Ce n'est pas une question d'âge, coupa-t-elle sèchement. Je vais avoir seize ans et je sais très bien ce que je dis... Je suis Allemande.

— Et alors ? Je n'ai pas insulté l'Allemagne, que je sache ! Je ne vous ai rien fait.

— Vous êtes Français !

— Oui, dit Jacques qui sentait la moutarde lui monter au nez. Je suis Français, et je suis bien content que cela vous soit désagréable !

— Je ne veux plus vous parler ! cria-t-elle en lui jetant un regard furibond. Je ne veux plus jamais vous voir ! Et elle s'enfuit en courant.

Mérimée, Balzac, Stendhal... De quoi rêver! Sur quatre étagères, des romans français. « Ma bibliothèque de jeune fille, avait dit la baronne. Vous emporterez ce que vous voudrez. » Lire, quel luxe ! Au fin fond d'une Silésie préoccupée seulement de travail et de guerre, lire avait quelque chose d'insolite. Aux vitrines des librairies de Breslau, Jacques n'avait repéré que des ouvrages de circonstance, *Mein Kampf* ou bien la biographie d'un dignitaire du régime. Quelquefois Gœthe. Rarement. Qui aurait eu le temps de lire ? Mais cette bibliothèque de Polgsen, reflet d'une culture désormais inutile, cela frisait l'insolence.

Et ce n'était pas sans un secret plaisir que Jacques en feuilletant ces livres, avait en quelque sorte l'impression de braver cette réalité stupide de la guerre.

Accroupi devant la bibliothèque, tandis que la baronne devisait avec ses amis près du poêle, Jacques parcourait l'un après l'autre les ouvrages reliés dont les pages craquaient sous ses doigts. Il emporterait *Le Cousin Pons* ou *César Birotteau.* Peut-être *Lucien Leuwen.* Il avait une prédilection pour Stendhal. Ou bien, *A la recherche du temps perdu.* « Je ne connais pas Proust. Je lirai au camp, le soir, après la soupe. » S'il réussissait à quitter le camp lundi, et, s'il obtenait l'autorisation de loger en ville, ce serait encore mieux. Il aurait un vrai lit, une table, peut-être une armoire pour ranger enfin ses affaires, et il lirait tard dans la nuit, comme autrefois dans sa chambre d'Uraldia lorsque sa mère le surprenait après minuit, plongé dans sa lecture, une lampe de poche allumée sous ses draps. Toutes les deux ou trois semaines, chaque fois qu'il pourrait, il retournerait à Polgsen pour passer un dimanche comme celui-ci et retrouver cette lenteur de vivre. Peut-être irait-il du côté de Klobschen pour apprendre à connaître le marais aussi bien que Nathalie, et le langage des oiseaux se cherchant dans la brume. Le soir, il bavarderait avec la baronne, ou la jeune fille — non, pas la jeune fille : il y avait dans son regard quelque chose d'inamical qui était encore la guerre — ou il lirait près du poêle. Cela ressemblerait à tous les autres hivers qui sentent le feu de bois et l'encaustique, et le parfum moisi des vieux livres. Il penserait « Demain, j'irai chasser dès l'aube dans les bas-fonds de Sainte-Barbe et d'Uraldia... »

Il en arrivait à tout confondre, les marais de Klobschen et l'étang de Chourmilatch sommeillant entre les deux collines d'Ustaritz, les courlis crieurs et les canards sauvages ou les bécasses qu'il lui avait fallu oublier. Il se disait : demain, j'écrirai à mon père. Je lui dirai de ne pas être triste. « J'ai une amie, une vieille dame, qui m'a donné tout Balzac à lire. Elle habite un château qui a aussi l'air de sortir d'un livre, avec un étang, et une petite-fille trop jeune qui ne sait pas encore que la vie est belle. Je couche dans un gros édredon de plume où s'enfonce une nuit tiède et toute bourdonnante de silence. Les hommes ne sont pas méchants. D'ailleurs, je ne les connais pas. Je suis seul. Et je rêve tout le temps que je vais revenir... »

— Que faites-vous dans votre coin ?

La voix, près de lui le fit sursauter.

— Je lisais, dit Jacques.

— Venez ! — La baronne, debout, lui faisait signe. — Venez bavarder avec nous. Il fait déjà nuit. Mes amis ont envie de vous voir. Vous savez, ajouta-t-elle, ils peuvent peut-être vous aider.

Jacques la suivit sans répondre et prit place dans le cercle des invités. Nathalie se leva pour chercher des gâteaux et la vieille dame commença à s'affairer avec le samovar. Le poêle ronronnait. Le jeune homme se tassa sur sa chaise et regarda ses souliers. A la vérité, il n'avait guère envie de faire des efforts de conversation. Il se trouvait parfaitement à l'aise dans ce salon douillet, et n'avait besoin de personne pour le distraire. Du reste, seul un des amis de la baronne avait d'emblée conquis sa sympathie, Dimitri Sonine, un jeune peintre d'origine russe qui avait perdu le bras gauche dans les bombardements de Berlin, et travaillait à présent à l'Office des Cartes de Breslau. C'était un grand garçon au visage chevalin et tout en bosses, aux manières brusques, dont le parler un peu rauque, cette façon de rire à grands éclats, avaient endormi aussitôt la méfiance habituelle de Jacques. On connaît si vite les gens à leur rire. Du docteur Werner Escherbach et de sa femme, une petite blonde au nez couvert de taches de rousseur, il ne savait que penser. L'homme pouvait avoir une quarantaine d'années. Derrière des lunettes à monture d'acier, son regard d'un bleu délavé, toujours perdu dans quelque lointaine songerie, s'éclairait rarement d'un sourire. La baronne semblait lui témoigner beaucoup d'amitié. Mais Jacques n'éprouvait aucun penchant particulier pour ce genre d'homme au teint trop pâle, aux épaules trop étroites. « Il doit être réformé », se dit-il, car sa profession n'avait pu le mettre à l'abri d'une mobilisation. Il y avait si peu d'hommes qui passaient au travers !... Et comme il ne portait pas à la boutonnière l'insigne du Parti !...

La conversation, un instant interrompue à son arrivée, reprit de plus belle ; elle roulait sur les voyages. L'Asie, la Chine, l'Inde... Elle descendait d'immenses fleuves en jonques à voiles carrées, débroussaillait des temples en pleine jungle, franchissait sans effort des murailles plusieurs fois millénaires, pour venir se perdre dans le grouillement de quelque ville surpeuplée des bords du Gange. Curieusement, elle n'avait jamais fait d'incursion dans les steppes enneigées de la boucle du Don, ni sur les pistes défoncées de Tobrouk ou de Benghazi. Etait-ce par hasard ? Personne au cours du déjeuner, ni plus tard au salon, n'avait parlé de la guerre. Jacques avait cru tout d'abord que c'était à cause de lui, par délicatesse, ou par méfiance, parce qu'il était un étranger, une sorte d'intrus venu du camp des ennemis d'hier. Mais il lui fallut bientôt se rendre à l'évidence : ce n'était pas à cause de lui que ces hommes se taisaient. « Ils ne le savent peut-être pas, pensa Jacques, mais nous sommes ensemble. » C'était vrai. Cette pensée le fit sourire. Tous ici, la vieille aristocrate, veuve d'un officier baron d'Empire, le peintre manchot, le docteur réformé et son épouse sans âge, s'étaient mis d'accord pour jouer le même jeu que lui, l'exilé. Ils trichaient. Et c'était pour eux aussi une façon de passer les dimanches : ils refusaient la guerre...

— La baronne me dit que vous travaillez à N.S.U. Fiat, questionna Escherbach en se retournant vers Jacques, c'est exact ?

— Oui.

— Je connais votre patron. Un homme remarquable...

— En effet...

Jacques observa le docteur. Une sorte d'hésitation dans sa voix lui fit penser que l'autre ne disait pas toute sa pensée.

— Werner, si vous le connaissez, suggéra la baronne, recommandez-lui donc notre jeune ami... Vous pourriez lui téléphoner dès demain. N'est-ce pas, Werner ?

— Naturellement...

— Je vous assure, coupa Jacques, ... Ne vous donnez pas ce mal.

Sonine le poussa du coude.

— Laissez donc faire !

Jacques s'agita sur sa chaise.

— J'aimerais mieux...

— Tut ! tut ! fit la vieille dame, on s'occupe de vous !

— Je quitte le garage demain, laissa tomber le jeune homme.

— Oh le cachottier ! Il n'avait rien dit. Et où allez-vous ?

— Je ne sais pas encore. Peut-être chez un quincaillier.

— On vous laisse partir ? s'étonna le docteur. — Il souleva ses lunettes et se frotta les yeux d'un air las. — De toute façon, je ne crois pas que ma recommandation vous eût beaucoup servi.

La baronne lui jeta un regard surpris.

— Werner, qu'est-ce que vous racontez ?

— Le directeur de la N.S.U. Fiat est un homme très jaloux de son autorité. Il a une grosse situation ici. — Escherbach ajouta sur un ton neutre — : Il est inscrit au Parti depuis 1933.

Sonine pouffa de rire, et de son bras valide administra une grande claque dans le dos de Jacques.

— La quincaillerie vous tente, mon gars? Suivez votre inspiration!... Et puis, tenez!

Il griffonna deux lignes sur un bout de papier. Les bosses de son visage avaient repris leurs positions habituelles. Il ajouta, subitement sérieux : « Prenez mon adresse, et venez me voir. Je vous refilerai un coup de schnaps. Vous verrez, c'est infaillible, ça résout tous les problèmes. »

Escherbach posa sa main sur le bras du jeune homme.

— Je pense à quelque chose...

— Oui, dit Jacques.

Le front dégarni luisait comme une boule de vieil ivoire. Derrière les lunettes le regard s'était éteint. « Pourquoi ne me regarde-t-il pas ? »

— Est-ce que vous savez peindre ?

— Oui, non... Enfin, un peu.

L'autre l'avait entraîné près de la fenêtre. Machinalement, Jacques souleva un pan de rideau. Il neigeait. De gros flocons s'écrasaient silencieusement contre la vitre. « Veine ! pensa-t-il, la neige ! » Et il eut envie de bondir pour annoncer la nouvelle aux autres.

— Je pensais, reprit Escherbach, que si vous savez peindre ou dessiner, vous pourriez peut-être...

Il s'interrompit pour s'essuyer les yeux.

« Les courlis ne crieront plus, demain, sur les marais de Klobschen, pensa le jeune homme en jetant un regard par la fenêtre. Dans la neige, les oiseaux deviennent silencieux. »

— Vous pourriez trouver du travail au *Schauspielhaus*.

— Qu'est-ce que c'est que ça ?

— Le théâtre de la ville. On vous y engagerait peut-être. Je sais qu'il y a d'autres étrangers. A l'Opéra, aussi...

— Mais, fit Jacques...

— Naturellement, je dis ça comme ça... D'ailleurs, vous avez votre quincaillier...

L'Opéra !... Jacques se mit à rire.

— Vous me voyez en train de peindre. Qu'est-ce qu'on peint du reste dans votre théâtre ?

— Les décors. Sonine vous expliquera, il y a travaillé.

— Evidemment, fit Jacques, l'Opéra...

Peindre ! Il secoua la tête d'un air incrédule. « L'est sonné, le toubib ! »

— Je vous remercie, dit-il, c'est une bonne idée.

Mais déjà il pensait à autre chose ; dehors, il neigeait et la journée allait finir.

Nathalie venait de rentrer avec des gâteaux et la baronne versait du schnaps dans les verres. Jacques s'apprêtait à les rejoindre lorsque le médecin le retint par la manche.

— Encore un mot, dit-il à mi-voix. Si je ne fais pas de démarche auprès de votre patron, ce n'est pas par mauvaise volonté. Cela vous nuirait plutôt... A moi aussi...

— Ça ne fait rien, murmura Jacques.

— Wenger ne m'aime pas. Je vous expliquerai...

Le jeune homme fit un geste de la main comme pour dire que cela ne le concernait pas.

— C'est un homme redoutable.

— Je sais.

La pression de la main sur son bras se fit plus forte. Derrière les lunettes, le regard de poisson mort pour la première fois croisa le sien.

— Dan-ge-reux ! articula le docteur.

A nouveau, il détourna les yeux.

— Remarquez, je vous dis ça... Inutile de le mentionner devant les autres. Ma femme n'aimerait pas savoir que je vous ai parlé de lui. Elle est très craintive.

— Bien sûr.

— Je voulais simplement... — la main fine aux ongles soignés remontait le long du bras de Jacques... — vous mettre sur vos gardes.

— Je vous remercie, dit Jacques mal à l'aise.

Il n'aimait pas le ton cauteleux du docteur, ni ses

gestes enveloppants. Il se retourna brusquement et dévisageant Escherbach :

— Vous me dites tout ça... Pourquoi ?

L'homme haussa les épaules.

— Est-ce que je sais ? Vous êtes si jeune. Vous êtes... — Son regard devint trouble en se posant sur Jacques. — Ce serait dommage...

Il ne termina pas sa phrase et s'éloigna.

Sonine regarda sa montre.

— Il va falloir s'en aller ! soupira-t-il.

— Déjà ?

C'était la première fois depuis des mois que Jacques voyait à regret venir la nuit. « J'aimerais rester ici. Je pourrais attendre la fin de la guerre dans ce salon. Des années... »

— Nous allons boire un dernier verre avant de nous quitter, suggéra la baronne.

— Le coup de l'étrier ! s'exclama Sonine.

Jacques s'approcha de la table.

— Il neige, dit-il.

— Ce n'est pas possible ? Nathalie avait relevé la tête, et son visage s'illumina.

Jacques la regardait. Il sourit à son tour. C'était comme un sourire de connivence, le premier.

Elle bondit à la fenêtre, écartant les rideaux, et ses boucles blondes s'écrasèrent sur la vitre.

— Vous voyez ? dit Jacques.

Mais elle ne répondit pas.

Ils avaient levé leurs verres.

— Je bois à la santé de Wolfgang, proposa Sonine. Qu'il nous revienne vite.

Chacun porta son toast. Quand vint le tour de Jacques : « A Polgsen ! », dit-il.

La baronne se tourna vers Sonine.

— N'est-ce pas qu'il est gentil, mon petit ami ? En clignant des yeux, elle ajouta : « Ah, si j'avais l'âge de Nathalie... »

Jacques aperçut la jeune fille qui s'était retournée brusquement et fronçait les sourcils.

— Et toi, questionna le peintre, tu trinques ?

— Je n'ai pas envie, dit-elle sèchement.

Lorsque Jacques redescendit de l'étage, sa valise faite, la jeune fille avait quitté le salon. Il pensa : « Elle ne veut pas me dire au revoir ! »

Sonine, une vieille capote de soldat sur le dos, les bosses de son visage à moitié dissimulées sous un immense cache-nez rouge, s'impatientait sur le seuil.

— Qu'est-ce qu'on attend ?

C'était fini, le beau dimanche. Presque fini. Il restait encore la neige, la troïka sans grelots du taciturne, un bout de forêt. Passé les grands sapins, là-bas sur la route, du côté de Wolhau, ce serait à nouveau la semaine, nue, idiote...

— Je vous ai pris trois livres, dit-il à la baronne.

La vieille dame glissa la main sous son bras.

— Vous viendrez me les rapporter ?

— Sûrement, dit Jacques.

Il avait envie de lui dire, surtout, qu'il reviendrait. Il se pencha légèrement et l'embrassa sur la joue.

Drapée dans son grand châle à franges, elle les accompagna jusqu'à la porte. Un sourire éclaira son visage rose et ridé.

— Je regrette que Nathalie ne soit pas là pour vous dire au revoir. Mais vous la trouverez sans doute avec Matzka, à la remise.

Dans le carré de lumière de la porte, la nuit était blanche de flocons de neige. Jacques remonta le col de son manteau. La baronne fit un geste de la main vers lui.

— Je vous aime bien, dit-elle.

Comme il se retournait avant de s'éloigner, il aperçut sur la galerie le rideau de la fenêtre vitrée du premier étage qui se soulevait. Le visage de Nathalie s'encadra dans l'étoffe, deux yeux noirs, énormes, qui le regardaient sans sourire.

DEUXIÈME PARTIE

GERDA

Tu n'as rien à me donner pour que je t'aime ; car même si je n'espérais pas ce que j'espère, tout comme je t'aime je t'aimerais.

Federico GARCIA LORCA.

CHAPITRE XII

La salle d'attente de l'*Arbeitsamt*, ou Office du Travail, était un vaste hall aux murs nus, où le vent, par quatre portes mal fermées, s'engouffrait en permanence, et en faisait grincer les battants. Sur le sol de ciment jonché de détritus et de journaux, s'accumulaient les cartons éventrés et les objets abandonnés au hasard des jours par les visiteurs de passage. Contre les murs salis à hauteur d'homme par des milliers de mains, des bancs de pierre, disposés à intervalles réguliers, dessinaient le seul ornement. Des grappes d'hommes, parfois de femmes, le visage gris, s'y succédaient de l'aube au crépuscule, tassées parmi les caisses, les valises de cuir bouilli ou les ballots de linge hâtivement ficelés. Ils somnolaient, épaule contre épaule, mêlant leur haleine dans un mauvais sommeil, ou discutaient interminablement dans l'attente de leur affectation, l'échine lasse, ivres de dépaysement.

Construit à la hâte par les responsables du Parti chargés de distribuer ce qu'ils appelaient — sans humour — « le travail par la joie » (1), l'immeuble de l'*Arbeitsamt*, dont cette salle d'attente n'était que

(1) *Arbeit durch Freude*, slogan du Parti destiné à encourager le recrutement des travailleurs.

le rez-de-chaussée, constituait le centre de triage de la main-d'œuvre étrangère pour toute la Silésie. En quelques mois, le grand hall éventé avait vu défiler des dizaines de milliers d'hommes venus de tous les coins d'Europe. Pour tout nouvel arrivant à Breslau, l'*Arbeitsamt* — que les Français avaient surnommé le Palais Misère — représentait l'avant-dernière halte sur la route de l'exil, l'antichambre des camps de travail.

Affalé sur un banc, les jambes allongées, les mains enfoncées dans les poches de son manteau, et le béret sur l'oreille, Jacques rêvassait. Son regard, machinalement, errait dans le grouillement des allées et venues, s'attardant parfois sur un visage. Polonais, Tchèque, Français ?... Depuis longtemps le jeu avait perdu de son intérêt. Les traits différaient, chez les uns et les autres, les rendant vite reconnaissables à un œil exercé. Mais d'où qu'ils vinssent, de l'Est ou de l'Ouest, ces hommes portaient sur leur visage le reflet d'un destin identique. Leur drame en quelque sorte était interchangeable.

Bien que Jacques n'osât se l'avouer, son inaction, depuis deux jours, l'inquiétait. C'était comme une insidieuse démangeaison qui l'empêchait de goûter béatement au plaisir de ne rien faire. Et il s'impatientait : « Voilà que je recommence à me gratter !... » Depuis trois jours, il n'était pas retourné au garage. Il l'avait quitté définitivement, selon l'accord conclu avec Wenger (mais quel crédit pouvait-on accorder à la parole de celui-ci ?), et s'était présenté le lundi suivant à l'*Arbeitsamt*. Il n'avait pas non plus reparu au camp, couchant dans un fauteuil chez Stelovsky. « Je n'ai rien laissé au hasard », se rassurait-il. Du Tchèque dépendait son sort. Il ne l'avait pas quitté d'une semelle. Tout avait bien marché, en somme. Et maintenant, il n'avait plus qu'à attendre. Le quincaillier viendrait à son heure...

— Alors mon gars, on se les roule ?...

La grosse voix familière fit sursauter le jeune homme. Devant lui, se dandinant sur ses jambes courtes, Cario souriait : « Tiens ! s'étonna Jacques, c'est donc terminé, cette quarantaine ! »

— Qu'est-ce que tu fous-là ?

— Je viens aux nouvelles, dit Cario.

— On me cherche ?

— Non, pas toi.

Le jeune homme respira. De toute façon, au camp, ils savaient bien où le trouver.

— Mimile ? questionna-t-il.

Cario secoua la tête. De sa main droite, il esquissa un geste expressif, le pouce pointé vers le bas.

— Mimile, tu peux faire une croix dessus. L'ont dirigé sur Krasna...

Une sourde colère arracha le jeune homme à son apathie. Pourquoi Krasna ? C'était monstrueux. Pourquoi Mimile ?...

— Je regrette qu'on soit allé chercher ce charbon, dit-il.

Une ombre passa dans le regard de Cario, et un tic déforma son visage mal rasé.

— Je sais, grommela-t-il. Mais ce serait pas arrivé, si on s'était pas fait piquer, si...

— Si quoi ? questionna Jacques à nouveau sur ses gardes. On a été dénoncés. C'est ça que tu veux dire ?

Cario ouvrit la bouche pour répliquer, mais se tut. Il s'assit lourdement à côté de Jacques, et ses épaules s'affaissèrent.

— Y a des types que je ne comprends pas, murmura-t-il.

— Tu sais qui c'est ?

Cario secoua la tête.

— Comment veux-tu que je sache ?

Soudain il se redressa comme mû par un ressort.

— Bon ! C'est pas tout ça, on cause, on cause, mais c'est Robin que je cherche. Le *Lago* m'a envoyé par ici, voir si des fois...

— Qu'est-ce qu'il a fait, Robin ?

— L'a disparu depuis trois jours. Avec sa main en

marmelade, l'a pas pu aller bien loin. — Cario eut un bref ricanement. — Puis d'ailleurs, bon débarras !

Jacques jeta sur son compagnon un regard à la dérobée.

— Pourquoi dis-tu ça ?

— Ben, c'est vrai, non ? Y nous les cassait, le môme, avec ses conneries !

— Depuis ce soir-là où je me suis battu avec le Mataf, au camp, je ne l'ai pas revu, dit Jacques. Je me souviens, je m'étais levé dans la nuit... Je l'ai entendu qui pleurait, Robin...

Cario se mit à sucer une de ses dents d'un air songeur.

— Pourquoi tu m'as pas dit tout de suite que ce n'était pas toi ? demanda-t-il.

Le jeune homme tressaillit. On allait tout de même pas remettre ces absurdités sur le tapis.

— De quoi parles-tu, au juste ?

Un jet de salive jaillit des lèvres de Cario, et vint s'écraser à ses pieds, dans la poussière.

— L'orgueil, mon pote, ricana-t-il, un de ces quatre, ça va te jouer un tour !

— Monsieur Jacques ! interrompit une voix aux intonations chantantes. Monsieur Stelovsky vous demande !

Immobile, à deux pas, une petite femme au visage rond fixait les deux hommes en rougissant.

— Qui c'est, cette souris ? demanda Cario.

— C'est Wyla, dit Jacques, la secrétaire de Stelovsky, et ma petite Polak préférée...

— Il vous attend dans son bureau, dit la jeune fille sans prêter attention au sifflement admiratif de Cario.

Légèrement bridés, et très écartés au-dessus des hautes pommettes, ses yeux étaient d'un bleu profond.

— Mademoiselle... avec moi... promenade ? dit Cario en imitant la « manière chleue ».

— Faites pas attention ! dit Jacques. Je vous suis.

Et il poussa la jeune fille devant lui. Comme ils

s'engageaient dans le couloir intérieur, il se retourna pour faire un signe d'adieu.

— Dis-donc, mec ! fit Cario.

— Quoi ?

— J'ai pas fini... je voulais te dire... mais il resta sans terminer sa phrase, la bouche tirée par une grimace comique.

— Alors ? s'impatienta Jacques.

— On voulait que tu saches... Tu peux revenir.

— Revenir où ?

— Ben... Au camp.

Jacques lui jeta un regard surpris.

— Te feront plus chier ! dit Cario.

Il pivota sur ses talons et lui tourna le dos.

Jacques le connaissait bien, ce bureau des interprètes, avec ses tables de bois blanc encombrées de téléphones, et les classeurs gris de fer alignés sous le grand portrait du *Führer*. Ses premières journées à Breslau, peut-être les plus heureuses, s'étaient déroulées là, entre ces quatre murs. Il y avait de cela presque un an.

Tout avait si bien commencé. Jacques se souvient... Après l'interminable voyage à travers l'Allemagne, la halte à Sagan. C'était le mois de mars. « Comme c'est loin ! », pense-t-il. Mais il n'a rien oublié. Tous ces hommes, le printemps... « J'ai dix-neuf ans, songeait-il. Est-ce que la vie commence ici ? » Sagan. La Silésie. Vivre. Vivre... Les mots aussi sont jeunes, on les invente en arrivant. Il est midi, le 15 mars. Est-ce que vraiment la vie commence maintenant ? Le convoi s'est arrêté. On a ouvert les portes. Le train fume. Des têtes se pressent aux fenêtres. Tous les hommes, du fond de leurs wagons, refluent vers les portes. Sur le quai de la gare où tombe une pluie fine, des soldats passent dans un cliquetis d'armes, gueulent des ordres.

Jacques regarde. Tout est nouveau, l'air frais, la lumière. Par-dessus les toits, là-bas, des cheminées d'usine crachent une fumée noire. Mais l'air sent bon, la pluie douce, le large. Un homme en civil lui fait signe, un grand blond avec une mèche sur l'oreille. « Moi ? » — « Oui, vous. Descendez ! », lui crie l'homme. Et Jacques obéit, étonné. L'homme lui a parlé en français.

— Voulez-vous m'aider ?

— Oui ! dit Jacques, à tout hasard.

« Pourquoi moi ? », se demande-t-il. Dans ce train se bousculaient plusieurs centaines d'hommes. Mais c'est à lui qu'on a fait signe. Pour la première fois depuis des mois, il n'est plus un numéro dans la masse, et cela suffit à le rendre joyeux.

On change de convoi. Les morts sont emportés sur des chariots à bagages. Ils seront enterrés dans une grande fosse ouverte près de la gare. Les autres, tous les hommes qui sont encore valides, doivent se mettre en rang par quatre sur le quai... Un certain nombre sera dirigé sur le convoi de Katowice, les autres sur celui de Breslau. Jacques transmet les instructions, participe à la manœuvre. Les hommes obéissent, hébétés. Le long flot dégorgé du train s'organise. Jacques déambule le long des wagons. Il a les jambes un peu raides. Le ciel est gris. Jamais la pluie ne lui a paru plus douce. « Où voulez-vous aller ? interroge l'homme, Katowice ou Breslau ? » Il a un bon sourire ce type. Comme on demanderait : thé ou chocolat ?... « Qu'est-ce qui est le mieux ? » — « Breslau ! », dit l'homme. Encadré de soldats, le premier contingent s'éloigne. Le second, dans lequel Jacques ferme la marche, monte dans le convoi à destination de Breslau. Sur la portière, griffonnées à la craie, les initiales *K.-G.* (1). « On le sait bien! songe Jacques Pourquoi l'écrire ? » Au moment où il va grimper à son tour : « Venez avec moi, dit le jeune homme

(1) *Kriegsgefangene* : Prisonniers de Guerre.

blond, si vous voulez... » Une fraction de seconde Jacques a hésité. « C'est peut-être ma chance », pense-t-il. Et il le suit. Et puis l'homme parle français. Ils rejoignent le wagon de tête où sont les officiers et la troupe.

« Je m'appelle Stelovsky, Ivan Stelovsky », dit l'homme. Il est Tchèque, interprète à l'*Arbeitsamt*. C'est un requis, lui aussi, ancien étudiant à Prague. Ils sont assis face à face dans un compartiment presque luxueux, aux banquettes capitonnées. Ils fument. « Qu'est-ce que vous savez faire ? », demande l'autre. Jacques est à nouveau saisi d'inquiétude. Qu'est-ce qu'il sait faire au juste ? On ne lui a jamais posé la question. « Il y a des boulots plus ou moins durs », explique Stelovsky. « Je n'ai pas peur... », dit Jacques. Mais ce n'est pas vrai. Il n'a jamais cessé d'avoir peur. Et il a honte de le dire...

A Breslau, Jacques reste auprès de Stelovsky. Dans le bureau de l'interprète, il fait office de secrétaire, d'interprète en second. Le Tchèque l'a pris en amitié et l'emmène parfois déjeuner pendant les pauses. Les autres hommes, au fur et à mesure, sont dirigés sur des camps. Jacques aimerait bien ne pas avoir à partager leur sort. Il ne sait qu'inventer pour qu'on ne l'emmène pas lui aussi. La nuit, il couche dans la gare, sur les bancs des salles d'attente, et le jour il retourne à son cagibi de l'*Arbeitsbüro*. Il voudrait que cela continue. Il n'a pas peur de rester seul. Il a peur du camp, de l'usine...

Mais le Tchèque ne peut lui éviter ni l'un, ni l'autre. Bientôt, Jacques n'a plus rien à faire dans les couloirs de l'*Arbeitsamt*. Il ne sait pas bien l'allemand. Tous les Français ont reçu une affectation. Il faut partir. « Vous aimez les voitures ? », lui demande Stelovsky. « Bien sûr ! », répond le jeune homme. Il se voit déjà au volant d'une Mercedes sur l'Autobahn ! Mais c'est la N.S.U. Fiat, et le *Lager* d'*Ofenerstrasse*. « Putain de guerre ! pense Jacques. Et je rêvais... »

Les débuts sont une désillusion brutale. La misère

du camp, l'horaire du travail, les nouvelles têtes, le dégel du printemps, l'été torride, le patron. Le jeune homme revoit Stelovsky. Il pense que le Tchèque, un jour, pourra lui trouver quelque chose de mieux. Le dimanche, il va chez lui jouer au bridge. Ils parlent de Paris, de Prague, de leurs études. La plupart des Français n'aiment pas l'interprète. Ils le trouvent servile avec les Allemands, autoritaire, parfois cassant avec les travailleurs étrangers. Mais Jacques ne croit pas que le Tchèque soit ce « collabo » que les Français voient en lui. Son village natal, près de Prague, a été rasé au cours d'une opération de représailles par les hommes du sinistre Heydrich, ses proches fusillés. Stelovsky n'en parle pas. C'est par hasard que Jacques l'a appris, de la bouche d'un de ses compatriotes. Qu'importe d'ailleurs au jeune homme que le Tchèque soit ou non un opportuniste, et qui pourrait lui reprocher cette « planque » à l'*Arbeitsamt*, sa chambre en ville ? « Il s'est bien débrouillé », pense Jacques.

Il n'a pas, non plus, à se plaindre de son nouvel ami. Quel que soit le véritable personnage, Jacques est conquis par ses manières nonchalantes, sa silhouette dégingandée de Werther blond et souriant. Stelovsky parle un français un peu précieux, avec un accent qui fait chanter les mots, dont le zézaiement léger ajoute au charme. Mais surtout le Tchèque n'a pas craint d'affronter Wenger et d'entamer ces démarches qui vont aboutir aujourd'hui. Peut-être même a-t-il pris, ce faisant, certains risques, et Jacques sait ce que cela signifie pour l'homme qu'est Stelovsky : une rare preuve d'amitié.

Un détail cependant l'a longtemps intrigué. « D'où me vient cette chance ? » Dix fois, il s'est posé la question sans pouvoir y répondre. Tout a démarré là, dans cette gare de Sagan. Et il en revient toujours à cette image du quai sous la pluie où l'homme blond lui fait signe.

« Pourquoi moi ? Pourquoi moi parmi tous les

autres ? Nous étions des centaines dans ce train. Vous êtes passé devant les portes que l'on venait d'ouvrir, et vous m'avez désigné. Vous m'avez dit: Vous! Descendez ! »

Stelovsky s'était mis à rire quand il le lui avait demandé.

— Vous croyez au hasard, vous ?

— Non, pas trop...

— Moi non plus. Mais je ne sais pas si vous croirez mon explication. Elle est toute bête...

Il s'était remis à rire, et cette soudaine hilarité n'avait fait que piquer encore davantage la curiosité de Jacques.

— Je me souviens très bien de ce jour-là, dit le Tchèque. Nous savions que ce convoi avait mis plusieurs jours pour venir de France, et je m'attendais à ce qu'il y eût beaucoup de déchet. Quand on a ouvert les portes, je suis passé le long des wagons pour juger de l'état des hommes. Il était mauvais. Une puanteur insupportable se dégageait des wagons. Il y avait pas mal de morts derrière les cloisons, et ceux qui n'avaient pas succombé en cours de route paraissaient à bout de forces. Leurs vêtements étaient sales, couverts d'immondices, leurs visages mangés de barbe, tirés par la faim et le désespoir. Et puis je vous ai aperçu. Vous étiez différent, je ne savais pas pourquoi. Et puis j'ai compris : de tous ces malheureux que je venais de passer en revue, vous étiez le seul qui portiez une cravate !

— Une cravate !

— Oui, le seul. Et je me suis dit : « Si celui-là a pu garder une cravate jusqu'au bout de ce voyage, c'est qu'il a une sacrée santé ! » Et j'ai pensé que vous seriez assez fort pour me donner un coup de main. J'avais besoin d'aide... Et puis — de nouveau le rire amical de Stelovsky — j'ai trouvé que la cravate était jolie.

— C'est drôle... dit Jacques.

Il se souvenait bien de cette cravate, c'était celle qu'il

avait mise à sa sortie de prison, une cravate à carreaux marron et blanc de chez Sulka — une horreur à y bien penser — dont on lui avait fait cadeau l'année d'avant pour son anniversaire. Dans la chaleur étouffante du wagon, au milieu de tous ces gens qui geignaient ou agonisaient autour de lui en réclamant de l'air ou de l'eau, il avait ressenti plusieurs fois cette terrible tentation de se laisser aller, lui aussi, de se laisser mourir. Et il se souvient qu'au moment d'enlever sa cravate pour mieux respirer, il avait brusquement changé d'avis. Jusqu'au bout de ces trois jours de cauchemar, il s'était raccroché à cette cravate, stupidement, comme s'il devinait qu'un premier geste d'abandon entraînerait tous les autres.

— C'est drôle... répéta Jacques. Mais il avait cru l'explication du Tchèque. Et le lendemain il lui avait fait cadeau de la cravate. « Vous la trouvez jolie »... Il n'en avait plus besoin.

Dans le bureau de l'interprète, Jacques s'était adossé au mur, et, l'esprit ailleurs, laissait son regard errer sur le portrait du *Führer*. Dans la pièce voisine, Wyla s'était remise à taper à la machine. Stelovsky releva la tête, passa un bout de langue sur ses lèvres, et dit :

— J'ai de mauvaises nouvelles pour vous.

La porte refermée, Jacques demeura immobile, la tête appuyée contre le chambranle. Un voile passa devant ses yeux, et les murs devinrent flous. Des hommes qui s'engouffraient dans la pièce, au passage, le bousculèrent. Il n'y prit pas garde. Privé de volonté, il restait sur le seuil du bureau, les bras ballants, ivre de lassitude, de dégoût, au-delà de la peur. Maintenant que la partie était jouée, et qu'il n'y avait plus rien à dire, plus rien à tenter... Il secoua la tête, dans un ultime accès de rage, et son crâne heurta le mur. Il lui sembla qu'à l'intérieur c'était creux. Le vide. Des mots s'y promenaient tressautant comme des billes, les phrases de Stelovsky. Des mots, rien que des mots, les petites billes grinçantes de la colère et de la peur...

« De mauvaises nouvelles... » Les mains de Stelovsky, toutes blanches, essayaient d'expliquer. Jacques les regardait esquisser d'inutiles arabesques, et il avait honte pour elles. La langue de Stelovsky sur ses lèvres. Le regard de Stelovsky qui fuyait, qui courait le long des murs comme une bête peureuse. Les phrases que Stelovsky poussait tout doucement devant lui sur la table, l'une après l'autre, et qui tombaient. « De mauvaises nouvelles... » Et lui, Jacques, comme un arc tendu à se rompre, la gorge pleine de sable et de mots fous, qui retenait son souffle. Jacques qui avait perdu...

— Ça ne marche pas ? questionna une voix.

Wyla était devant lui et le fixait de son regard bleu.

— Non, ça ne marche pas.

Il passa une main sur ses yeux. Ses traits se détendirent, et il respira profondément. Pour la première fois, il atteignait ce point au-delà duquel il savait qu'était le découragement. La conscience de son corps même l'abandonnait. Se coucher, dormir ! N'importe quoi, pourvu qu'il n'y eût plus à lutter. « Putain d'espoir ! », ragea-t-il entre ses dents.

— Qu'est-ce qu'il y a ? demanda la jeune fille.

Un instant il eut honte des larmes qui montaient malgré lui à ses yeux.

— Krasna ! murmura-t-il, et il haussa les épaules.

Elle le retint par le bras, comme il faisait mine de s'éloigner.

— Ne partez pas, monsieur...

— Qu'est-ce que vous me voulez, fit le jeune homme en se dégageant avec brusquerie. Il ajouta, plus doucement : « Qu'est-ce que vous voulez que j'y fasse ? »

— Pourquoi Krasna ? Qu'est-ce qui s'est passé ? Stelovsky...

— Stelovsky n'a pas pu, Wyla ! Stelovsky n'a pas pu ! ! répéta-t-il.

Certes, Wenger avait gagné, et bien gagné ! Tandis que Jacques, sans méfiance, attendait son quincaillier dans les couloirs de l'*Arbeitsamt*, d'un mot l'autre avait su faire tout échouer. Un coup de téléphone au grand maître de l'*Arbeitsamt*, un collègue du Parti, et Stelovsky avait reçu des instructions formelles : Krasna.

... Les mains hésitantes du Tchèque dessinent dans l'air son impuissance, et le petit ballet triste des mots recommence. « Désolé... Rien à faire... Tout essayé... » La mèche blonde de Stelovsky lui descend davantage sur l'oreille. « Comme je tentais encore de vous sauver, on m'a menacé de me retirer mon poste. Une séance très dure... Vous comprenez... » On lui tend sa feuille. Stelovsky ferme à demi les yeux. Peut-être est-il malheureux. Peut-être sait-il encore ce que les mots signifient. Jacques a pris la feuille sans la lire. Quelque chose sur le visage de Stelovsky se détraque, brise l'ordonnance tranquille de ses traits, et le Tchèque détourne la tête. Quand Jacques referme la porte, il sait qu'ils n'auront plus jamais rien à se dire tous les deux.

— Où allez-vous ? insista Wyla, la main sur son bras.

— Je dois remettre mes papiers, là-haut, mon passeport...

— Vous avez l'ordre d'affectation ?

Jacques tendit la feuille.

Elle se saisit du papier et le lut, puis l'ayant plié soigneusement, le glissa dans sa poche.

— Et alors ? fit Jacques surpris.

Les mains de la jeune fille esquissèrent un geste d'ignorance.

— Perdu ! dit-elle.

Jacques lui jeta un regard interrogateur, que Wyla soutint sans broncher. Dans son visage aux traits lourds de petite paysanne polonaise, ses yeux écartés sur les tempes brillaient d'un éclat résolu. Beaucoup plus petite que le Français, étrangement fagotée dans un tailleur de gros drap qui lui épaississait la taille, la jeune fille ne paraissait plus le moins du monde intimidée.

— Vous n'allez pas vous laisser faire ? dit-elle.

— Mais... C'est que... balbutia Jacques.

Il n'en revenait pas. Quoi ! la petite Wyla, cette tranquille assurance ?

— Vous, alors ! s'exclama-t-il, vous ne manquez pas d'aplomb !

Depuis des mois, il hantait ce bureau. Il traversait la pièce où elle restait assise, rougeaude et bien sage derrière sa machine à écrire. Il lui faisait ce signe discret qui ne veut rien dire. « Bonjour, au revoir... » Elle n'avait jamais pénétré le domaine égoïste de ses soucis, de ses espérances. Et voici qu'aujourd'hui, la petite secrétaire de rien du tout, la timide Wyla, lui donnait la plus jolie leçon de courage...

Jacques se mordit les lèvres, tiré brusquement de son apathie. Elle avait raison, Wyla, cent fois raison : il ne fallait pas se laisser faire. N'y aurait-il qu'une chance sur mille d'échapper à Krasna, il fallait la saisir. N'y aurait-il aucune chance... La quincaillerie, bien sûr, c'était exclu maintenant. Le quincaillier se présenterait tout à l'heure, mais il serait renvoyé par Stelovsky avec un remplaçant. Trouver autre chose, à tout prix ! Foncer dans Breslau, chercher, remuer ciel et terre...

— Wyla, dit-il, vous avez raison. Je ne vais pas me laisser faire.

Il y avait d'étranges hasards dans la vie. Une jeune fille rougissante surgissait sur le pas d'une porte, et d'un mot les choses étaient remises à leur place. « Ne partez pas, monsieur. » Une petite Polonaise qui ne lui était rien, à sa manière lui criait : « Tu ne peux pas te dégonfler ! » « Je vais leur foutre le bordel ! », dit Jacques entre ses dents. Puis il tendit sa main à la jeune fille.

— Au revoir, Wyla.

Elle avait la main petite et potelée. Il la garda un instant dans la sienne.

— Au revoir, monsieur Jacques. — Ses joues se colorèrent brusquement, et elle ajouta : — Ce n'est pas la faute de Stelovsky... Il ne pouvait pas faire autrement.

— Je sais.

— Seulement, dit-elle, il faudra faire attention, maintenant. Il devra vous faire rechercher. Nous allons tous vous faire rechercher. Moi aussi... On ne vous retrouvera peut-être pas tout de suite...

— Bien sûr... Je me débrouillerai.

Jacques enfonça son béret et releva le col de son manteau. Il fit à la jeune fille un dernier signe de la main.

Elle avait, sans aucun doute le plus joli regard de l'*Arbeitsamt*. « Peut-être aurais-je dû le lui dire? » songea-t-il. Il poussa l'une des portes battantes, et une bourrasque de vent et de neige lui cingla le visage. Le nez dans le col de son pardessus, il dégringola les marches de l'immeuble. « Maintenant, gronda-t-il à mi-voix, s'agit de sortir de ce merdier ! »

CHAPITRE XIII

Depuis longtemps, la nuit était tombée. Elle n'était jamais venue aussi vite. Seuls, trouaient l'ombre les éclairs des tramways, quelquefois le carré d'une fenêtre brusquement illuminé dans la nuit et aussitôt éteint. « Les jours raccourcissent », pensa Jacques. Les jours, pas les heures... « Je me demande comment les gens peuvent vivre dans ce pays où il fait nuit tout le temps ! » Mais l'hiver c'était pareil partout, et si les gens vivaient ici sans plaisir, ce n'était pas à cause de lui.

« Encore une semaine, compta Jacques. Encore une semaine et ce sera Noël. » Une grimace tira ses lèvres gercées par le froid. « Noël ! » Qu'est-ce qui ressemblait aujourd'hui, dans les rues de cette ville, à l'attente d'une fête ? Il y avait la neige. Mais rien ne brillait sur la neige, ni boules de couleur, ni bougies. Noël arriverait sans s'annoncer, avec la mine furtive de quelqu'un qui n'a pas la tête à ce qu'il fait. « Noël, où ça ? », se demanda Jacques. Au camp peut-être, avec Sibert, Cario et les autres, la soupe aux fayots et les « morbacs »... Il aurait préféré Polgsen, la baronne, les grands sapins qui étaient beaucoup plus dans le ton, même Nathalie. Mais Noël pouvait aussi venir à Krasna...

Il serra les poings dans ses poches, et pressa le pas. Ses godillots sur la neige toute fraîche faisaient un bruit qu'il aimait bien. « Tant que je pourrai marcher... » Mais il était las, et n'osait pas se l'avouer. Marcher, marcher... Ce n'était pas tellement la fatigue — il avait erré tout le jour — mais le jour s'achevait, et il n'avait pas trouvé ce qu'il cherchait. Maintenant il marchait par habitude, et ses pas n'avaient plus aucun but. A cette heure, les usines, les ateliers, avaient fermé leurs portes ; aucun patron ne le recevrait plus.

Sur le *Ring*, les brasseries, les cafés commençaient à s'animer. Jacques se serait bien arrêté pour vider une chopine ou souffler dix minutes. Il n'avait pas vraiment soif, juste besoin de sentir des gens autour de lui, de la lumière. La porte d'un bar s'entrouvrit, lui soufflant au visage l'haleine tiède de l'intérieur. Un court instant le jet oblique des lampes éclaboussa la neige, tandis que roulait jusqu'à lui le bourdonnement confus des voix. « Si je m'arrête maintenant, après ce sera plus difficile encore ! » Et il repartit.

Brusquement, il se souvint de Sonine. Le peintre n'habitait pas loin du *Ring*. Jacques se rappelait son adresse. C'était à deux pas. Le jeune homme s'orienta et, quittant le *Ring*, s'engagea dans une rue étroite qui montait vers la vieille ville. Il était tout heureux d'avoir trouvé un nouveau but à sa marche.

Sonine, ce n'était pas le salut. Mais le salut, où était-il ? Y en avait-il un seulement ? Après une journée entière de démarches infructueuses, Jacques n'y croyait que pour ne pas perdre à nouveau courage. Le peintre avait dit qu'il aurait du schnaps. « Je vais toujours boire un coup ! », se dit-il. L'alcool, un moment, chasserait les idées noires. Il pourrait s'asseoir, étendre devant lui ses jambes lasses, parler à quelqu'un. Peut-être pourrait-il manger quelque chose. « Plus tard... » Il secoua la tête, et cracha par terre avec détermination. Plus tard, on verrait bien ! Il sourit, pour lui tout seul, dans la rue sombre. Il avait faim. Il avait envie de serrer la main d'un ami. Il se souvint que Sonine était gai.

Quand Jacques pénétra dans la pièce, il ne vit rien tout d'abord qu'une grosse ampoule jaune au plafond, qui l'aveugla. Puis la voix de Sonine glapit :

— Salut, petit Français ! Par ici !

Jacques cligna des yeux, essayant de distinguer devant lui les contours de la chambre. En dépit de l'éclairage brutal qui l'avait assailli à l'entrée, le fond de la pièce restait noyé d'ombre.

Le visage du peintre sauta dans la lumière, avec toutes ses bosses et son gros nez en trompette, la chevelure hirsute au ras de l'ampoule. Son sourire allait d'une oreille à l'autre, creusant deux plis profonds au coin des yeux. Il tendit la main.

— Bonsoir ! dit Jacques.

Sur un lit-divan recouvert d'étoffe sombre, à demi dissimulé dans un renfoncement du mur, un homme était étendu.

— Kubelik ! dit Sonine.

Mais l'homme ne bougea pas.

Contre le mur s'étalait une immense carte d'Allemagne agrémentée d'inscriptions au crayon rouge. Dans un coin s'entassaient des toiles, quelques cadres déglingués, des boîtes à pinceaux, une palette hors d'usage. Une odeur mêlant le gros tabac à la térébenthine flottait dans l'air.

— Comme on se retrouve ! fit une voix du fond de la pièce.

Jacques tendit le cou. Près du poêle en fonte dont la porte basse rougeoyait, une femme était assise à même le sol.

— La Pavlova ! présenta Sonine.

Un instant, Jacques se demanda si son imagination n'était pas en train de lui jouer un tour. Quoi, cette femme, était-il possible... ? Il se pencha vers le visage encadré de cheveux lourds, dont les yeux clairs le fixaient, malicieux.

— Gerda ! murmura-t-il.

Elle inclina la tête sur le côté, avec un sourire.

— Vous vous souvenez ?

— Ça, c'est un monde ! s'exclama Sonine. Ils se connaissent !

La jeune femme se tourna vers le peintre. Une fossette se creusa sur sa joue.

— La dernière fois que nous nous sommes vus, votre ami français et moi, dit-elle, nous poussions ensemble une charrette !

La jeune fille au capuchon ! Que de fois, depuis cette nuit où il lui avait demandé son aide, Jacques n'avait-il pas pensé à elle ? Il n'avait jamais voulu l'oublier. Parfois, le soir, lorsqu'il songeait à elle et qu'il la revoyait dans son manteau gris, sur le trottoir, agitant la main vers lui, il se répétait, pour s'en convaincre : « Je la retrouverai ! » Et quand ses pas le conduisaient du côté du *Ring*, dans la petite rue aux tramways où il était resté si longtemps en panne, il dévisageait les passants dans l'espoir de la reconnaître.

— Je vous ai cherchée, dit-il. Mais la ville est grande et vous vous cachiez...

— Ecoute ça, Kubelik ! cria Sonine. Il la cherchait ! Hé, Kubelik !

Mais Kubelik resta muet.

— Laisse-le, il boude ! — La jeune femme se tourna vers Jacques. — Kubelik a le cafard.

— C'est mon copain, expliqua Sonine. Il est Russe.

Jacques ôta son manteau et le jeta dans un coin. Accroupi près du poêle, il tendit ses mains vers le feu. Une paisible chaleur envahissait ses membres, agissant sur sa fatigue et ses soucis de tout à l'heure comme un puissant anesthésique.

— C'est amusant, dit-il, ce soir c'est moi qui me cache, et je vous trouve...

— Vous avez fini par arriver, avec votre charrette ?

— Pourquoi tu boudes ? questionna Sonine.

— Merde ! grogna Kubelik.

— Je suis arrivé, dit Jacques...

Elle était aussi jolie que son souvenir. Quand elle riait, son nez droit se plissait, des petites rides de gaieté allongeaient ses yeux. Elle avait des lèvres un peu gonflées...

Mais si je ne vous avais pas rencontrée ce soir-là, j'y serais encore !

— Tu n'es pas poli, Kubelik ! remarqua Sonine.

Il avait eu tort de dire à Stelovsky qu'il ne croyait pas au hasard. Même ici, à Breslau, où la vie était organisée à outrance, les jours n'étaient que cela, une succession de hasards. Seulement, cette fois, la situation de Jacques était bien plus compromise encore que le soir de leur première rencontre, et le poids qu'il avait sur le cœur pesait plus qu'une charrette de planches.

— Vous vous êtes souvenu de mon nom ?

— Je n'en étais pas sûr. Mais je suis bien content de ne pas m'être trompé. J'aurais du mal, maintenant, à m'habituer à un autre nom.

D'une bourrade dans le dos, Sonine lui fit soudain perdre l'équilibre et piquer du nez vers le poêle.

— Vous avez faim ?

Avant que Jacques ait eu le temps de répondre, il enchaîna :

— Naturellement, vous avez faim. Je pose des questions idiotes. La neige, ça creuse, et les petits Français ont toujours faim.

— C'est vrai, dit Jacques.

— Vous allez partager la soupe avec nous.

— Volontiers, mais...

— Vous m'en direz des nouvelles ! — Le peintre fronça les sourcils. — Kubelik est un sauvage, mais il sait faire la cuisine !

— Moi aussi, dit Gerda.

La jeune femme s'était levée. Comme elle passait devant lui, Jacques reconnut son parfum. Il l'avait déjà respiré, ce soir-là, lorsqu'il marchait près d'elle dans l'obscurité, et qu'il n'osait lui prendre le bras pour la conduire jusqu'à la charrette. « Aujourd'hui, j'oserais ! », se dit-il.

— Laisse donc ça, mon petit, c'est l'affaire du moujik. Mais donne-nous les verres. On va s'en jeter un !

Gerda s'approcha de Sonine.

— Qu'est-ce qu'il a ce soir ? demanda-t-elle à mi-voix en désignant Kubelik.

— Il est furieux parce qu'il neige.

— Je croyais qu'il aimait ça.

— Justement, il aime...

— Alors ?

— ... Mais pas ici ! La neige, en ville, il prend ça comme une insulte personnelle. Voilà vingt-quatre heures qu'il ne décolère pas !

— Le mal du pays, fit Gerda. Pauvre vieux Kubelik !

La jeune femme avait sorti les verres de l'armoire. Les bras chargés, elle revint près du poêle. Jacques ne la quittait pas des yeux. Elle avait une façon de poser les pieds sur le sol très particulière, pointe et talon, qui donnait à sa démarche une souplesse toute élastique, étonnamment silencieuse. Sa robe de laine beige très simple la moulait aux épaules et aux hanches, révélant un corps sans maigreur, aux formes pleines et harmonieuses. « Merde ! se dit Jacques, ce qu'elle a l'air bien roulée ! »

— Pourquoi Sonine vous a-t-il appelée « la Pavlova » ? questionna-t-il.

— Dima aime bien la plaisanterie. Je suis danseuse...

— Danseuse étoile à l'Opéra de Breslau ! précisa Sonine. Sachez, petit Français, ajouta-t-il d'une voix tonitruante, que cette jeune personne est à la fois la Fanny Elssler, la Taglioni et la Pavlova de notre génération ! Pas vrai, Kubelik ?

— Des clous ! fit Kubelik en remuant sous son coussin.

La jeune femme éclata de rire.

— Voilà Kubelik qui se réveille !

Jacques n'avait jamais entendu un rire aussi joli. Il éclatait très haut, comme un cri, s'égrenait en cascades successives, pour finir en un roucoulement très doux. « Elle rit comme l'amour », se dit Jacques.

Sonine remplit les verres.

— A Terpsichore !

Il se pencha vers Jacques, et désignant la jeune femme :

— C'est ma cousine, ma sœur, mes douze péchés capitaux, la lumière de mes jours. Je l'aime...

— Moi aussi, dit Gerda. Mais pourquoi douze ?

— Hélas ! soupira Sonine. Trois cent soixante-cinq fois hélas !

— Tais-toi ! dit Gerda.

— Petit Français, vous avez entendu comme moi ? Elle a dit « Moi aussi... »

— Des clous ! répéta Kubelik.

Le Russe s'était enfin décidé à arracher sa longue carcasse aux coussins du divan. Jacques l'observa, intrigué. C'était un grand gaillard taillé en force, les cheveux carotte, le visage couvert de taches de rousseur. L'homme se mit à fourrager dans l'armoire à la recherche d'une casserole.

— Toi, dit Sonine, occupe-toi de la soupe !

Il cligna de l'œil à l'intention de Gerda.

— Kubelik est jaloux !

Jacques vida son verre d'un coup sec. L'alcool lui brûla l'œsophage, et des larmes jaillirent à ses yeux.

— C'est bon ! dit-il.

Le peintre lui versa une nouvelle rasade.

— Allez-y, mon vieux ! C'est ce qu'on fait de mieux en Silésie.

Jacques coula un regard vers la jeune femme. Elle avait vidé son verre, elle aussi, et s'apprêtait à en porter un second à ses lèvres. Leurs regards se croisèrent. Elle allongea la main, et choquant son verre contre le sien :

— Qu'est-ce que les Français préfèrent, demanda-t-elle, l'alcool ou les femmes ?

— L'amour, dit Jacques.

. . . .

— On y va ? demanda Badie.

Cario secoua la tête.

— Je rentre.

— Où vas-tu ? questionna Marino.

— Je fais un tour du côté de la gare. C'est l'heure du rapide de Leipzig.

Les hommes avaient fini de manger. Le réfectoire, peu à peu, se vidait. Une odeur épaisse de pommes de terre bouillies et de sueur flottait à hauteur des bancs. Sur les vitres, la buée accumulée coulait en minces rigoles. Badie se leva.

— Quelquefois, il s'arrête...

Sibert souleva un sourcil.

— Et s'il s'arrête ?

— Rien, dit Badie. Je vais voir...

A son tour, Marino se dressa.

— Je viens avec toi.

— Et moi ? glapit Sibert.

Il courut après les deux hommes.

— Va donc te pageoter ! aboya Badie. T'as mauvaise mine depuis que t'es veuve !

Sibert baissa la tête sans répondre, et la porte se referma sur lui. Cario le rejoignit.

— T'as le bourdon, mec ?

Sibert secoua la tête.

— Si, ça se voit, t'as le cafard...

— Je te dis que non ! Merde !

— L'est pas perdu, ton copain. Reviendra.

Sibert se mit à renifler.

— Je l'ai vu tout à l'heure, dit Cario.

— Tu l'as vu ? — Sibert hocha la tête — : Moi, je sais bien qu'il ne reviendra pas. C'est pas le genre.

— C'est pas le genre de quoi ?

— Je veux dire... D'abord, il était pas comme tout le monde. Je ne sais pas pourquoi, mais c'était sûr qu'il resterait pas avec nous. Qu'est-ce qu'il t'a dit ?

Cario lui saisit le bras, et le poussa devant lui.

— Viens donc ! C'est bientôt la quille. Y a que ça qui compte !

— Qu'est-ce qu'il t'a raconté, dis ?

— Si tu crois qu'il pense à toi !... L'a d'autres chats à fouetter !

La neige avait cessé de tomber. Cario respira profondément. L'air glacé brûlait ses poumons. Il se mit à rire.

— Faudra bien qu'elle vienne, cette putain de quille !

— Bien sûr, dit Sibert sans conviction.

Leurs pas dans la neige glissaient sans bruit. Un train siffla au loin. Sibert tressaillit.

— Tu crois qu'ils sont allés chercher du charbon ?

— Qui ça ?

— Badie et Marino.

— Ça m'étonnerait, dit Cario ; après ce qui s'est passé l'autre jour.

Les deux hommes avaient presque regagné leur baraque, lorsque Badie et Marino, tout essouflés, surgirent devant eux.

— La patrouille ! annonça Marino. On rentre !

Badie saisit Cario par l'épaule, et désignant l'ombre, dans la direction des voies :

— Regarde ! Qu'est-ce qu'ils transportent ?

Le bruit sourd d'une troupe en marche dans la neige se rapprochait. Cario distingua les capotes des hommes, les tiges noires des fusils. Entre eux, les soldats portaient une civière.

Sibert frissonna.

— Un macchab !

Le groupe passa à une vingtaine de mètres. Un homme s'en détacha, se dirigeant vers eux.

— Vingt-deux ! souffla Badie. V'là le *Lago* !

Il s'engouffra précipitamment dans la baraque, suivi des trois autres. En deux bonds, ils avaient rejoint leurs travées respectives.

Poussée brutalement, la porte se rouvrit, livrant passage au *Lagerführer*.

— *Aufstehen !*

Etait-ce une illusion ? Le coup de gueule aujourd'hui n'avait pas la hargne habituelle. Un moment, l'homme se tint immobile sur le seuil. Sa vareuse noire était ouverte sur son cou à la pomme d'Adam proéminente. Le poignard, dans sa gaine de feutre, pendait le long de sa cuisse, mais l'étui à revolver, sous le ceinturon, était vide. Il dévisagea l'un après l'autre les hommes figés dans un garde-à-vous approximatif à la tête de leur châlit.

— Qui est le chef de baraque ?

Un silence suivit la question. « Voilà que ça recommence ! », grommela Cario dans sa barbe.

— Vous !... Répondez !

Cario fit un pas en avant.

— Il n'y a plus de chef de baraque, dit-il.

Une fois, c'était suffisant ! L'autre n'allait tout de même pas remettre ça! Le *Lagerführer* détourna la tête. Il hésitait. Son visage tiré, dont le regard gris sale restait sans expression, trahissait une secrète lassitude. Lentement, il s'engagea dans le couloir central. Ses bottes, maculées de boue, craquèrent sur le plancher de bois. Inquiets, les hommes retenaient leur souffle. Parvenu à hauteur de la dernière travée, le *Lagerführer* s'arrêta un instant, puis revint sur ses pas. Ce craquement des bottes, dans le silence, était exaspérant.

— D'ici demain, dit-il, vous devrez désigner un chef de baraque.

Un murmure à peine audible courut dans les rangs. L'homme se redressa.

— Compris ? Ou faudra-t-il que je le désigne moi-même ?

— La dernière fois, commença Cario...

Le *Lagerführer* pointa un doigt dans sa direction.

— Vous, par exemple !

Cario fit un pas en arrière.

— Pas forcément, bougonna-t-il.

A nouveau, le silence. Les pouces dans son ceinturon, le *Lagerführer* fixait le vide devant lui.

— Nous avons retrouvé Robin ! déclara-t-il soudain, et son regard sauta de l'un à l'autre comme s'il cherchait à déceler sur les visages une réaction attendue.

Le long du couloir, les hommes étaient demeurés impassibles. Appuyé au montant de son lit, Sibert tremblait de tous ses membres.

— Il est mort! ajouta le *Lagerführer*.

Un murmure à nouveau courut dans l'assistance. Le visage de l'homme se durcit ; sous les gros sourcils broussailleux, l'œil jeta soudain une flamme cruelle.

— Nous l'avons trouvé sur la voie ferrée, à près d'un kilomètre d'ici, vers Morzig. Le train lui est passé dessus.

Les hommes se regardèrent. Des exclamations avaient fusé de toute part. Sibert se mit à claquer des dents. Mais la voix du *Lagerführer* s'éleva, brusquement menaçante.

— Je veux savoir pourquoi !

Seul le silence lui répondit. Les hommes fixaient le sol, n'osant manifester l'horreur ni la surprise.

— Pourquoi ? Pourquoi ? répéta la voix en un grondement qui allait s'amenuisant, où la colère, à présent, le cédait à un étonnement sans borne.

— Il avait le cafard, suggéra Badie. C'est peut-être qu'un accident.

— Il s'était blessé, dit Marino.

Le *Lagerführer* secoua la tête.

— Je devrais vous faire tous arrêter, dit-il d'un ton las.

— L'était trop jeune, dit Cario.

— Accident !... Accident !... — L'homme se mit à jurer en allemand. — Tous saboteurs ! cria-t-il, hors de lui. Saboteurs ! — Il ajouta, presque à voix basse et comme pour lui-même — : Il était attaché sur la voie !

Dans son uniforme noir pas très net, avec ses mains

nues et son ceinturon vide, le *Lagerführer* eut l'air tout à coup d'un vieil homme. Sous la casquette plate, des mèches de cheveux gris s'échappaient en désordre.

— Les hommes de la patrouille attendent là dehors, dit-il sans s'adresser à personne. Je n'ai qu'un ordre à donner... De toute façon, je ferai faire une enquête !

Il releva la tête, et s'adressant brusquement à Cario :

— Vous !

Cario avait blêmi.

— Vous avez fait la guerre ?

— Non, dit Cario. Enfin, un peu...

— Moi, je l'ai faite. Trop longtemps...

Il pivota rageusement sur lui-même, et gagna la porte. « Ces Français! grommela-t-il, ... Je ne comprends pas ces Français !» Et il sortit sans se retourner.

Après son départ, Badie, le premier, se décida à rompre le silence.

— Dites donc, vous vous rendez compte...

Sibert renifla.

— Attaché sur la voie, c'est moche...

— Toi, la pleurniche, dit Cario, ferme-la !

Marino, d'un geste, désigna la porte :

— Vous avez vu le vieux : j'ai cru qu'il allait chialer.

— Ou nous coller en cabane, bougonna le Mataf, aussi sec !

Sibert promena un regard inquiet de l'un à l'autre. Il ne les comprenait pas. Robin était mort, déchiqueté par un train, et c'était tout l'effet que ça leur faisait ? Même Cario qui râlait, et s'en prenait à lui.

— Je pige pas, dit-il. Qu'est-ce qui est arrivé ?

— Tu veux qu'on te fasse un dessin, dit le Mataf.

Sibert remua les oreilles sans répondre. Il n'avait jamais envie de poser trop de questions au Mataf. Celui-ci haussa les épaules et s'éloigna. Comme il regagnait sa travée, il se heurta à Cario. Les deux hommes se dévisagèrent.

— Qu'est-ce que tu veux ? aboya Cario, après un silence.

— Rien, marmonna le Mataf.

Et il lui tourna le dos.

— Je ne pige pas, répéta Sibert.

— Moi, commença Badie... Mais la péroraison tourna court.

— ... Je trouve que c'est régulier, finit-il pas dire.

Sibert prit sa tête dans ses mains.

— Pourquoi est-ce qu'on veut jamais rien m'expliquer, à moi ?

CHAPITRE XIV

Ils marchèrent d'abord sans parler. La nuit était étroite au-dessus d'eux, entre les maisons hautes du vieux quartier, comme un chemin. « Je suis seul avec elle, pensait Jacques. Pourquoi est-ce que je ne lui parle pas ? » Dans la neige encore fraîche, les rares passants glissaient sans heurt, happés aussitôt par la brume. Cette complicité d'une ville brusquement silencieuse avait quelque chose d'intimidant. Etre deux, marcher côte à côte. « Je devrais lui prendre la main ! » Mais on ne fait pas les choses à cause de l'obscurité, ou pour se prouver son audace. Il aurait fallu prendre sa main, et qu'elle sache bien que c'était parce qu'il en avait envie. La vérité.

Elle avait rabattu son capuchon sur sa tête, et Jacques ne devinait dans l'ombre qu'un peu de son profil, mais il n'avait pas besoin d'en voir davantage. Elle était là, à portée de la main. Sous son manteau de laine grise, elle existait enfin. Maintenant, elle ne pourrait plus jamais disparaître. « Quel âge a-t-elle ? », se demanda-t-il. Elle devait être assez âgée. Vingt-trois, vingt-cinq ans peut-être. On voyait bien que c'était une femme.

Ils avaient dîné ensemble chez Sonine, et déjà il se faisait de Gerda une idée plus précise. Il la découvrait peu à peu, mais il faisait en même temps connaissance avec une certaine part de lui-même, celle de la gourmandise, et des spéculations typiquement masculines. Il ne pensait pas « J'aimerais faire l'amour avec elle. » Mais déjà ce n'était plus la seule beauté de la jeune femme qui le bouleversait. Il l'avait regardée bouger, aller et venir dans la chambre de Sonine, s'affairer autour de la table ou du poêle, et chaque instant passé l'avait faite chair davantage, infiniment plus ressemblante à ce qu'elle devait être en réalité. « C'est le temps qui invente les visages, même ceux que l'on croit connaître. » Et n'était-ce pas merveilleux, que le temps inventât précisément ces visages-là dont on avait le plus besoin, délaissant tous les autres qui ne prendraient jamais forme, et ne resteraient qu'ébauchés ? Elle mettrait peut-être une éternité à naître, puis à vivre, mais Jacques pensait que cela valait la peine d'attendre. Son impatience, à présent, était nourrie d'espoir.

D'abord, il s'était contenté de l'observer avec une attention que rien n'aurait pu distraire, comme si l'intensité de cette observation eût été capable de tisser des liens entre eux qui seraient plus forts que l'absence, ou le hasard. Puis, l'alcool aidant, Jacques s'était dégelé. Sur un ton moqueur, il avait narré quelques-unes de ses mésaventures à Breslau, ce qu'il appelait ses expériences de « saboteur malgré lui ». Elle l'avait écouté, une petite lueur malicieuse dans l'œil, qui donnait à penser qu'elle était plus sensible à la manière du récit qu'à son contenu, et que l'homme l'amusait plus que son histoire, « Ce qui est encore, pensa Jacques, la qualité d'attention la plus flatteuse ».

Les yeux de Gerda, qu'elle fermait à demi pour l'écouter, avaient des reflets bruns très doux ; parfois ils s'éclaircissaient jusqu'à paraître verts. Tout chez elle, comme son regard, surprenait, variant d'un instant à l'autre : l'expression de son visage, le timbre étouffé ou profond de sa voix, et jusqu'à la hâte juvénile ou les lenteurs de ses gestes. Elle riait avec le sérieux d'un enfant, sans calcul et toute à sa gaieté, puis se taisait avec application, troublante tout à coup de féminité.

Jacques était conscient aussi que son accent la faisait rire, et la manière insolite qu'il avait de tourner les phrases en allemand. En la voyant s'esclaffer, ou pousser Sonine du coude, il avait d'abord craint qu'elle ne prît plaisir à se moquer de lui. Mais très vite, il se convainquit que ses maladresses ne le desservaient pas, au contraire, et il s'en trouva tout ragaillardi.

Enhardi par l'ambiance de camaraderie qui régnait dans la pièce, Jacques croyait avoir réussi à cacher à la jeune femme l'intérêt trop vif qu'il lui portait. Aussi, quand vint l'heure du départ, n'hésita-t-il pas à lui proposer de la raccompagner. La belle assurance, hélas, ne mit pas longtemps à s'effriter. Lorsqu'il se retrouva dehors, seul avec elle, ses doutes à nouveau l'assaillirent. « Je n'ai que dix-neuf ans. Je ne fais pas le poids ! » songea-t-il avec inquiétude. Elle était trop belle. Il était trop heureux.

La rue dans laquelle ils s'étaient engagés débouchait sur le *Ring*, et ils furent bientôt comme deux nageurs ayant atteint la mer, étonnés d'avoir subitement perdu contact avec la rive. Il n'y eut, d'un seul coup, plus de maisons, plus de toits, plus de ciel, rien que la brume cotonneuse où leurs silhouettes s'enfonçaient en silence.

La jeune femme tourna la tête vers lui, et Jacques crut qu'elle allait parler, mais elle ne dit rien. « Peut-être pense-t-elle que je m'ennuie. Nous marchons depuis un moment. Je ne lui parle pas. » Et puis, aussitôt : « Mais non, sans doute sait-elle déjà que je me tais pour une tout autre raison. » A cause de cette fille à son côté, dont il ne distinguait même pas les traits, la ville était tendre et bavarde à souhait. Que pouvait-on ajouter d'autre qui fût plus éloquent que ce silence où ils étaient deux, enfermés, ensemble ? Mais dans un instant, ils seraient arrivés devant chez elle, et il lui faudrait repartir. Machinalement,

Jacques glissa son bras sous celui de Gerda. Repartir, se retrouver sans elle...

Empruntant les trottoirs, et progressant d'un pas égal pour ne pas buter sur les tas de neige, ils contournèrent le *Ring*.

— Votre rue, c'est celle-ci, dit Jacques. J'ai bonne mémoire.

Elle lui décocha une œillade malicieuse.

— Moi aussi, je me souviens. Vous étiez drôle avec votre charrette.

— J'étais bien embêté...

— C'était affreusement lourd, toutes ces planches. Vous devez être costaud !

— Pas mal, dit Jacques en se redressant.

Elle se mit à rire.

— Qu'est-ce qui vous fait rire ? demanda-t-il inquiet.

— Je ne sais pas, dit-elle, vous !

Elle lui serra le bras imperceptiblement. Jacques la regarda. Sous le capuchon, le fin profil dessinait un demi-sourire. Elle avait bien la plus jolie bouche du monde. « Je suis bête ! se dit-il. Mais qu'est-ce que ça fait ? »

Ils étaient arrivés devant sa porte. Elle sortit de sa poche un trousseau de clés.

— Voilà ! dit Jacques, se balançant d'un pied sur l'autre. Il pensa : « C'est fini. Je l'avais pourtant retrouvée. » Elle était le hasard; pouvait-il se mesurer avec le hasard ?

— On se reverra ? demanda-t-il.

— Bien sûr !

D'un geste vif, elle rejeta le capuchon sur ses épaules, délivrant la masse de ses cheveux noirs.

— Où allez-vous, maintenant ?

— Je rentre.

— Vous retournez au camp ?

Il secoua la tête.

— Non. Je ne peux pas.

— Alors ?

Il esquissa un geste.

— Je vais chez des copains, en ville.

Des copains, c'était vite dit ! Il avait beau s'interroger, il ne voyait pas du tout où il pourrait aller à cette heure.

Elle avait introduit sa clé dans la serrure.

— C'est loin ?

Jacques était tout près d'elle. Il pouvait sentir le parfum que dégageait sa chevelure.

— Je vous reverrai quand ? questionna-t-il.

Elle se retourna.

— On ne va pas discuter là-dehors. Entrez !

Il la suivit sans répondre. Le couloir était obscur et Jacques faillit buter sur la jeune femme.

— J'habite au rez-de-chaussée, dit-elle. Venez.

Elle ouvrit une seconde porte sur sa gauche et tourna le commutateur. Deux lampes ventrues surmontées d'abat-jour jaunes éclairaient une vaste pièce au plafond bas. Une marche haute de trente centimètres, la traversant dans toute sa largeur, divisait la pièce en deux. La partie surélevée était aménagée en studio de danse ; entre trois panneaux de glaces, une barre courant le long du mur à hauteur de poitrine. Un petit piano droit à bougeoirs de style 1880 se dressait dans un coin, tandis qu'un paravent tendu de soie puce dissimulait le fond de la pièce où devait se trouver le lavabo. Dans la partie basse de la chambre, la plus vaste, une baie opaque donnant vraisemblablement sur la rue occupait la majeure partie du panneau de gauche. Des tentures de couleurs vives la masquaient presque entièrement. Sur la droite, encastré dans une sorte de niche, le lit disparaissait sous d'innombrables coussins recouverts de tissus exotiques. Des masques de théâtre et des moulages étaient accrochés sans ordre aux murs entre une affiche de danse et des photos, parmi les panoplies d'armes anciennes. Un tas d'objets, bibelots de bronze, statuettes nègres, opalines, tabatières, pipes kurdes, encombraient les tables. Par terre s'amoncelaient des piles de livres et de revues. Au pied du lit, dans la pénombre, Jacques crut distinguer un pyjama.

— Ce que c'est bien, chez vous !

La chambre dégageait un charme incontestable. Mais ces objets hétéroclites, ces étoffes, ces meubles, le déconcertaient. « Est-ce qu'ils lui ressemblent ? », se demanda-t-il, et pourtant ils devaient raconter la jeune femme au même titre que son rire, que ses gestes, mieux peut-être.

— Asseyez-vous, dit-elle. Je vais allumer le feu.

Elle ôta son manteau, le jeta sur une chaise, et se mit à enfourner des pelletées de coke dans le poêle.

Immobile, Jacques l'observait. Gerda avait des gestes adroits, décidés. Elle se mouvait avec une lenteur qui n'était qu'apparente et semblait conférer à tout ce qu'elle faisait une grâce irréelle et comme miraculeuse.

— Dans le placard, dit-elle, près du lit, vous trouverez des verres, et quelque chose à boire.

Elle se tourna vers lui.

— Mais enlevez donc votre manteau. Vous avez l'air en visite !

Il devait être très tard, onze heures peut-être. A minuit, Jacques n'aurait plus le droit d'errer dans la ville ; il courrait le risque de se faire ramasser par une patrouille. Mais comment se tourmenter ?...

Il se débarrassa de son manteau et s'en fut chercher les verres et la bouteille d'alcool. En passant, il jeta un regard sur le lit. C'était bien un pyjama qui s'y trouvait posé. Il était bleu.

Le feu avait pris, et Gerda, le visage éclairé par la flamme, des lueurs fauves jouant dans ses cheveux, tourna vers Jacques un regard pétillant de gaieté.

— Est-ce que ce n'est pas mieux comme ça ?

Elle se redressa, et lui ayant pris un verre des mains :

— A votre santé ! Jacques.

C'était la première fois qu'elle l'appelait par son prénom. Il la regarda. Il se sentait follement heureux.

Ils étaient debout l'un en face de l'autre, leur verre à la main.

— Quel âge avez-vous ?

— Devinez.

— Au moins vingt ans, non ?

— Oui, dit Jacques.

Il n'avait que dix-neuf ans, mais il pouvait bien se permettre ce mensonge. S'il avait osé, il aurait dit davantage. Mais peut-être, après tout, était-ce assez, vingt ans, puisqu'elle avait l'air de trouver ça suffisant.

— Et vous ?

— Vingt-quatre ! — Elle rit. — Il ne faut jamais poser cette question à une femme. Venez, dit-elle en plaçant une main sur son bras, on va se mettre près du feu.

Elle ramassa sur le lit une brassée de coussins et les jeta sur le sol. A nouveau, elle remplit les verres, puis s'allongea sur le côté en chien de fusil. Sa jupe se retroussa, montrant deux genoux ronds. L'étoffe souple de la robe moulait ses cuisses. Troublé, Jacques se plongea dans la contemplation du feu.

— Vous n'êtes pas comme les autres, dit-elle.

— Qui ça, les autres?

— Les Allemands, les Français... Les hommes, quoi!

— Vous non plus, dit Jacques déconcerté.

« Personne n'est comme tout le monde », songea-t-il. Il ne retrouverait jamais quelqu'un comme elle ! Il s'allongea sur le coude, et fixa son verre en transparence.

— J'aimerais tant que tout fût aussi simple que cette minute ! murmura-t-il.

— Prenez l'heure comme elle vient, dit-elle doucement.

— Celle-ci, je la prends volontiers. Mais je déteste qu'elle soit fugitive.

— Vous êtes très gourmand !

— Pas gourmand, avide, insatiable ! Demain le temps me collera au corps, comme une sangsue. Je connais ça. C'est injuste, et dangereux aussi. On s'ennuie, et par lassitude on risque le faux pas définitif. Il faut tout le temps faire attention... Je suis devenu méfiant, ajouta-t-il. Je vis comme une bête inquiète, le dos rond, les griffes sorties...

— Ce ne sera pas toujours comme ça. Et puis vous êtes là, non? Indemne, avec vos vingt ans, vos deux bras, vos deux jambes, et votre faim de jeune loup... Cela devrait vous rassurer.

— On passe entre les gouttes, jusqu'au jour...

— Vous passerez !

Il hocha la tête.

— Croyez bien que je ferai tout pour ça. Je suis entêté comme une bourrique ! Mais la seule chose que je ne sache pas, c'est si on « peut » passer... ! Vous comprenez je n'ai pas vraiment peur. Mais voilà : vingt ans, ce n'est rien que le commencement. Je veux aller jusqu'au bout !...

Il se renversa, la nuque dans la main, fixant le plafond. Une ombre plus grise, au-dessus du poêle, y dessinait une tache uniforme. « De la fumée, songea-t-il. Nos rêves, peut-être, laissent-ils aussi des traces comme celle-là au fond de nous. » Leurs nuages...

— Il fait bon vivre, dit-il encore à voix basse.

Pourquoi lui parlait-il ainsi ? Il était trop heureux sans doute, ou pas assez. Mais pouvait-elle comprendre cela, que plus on est heureux, plus on a peur ? « C'est pourtant vrai ! Je ne puis faire que demain ne soit différent. » Au petit jour, quand il aurait quitté Gerda depuis longtemps, et que la neige des rues serait sale, il se réveillerait l'âme aussitôt engluée de vieux soucis : Wenger, Krasna, l'*Arbeitsamt*... Une ride barra son front. « J'ai dit que je ne me laisserais pas faire. » Mais comment diable allait-il se tirer de là?

— Gerda, il faut que je m'en aille.

Elle secoua la tête. Ses cheveux lourds fouettèrent

son visage pour retomber en désordre sur ses épaules.

— Ne partez pas. Je m'amuse.

— Moi aussi, je m'amuse, dit-il.

— Alors ?

— Il est très tard.

Il serait bien resté encore. Pouvait-elle l'ignorer ? Mais il ne s'agissait pas de tomber sur une patrouille, pas ce soir.

Gerda sauta sur ses pieds.

— Ecoutez, dit-elle, si vous voulez, je vous héberge pour la nuit.

Jacques la dévisagea, le cœur battant.

— Vous ne pouvez pas retourner au camp, et vous n'allez pas courir les rues à cette heure-ci ! Restez... A moins, ajouta-t-elle, que vous n'ayez ailleurs quelque rendez-vous !

— Mais pas du tout ! protesta Jacques. Pas du tout, je vous assure...

— Alors vous restez ?

— C'est-à-dire...

Il jeta un bref regard circulaire.

— Non, dit Gerda, pas dans mon lit !

— Bien sûr, dit-il en rougissant violemment.

— Je vais vous installer sur le fauteuil, avec des coussins, et une chaise pour les pieds. — Elle battit des mains — : Ça va être très amusant !

— Evidemment. Très. Mais ce n'est pas possible. Je...

— Comment, ce n'est pas possible ? Vous avez peur que je vous viole ?

— Mais non, s'indigna Jacques, quelle bêtise !

— Vous prenez tout au sérieux, vous ! fit-elle, en relevant le menton d'un air de défi. Alors, vous restez ou pas ?

— Je reste... « Ça y est, j'ai gaffé, se dit Jacques, la mine déconfite. Décidément, les femmes, je ne saurai jamais ce qu'elles ont dans la tête. » Je reste, répéta-t-il.

— Quel drôle de type vous faites, murmura-t-elle en l'examinant, pensive. — Elle enchaîna, pinçant les lèvres : — Ne faites pas cette tête, on dirait que vous m'annoncez une mauvaise nouvelle !

La jeune femme le planta là, de plus en plus décontenancé, et s'en fut retirer de son lit une couverture qu'elle porta sur le grand fauteuil bourré au préalable de coussins. Ayant poussé fauteuil et chaise près du poêle, elle contempla son œuvre.

— Vous allez dormir comme un ange.

— Sûr ! dit Jacques.

Elle le regarda et se mit à rire.

— Vous ne trouvez pas que c'est drôle ?

— C'est formidable !

— Voulez-vous que je vous prête un pyjama ? Vous n'êtes pas plus gros que moi...

— Non, non, dit Jacques. Je dors souvent tout habillé !

— Comme vous voudrez, mais c'est idiot...

— Vous avez raison, c'est idiot. Donnez-moi un pyjama.

Elle fouilla dans un tiroir, en retira un pyjama qu'elle lui tendit.

— Il est rose. Ça vous est égal ?

— Mais oui, dit Jacques. Mes rêves aussi seront roses... — En admettant que j'arrive à m'endormir — ajouta-t-il pour lui-même.

— Je vous quitte un instant, fit-elle. Vous avez bien tout ce qu'il vous faut ?

Et elle disparut sur le palier supérieur, derrière le paravent de soie, le laissant, l'air emprunté, son pyjama rose sur le bras, en train de se dandiner d'un pied sur l'autre.

— Ne vous inquiétez pas pour moi, cria-t-il, je suis au paradis !

Il extirpa une cigarette de la poche de sa veste et l'alluma. « Voilà que je recommence à dire n'importe quoi ! » songea-t-il.

Jacques fumait, les yeux mi-clos, l'oreille inattentive.

Il ne put s'empêcher toutefois de reconnaître le froissement d'une robe. « Elle l'ôte, pensa-t-il, elle la fait passer par-dessus la tête... » Puis l'eau du lavabo se mit à couler. « Il faut absolument que je pense à autre chose ! » Et il entreprit de se déshabiller.

En quelques gestes rapides, il eut quitté ses vêtements et enfilé le pyjama. Quoiqu'un peu court de manches, celui-ci lui allait parfaitement. Pieds nus, Jacques s'aventura dans la chambre. Il avait envie de sauter, de gambader tout à coup comme un poulain échappé, et de se livrer à mille acrobaties farfelues. « Si les copains pouvaient me voir dans mes froufrous lilas ! Nounou Sibert en perdrait les oreilles ! »

— Ça va ? cria la voix de Gerda du fond de la pièce.

D'un bond, Jacques regagna son coin et se glissa prestement dans son fauteuil ; tassant les coussins sous lui, il enroula la couverture autour de ses jambes.

— Ça va, dit-il.

De nouveau les robinets chantèrent. Malgré lui, Jacques écoutait le cliquètement d'objets mystérieux sur la plaque de verre du lavabo. Une main, tâtonnant après une serviette, fit un instant frissonner la soie du paravent ; puis l'eau coula plus fort et il n'entendit rien d'autre. « C'est compliqué, les filles, se dit-il. Ça se récure et se bichonne sans fin avant de se coucher ? Qu'est-ce qu'elle pouvait bien encore laver, depuis le temps ? » Et soudain il l'imagina, derrière l'écran d'étoffe, nue, en train de passer une serviette éponge sur son corps tout pailleté de gouttelettes d'eau. « Crénom ! jura-t-il tout bas, voilà que ça recommence ! » Mais le moyen de penser à autre chose ?

— Et voilà ! fit Gerda, qui venait de réapparaître enveloppée dans une robe de chambre écossaise, son pyjama bleu boutonné jusqu'au col.

— Vous êtes bien ? demanda-t-elle.

Elle s'était approchée du lit improvisé et lui décocha son regard le plus ironique. Des effluves parfumés au savon et à l'eau de Cologne vinrent caresser les narines de Jacques. Ses plus sages résolutions s'évanouirent et il se redressa brusquement sur ses coussins.

— Non ! dit-elle. On dort !

Elle avait prononcé les mots très bas, sans bouger, lorsqu'il avait fait mine de bondir hors de son fauteuil, mais avec une douceur soudaine dans le regard qui avait rendu d'un seul coup à Jacques toute sa présence d'esprit. Une fraction de seconde il avait hésité : se lever, la serrer dans ses bras, lui dire combien il avait envie d'elle. « Ce serait tout gâcher, pensa-t-il. Je n'aime pas cette hâte. Elle non plus sans doute, quoique je n'en sois pas certain. » C'eût été prétentieux, aussi, de mal juger peut-être le geste qu'elle avait eu en lui offrant l'hospitalité. Il reposa la tête sur les coussins et ferma les yeux.

— Bonsoir, murmura-t-il.

Elle s'inclina vers lui ; les longues mèches de ses cheveux frôlèrent la joue du jeune homme qui tressaillit et battit des paupières. Jacques vit grandir au-dessus de lui le visage de Gerda jusqu'à ce que les deux yeux se confondissent en un seul, énorme et clair, où il eut la sensation de se perdre. Elle posa ses lèvres sur les siennes et se redressa.

— A demain, dit-elle.

En un tournemain Gerda avait ôté sa robe de chambre et s'était glissée dans son lit. De sa place, Jacques pouvait la voir, tournée de son côté, ses cheveux noirs répandus sur l'oreiller. Elle souriait. « Je m'étais trompé, pensa-t-il. Demain, quand le jour se lèvera, la neige des rues sera peut-être sale, mais elle, elle sera toujours là. » La jeune femme étendit son bras hors des couvertures, et éteignit la lumière.

Jacques ferma les yeux. Mais il ne pouvait se résoudre à s'endormir. Un flot d'images l'assaillit, entretenant en lui une excitation qui chassait le sommeil, le visage de Gerda tourné vers lui, ses cheveux lourds, son corps nu sous le pyjama bleu. Il se retourna dans son fauteuil et fit un effort pour penser à autre chose. Ce fut pire. L'*Arbeitsamt* lui revint en mémoire, et ses démarches de la journée, Wyla, Stelovsky. Demain allait venir, demain était arrivé, et il lui fallait trouver une solution. Mais, l'un après l'autre, les projets qu'il échafaudait s'écroulèrent. Il n'y avait pas d'issue. Non, décidément, s'il ne devait pas dormir, au moins que ce fût à cause d'elle ! Jacques ouvrit les yeux. Le silence était tel qu'il entendait battre son pouls. Il tendit l'oreille, attentif à sa respiration à elle, mais en vain. « Tu ferais mieux de dormir, imbécile ! » La porte du poêle où le feu achevait de s'éteindre, dispensait sur le sol une lueur rougeoyante. « Je suis dans sa chambre, se dit-il encore. Nous dormons presque ensemble... »

— Jacques, vous dormez ?

— Non.

C'était elle qui rompait la trêve du silence. Peut-être elle non plus n'avait-elle pas sommeil.

— Qu'est-ce que vous faites demain ?

— Je cherche du travail. Il faut absolument que j'en trouve dans les vingt-quatre heures !

— Cela ne doit pas être difficile.

— Oh si ! dit Jacques.

— Pourquoi ?

— Parce que, fit-il, hésitant... J'ai quitté ma boîte. Je me suis mis dans une situation... irrégulière.

— C'est si grave que cela ?

— Je suis en fuite, dit Jacques.

— Ah !... — Un silence, puis Gerda demanda — : Vous travailliez où, avant ?

— N.S.U. Fiat.

— N.S.U. Fiat ? Ce n'est pas possible !

Il entendit Gerda remuer dans son lit, et brusquement la lumière se ralluma. Dressée sur un coude, la jeune femme le regardait avec étonnement.

— Aux ateliers N.S.U. Fiat, de *Tauenzienstrasse* ?

— Oui, vous connaissez ?

Elle fit signe que oui.

— Alors vous connaissez peut-être aussi le patron ?

Gerda pouffa de rire.

— Votre patron s'appelle Wenger. Je le connais très bien.

— Oui, Karl-Hans Wenger. Une peau de vache ! C'est à cause de lui que je suis aujourd'hui dans le pétrin.

Gerda voulut parler, mais son hilarité redoubla.

— Je ne vois pas ce qui vous fait rire, dit Jacques.

Son visage s'assombrit. Que Gerda connût Wenger le contrariait. Il ne savait pas pourquoi, mais il était désappointé.

— Demain, enchaîna-t-il avec colère, si je ne tombe pas sur un patron-miracle qui me dise « Venez donc travailler chez moi », je serai expédié à Krasna !

— Qu'est-ce que c'est, Krasna ?

— Le pire des camps. Des mines de sel, en Haute-Silésie...

— Je vois, dit Gerda. — Son visage se figea. — Racontez-moi toute l'histoire...

— A quoi bon ? dit-il.

Il s'en voulait maintenant d'avoir abordé ce sujet. Le savait-elle, seulement, qu'il existait en Allemagne des camps comme celui-là ? Pourquoi parler avec elle de tout cela ? Même si lui avait tendance à l'oublier, il arriverait un moment où elle se souviendrait qu'elle était Allemande, et lui Français ; ce serait dommage.

— Je vous en prie, insista-t-elle.

Il secoua la tête.

— Je vous le demande ! Jacques... Racontez-moi !

Jacques se décida.

— Puisque vous y tenez...

Et il lui décrivit tout, sa situation, ses démêlés avec le patron, la vie à l'usine ces dernières semaines. Il lui parla enfin de ses démarches à l'*Arbeitsamt*, de son échec, et du rôle hypocrite qu'avait joué Wenger.

— Vous voyez, conclut-il sèchement, je le regrette si c'est un ami à vous, mais c'est un beau salaud !

— Pourquoi a-t-il agi comme cela ? demanda-t-elle après un silence.

— Je ne sais pas. Je n'arrive pas à comprendre.

— Il ne vous aime pas ? C'est personnel ?

Jacques haussa les épaules.

— Peut-être que ça l'amuse, dit-il.

— C'est ignoble, cette comédie... !

Elle s'interrompit pour frapper violemment de la main le rebord de son lit. — Ignoble !... Ecoutez, je vais vous aider ! — Elle criait presque. — Voilà ce que je vais faire : je vais vous aider !

Jacques l'observa avec étonnement. Elle paraissait sincèrement bouleversée.

— Vous croyez ? demanda-t-il.

Quelque chose lui échappait dans l'attitude de Gerda. D'où lui venait cette indignation, cette colère qu'il lisait dans ses yeux ? « Mon sort lui tiendrait-il à cœur à ce point ? » Jacques sentait qu'il y avait autre chose.

— Demain, je vous tirerai de là, dit-elle. J'ai une idée... Une très bonne idée !

— Mais, Wenger...

Elle fit claquer ses doigts.

— Wenger aussi, je sais comment le désarmer ! Laissez-moi faire ! Ah ! je donnerais cher pour que ça marche !

— Et moi donc ! fit Jacques.

Il avait bondi hors de son lit-fauteuil et, incapable de tenir en place, déambulait de long en large.

— Expliquez-moi.

— Demain ! Demain, Jacques...

— Demain ? fit-il, dépité.

— Je vous en prie, soyez raisonnable. Maintenant il faut dormir. — Son visage se détendit. — Je vous l'ai promis : je vous aiderai, vous ne me croyez pas ?

— Si. Si... Il se planta devant elle. Il ne voulait pas retourner se coucher. Il secoua la tête :

— Comment voulez-vous que je dorme ?

— Faites comme moi. Je n'ai pas tellement sommeil moi non plus.

— Vous comprenez, je suis réveillé comme une puce à présent ! A la vérité, ajouta-t-il, c'est très difficile d'habiter chez vous...

— Vous regrettez ?

Elle lui tendit la main par-dessus les draps, mais il ne la prit pas, et resta piqué à sa place, le front barré d'une ride. Elle reposa la tête sur l'oreiller, et tira la couverture sous son menton.

— Et promettez-moi que vous ne jouerez pas au somnambule, et que vous ne me sauterez pas dessus dans le noir !

— Je ne suis pas un voyou, dit Jacques.

— Je crois que c'est vrai, avoua-t-elle. Bonsoir ! Et elle éteignit.

« Je ne suis peut être pas un voyou se dit Jacques, en regagnant son fauteuil, mais si les copains me voyaient, ils penseraient que je suis le roi des cons ! »

CHAPITRE XV

— Je veux voir le directeur !

— Monsieur Kühn ? questionna l'homme.

— Oui, dit Jacques, monsieur Kühn.

— Vous avez rendez-vous ?

— Non... Enfin, pas exactement.

— Dans ce cas...

— Je suis un ami de mademoiselle Gerda, l'interrompit Jacques. Vous la connaissez ?

L'homme secoua la tête.

— Mais si, mademoiselle Gerda, du corps de ballet. Vous la connaissez, je suis venu avec elle ce matin.

— Si vous n'avez pas rendez-vous, dit l'homme, vous ne pouvez pas voir monsieur Kühn !

— Je sais, grommela Jacques, vous l'avez déjà dit. — Il saisit une feuille de papier sur la table et y inscrivit son nom. — Je voudrais un rendez-vous.

— C'est à quel sujet ?

— Une question de service. C'est urgent. Je viens de la part de l'*Arbeitsamt*.

Jacques commençait à s'impatienter. Il poussa la feuille de papier sur la table, mais l'homme ne la regarda même pas.

Jacques éprouvait une envie irrésistible de prendre par les épaules le vieil homme affalé derrière sa table d'huissier, et de le secouer jusqu'à lui en faire sauter ses lunettes du nez. Un éclair d'effroi, au moins d'étonnement, animerait peut-être ce visage désespérément inexpressif.

— Vous ne comprenez donc pas que c'est important ? cria-t-il. Penché au-dessus de la table, le visage à quelques pouces de celui du vieux, il se retint pour ne pas l'agonir d'injures. Il se redressa et s'efforçant de sourire : — Allons ! Soyez chic, dites à monsieur Kühn que je voudrais le voir... Juste cinq minutes!

Mais l'homme, de nouveau, secoua la tête :

— Pas de rendez-vous, pas de visite! Et cessant totalement de s'intéresser à son vis-à-vis, il se mit à examiner un panneau sur le mur.

Jacques froissa son béret dans ses mains, et fit un pas vers la porte. Derrière cette porte se trouvait peut-être le bureau de Kühn, à moins qu'il ne fût beaucoup plus loin, après d'innombrables antichambres comme celle-ci ou d'autres petits vieux joueraient aussi à faire la mule. A quoi bon s'entêter ? Il n'arriverait à rien de cette manière. S'il forçait l'entrée, il serait jeté dehors avant d'avoir seulement pu parler au directeur. Il remit son béret et le vissa sur sa tête d'un geste rageur. « Saloperie d'Opéra ! grommela-t-il, c'est pas dans la poche ! »

Il retourna dans le grand hall aux dorures rococo d'où il pouvait surveiller les entrées et les sorties des bureaux, et s'assit sur une banquette. La grosse pendule Louis XVI qui trônait sur la console en face de lui indiquait trois heures et demie. Gerda aurait dû être de retour. La journée allait s'achever, et rien n'était encore décidé. « Dire que je suis là depuis ce matin sept heures ! » Il se redressa en soupirant, et pour la dixième fois se mit à arpenter la vaste salle dallée où ses godillots cloutés résonnèrent d'une façon insolite. Jacques écrasa sa cigarette contre le mur, en prenant soin de dissimuler le mégot minuscule entre deux moulures dorées, et se dirigea d'un pas résolu vers la sortie qui indiquait « Loges des artistes ».

Après une trentaine de pas le couloir obliquait, et Jacques se trouva devant une série de corridors plus étroits qui rayonnaient dans plusieurs directions. Il s'arrêta, hésitant. Tout à coup des notes grêles de musique frappèrent son oreille. Quelqu'un, pas très loin, jouait du piano. Empruntant le couloir central, Jacques se laissa guider par le son. Ses pas le conduisirent jusqu'à une porte derrière laquelle, scandée sur un air de valse, une voix d'homme comptait : *Eins, zwei, drei... Luftsprung! Eins, zwei, drei... springen !* Il s'immobilisa, attentif. On entendait les chaussons des danseurs frapper le sol en cadence et glisser sur le temps de la valse. Du Chopin, reconnut Jacques. Il restait immobile devant la porte, indécis, lorsque celle-ci s'ouvrit brusquement ; il se trouva nez à nez avec une jeune fille moulée dans des bas de laine noire montant jusqu'aux hanches et un vieux chandail rose. Un instant, le visage ruisselant de sueur demeura figé d'étonnement, puis la jeune fille ouvrit la bouche comme pour crier.

— Mademoiselle, hasarda Jacques, s'il vous plaît...

Mais la porte se referma brutalement à son nez. « Je n'ai pas de chance, pensa-t-il, une gourde ! » Le piano, d'un seul coup, avait cessé de jouer.

Le premier réflexe de Jacques fut de prendre ses jambes à son cou, mais il ne bougea pas. Il entendit une chaise qu'on déplaçait, puis des pas qui se rapprochaient. Il sut qu'il ne pouvait plus s'enfuir, alors dominant sa timidité il frappa une fois, bien fort, contre la porte et l'ouvrit sans attendre de réponse.

Le temps d'apercevoir des dizaines de jambes gainées de noir, quelques visages de filles étonnées que lui renvoyaient les glaces, et son regard fut attiré par l'homme qui s'avançait vers lui.

— Excusez-moi, commença-t-il...

— Qu'est-ce que vous voulez ? dit l'homme d'un ton menaçant. Qui êtes-vous ?

— Je suis un ami de Gerda. Je la cherche.

— Elle n'est pas là ! Qui vous a laissé venir jusqu'ici ?

L'homme s'exprimait avec un fort accent italien.

— Je n'ai rencontré personne, alors j'ai pensé...

— Les étrangers n'ont pas le droit de venir ici. Vous n'avez pas vu les écriteaux ?

— Non, je n'ai rien vu. — « Etranger, toi-même ! » pensa Jacques. — Gerda m'a dit qu'elle répétait...

— Elle n'est pas là, reprit l'autre en le dévisageant. Elle n'a pas répété aujourd'hui.

— Pas répété ? s'étonna Jacques. Pourtant elle m'avait dit... Vous êtes certain ?

L'homme esquissa un geste d'impatience :

— Je vous dis qu'elle n'est pas venue. Je suis Rodolfo Bertolozzi le maître de ballet. Je sais ce que je dis !

— Pas venue ! répéta Jacques.

Il fixa sur son interlocuteur un regard désemparé. L'homme avait une grosse tête de blond joufflu, avec des yeux tombants qui lui donnaient un air de chien triste. Un épais chandail gris à col roulé moulait son torse puissant, et des collants tout rapiécés faisaient saillir les muscles de ses jambes.

— Français ? questionna-t-il.

— Oui, Français. Je... C'est difficile de s'y retrouver dans cet Opéra, bredouilla Jacques. Beaucoup de couloirs...

Il s'interrompit, réalisant combien ils devaient paraître ridicules tous les deux, lui avec son accent français, l'autre avec son accent italien, à poursuivre devant les filles ce dialogue en mauvais allemand.

— Vous ne pouvez pas l'attendre ici, dit le danseur, c'est interdit. Mais elle ne va sûrement pas tarder.

— Il y a peut-être une autre salle où elle pourrait répéter ?

— Non, c'est ici. Mais Gerda m'a demandé un congé ce matin.

— Un congé ? Tiens, c'est bizarre...

— Vous savez, les femmes ! Bertolozzi haussa les épaules d'un air entendu.

— Oui, oui, bien sûr... Elle m'avait pourtant bien dit qu'elle répétait !

L'Italien se mit à rire.

— Les femmes, mon jeune ami, les femmes...

Jacques battit précipitamment en retraite. Il lui fallait retrouver Gerda, un point c'était tout. Et il se fichait complètement des opinions de Bertolozzi sur les femmes.

— Je vous remercie, dit-il. J'attendrai dans le hall.

Il sortit. Derrière lui la porte se referma. Il entendit grasseyer le rire de l'Italien « Les femmes! Les femmes! » Puis le piano reprit la valse interrompue.

Le matin, dès sept heures, Gerda et Jacques s'étaient rendus à pied jusqu'à la *Schlossplatz,* à quelques minutes du *Ring,* où se dressait l'imposant bâtiment du Städtisches Opernhaus. La jeune femme, tout en marchant, avait exposé à Jacques son projet : le faire engager comme peintre, ou aide-décorateur, dans les ateliers de l'Opéra. « Je connais bien le directeur, je lui demanderai un rendez-vous. Ces ateliers sont immenses, vous verrez. Vous y serez très bien. Des décors partout, on travaille en musique. Et c'est chauffé ! » Elle n'avait pas besoin de vanter la marchandise, Jacques la croyait sur parole. Il hocha la tête:

— Mais le directeur ?

— Laissez-moi faire ! — Elle souriait, découvrant ses dents gourmandes. — Je le convaincrai !

Comment ne pas croire à ce sourire ? Malgré lui cependant Jacques restait sceptique. Sa situation, dans les dernières vingt-quatre heures, était devenue dangereusement irrégulière. Il était en fuite et les convoyeurs de Krasna devaient être à sa recherche. Pour le tirer d'affaire, il ne suffisait plus maintenant que le directeur de l'Opéra accepte de l'embaucher ; il fallait encore qu'il le réclame personnellement à l'*Arbeitsamt*.

Il eut un sourire incrédule :

— Votre monsieur Kühn, il ne me connaît pas, après tout ! Pourquoi voulez-vous qu'il se donne tant de mal ?

— Pour moi ! Ses yeux se plissèrent, et elle eut un petit rire de gorge, tandis que sa tête se renversait en arrière. Le capuchon glissa, libérant un flot de boucles brunes.

Fasciné, Jacques l'observait. « Avec ce visage-là, et cette façon de rire, pensa-t-il, moi, évidemment, on me ferait faire n'importe quoi ! »

— Vous savez peindre, au moins, enfin vous servir d'un pinceau ?

— Oui, oui, un peu... Je me débrouillerai. Ce n'est pas ça qui m'inquiète !

— Alors il n'y a pas de problème ! — Elle secoua ses cheveux, et reporta sur Jacques ses yeux rieurs. — Vous me connaissez mal ! Ce que femme veut...

— Si c'était vrai, murmura-t-il. Si vous pouviez réussir ! Je vous promets... Il eut un élan vers elle, une envie subite de prendre ce visage entre ses mains, de l'attirer vers lui. Je vous promets !... dit-il à mi-voix, et il s'interrompit.

— Vous me promettez quoi ?

— Non... Rien. C'est idiot ce que je dis!

Il toussa, soudain gêné. Qu'est-ce qu'il pouvait bien lui promettre, qui ne fût surtout une promesse à lui-même ? Il confondait promettre, avec souhaiter... « Bonhomme, tu rêves ! » Et il eut un peu honte de cet élan intempestif qui avait dû le faire paraître soudain ou très égoïste ou bien prétentieux.

— Venez ! dit-elle, et ne pensez pas tout le temps des choses contradictoires !

Elle avait passé son bras sous le sien, et le serra

contre elle. Dans le fouillis de cheveux qui lui mangeait les joues, le beau visage coloré par l'air froid du matin resplendissait de jeunesse. « C'est une vraie femme ! » pensa Jacques, et il ne savait pas très bien ce qu'il voulait dire par là, sinon qu'il la trouvait très belle.

— Vivre, c'est parfois bien amusant ! — Elle parlait très bas, comme pour elle-même, une douceur subite voilant l'éclat de son regard. — Et vous savez, la plupart du temps, ce n'est pas ce qui est compliqué qui est important, c'est ce qui est simple !

Bien sûr, c'était peut-être cela le plus important, qu'ils fussent là tous les deux, et qu'ils eussent vingt ans. Qu'elle fût son amie, et qu'il la trouvât belle. Mais il y avait aussi tout le reste, cette idiotie de guerre, Krasna, Wenger, Kühn et ses pots de peinture, cette saloperie de point d'interrogation qu'était demain, après-demain, et les jours suivants, posé partout comme un signal d'alarme. Si seulement il avait pu arrêter brusquement toute vie, et se réveiller deux jours plus tard ! Placé devant le fait accompli, Krasna ou l'Opéra, il n'aurait plus qu'à s'incliner, qu'à accepter le verdict du sort. La chance à pile ou face. Mais il s'en voulut aussitôt de sa lâcheté. « Rien n'est jamais joué d'avance. Rien ! » C'était tellement mieux de se battre. « On ne vit qu'éveillé ! » De se battre, et de croire qu'on va gagner.

Gerda n'avait été admise dans le bureau de Kühn que tard dans la matinée. Il avait été convenu qu'elle le verrait seule, et que si tout se passait bien, elle viendrait ensuite chercher Jacques pour le lui présenter.

Maintenant il y avait très longtemps qu'elle était entrée dans le bureau du directeur. Etait-ce bon ou mauvais signe que la conversation se prolongeât ainsi ? Plutôt bon, jugea-t-il. Si Kühn avait dit non, ils n'auraient pas poursuivi l'entretien, et Gerda serait revenue. Peut-être étaient-ils déjà en train d'entreprendre les démarches...

Peintre à l'Opéra !... Tandis qu'il marchait de long en large, triturant son béret entre ses doigts, inattentif au crissement de ses souliers ferrés sur les dalles, il sentait — courant sous sa peau, comme un sang neuf qui lui faisait les mains maladroites et les tempes bourdonnantes — une formidable impatience le gagner. Elle ne pouvait pas le tromper. C'était un arbre grandi trop vite, mais bien planté, qui s'en allait dans tous les sens, fort et têtu. Et c'était fou, cette espérance. Irrésistible, elle l'entraînait vers d'immenses ateliers, encombrés de décors qui sentaient la colle et la térébenthine, de bouquets de brosses et de pinceaux dans leurs seaux de peinture, de vastes panneaux de toile vierge tendus sur des montants de bois; vers la pénombre des coulisses, les machinistes manœuvrant dans leurs cintres, l'éclat des projecteurs, de la rampe, une scène éblouie au moment où le rideau se lève en frissonnant, les acteurs...

Peintre ! C'était la fin d'un cauchemar. Une autre vie allait commencer. Et c'était juste. L'ancienne était condamnée, bête, et si grise ! Il quitterait le camp d'Ofener et louerait une chambre en ville, comme Pierrot, comme Sonine, comme n'importe quel homme libre. Finies les journées harassantes sous l'horloge ronde de l'usine, la hantise chaque matin de la machine à pointer, la fuite honteuse dans les water devant le gros King, la lutte sourde avec Wenger. Jamais plus on ne l'enverrait, entre deux brancards, à travers une ville glacée, décharger des tombereaux de ferraille et d'ordures ! Jamais plus la peur, l'humiliation, le froid ! « La vie sera formidable ! » Une vraie vie d'homme, dure, exigeante, mais juste, comme il était sûr qu'elle devait être. Il aurait des amis en ville, Sonine, Kubelik, d'autres peintres, des artistes, et puis Gerda. Surtout Gerda... Quelquefois il retournerait au camp, rien que pour montrer à Cario, et aux autres, qu'il se moquait de leur quarantaine, qu'il était capable de se débrouiller, et il les inviterait à venir le voir dans sa chambre. Un jour, plus tard, il irait à Polgsen. La baronne, les livres, l'édredon de plume, les arbres, qui lui rappelaient sa maison, ne lui feraient plus si mal. Peut-être Nathalie cesserait-elle de le haïr. Elle lui raconterait les histoires du marais, et le cri du courlis ne lui serrerait pas le cœur. « Le dimanche, quand il y aura du monde, je parlerai de mes décors, des grandes premières... » Il se souvint tout à coup d'Escherbach, le docteur au visage glabre, au parler sirupeux, qui le premier lui avait conseillé l'Opéra. « Est-ce que vous savez peindre ? » Sur le moment la question lui avait paru tellement saugrenue ! « L'Opéra, quelle idée ! » Il irait le voir, ce toubib. Il lui dirait « C'est vous qui aviez raison, docteur. » Et il s'excuserait de l'avoir si mal écouté. « C'est ça, j'irai le voir. Demain. Pourquoi pas ce soir même ? »... Non, ce soir il écrirait à son père : « Il neige, et j'ai trouvé un bon travail ! » Il dirait que cela n'avait pas été sans peine, mais qu'il y était arrivé. Il ne parlerait peut-être pas de Gerda. Non, peut-être pas. Mais pour la première fois il écrirait : « Je suis heureux ! »

La porte s'est ouverte et la jeune fille est devant lui. Elle ne sourit pas. Elle a des yeux très grands, où il n'y a pas de lumière. Et son cœur à lui s'est arrêté un instant qui n'en finit plus. Elle dit : « Ça n'a pas marché ! » Et Jacques ne sourcille même pas. C'est comme s'il n'avait pas entendu. « Il n'a pas voulu. Il dit qu'il ne peut pas... » Elle est debout, et le regarde. Il semble que c'est elle qui demande de l'aide. Alors il lui parle tout bas, tout doucement : « Ça ne fait rien. Vous avez essayé... » Mais il serre ses mains l'une contre l'autre, et il a envie de crier. Elle secoue la tête : « C'est tellement bête ! » Puis, à mi-voix : « Il a peur, lui aussi ! » Jacques la regarde, et elle relève les yeux : « Vous, vous n'avez pas eu peur », dit-il. Et puis il se tait. Il n'a pas envie de parler. Elle s'est assise sur la banquette ; sa main caresse distraitement le damas rouge effiloché : « C'était gagné. Il avait dit oui !... » Sa voix est sourde, sans timbre, une de ces voix qu'on a quand on parle en rêvant... « Et puis quand il a su qu'il fallait vous réclamer à l'*Arbeitsamt*, vous réclamer nominalement, il n'a pas voulu... il a refusé ! — Il avait accepté de m'engager ? — Oui, il avait accepté. Ici, ou au Schauspielhaus peut-être. — Et maintenant, c'est non tout à fait ? » Elle a incliné la tête et ses cheveux font une grande ombre sur son visage. Jacques se détourne. Ses pas sonnent sur les dalles, résonnent dans sa tête. La grosse pendule égrène des secondes de plomb. Il revient vers la jeune fille. « C'est vraiment définitif ? demande-t-il. Vous ne croyez pas que je puisse ?... » Brusquement elle s'est levée. Elle pense tout haut : « Peut-être que non. Peut-être que ce n'est pas définitif ! » Et elle lui lance : « Attendez-moi là. J'ai une répétition maintenant, mais je vous retrouve aussitôt après ! » — « Bon ! dit Jacques. Je vous attends. Qu'est-ce que vous allez faire ? » — « J'ai une idée... Quelqu'un à voir. » Il y a de nouveau de la lumière dans ses yeux. Et Jacques pense qu'à l'instant elle était morte, et que maintenant elle est de nouveau vivante. Et qu'il voudrait bien être vivant lui aussi. Elle ajoute, comme pour elle-même : « On ne peut pas ne pas tout essayer ! » Il dit « Oui », machinalement. « On ne peut pas », répète-t-elle... Il la regarde s'éloigner. Ses cheveux balaient l'air, lui jettent au visage une bouffée de parfum. De la porte elle lui fait signe. Déjà elle a quitté la pièce. Il n'a pas bougé, les pieds légèrement écartés, les mains crispées au fond de ses poches. Il a la tête vide.

Débouchant à nouveau du couloir donnant sur le quartier des danseurs, où il était allé à la recherche de Gerda, Jacques se retrouva dans la grande salle aux boiseries dorées. « Ma salle des pas perdus... Sans parler des illusions. » Les petits angelots de bronze, sous la pendule massive, le regardaient, goguenards. Les aiguilles indiquaient quatre heures. La conversation avec Bertolozzi le déconcertait. Pourquoi Gerda avait-elle demandé un congé ? Si elle l'avait quitté si précipitamment, ce n'était pas pour répéter. Elle avait une autre idée en tête : « J'ai quelqu'un à voir. » Qui cela pouvait-il être ? Et Jacques se demandait s'il y avait quelque chose à espérer de cette mystérieuse démarche, s'il devait vraiment l'attendre là, comme elle le lui avait demandé, inactif et le cœur plein d'angoisse, sans rien tenter par lui-même.

Derrière sa table, dans l'antichambre, le vieil huissier somnolait, le menton écrasé dans les plis de sa tunique grise. Ses lunettes avaient glissé sur son nez. De sa bouche entrouverte s'échappait un léger ronflement. En prenant soin de ne pas faire crisser ses souliers, Jacques contourna la table. Parvenu devant la porte, il en tourna sans bruit le bouton. Elle n'était pas fermée à clé, et il poussa résolument le battant. La grande pièce dans laquelle il déboucha, décorée sans goût, de meubles qui avaient dû être autrefois plus pimpants, tenait de l'antichambre de ministère et de la salle d'attente d'un dentiste. Près du poêle éteint, deux hommes conversaient à voix basse, assis sur le bord d'un canapé défraîchi, des dossiers sur les genoux. Ils levèrent les yeux vers Jacques sans paraître autrement surpris.

— *Heil Hitler !* salua l'un d'eux machinalement.

— *Heil !* bredouilla Jacques, et il passa devant eux en retenant son souffle, persuadé qu'on allait l'interpeller brutalement pour lui demander où il allait. Mais les deux hommes avaient repris leur conversation. Il leur jeta un bref coup d'œil, puis sortit par le fond de la pièce, sans hâte, comme s'il avait accompli ce trajet tous les jours depuis des mois. « Je suis peintre. Peintre ! se répéta-t-il pour se donner de l'assurance. Je fais partie de la maison ! » Il se trouva brusquement plongé dans une demi-obscurité. Des bureaux, à droite et à gauche, donnaient sur le corridor où il avançait maintenant d'un pas moins confiant. Au passage, il déchiffra les étiquettes sur les portes : « Comptabilité. Archives. Secrétariat. » Puis des noms qui ne lui disaient rien : « *Doktor* Wrangel, *Doktor* Loef ». A cet endroit le couloir formait un coude. La porte d'un bureau était grande ouverte, projetant sur le mur d'en face un flot de lumière. On entendait cliqueter une machine à écrire. Il passa sans oser regarder. A partir de là le couloir était moins nu. Deux banquettes moleskinées, une console et deux chaises ornaient les murs. Sur la dernière porte, à hauteur de ses yeux, une inscription le fit tressaillir : « *Doktor* Kühn, *Direktor* ».

— Qui cherchez-vous ? fit une voix derrière lui.

Une femme en blouse bleue, d'un certain âge, se tenait sur le seuil du bureau éclairé.

— Monsieur Kühn.

— Il est occupé. Vous avez rendez-vous ?

— Oui, dit-il.

La femme l'observait en silence. Au fond des poches de son manteau, Jacques se croisa les doigts.

— C'est ennuyeux ! fit-il.

Il s'efforça de prendre une attitude désinvolte, et la petite moue qu'il esquissa voulait signifier : « Ce n'est pas grave, ne vous inquiétez pas pour moi ! »

— Il n'en a pas pour longtemps. Si vous voulez l'attendre...

— C'est ça ! dit Jacques. Il se précipita plutôt qu'il ne s'assit sur une des chaises adossées au mur.

— Il doit sortir, dit la femme. — Elle regarda sa montre. — Il a un rendez-vous à l'extérieur. Voulez-vous que je le prévienne ?

— Non... Non, inutile. S'il doit sortir, je le verrai bien !

Elle réintégra le bureau, et Jacques respira. Il entendit un bruit de chaise. La machine à écrire se remit à cliqueter, puis s'arrêta. Des chuchotements lui parvinrent. Soudain une tête apparut dans l'entrebâillement de la porte. Une petite blonde à l'œil vif qui le dévisagea avec effronterie.

— Vous travaillez chez nous ? questionna-t-elle.

Jacques avala sa salive.

— Oui, dit-il.

Et il lui décocha son sourire le plus niais. — Là ! — D'un geste du bras il indiqua une direction des plus vagues... — Dans les ateliers !

— Tiens ! Alors vous travaillez peut-être avec Josef ?

Jacques était en train de se demander s'il travaillait ou non avec Josef, lorsque des éclats de voix proches interrompirent ses réflexions. La jeune blonde mit un doigt sur ses lèvres et disparut sans bruit, tandis que la porte du bureau de Kühn s'ouvrait, livrant passage à deux hommes en tenue de ville. Son sourire évanoui, Jacques se dressa comme mû par un ressort. Les deux hommes, discutant toujours, passèrent devant lui sans lui prêter attention.

— Monsieur Kühn ! dit Jacques à haute et intelligible voix. Il n'avait pas la moindre certitude que l'une des deux personnes fût le directeur de l'Opéra, mais il ne tarderait pas à être renseigné.

— Qu'est-ce que c'est ? fit l'un des deux hommes en se retournant.

— Monsieur Kühn... — Jacques fit un pas en avant. — Je suis un ami de *Fräulein* Gerda, du corps de ballet. Elle vous a parlé de moi ce matin.

L'homme secoua la tête d'un air ennuyé :

— Je ne vois pas. Je n'ai pas le temps maintenant...

— Je suis peintre-décorateur, Gerda a dû vous le dire. Je voudrais...

— Ah ! C'est vous ! — Son visage couperosé, sous les cheveux poivre et sel, se renfrogna. — J'ai dit à mademoiselle Gerda, articula-t-il sèchement, que ce qu'elle me demandait était impossible.

— Mais...

— Il est inutile d'insister !

— Accordez-moi au moins un instant d'entretien...

Kühn le regarda avec étonnement, puis saisissant son compagnon par le bras, il l'entraîna :

— Venez, cher ami !

— A Paris, reprit Jacques en leur emboîtant le pas, mon père a un théâtre... (Il disait n'importe quoi; son père n'avait jamais eu le moindre théâtre !) J'ai signé des décors pour Sacha Guitry, pour Jean Luchaire... (Au point où il en était!)...

Sur les talons du directeur, Jacques était arrivé au bout du couloir.

— ... Et à l'Opéra pour Lifar, ajouta-t-il d'une voix découragée.

— Lifar ? dit Kühn en lui jetant un regard incrédule.

— Oui, Serge Lifar... — Il enchaîna précipitamment, retenant l'autre par la manche — : Sa création du Boléro de Ravel, c'est moi qui... Je suis à moitié espagnol. Tout le monde vous le dira... Monsieur Abetz...

— C'est bon, grommela Kühn en se dégageant. Revenez me voir une autre fois !

— Pourquoi pas tout de suite ?

— Vous voyez bien que je suis occupé !

— Trois minutes...

— Revenez demain.

— Je peux passer vous voir ce soir chez vous, si vous voulez ?

— Non ! dit Kühn, excédé.

— Après dîner. Nous n'en aurions que pour quelques instants...

L'autre homme, tout à coup, celui qui n'avait encore rien dit, explosa :

— Ah! Vous, fichez-nous la paix! Ludwig, comment pouvez-vous supporter ?...

Kühn haussa les épaules, pivota sur les talons et suivit son ami. La porte se referma brutalement au nez de Jacques.

— Ah le salaud ! siffla-t-il entre ses dents.

De rage, il se mordit les lèvres : « S'il n'y avait pas

eu l'autre abruti, Kühn était à ma main. Je la lui vendais, ma salade ! »

Une effarante salade, à y bien penser ! Guitry, Luchaire, Lifar... Abetz ! Qu'est-ce qui lui avait pris de jeter tous ces noms dans la discussion ? Pourquoi pas Goebbels, pendant qu'il y était ?

— Alors ? fit une voix derrière lui, vous l'avez vu, monsieur Kühn ?

La petite secrétaire blonde avait jailli hors de sa boîte, un sourire mutin sur les lèvres.

— Oui, oui, je l'ai vu, merci. Nous avons bavardé...

— Il est parti ?

— Justement ! dit Jacques — il venait d'avoir une idée — soyez assez aimable, mademoiselle, pour me donner l'adresse de Monsieur le Directeur. Il m'a demandé de le retrouver chez lui, et je crois bien qu'il a oublié de me dire où il habitait... Du travail après dîner, ajouta-t-il négligemment.

— Il demeure 3 *Furbish Residenz,* près du Dôme.

— Merci, mademoiselle...

— Karla, minauda la blonde.

— Moi, c'est Jacques. — Il prit un air étonné — : Comment se fait-il que je ne vous aie jamais rencontrée ? Vous travaillez toujours ici ?

— Mais oui, toujours.

— Un soir, si vous voulez, nous pourrions aller au cinéma ensemble ?

La fille eut un rire de gorge, et se tortilla d'un air faussement intimidé :

— Je ne sais pas... peut-être.

— Bon !... Eh bien au revoir, Karla! Vous me préviendrez quand vous serez d'accord. Car j'ai bien l'intention de revenir vous dire bonjour !

Et il poussa la porte. « On ne sait jamais, se dit-il. Après tout, c'est sa secrétaire ! »

Dans l'antichambre, le vieil huissier le regarda passer avec ahurissement. Il ajusta ses lunettes, ouvrit la bouche, mais ne dit rien.

— Salut ! fit Jacques, désinvolte.

Dehors il allongea le pas. La neige, durcie depuis la veille, rendait le chemin glissant. Une foule d'employés se pressait dans les rues noires, au sortir des bureaux. Quelque part, au-dessus de lui, une horloge sonna six coups. « Saloperie d'Opéra, grommela-t-il, c'est vraiment pas dans la poche ! »

CHAPITRE XVI

Cario passa la tête sous la barre transversale du châlit, et se pencha sur le grabat. Il mâchonnait son cure-dent, narquois.

— Qu'est-ce que t'as ? demanda-t-il.

Sibert se mit à pleurnicher.

— Je ne sais pas... J'ai mal.

— Mal où ?

— Ici ! — Sa main aux ongles noirs se crispa sur sa poitrine. — J'ai comme un poids.

— C'est rien. T'as la grippe, dit Cario. Ça passera.

— Mais non, ça ne passera pas. Je vais crever, je te dis...

— T'as qu'à dormir un bon coup !

— Crever... répéta Sibert.

— Tu nous les casses ! grogna Cario. On crève pas comme ça, ce serait trop beau. — Il émit un ricanement bref, et fit passer son cure-dent de l'autre côté de la bouche. — Tu veux que je te rapporte de la soupe ?

Sibert secoua la tête. Il avait le front moite de sueur, les yeux brillants et profondément cernés. La couverture de laine brune dessinait son bréchet de poulet et ses gros genoux saillants.

— Je vais quand même aller t'en chercher un bol, dit Cario. Si tu ne vas pas mieux demain, tu pointeras à la *Krankenkasse*. Je préviendrai la boîte.

Sibert pleurait. De grosses larmes roulèrent sur ses joues sales :

— Je ne sais pas ce que j'ai, renifla-t-il, j'ai comme un rat qui se promène !

— Les bronches, dit Cario. Le toubib te donnera quelque chose.

— ... Une saloperie de rat qui me pompe l'air...

— P't'être qu'ils vous enverront en perm, ton rat et toi.

— Tu crois ? Si je tombe vraiment malade, tu crois qu'ils me renverront, dis ?

— Les pieds devant, eh cave ! Au lieu de travailler de la touffe, tu ferais mieux de dormir !

Comme Cario se détournait, Sibert le tira par la manche :

— Et Jacques... Où est-il ?

— Je ne sais pas.

— Dis-lui que je suis malade, tu veux. Dis-le lui, je suis sûr qu'il viendra.

Cario cracha son cure-dent, et gagna la sortie. Dehors, il croisa Badie, le Mataf et Marino qui revenaient de la cantine.

— Où tu vas ? demanda Marino.

— Becqueter.

— Mais t'en viens !

— Et alors ?

— Laissez-le ! dit Badie. Il va sur la tombe à Robin, se recueillir...

— Pour sûr ! dit le Mataf.

Cario leur jeta un regard mauvais, marmonna entre ses dents quelques imprécations inintelligibles, et continua sa route. Il entendit dans son dos le rire de Badie, puis Marino : « Chatouilleux, hein ! L'a pas goûté la plaisanterie. Tu crois que... » Puis leurs voix se perdirent. Il pressa le pas. Devant la baraque des Russes, l'homme à la balalaïka, courbé sur son tabouret, chantait, seul, une couverture jetée sur les épaules. Un train siffla dans la nuit, couvrant la voix grêle.

Cario sentit comme une caresse dans ses sourcils, le premier flocon de neige.

Il allait pénétrer dans la cantine lorsqu'une main s'abattit sur son épaule.

— Vous ! Venez avec moi !

Il eut un haut-le-corps et pivota sur ses talons. Le *Lagerführer* était devant lui.

— Où ça ? demanda-t-il.

— Suivez-moi dans mon bureau !

— Qu'est-ce qu'il y a encore ?

L'homme ne répondit pas. Que lui voulait le vieux à cette heure ? Cario avait peur de comprendre, et un frisson lui secoua l'échine. Etait-il possible... ? Mais non, personne ne saurait jamais rien. Ils étaient bien trop caves ! Tout était tellement absurde, dans ce bled ! Depuis l'arrestation de Mimile, il savait bien que tout pouvait arriver, sans logique, sans raison, Krasna, le peloton... Comme ça, par hasard. « On peut pas me foutre la paix ! » grommela-t-il, et il suivit le Chef.

Les bureaux administratifs du camp se trouvaient dans une baraque isolée. Le jour, des secrétaires de la ville venaient y travailler, classant d'innombrables et mystérieuses archives. La nuit, les gardes y dormaient, alternativement, entre leurs rondes. Le *Lagerführer* poussa une porte, enfila un couloir avec Cario sur ses talons, et pénétra dans son bureau personnel. Près du poêle, une jeune fille était accroupie, ses mains nues tendues vers la fonte chauffée au rouge. Elle se redressa à leur entrée, et Cario vit qu'elle avait des cheveux très blonds. Il la dévisagea en reniflant bruyamment pour cacher sa surprise. Elle lui rendit son regard, sans baisser les yeux qu'elle avait noirs et très écartés vers les tempes.

Le *Lagerführer* ôta sa casquette et la posa à l'envers sur son bureau. D'un geste las il passa sa main aux doigts noueux dans l'épaisseur de sa tignasse.

— Mademoiselle recherche votre camarade Jacques. Elle a une communication à lui remettre.

— Ce n'est pas moi, dit la jeune fille. C'est le docteur Escherbach, un ami.

— Qui vous a dit de venir le chercher ici ? questionna le vieux. Ce n'est pas un endroit pour une jeune fille allemande !

— Personne. C'est-à-dire... Ma grand-mère. Nous avions son adresse à l'usine N.S.U. Fiat, mais on nous a dit qu'il n'y travaillait plus. Alors, je suis venue ici. Ma grand-mère était inquiète, et voulait que je le retrouve.

Elle ajouta, pointant un menton dédaigneux dans la direction de Cario :

— Ce n'est pas lui !

— Je sais! grommela le *Lagerführer*.

Il se retourna vers le Français, fronçant ses sourcils charbonneux.

— Où est-il ?

— Je ne sais pas, dit Cario.

Le vieux marchait de long en large. Ses bottes craquaient dans le silence. Il s'arrêta brusquement devant la table encombrée de dossiers et y assena un violent coup de poing.

— *Das ist ganz unzulässig !* aboya-t-il. *Unannehmbar !...* Votre ami n'a pas reparu au camp depuis deux jours !

— Il était convoqué à l'*Arbeitsamt*, dit Cario. Je pense qu'on devait lui désigner une nouvelle affectation.

L'homme secoua la tête :

— Il n'y a pas que mademoiselle von Becher qui le recherche. A l'usine on le recherche. A l'*Arbeitsamt* on le recherche...

— Pourquoi le recherche-t-on ? interrompit Cario.

— Il a été désigné pour faire partie d'un convoi vers un autre camp. Les convoyeurs sont venus le chercher et ne l'ont pas trouvé. *Herr* Wenger m'a donné l'ordre d'alerter la police.

— Quel camp ?

Le *Lagerführer* ne répondit pas, et s'assit lourdement derrière son bureau. Il se tourna vers Nathalie :

— Pouvez-vous retrouver votre ami ?

— Ce n'est pas mon ami, répliqua-t-elle sèchement. C'est celui de ma grand-mère.

— Quel camp ? questionna encore Cario.

Le vieux repoussa sa chaise et se remit à marcher de long en large. « *Polizei! Immer Polizei!* » bougonna-t-il, ses grosses mains fourrageant dans son ceinturon. Il s'immobilisa devant le Français :

— Vous avez vingt-quatre heures pour le retrouver !

— Je ne suis pas sa nounou ! grogna Cario.

— Vingt-quatre heures! *Verstehen Sie*? Après quoi je lui fous la Gestapo sur le dos !

Nathalie avait remis ses gants. Elle fixait tour à tour les deux hommes, le visage totalement inexpressif.

— Qu'est-ce qu'il a fait ? questionna-t-elle.

Cario lui jeta un regard furieux. Qu'est-ce qu'elle venait foutre ici, celle-là, avec ses mines de vierge chleue et ses cheveux filasses ? Cet imbécile de Jacques n'était même pas son copain.

Le *Lagerführer* haussa les épaules :

— Ah, ces Français ! tous les mêmes. Ils ne savent pas obéir!

Cario se planta devant lui, ses yeux clairs dans les yeux fuyants du vieux :

— C'est à Krasna qu'ils l'emmènent ? demanda-t-il.

— Oui. Et si vous ne l'avez pas retrouvé, c'est vous qui partirez !

Cario serra les poings. Ce chantage, c'était bien dans leur manière, à ces fumiers ! Ils étaient bien tous les mêmes, avec des âmes de *Schupo*, foireux ou sadiques! Y compris ce vieux planqué de *Lago* faussement débonnaire !... Une rage folle s'empara de lui. Il la sentait couler brûlante dans ses veines, durcir ses bras, vider sa cervelle. Un instant il eut envie de bondir à la gorge de l'autre. Puis ses épaules s'affaissèrent, et il secoua la tête, le visage très blanc, le regard rivé dans celui du vieux :

— Je ne partirai pas !

Dans le silence qui suivit, les mots tout assourdis conservaient une étrange épaisseur. On aurait pu les toucher du doigt ; ils flottaient dans la pièce, chargés d'un effrayant pouvoir d'explosion. « Je ne partirai pas ! » C'était plus qu'un défi, une manière de suicide tranquille, au-delà du courage ou du désespoir, l'affirmation banale de la jeunesse. « Il neige, j'ai froid, je t'aime, je ne veux pas mourir... » D'une façon différente on crie toujours la même chose : « Vivre! » Durant quelques secondes le silence fut total, puis le poêle se mit à ronronner plus fort, et le *Lagerführer* détourna les yeux.

— Ce sera tout pour ce soir, dit-il. Allez ! — Son poing brusquement s'abattit sur la table. L'œil injecté de sang, une lèvre curieusement retroussée sur ses dents grises, il vociféra : « *Raus ! ! ! Raus !... Aber schnell! Verruchte französische Schweinerei!...* »

Cario gagna la porte et sortit. Sur le seuil de la baraque il huma l'air glacé, et s'étant consciencieusement raclé le fond du gosier, il cracha un énorme jet de salive dans la nuit. Derrière lui, dans son bureau, le vieux continuait à hurler.

Un instant hésitante, Nathalie sortit à son tour. Une porte claqua violemment derrière elle. En quelques enjambées elle rejoignit le Français, et se mit à trottiner à sa hauteur. Cario marchait sans s'occuper d'elle. Il avait repris machinalement le chemin de la baraque 7/2. La neige, qui tombait plus serrée, blanchissait par endroits le sol durci, étouffant leurs pas.

— Vous allez le retrouver ? demanda Nathalie.

Cario se retourna et la saisit brutalement par le bras :

— Krasna, vous savez ce que c'est ?

— Non.

— Et la Gestapo ? Vous connaissez ?

Nathalie ne répondit pas.

— C'est la même chose, dit Cario ! La même chose, vous comprenez ? Alors pourquoi voulez-vous que je le retrouve ?

Elle jeta un regard autour d'elle. Les rangées grises des baraques se découpaient contre le ciel. Deux hommes sortirent de l'une d'elles, portant une bassine. Ils la vidèrent un peu plus loin, et repartirent en sifflotant.

— C'est là que vous habitez ? questionna-t-elle.

— Oui. La baraque de gauche.

— Lui aussi ?

— Jacques ? Oui. Pourquoi ?

— Je voudrais voir.

— Qu'est-ce que vous voulez voir ?

— Là où il habite.

Cario scruta le visage fermé de la jeune fille. Les yeux noirs le fixaient sans ciller.

— Curieuse ? ricana-t-il, mal à l'aise.

— Je voudrais voir, répéta-t-elle.

— Mais qu'est-ce que vous lui voulez au juste, à Jacques ?

— J'ai une lettre pour lui. C'est important. Le docteur Escherbach a su qu'il avait des ennuis. Il veut le prévenir. Il aimerait que Jacques aille le voir. — Elle lui tendit la lettre. — Vous la lui remettrez ?

Cario prit la lettre et la retourna. L'adresse du docteur était inscrite au dos.

— Il a d'autres chats à fouetter que d'aller voir votre toubib ! grogna-t-il.

Elle eut un geste d'impatience :

— Mais puisque je vous dis que c'est important ! Le docteur croit qu'il peut l'aider.

— Ça m'étonnerait ! Vous avez entendu ce qu'a dit le Lago tout à l'heure : il est sur la liste pour Krasna. S'il ne part pas, ce sera moi.

— Mais vous avez dit que vous n'iriez pas.

Cario haussa les épaules :

— Bien sûr que je n'irai pas. Personne n'a envie d'aller là-bas !

Il glissa la lettre dans la poche de sa veste.

— Mais c'est pas tout de le dire !...

Ils étaient parvenus devant la porte de la baraque 7/2.

— C'est ici, dit-il. Mais je ne peux pas vous laisser entrer.

— Pourquoi ?

— Parce que... D'abord, c'est défendu !

— Je veux voir, fit-elle, butée.

Cario l'observa à la dérobée. « Une gamine, pensa-t-il. Pas une femme ! » D'habitude, avec les femmes, il savait y faire. Il avait son « cinéma ». Ça prenait, ou ça ne prenait pas, mais il savait toujours à quoi s'en tenir. Cette fille, soudain, le désorientait.

— Une carrée, c'est une carrée, dit-il avec agacement. Elles sont toutes pareilles, vous savez, les chambrées d'hommes. Ça sent le fauve, les tinettes puent, il y a des gars qui ronflent, qui bouffent, ou qui cherchent leurs poux !... Mais venez donc voir par vous-même puisque vous y tenez !

Il la saisit par le bras, et l'entraîna vers la fenêtre du coin dont il souleva le rideau de toile goudronnée. Leurs deux visages côte à côte s'écrasèrent contre la vitre sale.

Vautrés sur leurs paillasses, la plupart des hommes étaient en caleçon long et tricot de corps. D'autres, encore en bleus de travail, vaquaient à des occupations diverses. Autour de la table centrale, Badie et trois copains tapaient le carton. Torse nu, le coupe-chou en main, Le Mataf se rasait devant un miroir minuscule accroché au flanc d'un châlit.

— Le coin à droite, avec la tablette contre le mur, et la valise sous le lit, c'est le coin de Jacques, dit Cario. Il y a des photos punaisées sur le mur, mais d'ici vous ne pouvez pas les voir. Faut dire, son coin, c'est le plus chouette !

Soudain il aperçut la femme. Du châlit de gauche autour duquel des couvertures étaient tendues comme les rideaux d'un baldaquin, une grosse tête de blonde ébouriffée surgit, suivie d'un bras nu, puis d'un sein, qui redisparurent aussitôt.

— Une femme ! dit Nathalie.

Elle se redressa lentement, et laissa retomber le rideau.

— On dirait, dit Cario.

— C'est dégoûtant chez vous ! fit-elle, et elle rougit violemment.

Cario éclata de rire :

— Vous vouliez voir comment c'était chez les hommes !

Elle se recula vivement, secouant ses cheveux blonds.

— Qui est-ce ? demanda-t-elle, la moue méprisante.

— Qui ça ? la gonzesse ?

Elle hocha la tête.

— Je ne sais pas, dit Cario. Celle-là je ne la connais pas. Une Polaque du camp d'à côté sans doute, à moins qu'elle ne vienne de la *Fabrik*...

— Je savais bien que les Français étaient tous pareils ! siffla-t-elle entre ses dents. Tous des cochons !

— Hé là! Hé là! Doucement, ma jolie! D'abord ils ne font rien de mal, mes copains. Et puis vous pensez, ajouta-t-il en coulant vers la jeune fille un regard ironique, quand il leur arrive de tomber sur des nanas qui veulent bien jouer à papa-maman, ils seraient bien bêtes de dire non ! Qu'elles soient Polonaises, Ukrainiennes ou Allemandes...

— Pas les Allemandes! Ce n'est pas vrai!

— Tiens donc ! Les Allemandes, vous croyez qu'elles ne sont pas faites comme les autres ?

Nathalie prit sa tête dans ses mains, et se boucha les oreilles. Ses yeux luisaient de colère dans l'obscurité.

— Vous n'êtes que des prisonniers ! cria-t-elle. Vous n'avez pas le droit. Vous avez perdu la guerre. Du gibier de police, voilà ce que vous êtes ! Tous, tous, des sous-hommes !

— Taratata, dit Cario. On baise !

— *Untermensch!* hurla-t-elle. *Alle Untermenschen!*

— Ne criez pas comme ça, vous allez réveiller le grand vizir !

La porte de la baraque s'ouvrit, et Marino fit irruption, butant sur eux dans l'ombre. « Tiens! Tiens! » fit-il, reconnaisssant Cario. Il dévisagea Nathalie avec étonnement, ses lèvres s'arrondirent, et il émit un sifflement admiratif.

— Compliments ! On ne s'embête pas, à ce que je vois.

— Ta gueule ! dit Cario.

— Elle est *prima,* ta souris. Qui c'est ?

— Je ne sais pas.

Marino pouffa de rire :

— Tu me prends pour une pomme, ou quoi ? Moi, les filles que je lève, je sais comment elles s'appellent.

Cario, agacé, fit claquer ses doigts :

— Dégage, vieux ! On t'a pas sonné !

— Mais c'est toi que je cherche, enfoiré ! Oh ! la, la, bonne mère, t'es chatouilleux, ce soir !

— Qu'est-ce que tu me veux ?

— Faut que je te cause...

Nathalie fit un pas en arrière.

— Je m'en vais, dit-elle.

Elle avait repris son visage immobile et maussade, aux grands yeux de gazelle sur le qui-vive.

— Salut! fit Cario... et *auf Wiedersehen,* mademoiselle... *Deutschland über alles !*

Elle lui jeta un regard venimeux :

— Tout ce qu'on vous demande, c'est de lui remettre la lettre !

— Promis, *Fräulein*! Si toutefois je le trouve avant vos copains les *Schupo*!

Furieuse, Nathalie ouvrit la bouche pour répliquer, puis se ravisa. Ses mains s'enfoncèrent rageusement dans les poches de son manteau, et elle pivota sur elle-même.

— La sortie, c'est par là ! cria Cario, tandis qu'elle disparaissait dans l'ombre. Vous contournez la dernière baraque, et c'est un peu plus loin à droite.

— Attendez-donc ! cria Marino. Je vous accompagne !

Déjà il s'élançait. Cario le retint d'une poigne de fer.

— Toi, reste là !

— T'es vraiment pas aimable avec les gonzesses ! Je t'assure, t'as pas la manière !

— Laisse tomber ! T'es venu me causer, alors cause !

— C'est rapport à Sibert. Il débloque complètement.

— La fièvre. Qu'est-ce que tu veux que j'y fasse ?

— Oui, mais c'est qu'il arrête pas de déconner !

— Et alors ?

— ... A propos de Robin.

— Ah ! Qu'est-ce qu'il dit de Robin ?

— Oh, un tas de trucs... Il dit qu'il sait qui l'a buté. — Marino regarda ses souliers d'un air gêné. — Il délire, tu comprends. Au début, c'était vague... Il prétend que c'est à cause du charbon...

— Et qui c'est qui l'a buté, selon lui ?

Marino se toucha le front :

— L'a toujours été un peu fada, le pôvre. Alors, avé la fièvre. Vaudrait quand même mieux qu'il mette une sourdine. Des fois que le *Lago* fasse une enquête comme il a dit, et qu'on ait la *Polizei* aux miches...

— Bah ! dit Cario.

— Moi je dis ça, insista Marino, c'est pour tout le monde, toi y compris. S'il la boucle pas, ça finira mal !

— Bah ! dit encore Cario.

— A ton aise ! Mais je voulais te prévenir.

— Me prévenir, me prévenir... Pourquoi moi ? gronda Cario. On peut décidément pas me foutre la paix ?

— Parce qu'il dit que c'est toi, connard ! explosa Marino. T'as compris, maintenant ? L'arrête pas de dire que c'est toi qui as fait le coup.

Cario renversa la tête en arrière, et se mit à rire doucement.

— Bon ! V'là aut'chose à présent ! Y a pas, c'est ma fête aujourd'hui !

Il poussa Marino devant lui, et pénétra à sa suite dans la baraque.

— Viens ! fit-il. Te casse donc pas la tête ! A tombera bien, sa fièvre. Et puis, tiens, je vais te dire un truc : Sibert, il est peut-être louf... Mais Robin de toute façon, c'était une ordure !

CHAPITRE XVII

— Alors ? questionna Gerda. Où en êtes-vous ?

Elle se tenait assise sur le lit, les jambes repliées sous elle, et regardait Jacques, la tête un peu penchée. Ses cheveux formaient écran sur la moitié de son visage, et retombaient en boucles lourdes sur son épaule. Elle avait ôté ses souliers. Ses genoux, au ras de la jupe bleue, dessinaient deux rotondités blanches que le jeune homme sculptait machinalement du regard.

— Voilà ! dit Jacques, reprenant son souffle. Je suis allé chez Kühn... — Il avait les pommettes encore rosies par le froid de la course, l'œil brillant d'excitation. — Dites, Gerda... Vous n'auriez pas quelque chose à manger ? Je n'ai pas eu le temps...

Elle sauta sur ses pieds, et le prit par la main :

— Venez ! j'ai plein de provisions. Suis-je bête ! Je pose des questions... Vous n'avez pas dîné ? Pas déjeuné? *Ach Du!...* Enlevez votre manteau.

— Je ne reste qu'un instant.

— Où voulez-vous aller ?

— Je retourne chez Kühn.

Jacques jeta son manteau et son écharpe sur une chaise, et s'assit sur le bord du lit. Il la regardait aller et venir, entrechoquant des assiettes, des verres, posant sur la table de chevet le couvert et des boîtes de conserves. Elle portait un chemisier blanc tout simple, boutonné comme une chemise d'homme. Une chaîne d'or brillait à son cou. Il alluma une cigarette.

— Il me reste un peu de pain. Je vous ferai d'abord une soupe chaude.

Il ne l'écoutait qu'à peine. Mais que sa voix était rassurante !

— Gerda, demanda-t-il, où étiez-vous ? Je vous ai attendue à l'Opéra. Je vous ai cherchée partout.

Elle secoua ses cheveux en arrière, et pointa vers lui un menton malicieux. Une fossette se creusa sur sa joue. Son œil était rieur et sans méfiance. Il eut envie de la prendre par les épaules et de l'attirer contre lui.

— Je vous dirai plus tard, fit-elle. Vous d'abord.

— Oh ! dit Jacques... — Il eut un geste désabusé. — Ce n'est pas brillant !

Quand il avait sonné chez Kühn, on l'avait très mal reçu. Sur le pas de la porte, il avait d'abord discuté pied à pied avec une dame très vilaine, en bigoudis, qui devait être Madame Kühn. Elle n'aimait pas les étrangers, c'était visible. Et puis Jacques avait dû la déranger dans ses travaux culinaires, à en juger par une insolente odeur de chou qui vint lui chatouiller les narines. Mais, le pied glissé dans la porte entrebâillée, il refusait de s'en laisser conter, criant plus fort que la mégère qu'il ne s'en irait pas sans avoir vu Monsieur Kühn en personne. Le directeur criait moins fort, mais se fit mieux comprendre. Il surgit brusquement, dans le dos de Madame, les pieds dans ses pantoufles et la pipe à la main, et tout dans sa manière annonçait qu'il se sentait chez lui et entendait bien ne pas laisser refroidir sa choucroute.

— Monsieur Kühn, dit Jacques, profitant d'un moment de flottement pour faire un pas en avant dans le vestibule, il faut absolument que je vous parle...

— S'il vous plaît, jeune homme, que signifie cette intrusion ?

— Je... Je voudrais vous parler, dit Jacques qui perdait contenance.

— Je vous ai déjà signifié que je ne pouvais pas

vous voir ? Fichez-moi le camp. On n'a pas idée de venir jusqu'ici !

— Mais...

— Je ne reçois qu'à mon bureau, et sur rendez-vous !

— ... C'est de la plus haute importance !

— Demain.

— Il est fou ! dit Madame.

— Peut-être, dit le directeur. Au revoir, jeune homme !

— Je reviendrai, je resterai ici, ici même... bredouilla Jacques qui battait en retraite. Comprenez-moi ! Il faut que je vous parle avant demain ! Je dormirai là, sur le palier, s'il le faut...

— Ludwig, il me fait peur ! dit Madame.

— Bonne nuit ! dit Kühn en poussant la porte.

— Je vous attendrai ! Je m'en fiche : je vous attendrai là ! ... Pour demain ? cria-t-il, comme la porte se fermait, pour demain matin, c'est d'accord ?

— *Jawohl!* fit la voix étouffée derrière le panneau. *Morgen, mein Lieber!*

— Matin ! hurla Jacques. *Morgen früh !*

Le bruit sec du loquet le calma brusquement. Il fit claquer ses doigts : « Je m'y prends comme un manche ! murmura-t-il, mais j'y arriverai ! »

Gerda remplit l'assiette de soupe fumante. Ça sentait le poireau. Où diable avait-elle trouvé cette vraie soupe ? Jacques mangeait en silence. Il se brûlait les lèvres. Il se brûlait le fond de la gorge. Des gouttes de sueur perlaient à son front. Il s'essuya du revers de la main, et regarda la jeune fille.

— J'avais faim, dit-il.

Elle lui fit signe de continuer. Il avait chaud, il se sentait bien. Il se mit à rire doucement.

— Si vous aviez vu sa tête !

Les bigoudis de Madame Kühn, les pantoufles de Monsieur Kühn... « Tout à l'heure j'y retournerai ! ». Il attendrait le directeur sur le palier. Il ne le lâcherait plus. « Il cédera ». Jacques en était maintenant convaincu. A cause de la pipe, des pantoufles ? Il ne savait trop. Ou parce que derrière les lunettes cerclées d'or le regard de Monsieur Kühn avait marqué de l'étonnement, mais pas d'effroi. Un homme qui a peur, c'est le pire ennemi. Avec les autres, on peut toujours s'arranger.

Plus tard, il était passé par l'Amicale, et il avait rencontré Cario. L'Amicale, c'était un local de deux pièces en ville, sur la rive droite de l'Oder, où les travailleurs français de Breslau étaient autorisés à se réunir. Dans la première pièce meublée de quatre ou cinq tables et de tabourets, les hommes se retrouvaient après le travail autour de chopes de bière. Un louche trafic de nouvelles, aussi bien que des denrées les plus hétéroclites — qu'il s'agît de faux papiers ou de vraie boustifaille — s'amorçait là chaque soir au gré de rencontres furtives, de conversations à voix basse. Dans la fumée des pipes et des cigarettes de mauvais tabac, l'Amicale, pour les Français — en majorité des Lyonnais, avec quelques Bordelais et de rares Parisiens — c'était à la fois la place du marché, un club de truands, les coulisses d'un étrange journal chuchoté, le havre des paumés, des cafardeux, des rêveurs. C'était aussi le théâtre. Dans la seconde pièce, aux murs nus et moisis, outre les réunions hebdomadaires de travail tenues par Monsieur Gasser, le délégué français auprès des autorités — un ancien prisonnier —, avaient lieu les répétitions des spectacles de variétés organisés régulièrement dans les camps ou sur des scènes de fortune. Dans la grisaille d'un hiver et d'une ville profondément hostiles, ce repaire lépreux sur le bord du fleuve battait chaque jour sa part d'un sang vicié mais têtu. Au cœur de la grande capitale silésienne anesthésiée par la guerre, cette pulsation souterraine témoignait pour ce que les uns appelaient pompeusement leur Résistance, et les autres plus simplement l'espoir.

Cario avait remis à Jacques la lettre d'Escherbach, et raconté la visite de Nathalie au camp.

— Tu peux te la garder, ta copine. De la graine de *S.S.* !

— Quoi de neuf, là-bas ? demanda Jacques, ignorant la remarque.

— Sibert est mal en point. Beaucoup de fièvre. Il te réclame. On l'a bourré d'aspirine, mais... — Il fit la grimace — : L'a une tronche de cimetière ! Tu devrais venir.

— Je tâcherai, dit Jacques. Quoi d'autre ?

— Le Lago, dit Cario. Il est de mauvais poil. Il menace de faire une enquête sur la mort de Robin.

— Ah !

— Et puis il faut que je te dise, il te recherche. Si tu n'es pas de retour demain, il te fout la Gestapo sur le dos ! Dis donc, ajouta-t-il négligemment, tu savais que tu étais sur la liste pour Krasna ?

— Oui, je savais.

— Et qu'est-ce que tu comptes faire ?

— J'essaye de trouver de l'embauche à l'Opéra. Si je réussis ie ferai rayer mon nom sur la liste. Je sais où elle est, cette putain de liste !

Cario hocha la tête :

— T'as vingt-quatre heures pour y arriver !

— C'est ma seule chance : il faut que je me fasse embaucher avant que les convoyeurs ne reviennent.

— Magne-toi, nom de Dieu ! Il y en a qui disent que le prochain convoi c'est pour demain.

— Ecoute, vieux, ne m'énerve pas, tu veux? C'est pas le moment !

— Oh ! moi, fit Cario, après tout qu'est-ce que j'en ai à foutre ?

Sa voix brusquement avait pris un ton de colère.

Jacques ne répondit pas et se plongea dans la lecture de la lettre.

— A propos, dit Cario, j'ai oublié de t'annoncer que tu as été nommé chef de baraque.

— Chef de baraque ? — Jacques eut un haut-le-corps. — Pourquoi moi ?

— Tu parles allemand, les copains ont pensé... — Deux rides barrèrent le front de Cario. — La vérité, avoua-t-il, c'est que personne n'en voulait, et que tu n'étais pas là.

Une lueur mauvaise traversa l'œil de Jacques :

— Vous êtes une bande de salauds ! cracha-t-il. Et cette quarantaine, alors ?

— Finie ! *Fertig !...*

— Merci beaucoup ! dit Jacques, un relent d'amertume au fond de la gorge. Merci les potes !

— Je crois que c'est depuis ce soir-là où tu t'es battu avec le Mataf... Depuis que Robin est mort. Ils t'en veulent plus, les gars.

Jacques explosa :

— M'en vouloir ! M'en vouloir ! Pourquoi m'en voulaient-ils, ces caves ?

— Ils t'en voulaient pas, ils croyaient... Ils ont compris, quoi !

Jacques, hors de lui, saisit Cario par le revers de son blouson et le secoua :

— Mais qu'est-ce qu'ils ont compris, bordel de Dieu ? Tu vas me le dire, à la fin ?

— Que t'étais pas un donneur !

Jacques le relâcha. Il était fatigué. Fatigué et triste. Il n'avait plus envie de se disputer.

— Peu importe à présent, dit-il à voix basse. Mais vous êtes tous de beaux salauds !

Et il lui tourna le dos.

Gerda remplit deux verres de schnaps, et lui en tendit un : « Buvez, Jacques ! » Il prit le verre, but une gorgée les yeux fermés. C'était du feu ! Il claqua sa langue au palais, ses yeux se remplirent d'étincelles, et il sourit. Gerda, sur le lit, s'était allongée sur le ventre. Appuyée sur les coudes, elle plaça sa tête dans ses mains. Ses pieds nus battaient l'air. « Après ? » demanda-t-elle.

— Après, eh bien je suis allé chez le toubib qui voulait me voir à tout prix. Il habite à l'autre bout de la ville, du côté du *Volkspark* à Zedlitz. J'ai pris le tramway. J'ai failli me perdre !

Jacques passa une main dans ses cheveux. Un peu de couleur était revenu sur ses joues pâles.

— Figurez-vous, dit-il, qu'Escherbach avait eu Wenger au téléphone !

Gerda poussa une exclamation :

— Wenger ! Tiens, mais à quelle heure ?

— Je ne sais pas. Le matin même, je pense. Pourquoi ?

— Pour rien. Je vous expliquerai. Continuez.

— La baronne von Becher, reprit Jacques, a insisté pour que le docteur appelle Wenger. Elle avait su par Sonine que j'avais quitté le garage, et qu'on ne me trouvait plus au camp.

Le docteur, qui était déjà en tenue de nuit et avait passé une robe de chambre à l'arrivée de Jacques, l'avait fait asseoir près de lui sur un de ces canapés de cuir anglais capitonnés qu'on appelle des Chesterfield. Le bureau était meublé avec goût dans un style Regency, mais les rideaux de velours bleu avaient déteint, et le papier aux murs moisissait par plaques.

— Excusez-moi, dit Escherbach, je ne vous fais pas entrer dans le salon : ma femme se trouve dans la pièce à côté, et il est préférable qu'elle n'entende pas. Elle est très nerveuse en ce moment. Si vous le voulez bien, nous parlerons tout bas.

Le docteur ôta ses lunettes, et s'essuya les yeux d'un air las. Jacques remarqua qu'il avait des poches sous les yeux, et que lorsqu'il passait le doigt dessus, cela faisait un drôle de bruit comme si elles étaient pleines d'eau. Les fesses sur le bord du canapé, Jacques, mal à l'aise, s'efforça de regarder ailleurs.

— Comme je vous l'ai dit, reprit le docteur, Wenger est un homme... intimidant. Je l'ai connu il y a longtemps, mais aujourd'hui nous nous voyons très peu. Cette démarche, croyez-le, ne m'a pas paru facile à entreprendre !

— Je suis désolé...

— Laissez! Laissez! Je n'ai rien à refuser à la baronne. Il ajouta, sa main blanche et menue sur le bras du jeune homme : mais surtout, si je pouvais vous rendre service, j'en serais profondément heureux !

— Je vous remercie, balbutia Jacques.

Il avait envie de se lever et de partir.

— Pour en revenir à notre affaire, enchaîna Escherbach, j'ai donc téléphoné à Wenger, au garage. Il a d'abord été très courtois. Puis, quand je lui ai parlé de vous, son ton a changé. Il... Comment dirais-je? Il ne vous aime pas.

— C'est le moins qu'on puisse dire !

Le docteur posa ses mains à plat sur ses genoux, et ajouta sans regarder Jacques :

— Il vous trouve — excusez ma franchise — sournois et têtu. Il dit qu'il a tout fait pour vous mettre en garde contre vous-même, contre votre entêtement. En vain.

— Mon entêtement ?

— Et votre orgueil. Ce sont ses termes. Vous avez dû le provoquer. Rappelez-vous.

— Mais non, je vous assure. Je voulais seulement m'en aller, quitter le garage. Au début, lui-même me l'avait proposé. Après, je ne sais pas ce qui s'est passé : il m'a pris en grippe.

— Vous n'auriez pas dû ! — Le docteur secoua la tête d'un air découragé. — *Ach !* mon jeune ami ; il faut apprendre la docilité, l'humilité aussi.

Jacques le regarda, étonné. Qu'est-ce que la docilité, l'humilité avaient à faire dans tout cela ? Deux mots qu'il n'aimait pas, qui sonnaient faux.

— En tout cas, mon cher, reprit Escherbach, je

dois vous prévenir : Wenger, quand je lui ai téléphoné, allait appeler la police pour vous faire arrêter. Vous courez en ce moment même un grand danger. Si la police s'en mêle, personne ne peut plus rien pour vous.

— Je sais, dit Jacques.

— Wenger affirme que c'est votre faute, qu'il ne pouvait agir autrement. Votre seule chance d'éviter une arrestation, dit-il, est de vous présenter à l'*Arbeitsamt* comme vous en avez reçu l'ordre.

Jacques secoua la tête :

— Je n'irai pas !

— Mais c'est de la folie ! On n'échappe pas à la police. Vous ne vous rendez certainement pas compte de la gravité de votre situation. Mon Dieu, mon Dieu ! Ma femme m'avait bien dit de ne pas m'occuper de cela !... Ecoutez, j'ai personnellement promis à Wenger que je vous convaincrai de vous rendre à l'*Arbeitsamt*, et d'accepter votre nouveau travail !

Il saisit dans les siennes les mains de Jacques, et les serra fébrilement :

— Je vous en prie ! insista-t-il. J'ai pu obtenir de Wenger qu'il ne prévienne pas la police avant demain... Alors, par amitié pour moi !...

— Mais comprenez donc ! s'écria Jacques en se dégageant. Il ne s'agit pas d'un nouveau travail. Il vous a menti. Il ment tout le temps, cet homme ! On m'expédie dans un camp, un camp de représailles !

Le docteur mit un doigt sur ses lèvres :

— Chut ! Chut ! Ne parlez pas si fort !...

— Mais c'est la vérité ! Je le sais, j'ai vu mon nom sur la liste. Vous ne comprenez donc pas que je ne veux pas y aller, dans ce camp de concentration !

— Taisez-vous, je vous en supplie ! Il ne faut pas parler de ces choses-là !

— Alors quoi ? coupa Jacques agacé, vous aimeriez mieux que je me laisse faire sans rien dire ? Est-ce que vous avez entendu parler, vous, d'Auschwitz, de Gross Rosen, de Krasna ? Ils n'ont pas bonne réputation, ces camps, vous savez. Mes copains et moi on ne connaît personne qui en soit revenu.

Escherbach s'agita sur son siège :

— Il ne faut pas croire tout ce qu'on dit. Personne ne sait au juste ce qui se passe...

— Personne ne veut savoir !

— Personne n'y peut rien, dit le docteur d'une voix sourde. Personne ! Il faut être prudent, très prudent !

— Vous en parlez à votre aise, fit Jacques ! Vous êtes Allemand, docteur. Vous avez gagné la guerre. Vous habitez *votre* ville, vous couchez dans *votre* lit. C'est facile d'être prudent quand on est le plus fort, et qu'on est à sa place. Moi je ne peux pas. Je dois prendre des risques. Et, croyez-moi, je prendrai tous les risques plutôt que d'être envoyé à Krasna !

— Wenger ne ferait pas une chose pareille !

— Je crois que si, justement.

— Vous me mettez dans une situation très embarrassante !

Jacques réprima un haussement d'épaules, et se leva.

— Excusez-moi, dit-il. Je dois m'en aller.

Escherbach fixait le bout de ses chaussons de son regard vide. Il semblait n'avoir pas entendu. Piqué, très raide, en coin de canapé, les genoux joints, les mains croisées sur sa robe de chambre, il avait l'air d'un vieux petit garçon en pénitence.

— A propos, fit Jacques sur un ton faussement enjoué, il faut que je vous remercie : vous m'avez donné une très bonne idée, l'autre jour.

— Ah ?

— Celle d'entrer à l'Opéra.

— Pourquoi ?... Je ne comprends plus. Vous entrez à l'Opéra ?

— Je vais essayer, dit Jacques.

Il avait gagné l'antichambre. Le docteur trottinait derrière lui, perdu dans ses pensées. Le jeune homme serra une main molle.

— Ne vous faites pas de souci, ajouta-t-il. Vous n'aurez qu'à dire à Wenger que vous ne m'avez pas vu.

Derrière les lunettes rondes, les yeux bleus délavés devinrent troubles. Ils clignèrent deux ou trois fois comme ceux d'une chouette que la lumière dérange. La porte se referma, et Jacques pensa que le docteur ne devait pas être un homme très sûr de lui. Ni très heureux.

CHAPITRE XVIII

Jacques vida son verre d'un trait. Gerda aussitôt lui en versa un autre.

— Il faut que je parte ! dit-il, les yeux mi-clos. Quelle heure est-il ? Mon Dieu, déjà minuit !

Mais il ne bougea pas. L'alcool coulait lentement dans ses membres, lui brûlait le cœur à feu doux. Cette pelote d'angoisse dans l'arrière-gorge, qui l'asphyxiait depuis quarante-huit heures, miraculeusement s'était résorbée. Il se sentait très fort et très malin. Kühn, Escherbach, le *Lago,* au fond c'étaient tous des minables. Même Wenger.

— Vous ne m'avez pas dit pourquoi vous aviez disparu, remarqua Jacques.

Gerda se dressa sur un coude et se versa un verre de schnaps. Puis, se déplaçant sur le lit avec des gestes félins, elle se lova dans le coin, entre les coussins, la tête appuyée contre le dossier d'étoffe.

— Je suis allée voir Wenger, dit-elle.

— Ah ! fit Jacques. Au garage ?

— Non, chez lui. Vous vous souvenez, je vous ai dit que je le connaissais.

Jacques l'observa. Un sourire amusé flottait sur les lèvres de la jeune fille. Il n'aimait pas ce sourire. L'idée qu'elle se fût rendue chez Wenger, non plus, ne lui plaisait pas.

— Et alors? questionna-t-il. Qu'est-ce que ça a donné?

Tous ces gens qui voulaient l'aider, c'était absurde. C'était sûrement très maladroit. Il aurait mieux fait de ne parler de ses affaires à personne, de se débrouiller tout seul.

— Voilà ! fit Gerda.

Elle lui tendit une feuille de papier pliée en quatre qu'elle ramassa sur la table de nuit.

Jacques prit la feuille et l'ouvrit. Le texte était tapé à la machine. Dans le bas, sous le paraphe de Wenger et la date — 20 décembre 1943 — il y avait le tampon de la N.S.U. Fiat. Il lut: « *Je soussigné, Karl-Hans Wenger, Directeur de la N.S.U. Fiat Reparatur Werke Gesellschaft, membre de la N.S.D.A.P.* (1) *et Conseiller permanent de l'Arbeitsbüro pour la Silésie, certifie que le travailleur français* (suivait un espace blanc pour le nom), *contrat de travail numéro* (nouveau blanc) *a quitté ce jour mon établissement dans lequel il travaillait à titre de manœuvre. Il est autorisé à se présenter à l'Arbeitsamt pour que lui soit désignée dans les vingt-quatre heures une nouvelle affectation. Au-delà de ce délai, les autorités de l'Arbeitsamt, la Police du Travail et les représentants de la Geheime Staatspolizei* (2) *seront avisés d'avoir à prendre en charge, selon le processus habituel, ledit travailleur français, dont la situation sur le territoire du Reich sera devenue irrégulière. Fait à Breslau, le... etc.* »

Jacques sauta sur ses pieds, et se mit à marcher de long en large.

— C'est formidable ! s'écria-t-il. Ce papier me donne les vingt-quatre heures dont j'avais besoin. Légalement, et jusqu'à demain je ne suis plus en fuite. Com-

(1) N.S.D.A.P. : Nationalsozialistische Deutsche Arbeiterpartei.

(2) Geheime Staatspolizei : appellation exacte pour Gestapo.

ment diable l'avez-vous obtenu ? Je n'aurais jamais cru que Wenger...

— Il me l'a donné pour me faire plaisir ! Mais n'ayez pas d'illusions... — Elle soupira. — Une façon de se dédouaner. Il est persuadé que vous ne trouverez pas d'embauche d'ici demain. Peut-être même a-t-il déjà donné des instructions dans ce sens à l'Arbeitsamt. Je ne sais pas ce que vous lui avez fait, mais il vous déteste franchement. — Elle ajouta en riant — : Il vous appelle « l'Espagnol » !

— Je m'en fous ! dit Jacques. Et puis d'abord ce n'est pas une insulte.

— Pour lui, oui.

Jacques haussa les épaules.

— Une autre fois, il vous a surnommé « le Marquis » !

— Le Marquis, tiens! Pourquoi le Marquis?

— Je ne sais pas. Il prétend que vous vous donnez des airs...

Jacques s'esclaffa :

— Quand je pense qu'au début je lui trouvais de l'allure ! N'empêche que cela m'étonne : comment avez-vous fait pour lui extorquer ce papier ?

— Je lui avais demandé autre chose, dit-elle. Je lui avais demandé de faire rayer votre nom sur la liste pour Krasna. Il n'a pas voulu. Cette attestation, il n'a pas pu me la refuser, mais il doit penser qu'elle ne servira à rien. Après, il se dit que je ne pourrai rien lui reprocher. Il aura eu le geste...

— Quel salaud, tout de même !

— Ce n'est pas un salaud. Il ne vous aime pas.

— Pour moi, c'est pareil, dit Jacques.

— C'est un orgueilleux, murmura Gerda. Vous ne pouvez pas comprendre. Et un écorché. Deux de ses fils sont morts en Russie. Ça l'a rendu très dur, et indifférent.

Le regard de la jeune femme se voila. Elle parlait d'une voix basse et contenue :

— Ses parents avaient beaucoup d'argent. Ils ont

tout perdu après l'autre guerre. Ses anciens amis lui ont tourné le dos. Il a souffert de ce déclassement. Toute sa vie il a lutté pour reconquérir ce qu'il avait perdu, l'argent, un certain pouvoir. Il avait besoin qu'on le respecte, qu'on reconnaisse sa valeur. C'est un homme très volontaire. Il a détesté cet après-guerre, le désordre des années vingt, la République de Weimar, les séquelles du Traité de Versailles. Le Parti, puis la guerre, lui ont donné sa chance.

— Drôle de chance ! fit Jacques. Je n'aime pas ce genre d'hommes. Ce sont des charognards !

— Pourquoi dites-vous cela ?

— Leur pouvoir se nourrit de la faiblesse des autres. Il y a beaucoup d'hommes comme ça, aujourd'hui. Croyez-moi : ils engraissent peut-être, mais ils puent!

Jacques dévisagea la jeune fille :

— Vous le connaissez depuis longtemps ?

— Oui, dit-elle.

Un silence suivit. La tête renversée dans les coussins, Gerda fixait sur les moulures du plafond un regard sans expression. Sous la soie tendue de son chemisier, ses seins formaient deux rondeurs régulières, dans les plis de sa blouse deux taches encore plus blanches. Jacques se pencha au-dessus de la table, saisit la bouteille de schnaps, et s'en versa une nouvelle rasade. Qu'y avait-il entre Wenger et elle ? Cette idée d'une connivence entre eux, quelle qu'elle fût, lui était désagréable. L'homme symbolisait ce qu'il avait connu à Breslau, jusqu'ici, de plus haïssable ; elle, ce qu'il y avait de plus tentant. Qu'ils se connussent le décevait doublement, dans sa haine de l'un et son penchant pour l'autre. Et si par hasard... Il fronça les sourcils. C'était bien le moment de se poser des questions stupides ! Après tout, qu'était-elle de plus qu'une jolie fille ? Elle était danseuse à l'Opéra, elle habitait une chambre en ville... « Et j'aime beaucoup son schnaps! » Il replia la lettre de Wenger, et la glissa dans la poche de sa veste.

— Je sais ce qu'on va faire, dit-il en s'asseyant sur le bord du lit. Est-ce que vous savez écrire en gothique ?

— Oui. Elle lui jeta un regard étonné. Pourquoi ?

— Cette lettre de Wenger me donne une idée. Prenez du papier. Je vais vous dicter.

— Elle s'assit à côté de lui, tira un bloc du tiroir de sa table de nuit, et décapuchonna son stylo.

— Je vous écoute ! dit-elle.

Il y avait de nouveau cette lumière gaie dans ses yeux, qui dansait comme l'alcool au fond du verre, deux flammes sautillantes. Jacques pensa que décidément il avait de la chance.

— Alors, voilà, dit-il. Vous mettrez en bon allemand ce que je vous dirai de travers. Ecrivez : « *Je soussigné, Dr Kühn, directeur général de l'Opéra et du Grand Théâtre de la Ville ;* — laissez un espace en blanc pour d'autres titres, il en a sûrement. Ils en ont tous, ils adorent ça ! — *certifie avoir engagé ce jour le travailleur français* — encore un espace, je remplirai après — *contrat de travail n° 48.911, présentement libéré de ses obligations de travail auprès de la N.S.U. Fiat Reparatur Werke Gesellschaft, ainsi qu'en témoigne le document ci-joint, en qualité de peintre-décorateur, pour le service exclusif des Théâtres de la Ville. En conséquence, les divers services de l'Arbeitsamt sont requis de bien vouloir signifier au susdit travailleur français d'avoir à se présenter dans les vingt-quatre heures au siège de sa nouvelle affectation.* » Voilà ! Et vous mettez la date, celle de demain, bien sûr.

— Vous ne manquez pas d'aplomb ! fit-elle.

Courbée sur son papier, qui s'ornait peu à peu d'une écriture élégante et penchée, la tête inclinée sur le côté, un demi-sourire sur les lèvres, Gerda d'une main ferme terminait sa page d'écriture. Ses cheveux lourds ramenés vers l'avant en deux masses bouclées autour de son visage, avaient dégagé sa nuque. Jacques se pencha et l'embrassa à la naissance du cou.

Elle se tourna vers lui, et plongea son regard dans le sien. Ils étaient assis tout près l'un de l'autre, et leurs épaules se touchaient presque. Il pouvait sentir le parfum musqué de sa peau. Dans la lumière de la lampe, il vit les pupilles de ses yeux se rétrécir jusqu'à n'être plus que deux points noirs minuscules dans le brun tacheté de ses iris.

— Vous n'avez jamais peur ? demanda-t-elle.

— Si, dit Jacques. Pourquoi ?

— Peur de la mort ?

— Je n'y pense pas.

— De ne pas réussir? D'être déçu?

— Oh si, j'ai peur tout le temps ! C'est plein de pièges, partout. Je ne les vois pas toujours, je le sais. J'essaye de me faufiler... Avoir peur n'aide pas...

De son front, Gerda, taquine, frappa d'un petit coup le front de Jacques.

— J'aime bien que vous soyez comme ça, dit-elle à voix basse. Vous êtes très doux, et un peu méchant. Vous êtes égoïste et très entêté. Naïf peut-être, mais ce n'est pas sûr... Et je n'ai pas confiance en vous.

Il mit son bras autour de ses épaules et l'attira contre lui. Elle se laissa faire. Ses lèvres étaient fraîches, charnues et fraîches. Elle respirait doucement tandis qu'il l'embrassait ; il sentait son souffle régulier sur sa joue ; c'était son parfum à elle, qui ne ressemblait à aucun autre parfum qu'il eût respiré jusque-là, un mélange très subtil et très doux de fleurs, de sable, de forêt. L'odeur d'une fille qui s'appelait Gerda. La beauté devait avoir une odeur, la forme d'une bouche, ses mots à part ou son silence. Peut-être aussi le bonheur, quand il pince comme une angoisse. Elle entrouvrit ses lèvres comme si elle avait mal, ses yeux se fermèrent, et c'est elle qui se mit à l'embrasser, tandis qu'il la serrait plus fort. Elle se dégagea, et ils restèrent silencieux. Il n'avait pas envie de parler, son cœur sautait dans sa poitrine. Il posa une main sur son genou, et enfouit sa tête dans la masse fauve de ses cheveux. Alors elle jeta ses bras autour de son cou, et ils basculèrent ensemble sur le lit.

— Enlevez votre veste, dit-elle.

Mais il n'écoutait pas. Ses mains avaient commencé à déboutonner le chemisier de la jeune femme. « Non, non, se rassurait-il, mes doigts ne tremblent pas. Je le fais très lentement, très lentement, comme à regret. Je ne veux pas qu'elle se doute de ma hâte. » Un bouton, puis un autre. Sa peau était toute dorée, lisse et bombée à l'endroit où commencent les seins. Il dégagea une épaule. Elle était ronde, un galet blanc et poli qui accrochait la lumière. Les os roulaient loin sous la peau. Il défit un troisième bouton, et de son autre main fit sauter l'agrafe du soutien-gorge. Les deux seins libérés jaillirent dans le corsage entrouvert.

— Arrêtez ! murmura-t-elle.

Il fit non de la tête.

— Je vous en prie !

Très doucement il se mit à la caresser. Ses seins roulaient sous sa paume, leurs pointes sombres tout à coup durcies. Etendue sur le dos, Gerda frissonna. Sa bouche s'entrouvrit, mais elle ne dit rien.

— Je croyais que les danseuses n'avaient pas de poitrine, dit Jacques.

Elle frissonna de nouveau.

— Vous avez les mains froides, fit-elle.

Il se pencha sur elle, et posa la tête au creux de sa poitrine. Il sentait monter en lui une chaleur impatiente, et ce calme qu'il affectait n'était qu'un doux mensonge. Il savait bien — mais ils le savaient sans doute tous les deux — que ses gestes trop lents d'homme tranquille cachaient une violence inavouée. « Pas tout de suite... pas encore. » Même si elle avait dit oui, même si elle avait crié, il n'aurait pas agi autrement. La peur, c'était maintenant qu'il l'éprouvait, la peur d'autre chose. Les gestes francs, les gestes d'homme, qui venaient du plus loin de lui-même, une certaine brutalité qu'elle aurait sans doute acceptée, il s'en méfiait. Mais pas à cause d'elle. Il se disait : « Peut-être que je ne l'aime pas assez puisque j'ai peur d'être vulgaire. » Ses mains remontaient le long des cuisses de la jeune femme. « Mais ce ne sont pas mes mains. Elles trichent. Elles sont trop patientes. »

Allait-il lui crier la vérité : « Je te veux tout de suite, je ne sais pas si je t'aime! » Sans avoir besoin de l'aimer ? L'eût-elle permis qu'il ne le lui aurait pas pardonné. Elle était belle, et il voulait bien l'aimer. « Je la veux tellement fort ! Mais est-ce bien elle ? » Etait-ce encore Gerda, cette lourdeur de ses mains, cet incendie mal contenu, ce faux sommeil ? Allait-il la déshabiller sur le bord de ce lit, et la prendre brutalement comme une femme laide ?

Gerda était étendue en travers du divan, ses cheveux dans la figure, la bouche dans le pli de son bras. Son chemisier restait entrouvert. Sa jupe de lainage bleu, mal rabattue, dessinait au-dessus de son bas la chair blanche d'une cuisse.

— Jacques ! murmura-t-elle...

Il se pencha, sa bouche près de la sienne. Elle parlait tout bas, d'une voix à peine perceptible, les lèvres sur ses propres lèvres :

— Jacques ! Laisse-moi. Je vais me déshabiller... S'il te plaît...

Alors il s'étendit le long d'elle, appuya sa tête contre la sienne, et lui parla tout doucement. Sa main avait glissé dans l'épaisseur de sa chevelure, juste là, sous la nuque, où sa tête ronde était pareille à celle d'un enfant :

— Vous êtes ma plus belle Allemagne, la seule guerre authentique, ma prochaine prison. Vous me donnez envie de me mettre très en colère et de vous aimer sans patience, et puis d'avoir douze ans et de vous aimer moins bien...

Il promenait sa bouche sur son visage, et l'embrassait sur le coin des lèvres, sur les ailes du nez, dans le pli des paupières, et sa voix était un murmure entre eux, un souffle, la pâte douce à lier leurs visages :

— ... Tu es ma frayeur allongée, l'aventure, ma fête aux bras blancs, les mille bouches de la nuit, le jour facile, ma Silésienne. Je te garde. Je ne te rendrai pas. Les magasins sont fermés, l'Opéra en vacances, Breslau sous la neige. Laisse-les se canonner, les autres, s'embarbeler dans leurs camps, jouer de misère. Nous dormirons sur notre envie d'avoir vingt ans demain, tous les jours. Nous casserons les cailloux du bonheur dans une chambre sans *Schupo,* sans frontière. A l'aube, la chance aura ton profil...

Jacques se souleva sur un coude et promena son index sur l'arête du nez, les lèvres et le menton de Gerda.

— Tu m'aimes donc ? demanda-t-elle.

— Je ne sais pas.

Elle se redressa à son tour :

— Comment, tu ne sais pas ?

Jacques eut un geste évasif, et se mit à rire :

— Comment veux-tu que je sache ?

— Ça, c'est trop fort! Elle paraissait furieuse. — Assise toute droite devant lui, elle reboutonnait son chemisier. — Il m'embrasse, il me déshabille, il me dit un tas de jolies choses, et il ne sait même pas s'il m'aime!

— Tais-toi, dit Jacques. Ça n'a pas d'importance...

Ne jamais dire : « Je t'aime. » Qu'est-ce qu'on sait de ces choses ? Surtout ne pas poser de questions. Aimer. Il y avait cela seulement, et puis tout le reste, ailleurs. La ferraille des mots, le cliquetis des armes, la menace aux gants gris, les pourvoyeurs tranquilles des grands cimetières de l'Est, les chiens, la méfiance, les promesses, un Opéra en trompe-l'œil, l'arbre de Noël de l'espérance...

— Je vous déteste ! dit-elle.

— Moi non plus !

Et il éclata de rire.

Elle le dévisagea quelques secondes, les sourcils froncés, puis elle se mit à rire à son tour. Alors il la prit doucement par la main :

— Viens ! dit-il. Je n'ai plus envie d'attendre...

Jacques fit craquer une allumette. Cinq heures ! Il se retourna vers Gerda. La jeune femme dormait. Son corps nu tourné vers le mur était tout chaud contre le sien. Au-dessus du drap tendu, sa respiration régulière mesurait la nuit. « J'ai dormi, pensa-t-il. C'est idiot ! » A six heures, les bureaux, les usines, tout se remettrait en marche, cette stupide machine à avoir peur qu'était un jour nouveau. Son cœur se serra. La petite boule familière, dans sa cage de chair et d'imagination, avait repris sa place de guetteur.

Il se glissa hors du lit, et dans le noir commença de se rhabiller à tâtons. Il faisait très froid dans la pièce ; un long frisson lui parcourut l'échine. Ses gestes étaient ceux d'un automate. Dans la nuit noire, les matins glacés, se lever, bouger, vivre, lui paraîtrait toujours aussi inhumain ! A quatre pattes, sur le parquet, il se mit à chercher son soulier.

Dans le lit, Gerda se retourna, et alluma la lumière.

— Tu pars ? demanda-t-elle, la voix ensommeillée, ses yeux clignotants sous la lampe.

— Il est déjà cinq heures, dit Jacques. Je me suis endormi.

— Où vas-tu ?

— Chez Kühn.

Il avait retrouvé son soulier, et il poussait son pied dedans sans défaire les lacets, traînant la chaussure sur le sol. Gerda se frotta les yeux et secoua ses cheveux qui retombèrent en pluie sur ses épaules nues.

— Je me demande si tu devrais... A cette heure!

— Si, dit Jacques.

Il passa derrière le paravent, fit couler de l'eau

dans le lavabo, et s'aspergea longuement le visage à l'eau froide, puis se donna un coup de peigne. Le miroir lui renvoya une image qu'il trouva peu flatteuse. Sa barbe, heureusement peu fournie, avait poussé depuis la veille, ombrant sa lèvre supérieure, les deux coins du menton, et ses joues trop pâles. « Merde! C'est vrai que j'ai l'air d'un Espagnol! Et pas du meilleur cru ! » Il fit deux ou trois grimaces devant la glace pour se donner confiance, fronçant les sourcils, avançant le menton, et se tordant le cou pour s'examiner de profil. « Tant pis! Je me raserai plus tard... » Et il revint dans la chambre.

— Tu ne manges rien ?

— Non. Apporte-moi un sandwich à l'Opéra.

Il s'assit sur le bord du lit.

— Je n'ai pas envie de m'en aller, dit-il. Comment vas-tu ?

Elle souriait en le regardant. Dans ses yeux flottait encore un peu de sommeil.

— Nous n'avons pas beaucoup dormi !

— Ecoute !... — Il tournait son béret dans ses mains. Assis près d'elle, engoncé dans son manteau de gros drap bleu, il avait l'air d'être en visite. — Je voudrais te demander quelque chose !

— Quoi ?

— Ne retourne plus voir Wenger.

— Pourquoi me demandes-tu ça ?

Jacques passa une main dans ses cheveux bouclés et ne répondit pas tout de suite. Pourquoi lui parlait-il de Wenger ? Pourquoi maintenant ? Etait-ce à cause de la lettre ? Quel cheminement inconscient avaient bien pu prendre ses pensées depuis hier soir, pour qu'il lui fasse cette prière, à cette heure, sur le bord de ce lit ? Il se mordit la lèvre :

— Je ne veux pas que tu lui parles! Je ne veux pas que tu le voies! Je ne veux pas qu'il te regarde!

Gerda se haussa contre le dossier du lit, tirant les draps sur sa poitrine.

— Ma parole ! fit-elle, tout à coup réveillée, mais il est jaloux !

— Mais non, je ne suis pas jaloux ! dit Jacques. Mais je ne veux pas que tu le voiès. Je le hais ! — Il serra les poings, et sa voix s'éleva d'un ton. — Je le hais, tu entends ? Je ne veux rien de lui ! Je lui crache à la gueule ! Je l'emmerde ! Sa lettre, tiens ! tu sais ce que je vais en faire, de sa lettre ?...

Rageusement, il fouilla sa poche intérieure, à la recherche du papier. Elle l'arrêta d'un geste. Son visage s'était crispé.

— Laisse ! dit-elle. Ne fais pas l'idiot ! Cette lettre, tu en auras besoin.

— Même si la guerre devait durer vingt ans, dit-il à voix basse, je ne l'oublierais pas, ce fumier de Wenger ! Sa belle gueule, ses fausses bonnes manières, son sourire de Samaritain...

Elle détourna la tête, et son œil, sous l'écran des cheveux, s'embua.

— Gerda ! — Il prit les mains qu'elle portait vers sa figure, et les secoua. — Qu'est-ce qu'il y a entre Wenger et toi ?

Elle retira ses mains, et les reposa sans hâte sur le lit. Le menton baissé, elle ravalait ses larmes.

— Dis-le moi, Gerda !

Elle secoua la tête. Elle avait repris le contrôle d'elle-même.

— Rien ! murmura-t-elle.

— Ce n'est pas vrai, dit Jacques en se penchant vers son visage lisse. Ce n'est pas possible. Qu'est-ce qu'il est pour toi ? Je veux savoir !

— C'est mon père, dit-elle.

Jacques secoua la tête, incrédule.

— Ton père !... balbutia-t-il. — Il passa une main tremblante sur ses yeux. — Ce n'est pas possible !... — Il lui sembla qu'il faisait un mauvais rêve. — Pourquoi ne pas me l'avoir dit plus tôt ?

— J'ai eu envie de te le dire hier soir quand j'ai appris que tu avais travaillé *Tauentzienstrasse*, à son usine. Mais tu le détestais tellement... J'ai pensé que si je te le disais, tu ne me ferais peut-être plus confiance, et je voulais t'aider. Jacques, je... Je ne sais pas... Je voulais faire pour le mieux. J'avais peur que tu t'en ailles...

Jacques baissa la tête.

— Vous êtes si différents, murmura-t-il.

CHAPITRE XIX

Chez Kühn, cette fois, tout s'est passé très vite. Trop vite. Il ne faisait pas encore jour quand Jacques a sonné. L'escalier, le palier, étaient plongés dans l'obscurité. L'appartement se trouvait au troisième étage. La minuterie ne marchait pas.

C'est Mme Kühn qui a ouvert. En apercevant Jacques elle s'est mise à pousser des cris. Il n'est pas arrivé à la faire taire. Le directeur a surgi sur les talons de son épouse. Il avait l'air très mécontent.

— Allez-vous en ! dit-il. Vous lui avez fait peur ! Et il l'a repoussé brutalement.

Jacques est reparti, mais il n'est pas allé loin. Il s'est posté au bas des escaliers, et il a attendu. Il s'est assis dans le noir, sur la dernière marche, et il a essayé de se réchauffer en fumant une cigarette.

Quand Kühn est descendu, une heure plus tard, Jacques l'a agrippé par le bras.

— Encore vous ! a fait le directeur. Qu'est-ce que vous me voulez à la fin ?

— Simplement vous parler.

Kühn s'est dégagé, et ils sont sortis ensemble dans la rue.

Il faisait très froid. Moins dix, moins quinze peut-être. Trop froid pour qu'il neige. La couche de la veille avait gelé, il fallait faire attention en marchant. Ils cheminaient côte à côte, en se hâtant, sans se parler.

Il faisait également trop froid pour parler. Chaque fois que Jacques ouvrait la bouche, l'air glacé pénétrait ses bronches et l'asphyxiait.

Ils ont longé le Jardin Botanique, ses arbres nus, ses baraques désaffectées, et dans la *Gneisenaustrasse* Kühn est monté dans un tramway, le numéro 5, qui conduit directement vers le centre par le pont de l'Université. Jacques est monté derrière lui. Ils se sont assis l'un en face de l'autre. Le directeur a déplié son journal. Ils voyagent ensemble. Ils vont au même endroit, mais ils ne se parlent pas. Ils ont l'air de deux vieilles connaissances.

Jacques a encore tenté d'engager la conversation, mais Kühn n'a pas répondu. Il s'est tassé un peu plus sur son siège, la tête dans son journal. Les rues commençaient à s'animer, mais la nuit ne s'éclaircissait toujours pas. De la buée sur les vitres. Des gouttes d'eau, en rigoles, ont dessiné sur la glace des méandres dont Jacques suit la progression hésitante. La travée centrale est maintenant pleine de monde. Une femme qui porte un cabas est restée debout près d'eux. Jacques ne s'est pas levé pour lui céder son siège. Les clochetons de l'Université, le *Ring*. Le tram serait bientôt arrivé à destination. Une dernière fois Jacques esquisse un geste pour parler. « Pas ici ! », dit Kühn d'un ton sec. Le directeur a plié son journal, et s'est mis à regarder par la fenêtre. Très loin, quelque part derrière la ville, un jour timide commençait à se lever. Il devait être huit heures.

Maintenant Jacques est dans le bureau de Kühn, à l'Opéra. Il ne sait pas comment il se trouve là, comment il a réussi à suivre jusqu'au bout le directeur, malgré le vieil huissier, les plantons de service, les secrétaires. Il s'est littéralement accroché à ses basques. Il a foncé derrière lui sans rien entendre, sans rien voir, sans tenir aucun compte des questions posées sur son passage, des mains qui se tendaient réclamant un ausweis, des obstructions de plus en plus impératives. Devant la porte de son bureau, Kühn, l'espace d'une seconde, a hésité avant de provoquer un scandale, puis il est entré sans regarder derrière lui. Et Jacques est entré sur ses talons. Maintenant qu'il est dans la place, il sait qu'il va falloir en profiter très vite, qu'il n'aura pas une autre chance.

Le directeur a ôté son manteau qu'il a posé sur un fauteuil, avec son écharpe et son chapeau, et il s'est assis derrière un grand bureau Empire. Il compulse des dossiers entassés sur un sous-main de cuir. Derrière les lunettes cerclées d'or, son regard est sévère. Jacques a l'impression d'être devant un juge, il trouve que rien ne se passe comme il l'avait espéré. Et il jette autour de lui des regards paniqués à la recherche de quelque inspiration.

Le bureau est vaste, très confortable, et, ce qui n'est pas négligeable en ce quatrième hiver de guerre, bien chauffé. Deux grandes baies vitrées qui donnent sur la *Schweidnitzer Allee* laissent entrer dans la pièce un jour gris et maussade qui pâlit le ciel au-dessus des maisons. Au mur trône un immense portait du *Führer* dans son éternelle veste caca, le bras ceint du brassard à la swastika. L'œil flamboyant, la mèche négligente, deux doigts de moustache sous un nez banalement aryen, le maître du Troisième *Reich* paraît de fort mauvaise humeur. On dirait qu'il va aboyer d'un instant à l'autre. Sous le tableau il y a une inscription que Jacques ne peut pas déchiffrer de sa place. « Chien méchant », pense-t-il, conviendrait parfaitement. Alentour, beaucoup moins sévères dans leurs cadres à baguettes d'acajou, accrochés sur les trois autres murs, quelques visages célèbres parmi lesquels il reconnaît ceux de Beethoven, Mozart, Wagner et Strauss, lui rappellent qu'il se trouve malgré tout dans un temple voué primitivement aux dieux de la musique.

Sur le bureau, tournée de telle sorte qu'elle ne

puisse échapper à l'œil du visiteur, une photo dans un cadre moderne attire son attention. Prise sans doute lors d'une grande première à l'Opéra, elle représente le docteur Gœbbels et son épouse Magda saluant Kühn en haut des marches du grand escalier d'honneur, entre une haie de dignitaires et d'officiers en grande tenue. Le sourire arboré en cette occasion par le Ministre de la Propagande — si toutefois on peut appeler sourire la grimace du nabot — a dû valoir à M. Kühn de la part de ses visiteurs beaucoup de considération.

Sur un guéridon voisin, une photo plus discrète et placée sous un angle différent, s'orne d'un visage joufflu et d'une tignasse blonde où Jacques a cru reconnaître les traits sans grâce de Mme Kühn.

— Alors ? fait le directeur. — Il a levé la tête, et pose sur Jacques son regard de myope. — Qu'est-ce que vous voulez au juste ?

— Que vous m'embauchiez à l'Opéra.

— Il n'en est pas question, je vous l'ai déjà dit !

— Je suis peintre-décorateur de mon métier...

— Je n'ai pas besoin d'un peintre. Combien de fois faudra-t-il vous le répéter ?

Jacques s'est rapproché du bureau et ne quitte pas Kühn des yeux :

— Monsieur le Directeur, je me permets d'insister... J'ai beaucoup de talent !

— Je me fiche de votre talent, comprenez-vous ? Je m'en contrefiche !

— Ce n'est pas possible ! Vous ne pouvez pas dire ça ! Vous êtes vous-même un artiste...

— Je peux dire ce que je veux, coupe Kühn sèchement. Et puis en voilà assez ! Allez-vous-en et laissez-moi travailler !

Jacques n'a pas bougé. Il a la gorge sèche. « C'est très mal parti ! », pense-t-il.

— ... Ou bien faudra-t-il que j'appelle les plantons pour vous faire jeter dehors ?

— Ce n'est pas la peine, dit Jacques. Je m'en vais.

Mais il ne s'en va pas. Soudé à sa chaise. Il ne faut surtout pas qu'il s'en aille. « Je ne m'en irai pas ! », se répète-t-il, comme si c'était lui qu'il devait convaincre. « Je ne m'en irai pas ! » Son entêtement même l'effraie. C'est absurde ! Où tout cela le mène-t-il ? Kühn est exaspéré. Ça se voit. Jacques aussi d'ailleurs. Ils sont arrivés au bout de la patience, tous les deux. Un obscur instinct l'avertit que ce n'est pas le moment de lâcher prise. L'un des deux va baisser les bras. C'est inévitable. Ce n'est plus qu'une question de hasard. Un simple mot peut jouer comme un déclic, et brusquement faire basculer la situation, du bon ou du mauvais côté. Jacques sera jeté dehors, ou bien Kühn l'écoutera. « Il faut que je parle ! Il faut que je parle tout de suite, avant qu'il ait eu le temps de se ressaisir ! » Il faut qu'il n'arrête plus de parler, qu'il empêche l'autre de placer un mot, de l'interrompre, de réfléchir, qu'il le saoule de paroles, qu'il le submerge, qu'il le noie...

Jacques a posé ses deux mains sur le rebord du bureau et s'est penché vers Kühn. Toute hésitation a disparu de ses gestes. Il n'éprouve plus aucune timidité. L'angoisse qui lui nouait la gorge encore à l'instant a fait place à une étrange assurance. Il est délivré :

— Monsieur le Directeur, cela vous étonnera peut-être, je vous connais depuis des années. Il y a longtemps que je voulais venir vous voir. Depuis que je suis arrivé à Breslau. Je vous connais de nom depuis... mon Dieu, depuis que vous avez pris en main la direction de cet Opéra. En effet, sur son bureau, à Paris, mon père a la liste de tous les théâtres d'Europe. Il connaît par cœur le nom et les activités de leurs directeurs. Ah ! Il m'avait bien dit de venir vous voir !... Mon père dirige à Paris le grand Théâtre des Bouffes-Parisiens...

Il parle sans hâte, presque à mi-voix, sur un ton de conversation amicale. Ce brusque changement de climat a produit son effet : Kühn a tressailli, mais il ne l'interrompt pas. « S'il ne me coupe pas la parole tout de suite, il est cuit ! », pense Jacques.

— Mon père, enchaîne-t-il, est l'ami d'enfance de Sacha Guitry — ils ont été ensemble au collège — et d'Abel Bonnard, notre ministre de l'Education Nationale, ainsi que de beaucoup d'écrivains et d'auteurs dramatiques qui sont peut-être aussi des amis à vous... Aux Bouffes, je travaillais moi-même aux décors et à la mise en scène. Un jour Serge Lifar est venu trouver mon père. C'était en 1941. Votre ambassadeur à Paris, M. Abetz, avait insisté auprès de lui pour qu'il remontât *Giselle,* vous savez, le ballet *Giselle,* à l'Opéra...

Jacques s'écoute parler avec stupeur. Comment peut-il mentir aussi effrontément ? Mais il est lancé. Il pourrait continuer à mentir pendant des heures. Il parle, c'est l'essentiel, et Kühn se tait toujours. Au nom de Lifar, il a soulevé un sourcil, et Jacques sait qu'il l'écoute.

— Lifar, donc, est venu voir mon père : « Michel, prête-moi ton fils ! » Jacques se met à imiter l'accent russe, roule les r. « Pourquoi faire ? », demande papa. « Pour retaper les décors de Giselle. » C'était ma chance. Deux jours après j'avais dessiné une maquette pour le tableau final, celui du cimetière. La maquette plut, et elle fut acceptée par l'Opéra. On ne put finalement l'exécuter, cela coûtait trop cher. Mais Serge Lifar me fit engager. Et successivement je composai les décors de trois nouveaux ballets : *Les Deux Pigeons, Alexandre le Grand* et le *Boléro* de Ravel...

— Ravel... murmure Kühn.

Il s'agite sur son siège, et Jacques enchaîne aussitôt :

— Si vous voulez, dit-il, comme sous le coup d'une inspiration subite, je vous montrerai une lettre de Son Excellence M. Otto Abetz dans laquelle il me confie quelques travaux de décoration dans ses salons particuliers de l'avenue Foch...

Il n'y a jamais eu la moindre lettre, naturellement, pas plus qu'il n'y a de bureau paternel aux Bouffes-

Parisiens, ni de décors signés par lui à l'Opéra. C'est tout juste s'il sait un peu dessiner. Au lycée, il s'amusait à faire des croquis au fusain de ses camarades de classe. Non, il n'y a de vrai que cet espoir qui le soutient, un formidable entêtement qui l'oblige à poursuivre :

— Je vous dis tout cela, monsieur Kühn, parce que je voudrais travailler pour vous. Bien sûr, vous avez déjà des collaborateurs pleins de talent, mais vous avez aussi un tas d'ouvriers qui n'ont jamais su ce que c'était que manier une brosse ou un pinceau. Alors, pour une fois que vous avez l'occasion d'engager quelqu'un qui connaît et qui aime ce métier... Vous n'avez qu'un geste à faire, une simple feuille à signer...

A nouveau Kühn s'agite sur son siège. Il secoue la tête avec véhémence.

— Mettez-moi à l'épreuve ! Tenez ! donnez-moi un bout de papier et un crayon, et je vous croque ici-même ! Vous verrez bien si je ne sais pas dessiner !

— Assez ! dit Kühn. Vous m'assourdissez !

— Passez-moi donc votre stylo, et cette feuille de papier blanc, là...

Il s'empare d'un dossier sur la table.

— Laissez ça ! fait le directeur. Là n'est pas la question !

— Mais où est-elle, alors ? Vous avez besoin de moi, je suis libre, vous m'embauchez. C'est simple, non ? Je ne vois pas où est la difficulté. Quand on est le patron...

— Ecoutez-moi, jeune homme...

— Je sais, l'interrompt Jacques, vous allez me rappeler aussi que c'est la guerre, que personne ne fait ce qu'il veut, que vous-même... La guerre! La guerre! Nous la faisons tous, la guerre ! Vous croyez que je ne la fais pas, moi ? — Il a un ricanement bref. — Vous allez peut-être me trouver ridicule, mais il me semble que je ne l'avais jamais autant faite qu'aujourd'hui, la guerre !

— Un moment !

— Alors, à quoi ça sert d'être jeune, poursuit Jacques qui n'écoute rien, de savoir peindre et d'avoir du talent, d'être là à vous parler ? Et à quoi ça vous sert, à vous, d'être Allemand, d'être le patron, de diriger cet Opéra ?...

— Taisez-vous à la fin ! tonne Kühn. Vous parlez tout le temps !

Il s'est levé et marche de long en large. Jacques s'est tu et lui jette un regard étonné. Par la fenêtre, Kühn observe les passants dans la *Schweidnitzer Allee.*

— C'est tout de même un comble ! dit-il hors de lui en se retournant vers Jacques. Vous vous introduisez de force chez moi, vous faites peur à ma femme, vous vous étalez dans mon bureau comme en pays conquis, et non content de m'envahir de jour et de nuit, vous vous permettez de discourir sans fin, de me couper la parole ! Mais où vous croyez-vous, je vous le demande ?

— Excusez-moi, dit Jacques, je...

— Silence ! Je ne veux plus entendre le son de votre voix ! — Il a fait le tour du bureau et vient se rasseoir. Son front se plisse. Il observe Jacques par-dessus ses lunettes. — Ce n'est pas Dieu possible ! Ou vous êtes complètement fou, ou vous êtes inconscient ! Vous parlez trop pour être honnête. Qui me dit que vous n'êtes pas un imposteur ?

— Oh ! fait Jacques, indigné...

— ... Et que vous êtes en règle avec la Police, avec l'*Arbeitsamt.* Que vous n'êtes pas en fuite?...

Jacques fouille dans sa poche. Il en retire l'attestation de Wenger et la tend à Kühn.

— Ce papier, dit-il.

Le directeur a pris la lettre. Il la lit, puis hoche la tête :

— Vingt-quatre heures, hein? Vous n'avez que vingt-quatre heures ! Après quoi... — Il replie la lettre, et regarde ses ongles, songeur. — Pourquoi avez-vous quitté votre travail ?

Jacques hausse les épaules.

— Il ne vous plaisait pas ?

— Non, dit Jacques.

— Hum... Hum... marmonne Kühn. Peintre, hein?... Décorateur, hein ? C'est ce que nous allons voir ! — Il a décroché son téléphone et compose un numéro. — Je n'aime pas les menteurs !

Jacques se demande qui il appelle. Si c'est Wenger, il est fichu. Il écoute de toutes ses oreilles. Le sang afflue à ses tempes, et il a du mal à suivre la conversation.

— Allô! Allô! Reinhardt? Ici Kühn. Dites-moi, Reinhardt, où en est ce décor pour *Les Canards* d'Ibsen? Ce n'est pas terminé? Oui... Bon... Oui... Voulez-vous que je vous envoie un aide?... Oui... Je sais... Vous n'en voulez pas. Bien... Je vous l'envoie quand même! Oui... Un peintre... Français... Bon, bon... Je vous en prie, Reinhardt, ne criez pas comme ça!... C'est ça... C'est ça... Je vous mets sous enveloppe des instructions spéciales. Il est à l'essai... Oui, demain matin. Si vous n'avez pas besoin d'un peintre, vous lui ferez faire ce que vous voudrez... Mais, attention, Reinhardt! Moi, je veux savoir s'il sait peindre! Alors, mettez-le à l'épreuve, compris? ... Parfait!... C'est ça... Pourquoi pas?... Merci. Au revoir, Reinhardt!

Kühn raccroche. Il s'est renversé sur le dossier de sa chaise. Un sourire narquois erre sur ses lèvres.

— Je vous ai trouvé une place au *Schauspielhaus*, dit-il.

— Le Schshh... quoi?

— C'est le Théâtre Municipal. Il ajoute aussitôt, un doigt levé : « Je voudrais que nous nous mettions bien d'accord sur un point... »

— Oui, dit Jacques dont le cœur fait des bonds.

— Je n'ai absolument pas besoin d'un peintre ! Reinhardt non plus !...

Jacques secoue la tête. Il est prêt à admettre n'importe quoi.

— ... Mais, ajoute Kühn, j'espère pour vous que vous savez peindre ! Si vous vous êtes fichu de moi, la plaisanterie vous coûtera cher !

Mais Jacques n'écoute même pas. Pour l'heure, il se sent tous les talents. Il peindra comme Picasso, comme Christian Bérard, comme Arno Brecker s'il faut... Il a gagné la première manche. Reste la seconde. Il sort de sa poche la deuxième lettre, et la tend à Kühn à travers la table.

— Pour la régularité, dit-il... L'obligeance de me signer...

— Qu'est-ce que c'est que ça ? fait Kühn. Il lit le papier. Pourquoi voulez-vous que je vous signe ça ?

— C'est... Une simple formalité... Pour que personne n'ait des ennuis.

— Des ennuis ? dit Kühn, méfiant. Quels ennuis ?

— Rien, dit Jacques. Une signature, un petit tampon... Pour que je sois en règle avec l'*Arbeitsamt*.

Et il repousse le papier vers Kühn. Le stylo est posé sur le pied de l'encrier. Il le ramasse et le lui tend...

— Puisque je suis engagé au Schshh... au Théâtre... Pour la bonne règle !

Le directeur relit l'attestation. Il hésite.

— C'est pour la date, dit encore Jacques. Il me faut la preuve... Vis-à-vis des services administratifs. C'est... C'est vital !

Kühn a pris le stylo. Il le balance quelques secondes au-dessus du papier sans parvenir à se décider. Le cou tendu, Jacques ne quitte pas la plume des yeux. Celle-ci plonge brusquement, et le papier est enfin signé.

— Tampon ! dit Jacques dans un murmure, et il pousse du doigt l'objet vers Kühn. Le directeur s'en saisit machinalement et, après l'avoir appuyé sur le tampon encreur ouvert près de l'encrier, l'appose sur la feuille, en dessous de sa signature. Jacques retient son souffle.

— Bon... Bien... marmonne-t-il en ramassant l'attestation. Il la replie et la glisse dans la poche de son manteau. Ses gestes sont précis, miraculeusement adroits. Il se demande comment il n'a rien renversé sur le bureau, tellement il est énervé. Il s'incline, et jette négligemment : « Maintenant, il n'y a plus qu'à téléphoner à l'*Arbeitsamt*... »

— Hein ! rugit Kühn. Quoi encore ? — Il se prend la tête à deux mains. — Je n'en aurai donc jamais fini avec vous !

— C'est le 51 42 40, dit Jacques. C'est absolument indispensable. Un petit mot de vous et c'est terminé... Attendez, je vais vous composer le numéro.

Il faut en effet qu'il prévienne Stelovsky avant que les convoyeurs du camp ne viennent le réclamer. Il n'y a pas une minute à perdre. Il s'est emparé du téléphone. Kühn le regarde faire avec stupeur.

— Allô ! Allô ! aboie Jacques dans l'appareil. Le bureau de M. Stelovsky, je vous prie ! — Il se tourne vers le directeur. — C'est le bureau qui s'occupe des changements d'affectation. Nous sommes obligés de l'avertir...

A l'autre bout du fil le silence se prolonge. Jacques tousse pour se donner une contenance. Il est courbé au-dessus de la table, une main crispée sur le récepteur, l'autre pianotante. Il n'ose plus regarder Kühn.

— Allô ! Oui... Stelovsky n'est pas là ? Allô ! allô ! Qui est à l'appareil ? — Son visage s'éclaire. — C'est mademoiselle Wyla ? Ici Jacques... Oui. Je vous passe M. le directeur de l'Opéra. Je viens d'être engagé comme peintre-décorateur...

— Mais... Mais... hésite une voix au bout du fil.

— Il n'y a pas de « mais », dit Jacques pressant. Mademoiselle Wyla, prenez-en note, je vous prie...

— Passez-moi ça ! dit Kühn. Il arrache l'appareil des mains de Jacques. Allô ! Conforme, mademoiselle ! Ici Kühn, des *Städtische Bühnen*. Ce jeune homme travaillera au *Schauspielhaus* à partir de demain. Il est engagé à l'essai...

Il va reposer le récepteur.

— Permettez ! dit Jacques et il le lui ôte des mains.

Mademoiselle Wyla ! un dernier mot ! — Il parle très vite, sur un ton faussement enjoué — Voulez-vous me rendre un petit service ? Il y a dans le bureau d'Ivan, dans son tiroir de droite, une liste de noms, vous voyez ce que je veux dire ?... Elle ne me concerne plus. Vous serez assez aimable d'y rayer mon nom.

— Je ne peux pas, dit Wyla. On ne peut pas faire ces choses !

— Si ! Si ! Bien sûr que vous pouvez ! Il faut même le faire tout de suite. Vous allez chercher la feuille de papier, vous rayez mon nom, vous remettez la feuille... C'est simple.

— Mais... Stelovsky ?

— Ne vous inquiétez pas. J'ai une attestation en règle. Il est couvert. Alors, c'est d'accord ?

Silence.

— Vous le ferez, Wyla ?

— Oui, dit la voix.

Tout doucement Jacques a raccroché.

— Qu'est-ce que c'est que cette liste ? demande Kühn.

— Oh ! rien, dit Jacques. J'étais invité à une promenade. Je viens de me décommander !

Jacques referma la porte derrière lui. « Je suis peintre ! Peintre ! » se répéta-t-il. Il avait du mal à y croire. Il enfila les couloirs comme un somnambule. Personne dans l'antichambre. Devant la table du vieil huissier, il s'immobilisa, incapable de continuer et s'appuya au mur. « Qu'est-ce que j'ai ? Mais qu'est-ce que j'ai ? », se demanda-t-il. Le carrelage du sol se mit à flotter dans ses yeux, comme de l'eau. Les murs, leurs dessins brouillés, tanguèrent. Il s'aperçut qu'il pleurait.

CHAPITRE XX

Les ateliers du *Schauspielhaus* — ou *Städtische Bühnen Dekoration-Werkstatt* — se trouvaient au 159 de la Steinstrasse, une petite rue dans les faubourgs sud de la ville que ne desservait aucun tramway.

Vus de l'extérieur, ils ne payaient pas de mine. Au milieu d'une sorte de terrain vague encombré de cabanes en ruine, c'était une grande bâtisse vétuste de trois étages flanquée de hangars où s'entassaient de vieux décors mis au rebut, des piles de planches, de madriers, de poutres pourrissantes. Sur le sol, dans la poussière mêlée de charbon et de sciure de bois, gisaient en désordre les objets les plus surprenants, grilles de carton, statues romaines ou grecques depuis longtemps défigurées, vestiges en stuc de bas-reliefs ou de tombeaux, carcasses informes de navires, ou bancs de fausse pierre.

Au flanc du bâtiment principal, Jacques aperçut un escalier de bois qui conduisait directement au premier étage. En haut des marches un rai de lumière filtrait sous la porte.

L'atelier illuminé dans lequel il pénétra était exceptionnellement vaste, et couvrait presque toute la superficie du bâtiment. Il s'arrêta, surpris. Un haut-parleur diffusait en sourdine des airs de musique classique. Revêtus de treillis, de bleus d'ouvrier ou de blouses de peintre, des hommes s'affairaient autour d'un immense décor de toile posé à même le sol. D'autres, sur une galerie circulaire, où l'on accédait par un escalier en colimaçon ou par des échelles, manœuvraient des projecteurs.

Un homme en blouse blanche s'approcha de Jacques. Il avait un front dégarni, des yeux d'un bleu très pâle de porcelaine, et arborait à la boutonnière l'insigne rond du Parti, la minuscule swastika noire sur fond blanc cerclée de rouge. « Reinhardt », pensa Jacques. Il pouvait avoir une quarantaine d'années.

— Vous êtes le nouveau ? demanda l'homme.

Jacques acquiesça, et produisit ses papiers.

— Suivez-moi !

Ils pénétrèrent dans un bureau clair dont les panneaux vitrés donnaient directement sur le grand atelier. Sur une table, autour d'une maquette réduite de la scène du théâtre avec ses coulisses, s'accumulaient dessins et croquis de toutes sortes. Un chevalet, dans un coin, supportait une toile peinte à l'huile représentant un paysage.

L'homme resta debout, un instant silencieux. Il observait Jacques. Dans son bleu de travail râpé aux coudes et aux genoux, le béret gonflant la poche, ses cheveux noirs retombant en mèches bouclées sur son front, celui-ci ne paraissait pas outre mesure intimidé. Il avait croisé les mains dans son dos, et son regard aux yeux bruns très clairs soutint sans ciller l'examen de l'Allemand.

— Peintre-décorateur ? questionna Reinhardt.

— Oui, dit Jacques.

Une odeur de térébenthine flottait dans l'air. Des coups de marteau assourdis lui parvenaient de lointains ateliers. A travers la baie vitrée, il pouvait lire sur le mur d'en face, écrit en grosses lettres noires sur une banderole blanche : « *Ein Volk, ein Reich, ein Führer !* »

— C'est ce que nous verrons ! dit Reinhardt. — Ses

lèvres minces se plissèrent, et son œil jeta un éclair métallique. — Je dois vous prévenir, poursuivit-il, que vous êtes ici à l'essai. Simplement à l'essai. J'ai reçu des instructions précises pour vous mettre à l'épreuve. Nous allons nous occuper de cela tout de suite. Dans trois jours, vendredi, je rendrai compte à M. Kühn. Si vous ne faites pas l'affaire, vous serez renvoyé.

Jacques hocha la tête en signe d'assentiment. Renvoyé! Cela voudrait dire l'*Arbeitsamt* de nouveau, et cette fois sans rémission possible Krasna, les camps de l'Est. Il se demanda, vaguement inquiet, ce qu'on allait lui faire subir comme examen. « Je me débrouillerai, pensa-t-il. Bon Dieu, il faudra bien que je me débrouille ! » Il se remémora les conseils de Sonine qu'il était allé consulter la veille au soir, et il se dit que le nouveau *Meister* aux yeux froids avait beau jouer les croquemitaines en blouse blanche, il s'en tirerait encore cette fois-ci. Après tout, il en avait vu d'autres !

— Vous serez sous les ordres de Kruckenberg, reprit Reinhardt, celui que vous voyez là-bas avec une blouse grise et un grand nez. C'est mon adjoint. Allez le trouver. Il a reçu mes ordres. Il vous remettra trois toiles. Sur ces toiles, vous aurez à exécuter trois compositions différentes. Quand vous en aurez terminé, vous reviendrez me voir.

— Quel genre de compositions ?

— Kruckenberg vous expliquera. — Reinhardt esquissa l'ombre d'un sourire. — Kruckenberg est un homme plein d'imagination, et un excellent peintre ! Ah! Toutefois, avant d'aller le voir, occupez-vous du poêle ! Allumez-le et entretenez-le. Vous trouverez des seaux et du charbon dehors sous la remise.

— Bien, dit Jacques.

— Tous les matins vous allumerez le feu, et vous l'entretiendrez dans la journée. Vous arriverez donc le premier, un peu avant l'heure. Les ateliers sont vastes. Le poêle doit être bourré du matin au soir. Compris ?

— Compris !

— L'apprenti qui en avait la charge, continua Reinhardt, un jeune Tchèque, a eu la malencontreuse idée la semaine dernière de le laisser s'éteindre. Aujourd'hui, il casse des cailloux du côté de Katowice. Je ne plaisante pas avec le règlement !

— Vous n'avez pas à vous inquiéter ! fit Jacques. Il n'est pas prêt de s'éteindre, votre poêle !

— Autre chose, dit encore Reinhardt. L'horaire de travail, c'est ici comme partout ailleurs six heures-six heures, avec une heure de pause à midi. C'est un horaire strict qui ne souffre aucune dérogation. Ici, vous serez le seul Français. Les autres, en dehors des Allemands, sont Russes ou Bulgares. Nous avons toutefois une décoratrice qui est originaire de Strasbourg.

— Une Alsacienne !

— ... Allemande ! rectifia Reinhardt. Son mari est dans la *Wehrmacht*. Vous n'êtes pas autorisé à lui parler dans votre langue. Le travail se fait en allemand. Compris ?

Les poings sur les hanches, Kruckenberg se mit à rire. Sous les gros sourcils en broussailles, ses yeux se plissèrent. Il regarda alternativement Jacques, puis le chevalet devant lui, et son rire redoubla.

— Klubka ! Rossolovsky ! appela-t-il. Venez par ici ! Venez voir !

Kruckenberg était un grand gaillard de quarante-cinq ans, d'une tête de plus que Jacques, avec un visage osseux au nez démesuré. Ses cheveux, toujours décoiffés, grisonnaient sur les tempes, et une mèche folle lui tombait perpétuellement sur l'œil, qu'il repoussait de ses gros doigts tachés de peinture.

Klubka, un vieux tapissier à cheveux blancs originaire de Haute-Silésie, et Rossolovsky, l'autre vieux de l'atelier, Russe blanc de Riga, édenté, sournois et sale, s'approchèrent en traînant les pieds. Ils se plantèrent tous trois derrière Jacques, considérant, narquois, l'esquisse d'une femme nue que le Français, à grands coups de fusain, traçait sur une feuille de papier avant de la reproduire sur la toile.

Kruckenberg, à nouveau s'esclaffa :

— *Mein lieber Gott !* Avez-vous jamais vu une femme aux formes aussi surprenantes ? Une femme, mais oui, mes amis, c'est une femme, le croiriez-vous ? Et une femme nue, qui plus est ! Est-ce qu'on ne dirait pas plutôt un têtard, une sorte de grenouille accouchée avant terme ?

Les deux vieux gloussèrent de joie. Kruckenberg posa sa grosse main sur l'épaule de Jacques :

— Est-ce que c'est comme ça qu'elles sont en France ?

Jacques leur jeta un regard furibond, tandis qu'ils riaient tous trois de plus belle. D'un geste rageur, il ramassa la feuille, la déchira et en éparpilla les morceaux sur le sol.

Une heure plus tôt Kruckenberg lui avait expliqué qu'il aurait à exécuter trois compositions de styles absolument différents. La première représenterait un paysage, n'importe quel extérieur dont le sujet était laissé à son choix. La deuxième reproduirait un studio de peintre à Montmartre, et devait servir de base à une maquette pour *La Bohème.* Enfin la troisième toile devait être un nu.

Jacques, aussitôt, s'était mis au travail. Courageusement il avait commencé par s'attaquer au nu. Hélas! Après deux ou trois esquisses plus lamentables les unes que les autres, il dut se rendre à l'évidence : ses notions sur l'anatomie féminine étaient des plus restreintes !

Il se mit à penser à Gerda, très fort. Gerda nue, Gerda parmi les ombres et les grâces de la nuit. Ses bras ronds, le cou gracile sous la lourde chevelure, ses cuisses un peu fortes, la taille très mince, la ligne orgueilleuse du dos. Ces formes qu'il reproduisait avec tant de maladresse, sur la feuille blanche, c'était celles de Gerda, la réalité même de son amour. Et il en éprouvait un peu de honte. « Je suis un salaud, pensait-il. Voilà comment je lui témoigne ma reconnaissance ! Je la prostitue, je la déshabille, je l'exhibe, nue, devant ces balourds ! » Mais il calmait vite ses scrupules : personne, absolument personne, ne pourrait jamais reconnaître dans ce « têtard », comme avait dit l'escogriffe au grand nez, la jolie Gerda, sa maîtresse !

Il venait de mettre en pièces sa quatrième esquisse dans un grand mouvement de dignité offensée. Les railleries des hommes l'avaient rendu furieux, mais sans doute davantage encore sa propre impuissance.

— Ne vous fâchez pas, petit Français ! dit Kruckenberg, l'œil narquois sous la mèche grise. On n'est pas puceau parce qu'on ne sait pas dessiner un cul ! Le dessin, vous savez, ce n'est pas comme l'amour, ça ne vient pas du premier coup. Il faut apprendre à regarder. Et puis... Vous avez encore deux jours pour nous produire vos chefs-d'œuvre !

Il s'éloigna, riant aux éclats, suivi des deux compères. Debout devant la toile vierge, dans ce recoin de l'immense atelier où étaient rangés les pots de peinture, les brosses et les balais, Jacques demeura sans réaction. A quoi bon s'entêter ? Ce nu, qui décidément lui échappait, il le dessinerait en dernier. Il irait revoir Sonine et lui demanderait conseil. Gerda peut-être... Il apprendrait à regarder.

Il saisit une nouvelle feuille de papier blanc, la posa sur le chevalet, par-dessus la toile, et décida de s'attaquer immédiatement aux deux autres compositions. D'abord le paysage. Il avait son idée...

— Alors, ça ne marche pas ?

La voix derrière lui, une voix de femme, le fit sursauter. Elle avait parlé en français. Il se retourna. L'Alsacienne ! C'était une grande fille aux cheveux blond filasse, au visage chevalin. Elle souriait de ses yeux clairs, un pot de colle dans chaque main.

— Non ! fit Jacques bourru. Il lui tourna le dos et se remit à dessiner.

Kühn, Gerda, l'*Arbeitsamt*... Un drôle de cirque! Puis l'Amicale, et puis Gerda encore, et puis Sonine. Une longue, folle journée. Hier, seulement hier. Breslau tournait comme une roue de foire. Approchez ! Approchez ! Mesdames, messieurs, ouvriers, permissionnaires, passants, choisissez votre numéro ! On gagne, on perd, un camp, l'Opéra, le matricule de la chance ou celui de l'oubli. Pan ! Pan ! Les beaux cartons ! Les mains désarmées, les mains pleines de fusils, les tireurs avaient les yeux bandés des lâches, des aveugles, des fusillés, les yeux de glace des survivants. Par ici! Par ici! La vie passe, ne la ratez pas! Sous le manteau, des filles chaudes comme des petits pains d'autrefois, l'enfance, la colère, la fringale des uns, l'ennui, la peur des autres, les gestes d'avant-guerre. Midi, deux heures, quatre heures, minuit, la plaque tournante du *Ring*, les éclairs des tramways. Pour un affreux Petit Poucet de fièvre et de hasard, sous son manteau de ratine bleue et son béret de Bayonne, les rues damées glissaient comme des toboggans, d'un pont à l'autre sur l'Oder. Les glaçons arrêtés sous les piles, d'autres filant sur l'eau, s'entrechoquant sans bruit, mêlés, démêlés. Pourquoi ? Pourquoi ? Le dédale des rues comme l'écheveau stupide du destin, mort ou vie en zigzag, Wyla, Wenger, Stelovsky, les cailloux pour demain, les miettes pour l'espérance...

Maintenant tout était mélangé, les pavés, la fatigue, la chaleur d'une main, les menaces, les cris, le mensonge, les rires, et ce qu'il fallait bien appeler la chance. Dans cette ronde infernale de la veille qui tournait dans sa tête, avec ses crissements d'effroi, la plainte sourde de l'espoir, et ces trous de silence encore plus angoissants, Jacques s'étonnait de ne plus reconnaître ni tout à fait sa propre voix, ni tout à fait l'image qu'il avait cru, naïvement, être la sienne. Gerda avait été un miroir, et puis Kühn un autre. Et puis l'*Arbeitsamt*... Il y avait des miroirs qui rassuraient, d'autres qui faisaient sourire ou tout au moins n'effrayaient pas. Mais il y en avait aussi qui ne donnaient pas envie d'y revenir.

Cario, à l'Amicale, avec ses manières de marlou, sa gouaille désabusée, ses traits tordus par la colère, par l'inquiétude : « Je t'emmerde, petit con ! Peintre de mes deux ! Tu peux bien aller faire lanlaire à l'Opéra, moi je la prendrai pas, ta place ! » Comme une douche froide, un rappel à l'ordre ? Mais à quel ordre, bon Dieu ? « Cario ! Pourquoi tu me dis ça ? » Cario crachant dans sa mauvaise humeur des mots qui n'avaient aucun sens : « Mais c'est ça, laisse-nous tomber ! Nous tous on peut bien crever, tu t'en fous ! Crever, je te dis ! On peut y aller, nous, à Krasna ! » Pourquoi ? Pourquoi cette haine qui revenait ? Cette rancœur ? Ce ne serait donc jamais fini ? « Cario! Merde à la fin, qu'est-ce que je t'ai fait? » — « Fous-moi le camp, je te dis ! Fous-moi le camp d'ici ! » On a pourtant le droit de se défendre de ne pas se laisser faire aux pattes comme un rat ! Quel mal y a-t-il à cela ? Pourquoi cet acharnement à le condamner, lui qui ne leur avait rien fait, à tous ces gars, que d'essayer de vivre ? Et Cario, l'œil plein de rancune, qui se détournait soudain, les épaules basses...

Et puis l'*Arbeitsamt*. Le bureau de Wyla. Cinq heures du soir. Les derniers détails à régler pour le changement d'affectation. Stelovsky n'a pas voulu le recevoir. Stelovsky ne sait rien. Il ne veut rien savoir. Ce n'est plus de son ressort, maintenant. Un signe de la main, en passant, très vite. La mèche blonde, le bégaiement. Tout le monde veut vivre !

Jacques attend dans le couloir. Il est assis sur une chaise. Sa tête est un tambour fatigué, plein de vieilles résonances, de murmures. Des multitudes de visages dansent derrière ses yeux, des bouches noires de menaces, les vrais, les faux sourires. Des bouts de phrases reviennent, toujours les mêmes, lancinants, des mots sans lien, des bribes de conversations. Il voudrait bien dormir. Dormir...

Soudain ils sont là. Ils sont passés devant lui sans lui prêter attention. Ils sont entrés dans le bureau de Wyla, costumes noirs, bottes craquantes, casquettes plates avec leurs vilaines gueules de séminaristes. Ils sont deux. Jacques les a tout de suite reconnus. Ce sont les commissionnaires de l'Est, les sinistres rabatteurs de Krasna.

Jacques s'est levé. Il tend l'oreille. Les convoyeurs réclament leur dû. L'appel, un nom après l'autre. Soudain rien ne va plus. Un nom a été rayé sur la liste. Pourquoi ? Les explications de Wyla ne suffiront pas. Stelovsky s'en mêle. Les hommes élèvent la voix, menacent. Stelovsky tient tête. Il produit documents, attestations. Tiens ! Stelovsky redevient beau ! Tout le monde crie autour des paperasses étalées et donne du poing sur la table. On téléphone, on tape à la machine. On signe. C'est fini... Jacques s'éloigne sur la pointe des pieds. Wyla paraît. Elle est très pâle, et de loin lui fait signe de s'en aller. Mais il ne peut pas. A leur tour les convoyeurs sortent de la pièce, et Jacques, fasciné, les suit de loin. A l'abri d'un pilier, sous le porche, il les regarde débâcher l'arrière d'un camion. Deux *Feldgrau* sautent sur le sol. Ils s'en vont ouvrir, au bas de quelques marches, une porte donnant sur les sous-sols du bâtiment. C'est là, dans des caves sans fenêtres, que sont réunis chaque semaine les hommes destinés aux divers camps disciplinaires. Ils surgissent du sol, une vingtaine, hâves et dépenaillés. Un troupeau que les soldats poussent devant eux.

— *Los! Los!* crient les *Schupo*.

Jacques les regarde passer à quelques mètres de lui. Ils ne le voient pas, à demi dissimulé derrière son pilier. Un à un Jacques les dévisage. Il ne les connaît pas. Ce qui le frappe, c'est leur regard. Ils ont tous le même regard flottant, sale, résigné. On dirait qu'une même fatigue les a ternis, une sorte de mort poussiéreuse avant l'heure. Les soldats, les convoyeurs, ont les mêmes yeux éteints. Et Jacques pense que le malheur, c'est peut-être comme une maladie contagieuse.

Il a remonté les marches du perron, il est retourné chez Wyla. La petite Polonaise lui a remis ses papiers. Elle a des mains hésitantes. Et Jacques est parti incapable de lui parler. Il n'a même pas dit merci.

Après, après... Le *Ring*, les rues glacées, la nuit qui tombe sur le *Rathaus*, les longues, mornes files d'inconnus aux arrêts de tramways, la neige qui recommence à tomber, la neige qui caresse, qui étouffe, qui fait tout oublier. Quand Jacques est arrivé chez Sonine, déjà il ne pensait plus qu'à lui-même, à lui seul. Kubelik est venu ouvrir la porte, toujours aussi peu loquace, Kubelik et ses cheveux carotte, ses taches de rousseur, sa grande carcasse de paysan. Sonine s'est levé et lui tend sa main unique.

— Dima, dit Jacques, ce soir tu vas m'apprendre à peindre !

CHAPITRE XXI

Le haut-parleur diffusait des valses. Valses tendres de Schumann, romantiques de Chopin, piquées, typiquement viennoises de Johann Strauss ou de Waldteufel, et Jacques se laissait bercer par le rythme à trois temps. *Wiener Blut, Wein, Weib und Gesang, Kaiserwalzer*... Il avait envie de laisser là ses pinceaux — le décor lui-même s'estompait gommé peu à peu par le charme envoûtant de la musique — et de s'aventurer sur les parquets cirés des grands bals d'autrefois, dans quelque palais d'une Vienne frivole et encore insouciante, pour tourbillonner, libre, léger, parmi les robes du soir et les uniformes, dans un étincellement de bijoux, de lumières et de décorations, jusqu'à ce que la tête lui tournât.

Les Légendes de la Forêt viennoise, La Vie d'Artiste, et maintenant la valse de *Rosenkavalier* de l'autre Strauss, Richard... Des femmes en robe à crinoline tournoyaient, le buste cambré, la tête un peu renversée en arrière, au bras de leurs cavaliers, des messieurs à rouflaquettes, en habit noir, à jabot de dentelle, de jeunes officiers dont les dolmans et les sabretaches battaient fièrement la hanche ou le mollet.

Valses, polkas, valses, mazurkas... Sur le buffet d'acajou, entre deux consoles à l'italienne aux dessus de marbre blanc veiné de gris, dans le ruissellement des verres et de l'argenterie, trônait le bol de punch, avec sa louche à poignée de vermeil. Autour du feu, par petits groupes de fumeurs, assis, le verre à la main, sous les hauts panneaux de tapisserie, se tenaient les vieux, les essouflés, les bavards ou les laissés pour compte. Des laquais en livrée bleu de nuit passaient entre les invités, leurs plateaux encombrés de coupes de champagne et de friandises.

Dans le grand salon aux couleurs d'Uraldia, avec ses rideaux lourds de velours bleu, ses boiseries blanches et or, sa vaste cheminée Louis XV où brûlaient des troncs d'arbres dans un crépitement d'étincelles, c'était un bal d'avant la guerre, un bal très ancien aux beaux jours de l'enfance et des longues vacances d'été, une de ces fêtes costumées dont on ne savait plus dans ce décor qui leur convenait si bien, si les costumes n'étaient pas ceux de tous les jours, et si toutes ces belles, et ces messieurs à favoris, n'allaient pas tout à l'heure, dans la nuit tiède de septembre, faire appeler leurs cochers, et repartir en calèches vers la ville.

Jeunes dames, demoiselles des environs, elles dansaient, les yeux brillants, habillées de couleurs tendres. De leurs décolletés à la Winterhalter, droits ou en pointe, jaillissaient des épaules un peu grasses ou des cous graciles, des bras minces d'adolescentes, de jeunes seins essoufflés à la naissance desquels la lumière de bougies mettait des ombres indiscrètes. Bras nus de jeunes filles au parfum de lavande, mains prises et laissées, reprises dans la pénombre, dociles, inquiètes, abandonnées. Toutes les valses donnaient envie d'être amoureux, de rire avec les yeux, de dire des choses très jolies dans le creux d'une oreille, entre deux mèches blondes, et pour rêver, de n'être plus jamais seul. « Viens ! Allons nous promener ! » Une chaise tirée dans un grand frou-frou de jupons, l'œillade circulaire, un air de princesse fautive, juste le temps de reprendre son souffle et d'écouter les yeux mi-clos ce qu'on avait à dire ; et puis, comme on avait le temps, toute la vie, pour se le dire — pour s'aimer, qui sait ? — et que si la vie est longue, les nuits, elles, sont trop courtes, on repartait d'un pied léger sur la piste, insouciants, entraînés par la valse suivante.

Gerda... Les violons s'étaient remis à chanter. Les flots d'un Danube plus bleu que nature lui submergeaient le cœur, et Jacques ne vit plus que Gerda. Elle était la plus belle. Il lui avait donné la robe de soie parme à volants, celle qui avait la plus large crinoline et un décolleté profond. Il la regardait passer dans les salons d'Uraldia, peu à peu se superposer à tous ces visages plus ou moins familiers, comme une apparition qui brusquement les rendait inactuels. Elle avait cette fossette enfantine sur la joue quand elle riait, mais des épaules très rondes, des épaules de femme déjà nue. Il laissait descendre ses deux mains tranquilles sur la soie de la robe, autour de la taille de la jeune femme, juste là où commencent les hanches, et la fête, de lointaine et d'un peu irréelle, devenait une fête d'aujourd'hui, sa première fête à l'âge d'homme.

« Tu entends ? Je t'aime ! Les violons le disent, les violons qui sont parfois si tristes ! » Gerda tournait la tête : «*Ach! Du...*», les yeux noyés d'étonnement, pleins d'un rêve doré où toutes les bougies du bal venaient vaciller l'une après l'autre. Elle dansait, légère et lourde à son bras, pesant dans le creux de sa main de tout le poids de sa robe entraînée, glissant autour de lui sans paraître toucher le sol, épousant les langueurs de la valse ou suspendue, immatérielle, à l'interminable soupir qui précède l'envol du troisième temps. L'orchestre attaquait *Du und du,* le final de la *Chauve Souris.* « Tu vois, dit Jacques, toutes les valses parlent de nous ! Viens ! Je t'aime, puisque les violons le disent. Cette valse va finir. Le bal aussi va finir. Les bougies vont s'éteindre, les gens s'en aller... Mais c'est trop tard, Gerda ! Rien ne s'arrêtera plus maintenant. Puisque je t'aime, rien ne va finir. »

« Est-ce que c'est vrai que je l'aime ? » se demandait Jacques. A vingt ans les violons peuvent tout embrouiller. Est-ce qu'on sait au juste ce qu'ils disent, et s'ils ne chantent pas pour eux seuls des airs de connivence ? Ils pleurent, ils sont ivres, ils sont sincères ?... « Et toi tu donnes dans le panneau, bonhomme ! Tu tournes, tonton valseur, tu farandoles !... » Elle était entrée dans la ronde, la Silésienne, princesse toute neuve d'un bal ancien, et il n'avait envie que de l'y suivre. Pourquoi pas ? Oui, pourquoi pas ?

Et puis « Non ! » se répétait-il tout bas, quelque part au fond du cœur où tout s'en va si facilement à la dérive. « Non ! » pour se retenir. Pour se défendre. « Je ne vais pas me laisser aveugler par un jupon qui passe ! Comme le petit taureau fou qui fonce au premier chiffon rouge ? Il y avait, pour le retenir, autre chose que ce seul instinct de chasse et de défense qui fait des hommes des bêtes encore plus naïves, il y avait ce que Gerda lui avait dit l'autre soir. Il y songeait, depuis, tout le temps, sans bien savoir ce qu'il fallait en penser, étonné seulement que cela fût possible. Gerda, la fille de Wenger, la fille de cet homme qui était pour lui la guerre, qui était l'Allemagne de la menace et de l'humiliation ?

Bien sûr, elle n'habitait plus avec lui, depuis longtemps. Elle faisait carrière de son côté, indépendante, avec un nom à elle, un nom de scène. Il s'était remarié, et ne la voyait que de loin en loin, tout à sa vocation d'industriel nazi dans le grand *Reich* en guerre. Mais que ce Prussien glacé, ce faux homme du monde aux mains soignées, qu'il haïssait comme il n'avait jamais haï personne, fût le père de Gerda, créait entre elle et lui une sorte de malaise qu'il ne parvenait pas à dissiper. Il lui semblait qu'à présent il ne se débarrasserait jamais plus de cet homme. Il avait cru lui échapper, mais Wenger l'avait repris, et de la plus inquiétante manière. Désormais il poursuivrait Jacques dans ce qu'il avait de plus secret, ce bonheur qui datait d'hier.

« Gerda ! Pourquoi ? Pourquoi ?... Fallait-il que tu me le dises ? Fallait-il absolument que je l'apprenne ?... » Et Jacques de nouveau secouait la tête : cette envie de ne rien savoir, quelle lâcheté ! « Je t'enlèverai à lui, je t'enlèverai à cette guerre hypocrite et méchante, à ce présent de brouillard et de peur, à tous ces demains qui nous étouffent, qui voudraient nous interdire d'avoir vingt ans, de danser, de nous aimer dans des salons bleu et or au son de mélodies tziganes ! » Alors il la reprenait par la main : « Gerda, viens ! Nous retournons au bal. Seuls les violons disent vrai... »

— Alors ? fit Kruckenberg d'une voix de stentor. Ils avancent, ces chefs-d'œuvre ?

Tiré brutalement de ses réflexions, Jacques sursauta. Son pinceau dérapa sur la toile.

— Merde ! jura-t-il à mi-voix.

Il rangea ses pinceaux, s'essuya les mains à son blouson, et fixa sur Kruckenberg un œil interrogateur.

Toute la journée Jacques avait peiné sur cette deuxième composition, le studio de Rodolphe pour *La Bohème*. Il avait eu bien du mal à recréer l'ambiance romantique d'une mansarde en 1860, et s'était régulièrement trompé dans ses perspectives, mais les couleurs étaient bien venues, et la verrière donnant sur les toits de Paris — ô miracle ! — avait l'air d'une verrière. Quant au paysage, il l'avait achevé la veille. Il en avait retourné la toile contre le mur, pour que les ouvriers et les peintres ne puissent le voir et ne viennent pas chuchoter dans son dos leurs commentaires goguenards. Pour le composer, il s'était inspiré d'un paysage qu'il connaissait par cœur, celui d'Uraldia, de la grande maison dans ses bouquets de chênes et de platanes. Il avait forcé sur les couleurs, et simplifié à l'extrême la représentation de la nature, le détail des arbres, des prairies bordées de haies vives, espérant que cette schématisation imposée par les circonstances passerait pour une naïveté voulue. Techniquement — il fallait bien en convenir — c'était d'une faiblesse insigne. L'imitation maladroite d'un Douanier Rousseau. Pourtant, avec ses couleurs fraîches, Jacques trouvait que le tableau avait un certain charme. Seulement voilà : Kruckenberg et Reinhardt y seraient-ils sensibles ?

— *Gut ! Gut !* convint Kruckenberg, avec un large sourire. Peinture française très colorée ! Ha ! Ha !... Très amusant !

Ses yeux, sous les sourcils charbonneux se plissèrent, formant dans les coins d'innombrables petites pattes.

« Au lieu de se fendre la pêche, pensa Jacques, il ferait mieux de me donner son avis ! »

Le peintre retourna l'autre toile, examina longuement le paysage, et hocha la tête :

— C'est chez vous ?

— Oui, dit Jacques.

— *Schön !* fit Kruckenberg. Où est-ce ?

— En France, dans le Sud...

— Ah... Maison de famille?

Jacques acquiesça. Il eût préféré que l'autre lui dît ce qu'il pensait du tableau lui-même, mais, Kruckenberg s'éloigna sans faire d'autre commentaire.

« Bah ! se dit Jacques... Pour le boulot qu'il y a ici ! » Point n'était besoin de peindre comme Hubert Robert, de dessiner comme Ingres ! A Kühn, il avait bien fallu donner le change, mais ici, dans cet atelier, Jacques savait bien qu'en définitive il ne bluf-ferait personne. Gagner du temps, tout était là ! Jacques avait trois jours pour gagner la partie, et il savait bien que s'il l'emportait finalement, ce ne serait pas en barbouillant des toiles avec plus ou moins de bonheur, mais en faisant son trou petit à petit parmi tous ces gens nouveaux. Il importait avant tout qu'il fût accepté, et qu'on l'aimât.

Pour l'instant il était incapable de faire le point. Reinhardt, olympien, parcourait les ateliers sans jamais trahir le moindre sentiment personnel. A aucun moment il n'était venu s'enquérir de son travail, mais Jacques savait, à d'imperceptibles signes, qu'il était attentivement observé. Le matin Reinhardt croisait le Français s'affairant près du poêle, ou revenant de la remise, un seau de charbon à chaque main, et il le saluait du classique « *Heil Hitler !* » auquel Jacques répondait par un « Bonjour monsieur ! » non moins banal. Ce n'était pas, à en juger par la moue de Reinhardt, la réponse attendue. Aussi, le deuxième matin, à son « *Heil Hitler* », plus appuyé, avait-il rétorqué par un « *Heil Pétain !* » qui avait fait sursauter le directeur. La formule, bien qu'inhabituelle, après tout n'était pas séditieuse, et Reinhardt dut en convenir, car l'ombre d'un sourire parut errer sur ses lèvres.

De ses autres compagnons de travail, Jacques ne s'était fait pour l'instant qu'une opinion très vague. Les trois tapissiers bulgares ne parlaient qu'entre eux, dans un incompréhensible sabir mélangé de bulgare et d'allemand. Le vieux Klubka qui dirigeait leur équipe avait depuis longtemps dépassé l'âge de la retraite, et sous ses cheveux de neige, il offrait un visage de bon papa tranquille. Tout autre était Rossolovsky, le Russe édenté qui parlait en sifflant, et sentait fort de la bouche. Ses manières cauteleuses, son antinazisme prétendu — il était venu faire à voix basse des confidences au Français : « Je suis russe, moi ! *Krieg Scheisse !... Hitler kaputt !...* » — n'avaient fait qu'éveiller la méfiance de Jacques. Russe blanc naturalisé allemand avant la guerre, Rossolovsky donnait à entendre qu'il était communiste. « Mais chut ! Pas un mot, sinon couic ! » Il passait la main sur son cou en un geste expressif, et riait de sa bouche vide.

« C'est pas de sitôt que tu vas m'embarquer sur ce terrain ! » pensait Jacques. Il prenait l'air stupide de celui qui n'a pas compris, et parlait d'autre chose.

Elisa, la décoratrice, était une bonne pâte d'Alsacienne, qui avait une fâcheuse tendance à raconter ses malheurs et à pleurnicher en travaillant. Son mari, un jeune caporal de Dresde, était actuellement sur le front d'Italie en train de se faire malmener quelque part du côté de Cassino. « Mon Dieu ! Mon Dieu ! se lamentait Elisa — elle n'avait jamais pu se résoudre à s'adresser à Jacques autrement qu'en français — quand je pense que je n'ai que vingt-cinq ans ! Ce n'est pas une existence, avouez, pour une jeune femme de mon âge, que d'être seule ! Nous sommes mariés depuis un an à peine, Kurt et moi, et je sens bien que je vais être veuve ! C'est sûr, il va mourir, mon Kurt ! Je le sais, j'en suis certaine !... » Elle fondait en larmes, et tirant de sa poche un mouchoir maculé de peinture et de colle, s'en tamponnait les yeux. Jacques qui n'avait aucun goût pour le rôle de consolateur, laissait alors tomber une de ces phrases passe-partout et, en l'occurrence particulièrement idiote, dans le genre de « Que voulez-vous, c'est la vie ! » qui faisait pousser à Elisa des petits cris de désespoir.

Enfin il y avait Kruckenberg, sa tête de loup grisonnante, ses grandes mains osseuses aux ongles noirs, ses manières de soudard. C'était lui qu'il fallait convaincre, et Jacques savait que ce ne serait pas un client facile. Originaire de Kiel, fils et petit-fils de marins, Kruckenberg avait, à quinze ans, abandonné la mer pour le théâtre. Machiniste dans un music-hall de Hambourg, il était allé à Dresde apprendre à peindre, puis, pendant vingt ans, il avait roulé sa bosse d'un théâtre à l'autre, d'Erfurt à Leipzig puis à Berlin. Marié à une Silésienne, il était venu s'installer à Breslau. Excellent ouvrier décorateur, Kruckenberg adorait son métier. Mais son caractère violent, ses colères, lui avaient bâti une solide réputation de mauvais coucheur. A peine Jacques s'était-il installé dans son recoin d'atelier, que hurlements et invectives n'avaient pas tardé à lui dégringoler dessus comme la grêle. Le poêle ne chauffait pas assez, un foutu saboteur avait renversé de la peinture sur le linoléum, où était cet ignoble singe de Rossolovsky, et *mein lieber Gott !* qu'est-ce qu'il avait fait au ciel pour qu'on lui envoyât un petit Français d'opérette qui peignait avec ses pieds ? Longtemps Jacques avait subi ces avanies sans mot dire : Petit Français de pacotille, ersatz d'ouvrier, bon à rien, guignol !... » jusqu'à cet instant d'exaspération où, incapable de se contenir, il s'était retourné et il lui avait jeté, bégayant de rage : « Le p...etit Français... le p...etit Français, il vous dit merde ! » A sa stupéfaction Kruckenberg avait éclaté de rire, et montrant Jacques aux ouvriers médusés, s'était écrié : « Mais il mordrait, l'animal ! » Le cœur battant, les oreilles en feu, Jacques avait repiqué du nez sur sa toile. Le même jour, à l'heure de la pause, Kruckenberg lui avait offert une cigarette.

Le vendredi arriva. Convoqué à midi dans le bureau de Reinhardt, Jacques sentit ses pires craintes brusquement se réveiller. Il entra dans la pièce, le pas faussement assuré, une boule dure au fond de la gorge. Ses trois toiles étaient posées sur la table. Debout, lui tournant le dos, Reinhardt les regardait.

Sa troisième composition, le nu, commencée la veille, était à peine achevée depuis une heure. Jacques avait essayé de suivre les conseils de Sonine : « Fais du moderne, de l'archi-moderne, du nu symbolique. Sinon tu ne t'en tireras pas ! » S'inspirant de quelques croquis esquissés par le Russe, et du vague souvenir qu'il avait gardé des odalisques de Matisse allongées dans des appartements éclatants de couleurs, il avait courageusement composé un tableau d'un surréalisme à faire hurler d'horreur, ou se pâmer d'admiration. Moderne, ce l'était. A frémir.

Un incident étrange s'était produit le matin même, qu'il ne parvenait pas à s'expliquer : son tableau à peine ébauché sur la toile, il l'avait abandonné pour s'occuper du poêle comme chaque matin. Revenu une demi-heure plus tard devant son chevalet, il avait eu la surprise de trouver l'esquisse corrigée. Une main étrangère en avait nettement modifié les lignes. Allongée sur un tapis persan, sa bonne femme était à présent dotée d'une vraie paire de fesses, et bien qu'elle n'eût pas les yeux au milieu de la figure, ni le sein très convaincant, elle avait perdu cet aspect « têtard » qui avait l'autre jour déclenché tous les rires. C'était très laid, mais — il était bien obligé de le reconnaître — c'était une femme nue. Jacques avait essayé de deviner lequel de ses compagnons d'atelier avait bien pu lui donner ce coup de pouce providentiel. En vain. Le mystère n'avait pas été éclairci. Et Jacques s'était contenté d'achever le travail, jugeant beaucoup plus sage de ne pas poser de questions.

Reinhardt prit les toiles l'une après l'autre. Il les examina longuement, puis les retourna contre le mur. Le silence devenait pesant. Jacques voulut manifester sa présence en s'éclaircissant la gorge. Il ne réussit qu'à déglutir péniblement.

— Vous voulez que je vous dise ce que j'en pense ? demanda Reinhardt.

Il s'était retourné et le fixait de ses yeux de porcelaine.

— Non... fit Jacques terrifié.

— Je vais quand même vous le dire ! — Le directeur leva les yeux au plafond. Il avait l'air de prendre le ciel à témoin. — C'est un attentat ! Un véritable attentat !

— Ah ! fit Jacques.

— Il y en a deux, continua Reinhardt, qui pourraient à la rigueur — je le dis bien à la rigueur — donner à un sauvage des îles Fidji l'illusion de la peinture...

Pourquoi les îles Fidji? se demanda Jacques consterné.

— ... Mais celle-là ! ! — Et brandissant la dernière toile, Reinhardt lui agita l'odalisque sous le nez... — Celle-là !... Est-ce que vous vous moquez de moi ?

— Mais pas du tout...

— ... C'est une insoutenable cochonnerie ! A pendre dans un clapier... Si l'on veut faire rater une couvée de cochons d'Inde !

— Tiens ! dit Jacques. Moi c'est celle que je préfère !

Perdu pour perdu, il n'allait pas se laisser dire n'importe quoi !

— Je vous plains beaucoup, jeune homme, dit Reinhardt en exhalant un soupir, je vous plains si vous les voyez comme ça, les femmes !

— Chez moi, à Paris, dit Jacques vexé, c'est ce qu'on appelle de la peinture moderne, une peinture dans le coup !

Reinhardt reposa la toile, et pinçant les lèvres :

— Chez nous on enferme les gens pour moins que ça ! Où diable avez-vous appris à peindre, malheureux ?

— Avec Cézanne, Matisse, Braque... Vous connaissez ? dit Jacques effrontément. Avec Picasso, mais il est communiste ! Avec Chagall, mais il est juif...

— Assez ! Cela suffit ! Vous êtes un insolent !

Jacques secoua la tête. Il n'était pas un insolent. Il avait le cœur serré de désespoir. Il avait perdu. Il s'était donné beaucoup de mal pour gagner, mais il avait perdu ! Reinhardt contourna son bureau et s'assit. Il regardait ses mains sur la table, l'œil vide, la bouche sans lèvres tirée comme un trait. Jacques fit un pas pour se retirer.

— Un moment !

La voix de Reinhardt lui parut soudain moins mordante. Il s'immobilisa.

— Vous connaissez *Herrn* Wenger?

— Oui, dit Jacques. J'ai travaillé dans son usine...

— Hé bien, vous pourrez le remercier !

— ?

Qu'est-ce que c'était encore, ce nouveau coup bas ? Lui, remercier Wenger ? « C'est pas demain la veille ! »...

— *Herr* Wenger a téléphoné au docteur Kühn. Il lui a dit que vous étiez un imposteur, que vous n'aviez jamais été peintre, que vous vous étiez moqué de lui.

— Ça ne m'étonne pas, dit Jacques...

— Mais monsieur Kühn, lui, s'est étonné. D'autant plus que Wenger l'a en quelque sorte menacé de vous faire rechercher de force par la police de l'*Arbeitsamt*.

— Ah !

— Monsieur Kühn, en tant que directeur de l'Opéra et haut fonctionnaire du *Reich*, ne peut pas se permettre d'engager un imposteur, encore moins permettre qu'on se moque de lui. Vous me suivez ?

— Oui, dit Jacques qui suivait avec difficulté. Mais je ne me suis moqué de personne.

— Par conséquent, reprit Reinhardt, pour monsieur Kühn vous n'êtes pas un imposteur. Vu ?

— Oui, dit Jacques... Enfin, non!

— Monsieur Kühn vient de me le téléphoner à l'instant, et j'ai eu l'avantage de le lui confirmer...

Jacques fronça les sourcils. Son front se plissa dans un douloureux effort de compréhension.

— ... Me suis-je clairement fait comprendre ?

Pour la première fois depuis le début de l'entretien, Reinhardt esquissa un sourire. Avec sa tête chauve et ses yeux tombants, il avait l'air d'un poisson dans un bocal.

— Oui, fit Jacques dans un souffle. Mais aussitôt il secoua la tête négativement. Il ne savait plus ce qu'il fallait croire.

— Vous êtes donc engagé comme peintre-décorateur au *Schauspielhaus*, laissa tomber Reinhardt! Vous avez commencé votre travail il y a trois jours. Régulièrement. Voici d'ailleurs vos papiers d'affectation définitive. — Il lui tendit une liasse de documents. Désignant d'un geste les trois toiles, il ajouta — : Vous pouvez emporter vos... tableaux. Je ne veux plus les voir !

— Mais... et monsieur Kühn ?

— Monsieur Kühn ne veut même pas en entendre parler !

— A propos, dit encore Reinhardt, Kruckenberg, qui s'y connaît, dit que vous avez mauvais caractère, mais qu'il vous dressera. Ah !... Il faut aussi que je vous dise... Reinhardt prit un air désolé : lui aussi, c'est le nu qu'il préfère !

Jacques regarda Reinhardt impassible à son bureau, ouvrit la bouche pour parler, mais aucun son ne franchit ses lèvres sèches. Il s'inclina et sortit.

Une formidable claque s'abattit sur son dos, lui coupant le souffle. Les toiles lui échappèrent des bras et se répandirent dans la poussière de l'atelier.

— Salopard de petit Français ! rugit Kruckenberg. Je vais vous apprendre à peindre des femmes nues, moi !

Et il éclata d'un rire sonore qui ébranla les vitres au-dessus d'eux, et explosa dans la tête de Jacques comme un carillon de fête.

CHAPITRE XXII

Deux jours plus tard ce fut Noël. Ce soir-là, au camp d'Ofener, quand les hommes réintégrèrent la baraque 7/2, ils eurent la surprise d'y retrouver Jacques. Assis sur sa paillasse, une valise ouverte à ses pieds, il mettait de l'ordre dans ses affaires.

— Tiens ! fit Marino, voilà l'artiste !

Cario s'approcha.

— Salut ! dit-il.

— Salut ! grogna Jacques.

Cario se moucha bruyamment dans ses doigts, et vint s'appuyer contre le lit.

— Je suis content que ce soit arrangé pour toi, commença-t-il. C'est chouette, à l'Opéra ?

— C'est chouette.

— Tu peins ? Je savais pas que t'étais peintre !

— Moi non plus, dit Jacques.

Dans le fond de la valise il rangeait soigneusement ses piles de lettres, et quelques livres. Il y avait trois chemises propres sur le lit. Il les posa dessus bien à plat.

Cario se racla la gorge.

— Pour l'autre soir à l'Amicale... Excuse-moi. J'étais de mauvais poil. Je pensais pas ce que j'ai dit. Vrai, je le pensais pas !

Jacques leva les yeux et le regarda, gêné. Il n'aimait pas les gens qui s'excusent.

— Laisse ! fit-il. Ça n'a plus d'importance. — Il n'en voulait plus à Cario. Il n'en voulait plus à personne maintenant. — Et ici, ça boume ? demanda-t-il...

— On fait aller ! dit Cario. — Il émit son ricanement habituel. — Encore un mois de tiré ! Les frisés reculent de partout. Bientôt la quille !

Sibert venait de rentrer. Tout de suite Jacques fut frappé par le changement qui s'était opéré en quelques jours chez son camarade. Il avait le visage cireux, impressionnant de maigreur, et des cernes profonds sous les yeux. Il aperçut Jacques et ses joues se colorèrent :

— Tu es revenu ? Je savais bien que tu reviendrais. Tu vas rester, dis ?

Il eut une quinte de toux qui le plia en deux. C'était une vilaine toux caverneuse qui avait l'air de venir de très loin.

— Qu'est-ce que t'as ? dit Jacques. La caisse ?

Sibert fit signe que oui. Des gouttes de sueur perlaient sur son front, et au-dessus de sa grosse lèvre ombragée d'un duvet. Il s'appuya au lit, et plaqua une main aux doigts sales sur sa bouche, comme pour s'empêcher de tousser :

— Je sais pas ce que j'ai à tousser tout le temps...

— T'as vu le toubib ? Qu'est-ce qu'ils t'ont dit à la *Krankenkasse* ?

— Ils m'ont donné quinze jours d'arrêt de travail, dit Sibert avec un sourire ravi.

— Quinze jours ! Hé ben, mon salaud !

Jacques hocha la tête. Quinze jours de repos, ce n'était pas bon signe.

— Je t'ai lavé tes chemises, dit Sibert. Maintenant j'ai le temps.

— J'ai vu, merci.

— Dis... tu vas rester à présent ? Tu ne t'en iras plus ?

— Si, dit Jacques, je me tire. Je suis venu faire mes paquets.

— Oh non !... — Entre les deux oreilles décollées, le

visage de Sibert s'était encore allongé. — Oh non ! répéta-t-il...

Jacques haussa les épaules :

— Tu laveras les chemises du Mataf !

Il posa une main sur le bras de Sibert.

— T'en fais donc pas, je reviendrai !

Sibert se détourna. Il avait des larmes dans les yeux.

— Il y a un paquet qui est arrivé pour toi, dit-il, la voix pleurarde. Un gros. Je te l'ai gardé sous mon lit.

Jacques se leva et le suivit jusqu'à son coin.

Des banderoles de papier étaient suspendues entre les lits, d'autres, accrochées à l'ampoule, descendaient du plafond en guirlandes multicolores. Confectionné avec trois chiffons, un petit drapeau français était fiché au mur, au-dessus de la table. Le poêle ronflait sans faiblesse, il avait reçu sa ration du dimanche. Les hommes s'affairaient au milieu de la pièce. Ils avaient mis en commun les paquets envoyés pour les fêtes par leurs familles, et faisaient sur la table le décompte des provisions.

— Des haricots ! Toujours des haricots ! se plaignit Marino de sa voix nasillarde. Qu'est-ce qu'ils croient, mes vieux ?

— Donne toujours ! dit Badie. Ça bourre !

— *Fan de chichoune!* Vise un peu ce pâté!

— Y te fait saliver, salope !

— Touchez pas à ça, bonne mère !

— Ho Badie ! Envoie la marmite, que j'y mette les fayots à tremper !

Dans la confusion et l'excitation des veillées de fête, au milieu des cris, des exclamations joyeuses, se préparait le gueuleton de l'année, le dîner du Réveillon.

— Cario ! appela une voix.

Cario se retourna. C'était Dourthe, le Daquois, un blond timide, le benjamin de la carrée depuis que Robin était mort. Allongé sur un coude, il lui faisait signe de sa paillasse.

— Qu'est-ce que tu veux ?

— Viens là une seconde. J'peux pas crier.

Il grimaçait, comme s'il avait mal ; le visage congestionné. Cario s'approcha.

— Qu'est-ce que t'as, môme ?

— Je ne sais pas, dit Dourthe en rougissant, ça m'a pris ce tantôt... Je n'arrête plus de...

— T'arrêtes plus de quoi faire ?

— Je sais pas comment te le dire. — Il s'agita sur son grabat, les joues en feu. — Ça me fait mal à gueuler ! Si ça s'arrête pas, je vais crever, pour sûr !...

— Mais quoi, bon Dieu ? Où que t'as mal ?

— Là ! dit Dourthe. Par-desssus la couverture il lui désigna la région du sexe. C'est dur comme ça depuis des heures ! J'en peux plus !

Cario écarquillait les yeux sans comprendre. Tout à coup il renversa la tête en arrière et s'étrangla de rire.

— Je savais bien, dit Dourthe le visage cramoisi de honte, je savais bien que si je vous le disais vous vous ficheriez de moi !

— J'y peux rien, dit Cario, ça me fait rire !

— Y a pas de quoi rigoler, dit Dourthe vexé. Ça fait des heures que je suis comme ça ! Je te dis que je vais en crever ! Qu'est-ce que je peux faire ?

— C'est la meilleure, celle-là ! s'exclama Cario qui avait du mal à retrouver son sérieux. T'as des poignes, non ? T'as qu'à t'en servir.

— J'ai déjà essayé. Ça ne marche pas !

— Alors fous-la sous la douche. Elle se calmera !

Dourthe secoua la tête :

— J'ai essayé aussi !

Son visage se crispa, et deux grosses larmes roulèrent sur ses joues empourprées.

— Merde ! Fais pas cette gueule-là, dit Cario ! C'est arrivé à tout le monde, ça. Personne n'en meurt !

— Mais j'ai tellement mal ! dit Dourthe en reniflant. Il faut faire quelque chose...

— Et qu'est-ce que tu veux que je fasse, hein ? Tu voudrais tout de même pas... Cario se mit à rire de plus belle.

— Ce que tu es bête, fit Dourthe en piquant un nouveau fard !

Cario se gratta la tête :

— Attends ! J'ai une idée. Pourquoi que tu vas pas trouver Lisbeth ?

— Qui c'est ça ?

— La grognasse chleue qu'est aux cuisines.

— Cette vieille...

— Mon pote, faut savoir ce que tu veux. Y'en a qui font pas tant les difficiles !

— J'oserai pas lui demander, fit Dourthe.

— T'as tort, c'est radical !

— Elle voudra jamais...

— Penses-tu qu'elle dirait non, la Lisbeth ! C'est pas une paresseuse. Crois-moi, elle en a dépanné plus d'un !

— Tu crois ? dit Dourthe. Mais comment ça se dit en allemand ? Comment que je vais lui expliquer, moi ?

— T'as rien besoin d'expliquer. Tu lui refiles deux ou trois cigarettes... Elle comprend « pipe ». C'est une rapide !

— Ah ! fit Dourthe. T'as peut-être raison... Et puis, je peux pas rester comme ça !

Il s'enroula dans sa couverture, et descendit de son châlit. Cario lui donna une bourrade dans le dos :

— Te fais pas piquer par le grand vizir : il aime pas ça !

S'empêtrant dans le pan de sa couverture, Dourthe gagna la porte. De sa place, un sourire d'une oreille à l'autre, Cario lui cria :

— Sacré veinard, va !

Le paquet venait de chez lui. Jacques reconnut l'écriture de sa mère. C'était un colis particulièrement volumineux et Jacques, en le soupesant, s'étonna de le trouver si léger. Il s'assit sur le rebord de son lit.

— Qu'est-ce que tu crois que c'est ? demanda Sibert intrigué.

— Je ne sais pas. On va voir...

Avec son canif, Jacques fit sauter le couvercle. Il plongea la main dans l'ouverture.

— Tiens ! s'exclama-t-il. On dirait...

D'un geste sec il écarta les coins du carton et en rabattit tout un côté. Du paquet éventré il retira délicatement un petit arbre de Noël tout décoré. C'était un vrai arbre, un tout petit sapin en pot, avec, sur ses branches, des guirlandes, des boules multicolores, et de minuscules bougies.

— Regarde ! dit-il, et son visage s'illumina. Regarde comme c'est joli !

Une des branches basses s'était brisée, deux ou trois boules avaient éclaté, mais le colis avait été fait avec tant de soin que les dégâts étaient minimes.

— C'est pas de la bouffe, dit Sibert désappointé.

— Ça vient de chez moi, de mon jardin ! Tu te rends compte ? Ils ont voulu que j'aie mon arbre !...

Aujourd'hui, dans le grand salon blanc et bleu d'Uraldia, il devait y en avoir un comme celui-là, en plus grand, un beau sapin qui montait jusqu'au plafond, étincelant de lumières.

— Ça fait riche, dit Sibert, toutes ces boules !

Jacques posa le sapin sur le lit. A l'écart, dans son coin de baraque, il regardait scintiller les fils d'ange, les guirlandes d'argent, toute cette fausse neige de chez lui, qui était la vraie, la plus émouvante. Il lui semblait y être, à Uraldia : au bas de l'arbre il y avait une crèche, et des cadeaux enveloppés de papier de soie et de faveurs bleues. Sous les branches flottait une odeur de résine, de sapin brûlé, de bougies. L'odeur de Noël. Tout à l'heure les enfants du village, leurs mains gourmandes, leurs yeux d'émerveillés, viendraient faire une ronde et se brûler de fièvre sous l'arbre embrasé...

— Tiens, dit Sibert, il y a aussi une lettre.

Jacques s'apprêtait à déchirer l'enveloppe, lorsque la porte de la baraque s'ouvrit brutalement, et les vociférations habituelles retentirent à ses oreilles :

— *Aufstehen! Alle stillgestanden!*

— Planque-toi! souffla Sibert. C'est le *Lago*!

Trop tard. Jacques n'eut que le temps de poser le sapin par terre contre le mur, et de se mettre au garde-à-vous dans sa travée.

Le *Lagerführer* n'était pas seul. Un petit homme en civil l'accompagnait, un inconnu avec une grosse tête ronde et des lunettes, qui tenait à la main un porte-documents.

— Je vous présente le docteur Globke. Il est commissaire délégué de la *Wehrmacht* pour le recrutement des formations étrangères de la *Waffen-SS*. Il a quelques mots à vous dire.

Le petit homme fit un pas en avant, ajusta ses lunettes, et tendant le bras de la façon la plus orthodoxe, gratifia l'assistance d'un retentissant « *Heil Hitler !* » Après quoi, ses mains potelées repliées l'une sur l'autre, toute l'onction d'un chanoine en temps de carême sur son visage bouffi, il commença — dans un français grandiloquent — son prêche :

— C'est aujourd'hui Noël, et je suis venu spécialement, au nom de notre *Führer*, au nom de la *Wehrmacht*, au nom de cette Grande Europe, dont vous êtes vous-mêmes ici les humbles artisans, vous souhaiter bonne fête ! En ce mois de décembre 1943, au moment où cette guerre qui jette le monde civilisé, dont notre *Reich* allemand s'est fait le chevalier, contre les hordes judéo-bolcheviques menaçantes, va se terminer, à la veille d'une victoire dont chaque jour qui passe nous révèle l'imminence et rapproche pour l'ennemi l'issue inéluctable, notre *Führer* a voulu, dans sa magnanimité, vous donner une chance, à vous autres, Français, de partager les lauriers allemands. Par mon truchement, il vient aujourd'hui ici-même, dans ce camp d'Ofener où, sur notre terre de Silésie, des Français désintéressés œuvrent modestement mais sans faiblesse à la tâche commune, vous apporter votre cadeau de Noël !...

Parvenu à ce point de sa péroraison, le souffle lui manqua, et le petit homme fut pris d'une quinte de toux. Son visage vira à l'écarlate, et deux larmes perlèrent derrière ses lunettes. Le regard sur ses bottes, le *Lagerführer* observait un silence glacé.

« Où veut-il en venir? » se demandait Jacques. Coasser, coasser ! Une grenouille, voilà ce que c'était. Un petit crapaud sans uniforme. La victoire, le Grand *Reich*, les petits Français désintéressés... « Cause toujours, eh! patate. » Il regarda autour de lui les visages de ses camarades. Ils étaient lisses comme l'ennui, impénétrables, d'une bêtise qui rassurait, voulue, définitive. Sur le feu, la soupe aux haricots commençait à bouillir ; on entendait les bulles crever à sa surface. Un petit bruit sourd troubla le silence : quelqu'un, d'une travée, avait laissé tomber une pomme de terre qui roula quelques secondes et vint s'immobiliser au milieu de la carrée. Le *Lagerführer* releva les yeux. Le petit commissaire, qui avait épongé ses lunettes, reprit son exposé :

— Notre *Führer*, comme une faveur insigne qu'il n'accorde qu'à vous, Français, parce qu'il ne vous met pas sur le même rang que les sous-hommes qui habitent dans les baraques voisines et encombrent un peu partout nos camps de l'Est — je veux parler des Polonais, des Tchèques, des Ukrainiens, des Biélorussiens, et à plus forte raison des chacals juifs ou tziganes — le *Führer*, donc, vous offre en cette nuit de la Nativité la possibilité — écoutez-bien ! — de troquer votre bleu de travail contre l'uniforme le plus prestigieux que soldat en campagne ait jamais porté : celui de la *Waffen-SS*!...

Nouvelle quinte de toux. Le commissaire Globke s'essoufflait vite. Jacques n'osait plus regarder ses camarades. Comme en classe, la peur du fou rire idiot, juste au moment où les punitions vont pleuvoir. Son œil, pourtant, croisa celui de Cario. Il avala sa salive, et se pinça la joue jusqu'au sang. Ce n'était guère le moment de se faire remarquer. « *Waffen-SS, Waffen-SS!* Tiens, voilà aut'chose ! » disait l'œil de Cario, un petit œil rond, tout bleu, écarquillé d'indignation. « Vous pouvez bien vous la carrer au train, commissaire, votre *Waffen-SS*! Mais regardez-nous, regardez-les donc, mes copains, ces abrutis, ces paumés de françouses, vous croyez qu'ils ont des tronches à porter votre saloperie de casque ? Ils s'en torchent, de vos uniformes, de vos honneurs, de vos décorations ! Ils veulent tout juste bouffer leur soupe aux haricots, parce que c'est dimanche, parce que c'est Noël, et puis roter en paix sans que ce soye interprété comme une insulte au *Führer*! Durer, quoi ! Ne pas crever ! Pour être là, bien là, avec deux yeux, deux bras, et ce qu'il faut entre les jambes pour être encore un homme, le jour où vous en aurez ras le bol de poser aux faux dieux, et de faire chier le monde ! Alors vous pensez, chevalier de mes fesses, vous qu'avez plutôt la bouille d'un tortionnaire subalterne, de ceux qui se réfugient derrière les ordres venus d'en haut, et n'osent même plus afficher leur plaisir, vous pensez si mes copains, tout cons qu'ils soient, vont comme ça se jeter à votre place au-devant de la mitraille, cailler de froid avec vos troupes en retraite dans des pays à coucher dehors, et se faire trouer la paillasse pour défendre des bleds, si ça se trouve, qu'étaient même pas inscrits sur leurs cartes quand ils allaient encore en classe de géographie ? Allons donc ! Pour quoi ? Pour qui ? Ho! binoclard! Votre *Führer,* ils lui pètent à la gueule, mes copains ! »

— ... Une situation dans la *Waffen-SS*, continuait Globke imperturbable, représente pour vous, Français, une chance exceptionnelle. Il s'agit d'une promotion qui vous permet d'accéder à un niveau social supérieur, je dirai même privilégié. Vous conviendrez en effet avec moi que votre statut d'ouvriers étrangers ne représente pas pour vous un grand avenir...

Jacques réprima un sourire. A sa manière, le petit commissaire avait de l'humour !

— ... Or un jour viendra où il vous faudra tous, chacun selon ses capacités et ses mérites, vous intégrer à l'Europe nouvelle... Ou disparaître! Saisissez donc sans tarder l'occasion qui vous est offerte. Vous n'êtes aujourd'hui que de misérables petits Français déshonorés par la défaite de vos armes, vous pouvez demain, par la grâce d'un homme, notre *Führer* bien-aimé, lever haut la tête, et partager avec nous autres Allemands l'immense orgueil d'appartenir à une armée victorieuse !...

Et Stalingrad, et El Alamein, et Tunis alors ? Et l'œil bleu de Cario qui disait non, qui disait merde ? Et le mutisme des autres, comme un grand silence rigolard ?

— ... Et forger avec elle, dans la gloire et la dignité, l'Europe de l'avenir !...

Jacques avait cessé de l'écouter. Il venait de surprendre, fixé sur lui, le regard du *Lagerführer*, où il lui avait semblé voir flotter une sorte d'étonnement, puis luire un éclair de colère. « J'aurais dû aller le voir, pensa-t-il, lui expliquer... » Mais lui expliquer quoi ? Vite, il fallait quitter ce camp d'Ofener ! Quitter cette baraque pourrie, cet inquiétant vieillard aux ongles sales, ce faux soldat d'une fausse guerre ! Quitter l'autre, le racoleur, et ses rêves d'Europe et de *Waffen-SS*! Quitter aussi ces Français endormis dans la tiédeur de leurs habitudes, de leur soupe aux haricots, et de leur pisse quotidienne, et qui n'avaient rien trouvé de mieux à faire que de le mettre en quarantaine, ou de liquider à la sauvette un petit salopard de dix-sept ans !

— Parfait ! Je vois que vous m'avez bien compris. Le commandant Milch, votre *Lagerführer*, recevra dès aujourd'hui vos engagements. *Also*... — Globke claqua des talons. Son bras jaillit à l'horizontale avec une telle brusquerie que ses lunettes tressautèrent sur son nez — : « *Heil Hitler !* » vociféra-t-il.

Puis se tournant vers le *Lagerführer*, il l'invita d'un signe de tête à le suivre.

— Un instant !

Le vieux fit quelques pas dans la chambrée sans regarder personne, puis s'immobilisa devant Jacques.

— Vous !

Jacques recula, et s'appuya contre le châlit, le cœur battant. Sibert, qui s'était effacé pour laisser passer le *Lagerführer*, se mit à tousser.

— Il faut me suivre ! dit le vieux. Venez !... — Il fit encore un pas en avant. Son visage aux lèvres blêmes, ses cheveux gris, sentaient le tabac. Il y avait des taches sur le drap noir de son uniforme... — Vous êtes recherché par la Police !

Jacques secoua la tête :

— Non ! Non ! C'est arrangé ! — Fouillant fébrilement dans la poche intérieure de sa veste, il en retira des papiers qu'il tendit au *Lagerführer*. — Je n'appartiens plus au camp... Une nouvelle affectation... Voyez vous-même, c'est écrit là...

Le vieux saisit les papiers et les parcourut en silence.

— L'Opéra, dit encore Jacques... Service de l'Etat.

Sibert, les yeux noyés, fut repris d'une nouvelle quinte de toux plus violente qui faisait trembler le châlit. Le *Lagerführer* lui jeta un regard courroucé.

— *Das ist nicht möglich !* murmura-t-il pour lui-même, mais les hoquets du malade couvrirent sa voix.

Jacques décocha un coup de pied dans les jambes de Sibert.

— Arrête ! fit-il agacé. Arrête-donc de tousser !

Sibert poussa un faible gémissement, se cassa brusquement en deux, et roula sur la couchette du bas. Le *Lagerführer* rendit à Jacques ses papiers. Sa mauvaise humeur n'avait pas désarmé.

— Vous êtes chef de baraque ici ?

— Plus maintenant.

— Vos camarades vous ont désigné.

— Je regrette, je ne fais plus partie du camp.

Le *Lagerführer* lui lança un mauvais regard :

— Si vous ne faites plus partie du camp, vous n'avez plus rien à faire ici ! Allez-vous en ! Allez vous faire pendre ailleurs ! Et que je ne vous retrouve plus au *Lager* ou je vous fais tirer dessus par les gardes! Compris ?

— Oui, dit Jacques.

Désignant Sibert, dont la toux avait repris, le vieux ajouta, la voix vibrante de colère :

— Occupez-vous de cet homme ! Qu'on le fasse taire quand je parle !

— Il est malade, dit Jacques.

— Je ne veux pas le savoir !

Le *Lagerführer* pivota sur lui-même et gagna la sortie. Globke l'avait précédé. La porte claqua derrière eux.

CHAPITRE XXIII

Jacques se pencha vers Sibert :

— Viens, on va bouffer !

— Je n'ai pas faim.

Jacques le saisit sous les aisselles, et le souleva sur le lit. Le visage de Sibert était couvert de sueur, de la morve lui coulait du nez.

— Tiens, essuie-toi ! dit Jacques, et il lui tendit une couverture. Et pour l'amour du ciel ne pleure pas !

Mais Sibert hoquetait, secoué de sanglots, sa poitrine creuse soulevée dans un grand effort pour retrouver son souffle entre deux quintes de toux.

— Si tu continues à chialer, je te fous sur la gueule ! — Sa voix se radoucit — : Allez, viens! On ne pleure pas le jour de Noël ! Je te donnerai mon arbre...

Sibert décocha un coup de pied dans le montant du châlit :

— Je n'en veux pas de ton arbre !

Jacques haussa les épaules, et se leva. Il avait le cœur serré. C'était Noël, mais il savait que Sibert était en train de mourir.

— Alors on va le mettre sur la table, pour nous tous, et l'allumer...

Il prit l'arbre, et l'emportant avec mille précautions pour ne pas en altérer l'ordonnance, le posa sur la table de bois blanc au milieu de la baraque, où déjà les écuelles d'étain et les gobelets avaient été disposés. Les boules et les guirlandes tintèrent faiblement. Jacques craqua une allumette et, l'une après l'autre, enflamma les bougies minuscules.

— Ce sera plus joli, dit-il.

Tous les garçons s'étaient rapprochés et faisaient cercle, leurs têtes à se toucher, et dans leurs yeux des dizaines et des dizaines d'autres bougies s'étaient allumées.

Ils restèrent un moment silencieux, puis Badie, qui avait été chercher une bouteille de schnaps sous son traversin, fendit le groupe et la posa sur la table.

— Ça s'arrose! dit-il. Tiens! Et il tendit à Jacques le premier verre.

Cario, à son tour, se servit, puis Marino, et tous les autres.

— Vive la quille ! hurla Marino en grimpant sur un tabouret.

— Aux chiottes, la *Waffen-SS*! vociféra Cario.

— Aux chiottes ! répondirent-ils en chœur.

Toujours reniflant, Sibert s'était traîné de son lit jusqu'à la table. Il se glissa près de Jacques, et tendit son verre d'un air boudeur.

— Moi aussi, dit-il d'une voix à peine intelligible.

Le dernier fut le Mataf. Jacques vida le fond de la bouteille dans son gobelet. Sous les lourdes mèches d'un blond sale plaquées sur les yeux, le regard du garçon flotta un instant indécis, puis, s'enhardissant soudain, se posa sur Jacques.

— Hem ! fit-il en se raclant la gorge. Et il vida son verre, le cœur serein.

— Aussi sec ! fit Jacques en souriant.

Ce grognement du Mataf plus que tout autre parole, lui apprenait que la quarantaine, c'était bien fini.

Jacques posa la main sur l'épaule de Sibert qui s'était recouché :

— Salut, vieux ! Je suis venu te dire au revoir... Je dois partir maintenant...

Sibert se tourna vers lui, silencieux. Son nez était très blanc, et curieusement pincé, ses yeux brillants paraissaient plus grands que d'habitude.

— Cario et Badie m'ont promis qu'ils te soigneraient. Dans huit jours tu seras sur pied. Tu viendras me voir à l'Opéra.

Sibert secoua la tête.

— Mais si ! Si tu veux, je te peindrai des rideaux pour ton coin de carrée. On jouera aux cartes. Je reviendrai souvent...

Sibert se haussa sur un coude.

— Je voudrais, balbutia-t-il, sa grosse lèvre tremblante... Je voudrais te faire un cadeau.

Il se pencha, et tirant à lui une petite cassette de fer rangée sous son lit, en fit sauter le cadenas. Jacques le regardait faire avec un peu de gêne. Pourquoi un cadeau ? Il avait hâte de s'en aller, d'être loin de ce grabat qui sentait la mort, de ce garçon qui ne savait que sangloter, ou mourir, et qui lui faisait un peu peur parce qu'il lui donnait aussi envie de pleurer et de mourir.

De sa main décharnée, Sibert retira un petit objet de la cassette et le tendit à Jacques. C'était une bague toute simple, à monture entrelacée, avec sur le dessus un motif en argent sculpté.

— Mais c'est une bague, dit Jacques. Qu'est-ce que tu veux que j'en foute ?

— Prends-la, fit Sibert, suppliant.

— J'en veux pas, dit Jacques en la lui rendant. Pourquoi veux-tu me donner une bague ?

— C'est une bague en argent, insista Sibert... Ça me fait plaisir.

Jacques secoua la tête :

— Non. D'abord, j'en porte jamais.

— Mais c'est pour la garder. Tu ne comprends rien... Sibert parlait sans le regarder, il avait l'air absent. Son bras s'allongea soudain sur le lit et s'agrippa au veston de Jacques. Je voudrais être sûr que tu reviendras...

Jacques baissa la tête.

— Je repasserai demain, murmura-t-il.

Mais il mentait. Il ne reviendrait plus, il le savait. Le temps d'Ofener était fini, bien fini, et à ce qu'il paraissait, le temps de Sibert aussi.

Un bruit de bottes le fit sursauter, et il se dressa d'un bond. La porte venait de s'ouvrir livrant passage au *Lagerführer* suivi de deux gardes casqués qui prirent place à droite et à gauche de la porte, l'arme à la bretelle.

— Tout le monde en rang devant moi ! cria le vieux. Immédiatement !

Surpris, les hommes s'alignèrent comme ils purent, serrés épaule contre épaule, devant la table où les bougies du petit arbre jetaient leurs derniers feux.

Jacques remarqua que le *Lagerführer*, cette fois, était armé. Un gros revolver d'ordonnance gonflait l'étui de cuir noir sous son ceinturon. « J'aurais dû partir avant ! » pensa-t-il. Ces gardes casqués, ces précautions, toute cette mise en scène, ne présageaient rien de bon. « Quel imbécile je suis ! Il m'avait bien dit de m'en aller ! » Sur le visage du vieux, Jacques lisait comme une méchanceté nouvelle, une détermination très éloignée de son apathie habituelle.

Jambes écartées, pouces coincés dans le ceinturon, dans la classique attitude du garde-chiourme teigneux, le *Lagerführer* promena un regard froid sur les hommes immobiles, puis commença abruptement :

— Un de vos camarades, le jeune Robin, a été assassiné il y a quelques jours. Son corps a été retrouvé ligoté sur la voie ferrée, à quelques centaines de mètres d'ici. J'ai fait mon enquête : ce crime a été commis par l'un d'entre vous !... Lequel ?

Le vieux fit une pause. Son regard scruta les visages devant lui, comme s'il y cherchait, inscrite en clair, sa réponse. Figés dans l'attente de ce qui allait suivre, les hommes n'avaient pas bronché.

— Je ne veux pas savoir pourquoi il est mort, reprit l'officier avec un geste rageur. Cet ouvrier entretenait avec les autorités du camp d'excellentes relations ; il travaillait d'autre part dans une usine de guerre. Il ne s'agit donc pas seulement d'un crime, mais d'un sabotage caractérisé, ce qui est encore plus grave ! Cet acte ne restera pas impuni !

Il pointa devant lui un doigt menaçant :

— Le ou les criminels sont ici, et je veux savoir qui ils sont ! Que celui qui est responsable fasse un pas en avant et se dénonce !

Un lourd silence s'abattit sur la chambrée. Même Sibert ne toussait plus. D'une pâleur effrayante, les yeux clos, il se tenait adossé à un châlit. Les autres, visage fermé, fixaient le vide. Personne ne bougea.

— Si le coupable ne se livre pas lui-même immédiatement, si personne ne le dénonce, vous serez tous arrêtés ! Tous ! Vous serez conduits ce soir même à la prison de Morzig, en attendant d'être dirigés sur des camps spéciaux... A moins que la Gestapo ne décide de vous passer par les armes ! Alors, à vous de choisir. Vous avez une minute !

— Mais... Ce n'est pas possible, bredouilla une voix, celle de Marino, ce n'est pas possible ! Nous n'y sommes pour rien, nous !

— C'est vrai, renchérit Badie. Nous n'avons pas tué Robin, mon commandant !

Un long murmure de dénégation courut parmi les hommes.

— Assez! tonna le *Lagerführer*. Taisez-vous! Il est inutile de nier. Je sais — entendez-vous ? — je sais que le coupable se trouve ici. Aura-t-il la lâcheté de vous faire tous punir ?

Il regarda sa montre d'un air excédé, puis, se tournant vers les gardes, sèchement leur jeta l'ordre :

— Emmenez-les !

La tête de Sibert ballota une seconde d'un côté à l'autre, et soudain le garçon s'effondra de tout son long au milieu de la pièce. Comme ses camarades s'empressaient pour le ramasser :

— Que personne ne bouge! hurla le *Lagerführer*.

Les lèvres de Sibert remuèrent, bavant à même le plancher. Il sembla à Jacques qu'il devinait les mots plutôt qu'il ne les entendait. Un tonneau qui se débonde, une outre crevée, pêle-mêle la peur, les secrets, la trahison. « Moi je l'ai vu... je l'ai vu tuer Robin... Je sais... Je sais... » Il souleva la tête. Son œil vitreux s'éclaira en apercevant le groupe autour de lui. « Mais je ne dirai rien ! » bredouilla-t-il, sa grosse lèvre tremblante.

Les *Schupo*, mitraillette sur l'avant-bras, s'étaient approchés.

— En rang par deux ! ordonna le vieux. Gardes, emmenez-les ! Celui-là, dit-il en désignant Sibert, vous le transporterez dans mon bureau. Je le ferai parler...

— Un instant ! fit une voix claire.

Cario avait fait un pas hors du groupe, et détournant de la main la mitraillette pointée sur son ventre :

— Me chatouille pas avec ta pétoire ! cracha-t-il à la tête du *Schupo*.

Puis, s'adressant au *Lagerführer* :

— C'est moi ! dit-il. Vous n'avez pas besoin de faire tout ce raffut, ni d'arrêter les copains. C'est moi qui ai tué Robin !

Il se retourna vers ses camarades, une lueur méchante dans le regard, sa lèvre retroussée sur sa dent en or avec une grimace de dégoût :

— Cette petite salope de Robin nous avait donnés... Rapport au charbon. A cause de lui, Mimile, et mon copain le mécanicien tchèque, sont à Krasna. Krasna, ce n'est pas un camp de travaux forcés, c'est un camp d'extermination. Ils n'en reviendront pas. Alors... Voilà!... Je ne pouvais pas laisser faire ça!

Il ne disait pas cela pour s'excuser. Il n'avait aucun regret de ce qu'il avait fait. Il voulait seulement que les autres sachent la vérité, et ne se posent pas de question. « Ils vont le fusiller », pensa Jacques. Cette idée le laissait sans réaction. Elle lui faisait plus que de la peine, un grand trou d'étonnement dans le cœur. Fusillé ! C'était comme s'il comprenait tout à coup que Cario, avec ses épaules carrées de boxeur de banlieue, son cure-dent baladeur, sa gouaille, ses gros mots, et cette tendresse humaine qui perçait sous sa mauvaise humeur, avait été, dans le camp, son meilleur ami. D'eux tous, lui seul, peut-être, était déjà un homme.

— Emmenez-le! dit le *Lagerführer*.

Et du canon de son revolver qu'il avait dégainé, il poussa Cario dans les côtes.

C'est à ce moment que Dourthe fit son apparition. Tout se passa en quelques secondes, si vite que Jacques et ses compagnons ne réalisèrent que plus tard comment les choses s'étaient produites, en reconstruisant les faits de mémoire.

La porte de la baraque s'ouvrit en coup de vent, et Dourthe apparut sur le seuil, son visage poupin éclairé d'un large sourire qui s'évanouit aussitôt. Au bruit de son entrée, tous avaient tourné la tête, y compris les *Schupo* qui avaient fait volte-face et pointé instinctivement leurs mitraillettes sur le nouvel arrivant. Profitant de cette seconde de flottement, Cario fit un bond de chat en arrière. Bousculant d'un coup d'épaule le *Lagerführer*, qui alla donner de la tête contre le poêle et perdit l'équilibre, il s'engouffra dans l'une des travées derrière lui, puis, d'un formidable coup de poing, fit sauter la fenêtre à bascule. A pieds joints, comme à l'exercice, et avant que les *Schupo* aient eu le temps de retourner leurs armes contre lui, il sauta dans l'ouverture béante et disparut dans la nuit. Au même instant le revolver du *Lagerführer* se mit à aboyer, puis les mitraillettes. D'un seul mouvement les Français s'étaient jetés à plat ventre autour du poêle et sous les lits. Une pluie de balles s'abattit sur le mur, déchiquetant les planches autour de la fenêtre ouverte. S'empêtrant dans les corps des hommes à terre, le *Lagerführer* et l'un des soldats se ruèrent vers la fenêtre, lâchant des rafales dans la nuit soudain illuminée d'éclairs aveuglants, tandis que l'autre garde bondissait vers la sortie.

Quand les hommes se relevèrent, les derniers coups de feu avaient cessé. On n'entendait que les appels rauques des gardes et les aboiements des chiens que le *Lagerführer* avaient lâchés dans l'espoir de retrouver le fugitif, des aboiements qui s'éloignaient, puis revenaient, pour s'éloigner de nouveau dans la nuit. Les chiens tournaient en rond. Cario n'avait pas été rejoint. Les alentours du camp, entre *Ofenerstrasse* et le centre de la ville, étaient plongés dans une obscurité totale. Peut-être réussirait-il à s'enfuir ? Jacques se pencha hors de la fenêtre et tendit le cou. On apercevait au loin les éclairs des lampes torches qui sautaient dans la nuit comme des feux follets. Mais on ne distinguait ni les chiens ni les hommes. Il rentra la tête dans la carrée. « Pourvu qu'il réussise, murmura-t-il. Il ne faut pas qu'ils le reprennent ! Il ne faut pas !... » Il se parlait à lui-même, à mi-voix, et il sentait se lever en lui, comme un grand souffle chaud de bonheur, une infinie reconnaissance envers cet homme qui s'enfuyait parce qu'il ne voulait pas mourir.

Sous le coup de l'émotion, les hommes, inquiets, ne parlaient pas, l'oreille tendue vers les bruits venus de l'extérieur. Jacques se fraya un chemin au milieu d'eux et se dirigea vers son coin. En passant devant la table, il vit que l'arbre de Noël n'y était plus. Dans la bousculade, il avait été projeté à terre. Les boules et les guirlandes, éclatées, s'étaient éparpillées sur le sol en mille petits éclats de toutes les couleurs ; il y en avait des miettes scintillantes jusque sous les lits. Des fils d'ange et des colliers d'argent étaient restés accrochés aux branches, d'autres traînaient dans les assiettes sales ou achevaient de roussir sur le bras coudé du poêle. Toutes les bougies étaient éteintes.

Sibert se remit à tousser. Assis à même le sol, à la place où il était tombé tout à l'heure, il avait ramené ses genoux contre sa poitrine, et sa tête appuyée au montant d'un châlit dodelinait de droite à gauche. Une quinte de toux plus forte le secoua, et il mit la main devant sa bouche. Jacques entendit une sorte de gargouillis, et il vit que la main de Sibert se couvrait de sang. Il tourna le coin et se faufila dans sa travée. Il marchait sans réfléchir, ses gestes étaient ceux d'un automate. Il ne ressentait rien, plus rien que cette force en lui qui le poussait à partir. Tirant à lui, de sous son lit, la petite valise dans laquelle il avait à la hâte entassé ses affaires, il la referma d'un coup sec. L'ayant prise fermement par la poignée, il se dirigea vers la porte et, sans se retourner, se glissa dehors dans la nuit.

Pour sortir du camp il fit un long détour, passant par la voie ferrée qu'il longea jusqu'aux abords de la gare. Les gardes et leurs chiens étaient loin. On ne les entendait plus. Ils devaient être tout à fait de l'autre côté du camp, et fouiller la nuit quelque part sur la route en direction de la ville. Jacques décida de passer très au large, de contourner la *Fabrik* par Morzig, et de rejoindre Breslau par le sud. Il avait le temps. Il connaissait bien la route et il n'éprouvait plus aucune crainte. La nuit était ouatée de silence, et glacée. Il releva le col de sa veste, et enfouit sa main libre au fond de sa poche. Un objet dur roula sous ses doigts, qui lentement le reconnurent : la bague, la petite bague d'argent. Alors seulement il pensa que Sibert était en train de mourir. Il serra la poignée de sa valise, et il se mit à marcher plus vite.

TROISIÈME PARTIE

L'OPÉRA

On pense à moi pour une place, mais par malheur j'y étais propre : il fallait un calculateur, ce fut un danseur qui l'obtint.

Caron de BEAUMARCHAIS.

CHAPITRE XXIV

Le printemps, cette année-là, fit son apparition vers la mi-mars. Sous un soleil blanc qui perçait à midi les nuages, la neige des toits commença de fondre. Elle coulait sans hâte des gouttières, formant au coin des maisons des flaques qu'évitaient les passants. Peu à peu l'aspect des trottoirs changea et les rues se couvrirent de boue.

Combien de temps faudrait-il pour que toute cette neige fonde ? se demandait Jacques. Un mois, davantage peut-être. Combien de temps pour que s'épuise enfin l'interminable hiver ? La question en cachait d'autres qu'il n'était plus le seul à se poser, qu'on lisait dans les regards. Chez les uns, les milliers d'étrangers, Silésiens d'occasion qui remplissaient les usines et les camps de travail, s'allumait une petite flamme de gaieté qu'il serait de plus en plus difficile d'éteindre ; chez les autres, la foule indigène, s'installait derrière les visages comme un ver corrodant. Côte à côte, et pour les mêmes raisons, la peur et l'espérance gagnaient du terrain. Sait-on jamais ce qui vient sous la neige ? Le printemps qui s'annonçait, crotté de boue, dans les rues de Breslau, n'aurait pas la même signification pour tous.

Après le troisième hiver de guerre en Russie, le flux et le reflux, sur des milliers de kilomètres, des armées aux prises sur les fronts d'Ukraine et du Caucase, on devinait à d'innombrables signes que des événements d'une importance décisive étaient imminents, et que cette année 1944 ne ressemblerait pas aux précédentes.

Au début du mois de mars, Jacques vit apparaître dans les communiqués des nouveaux noms de villes : Tcherkassy, Krivoï-rog, Ouman, Vinnitsa. Il consulta les cartes étalées sur les murs dans la chambre de Sonine, et s'aperçut que Vinnitsa se trouvait sur la rivière Bug, le dernier grand fleuve avant la Pologne. Le peintre lui apprit qu'une « *Blitzkrieg* de la boue » avait été déclenchée en Ukraine par le général Koniev, et que le front allemand était enfoncé sur toute sa largeur. On disait que les Russes se ruaient sur le Dniestr, le Prout, et les pétroles roumains, tandis que plus au nord, un général dont on parlait beaucoup, Joukov, avait franchi les Karpates, pris Rovno, et fonçait sur Lwow et Lublin en Pologne. Au train dont allaient les choses, Breslau ne serait plus longtemps hors de portée des canons soviétiques.

Les journaux avaient beau parler de « défense élastique » et mentionner les formidables pertes des Russes dont cette « offensive du désespoir » était le dernier sursaut avant l'effondrement définitif, ils ne pouvaient cacher l'ampleur des replis successifs. Les faire-part de deuil, sinistres petits carrés ornés d'une croix noire « *est tombé en héros au champ d'honneur pour l'Allemagne et pour le Führer !* » prenaient chaque jour plus de place. Jacques avait entendu dire que la *Wehrmacht* avait perdu quelque sept cent mille hommes dans l'hiver, rien que sur le front de l'Est. Les journaux s'étendaient davantage sur la résistance des troupes de Rommel et de Kesselring en Italie, où, près d'un endroit nommé Cassino, les Américains piétinaient depuis des mois.

Plus volontiers l'horreur des bombardements anglo-saxons sur Hambourg, Berlin et Dresde était décrite avec un grand luxe de détails. Jacques avait rencontré des sinistrés allemands réfugiés à Breslau ; leurs récits lui avaient donné la chair de poule. Mais ne récoltaient-ils pas aujourd'hui ce qu'ils avaient semé ?

Jusqu'à présent Breslau n'avait pas été bombardé. Trop loin, sans doute, des bases américaines ou anglaises. Mais les Russes n'étaient plus très éloignés, et Jacques savait que les bombes ne tarderaient pas à tomber, tuant sans discrimination Allemands ou étrangers. Il serait bien temps alors de pleurnicher, et d'avoir peur. Les beaux élans d'humanité, qu'en resterait-il ? Personne ne jouerait plus aucune comédie. On aurait de la chance, ou pas. Et Jacques se disait — quand il lui arrivait d'y penser — rarement, — que plus il croirait aveuglément à son étoile, plus il avait de chances de s'en tirer.

A l'Opéra, tout se passait comme si la guerre n'avait pas pris au cours des derniers mois ce tour menaçant. Ballets, pièces de théâtre, soirées musicales ou drames lyriques se succédaient à l'affiche au même rythme que par le passé. Les derniers décors pour le *Tannhäuser* de Wagner et le *Freischütz* de von Weber avaient même été exécutés en prévision d'une longue carrière. Heureux d'échapper pour quelques heures aux fatigues de l'usine, à ce climat d'angoisse qui, le jour, s'épaississait autour de lui, le public remplissait chaque soir les deux salles de l'Opéra et du *Schauspielhaus*.

Seule concession aux événements, les tours de garde organisés la nuit dans le bureau de Reinhardt où deux lits de camp avaient été dressés. Ces mesures de sécurité avaient été prises au mois de janvier, à la suite du terrible bombardement de Dresde, qui avait fait des centaines de milliers de victimes et avait détruit la fameuse bibliothèque de la ville. Jacques ne voyait guère comment deux personnes pourraient empêcher l'énorme bâtisse bourrée de décors en bois et en carton de brûler comme une boîte d'allumettes. Personne, d'ailleurs, en dehors de Reinhardt et de Kruckenberg n'aurait su utiliser convenablement les quelques extincteurs accrochés sur les murs dans leurs gaines poussiéreuses.

Reinhardt avait choisi Jacques pour faire équipe avec lui : « Si vous êtes d'accord. » Jacques avait accepté : « Bien sûr, monsieur. » Il s'était demandé pourquoi le directeur l'avait ainsi distingué, mais la réponse le laissait indifférent ; il ne s'en trouvait ni flatté, ni plus inquiet. S'il y avait bombardement, tout nazi qu'il était, et malgré sa swastika à la boutonnière, le directeur crèverait de peur comme tout le monde. « Lui ou un autre ! » Du moment qu'il ne pouvait pas passer la nuit avec Gerda ! A tout prendre, Jacques préférait Reinhardt au vieux Klubka qui devait ronfler, ou à Rossolovsky qui sentait si mauvais.

Tous les mardis, après le travail, Reinhardt et lui se retrouvaient dans le petit bureau vitré du directeur. Ils dressaient les lits de camp, et préparaient ensemble leur dîner sur un réchaud à gaz. Les soirées étaient longues avant l'heure du couvre-feu. De surprenantes conversations s'engageaient entre l'Allemand quadragénaire et son jeune apprenti. Le froid, le distant Reinhardt devenait volubile. Curieux aussi. Ses yeux de porcelaine laissaient errer sur Jacques leur regard perpétuellement étonné. Assis sur le rebord du bureau, jambes ballantes, Reinhardt posait mille questions : « Où avez-vous fait vos études ? Pourquoi êtres-vous venu en Allemagne ? Est-ce que votre père travaille à Paris ?... *Ach !* Paris, Montmartre, les boulevards !... J'y suis allé avant la guerre. *Wunderbar !* Et qu'est-ce que les Français pensent de l'Allemagne ? » Un seul sujet, au fond, intéressait Reinhardt : la guerre. On finissait toujours par en parler. Mais Jacques restait sur ses gardes. Il avait appris à se taire le plus souvent possible, à déguiser sa pensée. A mentir délibérément. Il le faisait sans hypocrisie, simplement parce que « Avec ces gens-là on ne sait jamais ! »

— *Grosser Gott!* Les Russes... des barbares! Heureusement ils sont à bout de souffle. Ce serait abominable...

— Abominable ! accordait Jacques.

— Les Américains, voyez-vous, je n'ai rien contre eux, mais ils sont pourris par l'argent, par l'argent et par les Juifs. Ils n'arrivent même pas à faire la guerre convenablement. Les Anglais, eux, c'est différent. Un grand peuple qui s'est trompé. Un jour viendra où nous serons amis. Mais avant cela, nous les materons. Il y aura le débarquement.

— Oui, dit Jacques, le débarquement...

— Sans doute cette année...

— Vous croyez ? Mais où ?

— Je ne sais pas, moi. Sur les côtes de Cornouailles, à Brighton, à Douvres...

— Ah bon !

Jacques lui jetait un regard à la dérobée. Reinhardt restait imperturbable. Etait-il possible qu'il crût réellement ce qu'il disait ? S'il y avait un miracle nazi, c'était bien celui-là. Les hordes russes étaient aux frontières de la Prusse orientale, les Anglo-Saxons au cœur de l'Italie, et ce paisible fonctionnaire silésien rêvait encore, au printemps 1944, d'un débarquement allemand en Grande-Bretagne !

— Je n'ai jamais compris pourquoi les Français ne nous aiment pas, remarquait-il encore. Nous autres, Allemands, nous n'éprouvons pas ce sentiment à votre égard.

— On n'aime jamais l'occupant.

— Non, non, ce n'est pas cela. Cette haine date de plusieurs générations. Vous l'entretenez à plaisir, avec de vieilles histoires. Pourtant, vous voyez bien : nous ne volons pas les montres, nous ne coupons pas les poignets des enfants...

— Bof ! fit Jacques, évasif.

— Nous qui adorons Paris, la culture française...

— L'ingratitude ! dit Jacques. Nous, par exemple, nous aimons beaucoup les Espagnols, et eux ne nous supportent pas. C'est Napoléon qui a dû les mettre de mauvaise humeur. Pourtant, Napoléon ne faisait que la guerre. Il ne... déplaçait pas les populations...

Reinhardt hochait la tête d'un air grave et peu convaincu :

— *Vielleicht ! Vielleicht !...*

Après, venaient les questions personnelles : « Comment voyez-vous l'avenir ? Que pensez-vous de la guerre? de notre *Führer?* » ou plus insidieuses : « Comment jugez-vous ce qui vous arrive, cette aventure qui vous entraîne à dix-neuf ans dans un pays étranger ? » Que pouvait répondre Jacques à cet homme qui croyait encore à la victoire allemande, qui était nazi, et qui était son patron ?

— Je préférerais être chez moi.

— Vous êtes en sécurité ici. L'Europe se rétrécit tous les jours. L'Allemagne en reste le cœur, et la *Wehrmacht* son plus sûr bouclier.

— C'est vrai, ça !

— Nous ne permettrons jamais au monde de devenir communiste !

— J'espère bien !

— Alors vous désirez vraiment la défaite des Russes et des Anglo-Saxons ?

Jacques fronça les sourcils. Cette conversation l'agaçait.

— Je ne suis pas allemand. Je n'ai pas les mêmes raisons que vous d'avoir peur des Russes et des Anglo-Saxons... Mais j'en ai tellement assez de la guerre !

— Moi aussi, j'en ai assez. Mais nous pensons sûrement la même chose, vous et moi. J'essaye de me mettre à votre place. Le hasard vous envoie ici, loin de votre pays, mais vous fait trouver du travail. Vous êtes jeune, vous avez l'avenir devant vous. Logiquement, et parce que vous êtes un homme civilisé, vous ne pouvez que souhaiter la victoire allemande.

Jacques se mit à rire.

— Je n'ai rien à souhaiter, monsieur Reinhardt. Je suis ici pour peindre des décors, en attendant qu'on veuille bien me laisser rentrer à la maison. Si vous

vous mettiez vraiment à ma place, on parlerait d'autre chose.

— Pourquoi ? A cause de cet insigne ?

Le chef d'atelier avait surpris le regard de Jacques sur le minuscule macaron au revers de son veston.

— Monsieur Reinhardt, j'ai beaucoup de respect pour les gens qui croient en quelque chose, mais cela ne m'oblige pas à partager leurs convictions. Chacun ses enthousiasmes.

L'Allemand le regarda d'un air songeur:

— Un jour vous comprendrez... Je suis votre chef, je suis allemand, mais je n'ai rien contre vous. Ce n'est pas notre faute si nous autres Allemands...

— Oh si, c'est votre faute! Ce serait trop facile!... Et les deux millions de prisonniers, et les centaines de milliers de travailleurs forcés, et les camps de déportés, et les prisons partout qui sont pleines à craquer...

Les mains de Reinhardt se crispèrent sur le rebord du bureau, et son regard se durcit. Jacques pensa qu'il avait été trop loin. C'était idiot de s'emporter.

— Ecoutez, dit-il, je ne me plains pas.

— Vous avez raison.

— Je suis très bien, dans ce théâtre.

— Heureux de vous l'entendre dire ! En vérité, je crois que nous avons beaucoup de chance, vous et moi. Nous travaillons parmi des artistes. Partout ailleurs la guerre fait rage. Ici... On vit. Le spectacle continue !

— Je sais, dit Jacques.

Le spectacle, en l'occurrence l'Opéra, ses ballets, ses troupes de chanteurs, de musiciens, ses machinistes, ses électriciens. Tout le cirque... ! Avec ce qu'elle pouvait avoir de superficiel, et d'incohérent, c'était la vie elle-même qui continuait. Un homme meurt, le spectacle continue. Une loi vieille comme le monde. Des centaines de milliers d'hommes tombaient dans les steppes d'Ukraine, les vergers de Crimée, dans les toundras du Kouban ou sur les collines romaines, mais les théâtres de Breslau, chaque soir, ouvraient leurs portes à un public de morts en sursis qui n'attendaient rien d'autre de la musique ou des féeries de la scène qu'une preuve de plus qu'ils étaient bien vivants.

Et lui, Jacques, par un étrange tour de passe-passe, se retrouvait du côté des illusionnistes. Mieux qu'une revanche, c'était une assurance sur l'avenir. Depuis trois mois qu'il brossait des décors dans cet atelier, il avait pu mesurer tout le chemin parcouru après le camp d'Ofener et l'enfer quotidien de *Tauentzienstrasse*. Déjà l'époque où il traînait des tombereaux de ferraille ou de planches, attelé comme un bourricot à sa carriole infamante, appartenait à un passé que refusait sa mémoire, celui de la prison du Hâ, du voyage jusqu'à Sagan, puis de la quarantaine au camp. Après, il y avait eu le coup de chance de l'Opéra, Kühn et Kruckenberg, une vie toute neuve dans un monde fabuleux de toiles en trompe-l'œil, d'accessoires, et de greniers poussiéreux.

Et puis il y avait eu Gerda. Tendre, insouciante, miraculeuse Gerda ! En un sens il était Cendrillon, elle était le Prince. Il était le lépreux qu'un baiser délivrait de la mort. Ce chevalier au cœur sec dont la première larme versée avait rempli la cruche à ras bord. Elle était Guenièvre et Peau d'Ane, la Dulcinée, Béatrice, et Circé. Elle était la gaieté, le plaisir, la force, la gourmandise, l'audace. Elle ressemblait, avec ses caprices, ses sautes d'humeur, ses explosions d'enthousiasme, cette buée de bonheur dans son regard, parfois, comme un regard qui viendrait de plus loin, et jusque dans son sommeil, à cette idée d'une femme qu'il s'était faite dans son enfance, par petits bouts, en lisant des livres. De la peau et du cœur, elle collait à ce personnage innombrable proposé à ses rêves d'adolescent, dont il n'avait jamais douté qu'il dût trouver un jour un vrai visage. A moins que ce ne fût l'inverse — On n'invente rien qu'on ne découvre —, et que l'ayant rencontrée à l'âge d'homme, Gerda n'eût cristallisé sur son visage de Silésienne heureuse les mythes nés de son imagination enfantine.

A présent, il habitait chez elle. Il était arrivé du camp d'Ofener, le soir de Noël, avec sa petite valise, et, dans sa tête, les aboiements des chiens lancés à la poursuite de Cario, la toux d'agonie de Sibert. Mais dans les bras de l'Allemande, le chagrin, la peur, la fatigue, s'étaient envolés. Elle était bien plus qu'un refuge. Entre le malheur et lui, comme un écran. La vie même.

Il n'était pas reparti. Elle l'avait mis en garde : « Nous n'avons pas le droit, tu sais. Une Allemande, avec un Français, c'est puni comme un crime contre la race. Il faudra faire très attention. Un jour, tu devras repartir, avoir quelque part une chambre à toi où tu pourras prétendre que tu habites... » Mais il secouait la tête : « Le soir, quand je reviens de l'atelier, je haïrais la nuit si je ne t'y retrouvais pas. Tu es mes vacances. » Elle souriait, cachait sa tête dans ses mains comme pour lui dérober l'éclat de son regard. Et d'autres fois devenait songeuse. Ses yeux restaient accrochés dans le vide, à des ombres. Inquiet, il partait à la recherche de ce regard, et il n'avait de cesse qu'il lui revienne, chaud, doré, un regard pour lui seul. « Un jour, il le faudra pourtant. » Pourquoi ? Pourquoi ? Ils ne se quitteraient jamais. Quelle idée saugrenue !

Ce soir-là Jacques rentra plus tôt que d'habitude. Gerda avait fait faire un double de la clé de son studio, qu'elle lui avait donné. En entrant dans l'appartement, il trouva deux lettres qui avaient été glissées sous la porte. Il les ramassa. Elles étaient adressées à Gerda, et venaient du front. Les enveloppes étaient de la même main, une écriture ferme, très masculine. Le nom de l'expéditeur était inscrit au dos : S. Pannwitz, avec un numéro de secteur aux armées. Jacques déposa les lettres sur la table de nuit, et s'assit sur le lit. Qui était ce Pannwitz ? Pourquoi deux lettres ? Et pourquoi pas, après tout ? Gerda n'était-elle pas une femme déjà mûre ? Elle ne l'avait sûrement pas attendu, lui sa charrette et ses dix-neuf ans, pour connaître d'autres hommes... Pour la première fois dans cette chambre, Jacques se sentit dépaysé. Il secoua la tête, chassant les idées moroses. Il avait hâte que Gerda revînt.

De la poche de sa vareuse, il tira une lettre qu'il avait reçue le jour même, à l'atelier. Elle venait de Polgsen. La baronne lui écrivait que son fils Wolfgang avait obtenu une permission, qu'il serait auprès d'elle le week-end prochain. « Je suis si heureuse ! je ne m'y attendais plus ! » Elle invitait Jacques à venir le rencontrer. « Faites-moi ce plaisir... Matzka vous attendra à la gare... » La baronne lui donnait aussi des nouvelles de Nathalie. « Elle me pose un tas de questions sur vous depuis que vous êtes entré au *Schauspielhaus*. Vous y répondrez vous-même... » Nathalie ! Jacques esquissa un sourire. Les rapports entre la jeune fille et lui avaient été ceux du chien et du chat. A la moindre allusion à la guerre, la petite sortait ses griffes, et Jacques finissait par avoir envie de mordre.

La porte s'ouvrit en coup de vent. Jacques se leva et vint à la rencontre de Gerda. Elle jeta ses bras autour de son cou et appuya sa tête contre la sienne, sans parler. Elle était essoufflée, et Jacques sentait contre lui sa respiration précipitée. Il était heureux qu'elle fût là. Il avait envie de le lui dire. Il la prit par la taille, et l'éloignant à bout de bras, il observa le visage aux joues rosies par la course.

— Tu as des lettres, dit-il.

Elle se retourna, aperçut les lettres sur la table.

— Bien, bien... Je déteste qu'on m'oublie !

Son regard revint vers Jacques :

— Ecoute ! Tu vas dire que je suis folle, mais je crois que je viens d'avoir une idée formidable !

— Oui ? fit Jacques.

Il s'étonnait qu'elle ne lût pas les lettres tout de suite.

— Figure-toi que Danek s'est cassé le bras.

— Danek ? Qui est Danek ?

— Tu sais bien, le danseur tchèque qui était mon partenaire dans *Schéhérazade.* Nous venions de commencer les répétitions du *Carnaval* de Schumann. Il est tombé d'un praticable...

Gerda s'était approchée de la table de nuit et avait pris les lettres. Elle ne les ouvrait toujours pas, et regardait Jacques.

— Oui ? Et alors ?

— Il avait le rôle de Pierrot. Sans lui nous ne pouvons pas continuer. Non seulement *Carnaval,* mais le reste du répertoire. Tu comprends ?

— Non.

— Il n'y a que deux danseurs, en dehors de Bertolozzi : Czernin qui n'a pas beaucoup d'emploi, et lui. Si nous ne remplaçons pas Danek, plus de ballets... Alors j'ai pensé à toi.

Jacques eut un haut-le-corps. Gerda éclata de rire.

— Ne fais pas cette tête ! J'en ai même parlé à Bertolozzi.

— Tu es folle ! Qu'est-ce qui t'a pris ?

— Tu m'as bien raconté que tu avais fait de la danse, en France? De la danse classique?

— Mais ce n'est pas pareil ! J'avais seize, dix-sept ans. C'était pour m'amuser !

— Tu m'as dit que tu avais même dansé sur la scène, au théâtre de je ne sais plus où. Un sketch romantique... Moi je t'ai cru. D'ailleurs, je te vois très bien en pourpoint romantique.

Jacques haussa les épaules.

— J'ai dansé un pas de deux sur une musique de Florent Schmitt. La maîtresse de ballet m'aimait bien. Qu'est-ce que je risquais? Elle m'avait appris quelques pas... Ce n'était pas sérieux !

Gerda leva un sourcil :

— Elle était amoureuse de toi ?

— Qui ça ? Mademoiselle Vignes ? Mais non ! Je ne sais pas... J'étais si fier d'être son partenaire.

Nous avons dansé aussi une valse de Strauss, et puis une polka 1900...

— Tu vois bien !

Jacques eut un geste d'impatience :

— Je te dis que c'est impossible. L'Opéra de Breslau, ce n'est pas une salle de patronage ! Tiens ! Imagine un peu la tête de Kühn ! — Il se mit à rire — : Vous êtes un amour, mon amour, mais vous êtes folle.

— Alors, tu ne veux pas danser *Carnaval* avec moi ? Je serais ta Colombine... Ne suis-je pas aussi jolie que mademoiselle Vignes ?

Gerda venait d'ouvrir la première lettre. Assise sur le bord du lit, elle se mit à lire sous la lumière de la lampe. Jacques l'observait à la dérobée. Il alluma une cigarette, les mains fébriles. Pourquoi était-il si nerveux ? « Qu'est-ce que j'en ai à foutre de ce Pannwitz ? Il n'est pas là, lui ! » Il détourna la tête, et se dirigea vers la table pour dresser le couvert. « En tout cas, elle peut toujours attendre ! Je ne lui poserai pas de questions ! »

Gerda releva la tête. Son visage doré sous l'abat-jour s'éclaira d'un sourire. D'un geste qui lui était familier, elle rejeta sur l'épaule la masse sombre de ses cheveux.

— D'ailleurs c'est Florestan qui m'écrit. A moins que ce ne soit Arlequin...

— Florestan, Arlequin ?

— Ce sont des personnages de *Carnaval*. Pierrot est amoureux de Colombine, la coquette. Mais, au bal, c'est Arlequin qui la séduit.

— Charmant ! Tu veux me faire jouer les cocus !

— Tu es bête : c'est Pierrot qui a la plus jolie part, puisqu'il est amoureux.

Elle reposa la lettre sur la table. Son regard devint brillant :

— D'ailleurs c'est celui que je préfère.

— On dîne ? fit Jacques, bourru.

— Viens ! dit-elle. Viens là une seconde... Tu ne m'as même pas embrassée.

Il secoua la tête. Elle se leva et le prit par la main.

— Il boude, mon petit partenaire ! Il fait la tête ! — Elle se pencha davantage, et lui dit tout bas — : Il me déteste !

— J'ai faim !

Elle se plaqua contre lui ; il la prit dans ses bras, et l'embrassa doucement sur le coin des lèvres.

— C'est vrai, dit-il, je te déteste.

Elle avait mis ses bras autour de lui, une main sur sa nuque. Il la sentait devenir plus lourde.

— Viens ! murmura-t-elle.

CHAPITRE XXV

Gerda se souleva sur un coude.

— *Liebling,* à quoi penses-tu ?

La tête sur l'oreiller, les mains sous la nuque, Jacques fixait le plafond.

— Je pensais à ce que tu m'as dit tout à l'heure. La danse...

Elle secoua ses cheveux ébouriffés d'où émergeaient le pur profil, le nez droit pincé aux narines. Jacques lui jeta un regard de reproche :

— Tu dis n'importe quoi !

Elle se hissa contre le dossier du lit, découvrant ses épaules nues. Une lueur malicieuse dansait dans ses yeux.

— Je n'ai jamais été aussi sérieuse.

Rejetant brusquement les draps de sur ses cuisses, elle s'étira.

— J'ai chaud !

Baigné de moiteur, son corps brillait dans la pénombre. Jacques la regardait, fasciné. Il n'avait jamais vu un corps aussi nu.

— Tu as des yeux de loup, dit-elle en rabattant le drap sur elle. D'enfant-loup ! Une femme est une femme, non ?

— Pas toi.

Elle rejeta la tête en arrière et se mit à rire. Très

clair, rond, avec son aréole d'un rose plus foncé, un sein apparut au-dessus du drap.

— Qu'est-ce que je suis, alors ? Un dragon ?

— Tu n'es pas comme les autres !

— Tu en as donc connu tant que ça, des femmes ?

— Mais non, que tu es bête !

— Alors tu rattrapes le temps perdu ! Ses yeux se plissèrent : On recommence?

Toujours cette même lueur ironique, entre ses paupières mi-closes. « Elle se moque de moi! » pensa Jacques. Il secoua la tête sans répondre et tendit son bras vers la table de nuit à la recherche de son paquet de « troupe ».

— Fâché ?

— Tu sais bien que non, dit-il avec brusquerie.

Il aurait bien volontiers refait l'amour avec elle, mais il ne voulait pas céder. Il ne voulait pas que ce soit toujours elle qui décide. Il alluma une cigarette et se mit à fumer en silence. A son oreille, la voix de Gerda, comme un souffle, lui parvint, à peine perceptible :

— *Gott stehe uns bei !* Le petit Français, on dirait que je l'aime... — Elle ajouta, toujours pour elle-même — : Il sera mon partenaire de danse comme il est mon partenaire en amour.

Jacques se retourna sur son coude. Gerda le fixait sans sourire, de son regard ambré. Il se pencha, et plaça la cigarette allumée entre les lèvres de la jeune femme.

— Je ne pourrai jamais, dit-il.

Elle aspira une bouffée, et lui rendit la cigarette.

— Pourquoi ne pas essayer ? Ce serait si bien. Nous serions tout le temps ensemble.

— Mais je ne sais rien, ou presque...

— Si ta demoiselle Vignes a réussi à te faire danser, pourquoi n'y arriverais-je pas, moi ? Elle était jolie, dis ?

— Il ne s'agit pas de ça !

— Elle t'aimait ?

— Mais non, elle ne m'aimait pas. Elle disait... Elle trouvait que... D'abord elle avait presque trente ans. Je ne pensais pas à elle.

— Tu vois bien qu'elle t'aimait ! — Elle saisit le poignet de Jacques et aspira une nouvelle bouffée à la cigarette. — Raconte-moi, s'il te plaît !

— Pour quoi faire ? Il y a si longtemps.

— Il faut que je sache comment ça s'est passé. J'aurai une idée de ce qu'il faut t'apprendre.

Jacques écrasa son mégot dans le cendrier.

— C'est une histoire de gosse. Une histoire de vacances...

Elle se pelotonna contre l'oreiller, tirant les draps sous le menton :

— J'adore les histoires !...

Il pouvait sentir son souffle sur son épaule, contre sa hanche la tiédeur de sa cuisse. Etait-elle davantage femme ou enfant ? « Elle veut que je lui raconte des histoires ! » Peut-être suffisait-il d'être heureux, de n'avoir plus peur, pour redevenir enfant.

— Je ne sais pas comment t'expliquer...

Mais il mentait. Il savait qu'il savait. Toute la vie était pleine d'histoires ? Sûrement. Puisqu'à vingt ans il pouvait déjà en raconter par centaines. Gerda le regardait. Il n'y avait plus d'ironie dans ses yeux. Elle attendait. Elle avait tout le temps. « Pourquoi est-elle si vraie ? »

— C'était à Uraldia, l'été, pendant les grandes vacances. D'abord, il faut que je te dise...

Qu'elles étaient loin, ces vacances ! Il y avait eu l'avant-guerre, puis tout de suite la guerre, puis Gerda. « Avant, c'était bien. Mais maintenant, en un sens, c'est beaucoup mieux. » Toutes les histoires, près de celle-là, avaient l'air démodé. Il passa une main dans ses cheveux, les yeux mi-clos :

— ... Chez nous, j'avais plein de cousines. Des Françaises, des Américaines du Sud, des Espagnoles. Il y en avait tout le temps une qui se mariait, alors on faisait une grande fête pour elle. Chaque été elles s'abattaient sur la côte, comme les sauterelles, et en laissaient une en route. Celle que je préférais à toutes les autres était brune, plus grande que moi, et s'appelait Anna-Rosa. Sa peau était mate et ses cheveux très noirs lui donnaient l'air d'une gitane. Elle avait des dents de carnassier dans une grande bouche qui riait tout le temps, de longues jambes. Je la trouvais divine. Naturellement, je serais mort sur place plutôt que de le lui avouer. Quand elle arriva cet été-là à Biarritz — c'était en 39 — nous avions tous deux quinze ans. Sa sœur Paloma, qui devait avoir dix-huit ans, se fiança à un *marquesito* andalou, et le mariage eut lieu à Uraldia. Ce fut la plus belle fête de cet été 39, notre dernier été de vraies vacances. Anna-Rosa était demoiselle d'honneur. Elle portait une robe bleue, longue, qui lui laissait les bras nus, et comme elle était très bronzée, elle me parut d'une beauté insolente. J'avais moi-même revêtu pour la circonstance l'uniforme d'Eton, avec spencer noir et col dur, bien que je n'eusse jamais fréquenté ce collège ; mais ma mère y tenait, trouvant le costume seyant pour les petits garçons. Je n'étais pas heureux : j'eusse préféré de beaucoup être habillé comme tout le monde, en tout cas comme un homme. Bref, quand sonna l'heure du bal, Anna-Rosa m'ignora superbement. Elle ne dansa qu'avec les grands, dont mon frère, qui avait vingt ans, et que je soupçonnais de faire la cour à ma cousine dans le seul but de me faire enrager. J'adorais la musique, surtout les valses, et aussi les blues, mais je ne savais pas danser. M'apercevant dans un coin du salon, Anna-Rosa vint tout à coup vers moi, l'œil conquérant, les joues roses d'animation. « Tu viens ? » L'orchestre attaquait *Sang viennois* de Johann Strauss. Je la suivis sur la piste. Une force irrésistible me poussait en avant. Etait-ce la griserie de la valse, les verres de champagne ou les bras nus d'Anna-Rosa ? Je ne me suis jamais expliqué cette audace. Ce fut un désastre. « Tourne ! me hurla-t-elle dans l'oreille. Tourne donc, maladroit ! » Elle me saisit à bras-le-corps — à l'époque elle avait presque une tête de plus que moi — et se mit à compter « Une, deux, trois » sur le tempo de la valse. Peine perdue ! Le sang à la tête, je n'entendais même plus la musique. J'aurais voulu mourir. Je bousculai sauvagement quelques couples, mes pieds s'empêtrèrent dans la robe d'Anna-Rosa, et nous chutâmes lourdement sur la piste. Elle se releva aussitôt. Sa bouche s'était pincée, ses beaux yeux ne riaient plus. Elle épousseta sa robe, et, comme je me relevais, rouge de confusion, ne sachant s'il fallait ou non reprendre la danse où nous l'avions perdue, et aller jusqu'au bout de ce supplice. « Non ! dit-elle. Ça suffit comme ça ! Je préfère danser avec ceux qui savent ! » Elle pivota sur elle-même dans un grand frou-frou de jupons, et elle ajouta en s'éloignant : « Mon pauvre Jacques, toi, tu ne sauras jamais ! »

— Ton Anna-Rosa, c'est une idiote ! s'exclama Gerda. Comme toutes les filles de son âge ! Mais je ne vois guère de mademoiselle Vignes dans cette histoire.

— J'y viens ! ...Cette aventure, reprit Jacques, m'avait vraiment mortifié. Sous le coup du dépit, par orgueil, à moins que ce ne fût parce que je venais de faire cette inquiétante découverte : j'étais tombé amoureux ! je pris ce soir-là une résolution : j'apprendrais à danser ! Oui, j'aimais Anna-Rosa, désespérément. C'était décidé. Vivre, désormais, me serait insupportable, tant que je ne saurais pas danser la valse. L'avenir, le bonheur, étaient à ce prix.

Mon père jouait très bien du piano. Il jouait d'oreille, comme les tziganes, et sa façon un peu barbare de rythmer les valses donnait une envie irrésistible de les danser. Il m'en apprit les règles, les secrets. Ça l'amusait. Il me parlait de Vienne, de l'orchestre Boldi et de cette époque folle qui avait succédé à la guerre de 1914. Peut-être avait-il dix-huit ans, lui aussi, quand il en parlait. Je l'écoutais. Il me montra les pas. Avec mes économies, j'achetai des disques, et durant tout l'hiver, en cachette, je m'entraînai. Dans le salon d'Uraldia il y avait une immense porte-miroir qui occupait tout un pan de mur. Le soir, au retour du lycée, je me postais devant la glace et répétais les figures apprises. Il n'y a pas de juge plus impitoyable qu'un miroir. Je faisais des progrès. Douze, vingt mois passèrent. La guerre était venue, la drôle, et puis la moins drôle, la débâcle, les réquisitions, les rutabagas. Moi je valsais. Pas toujours, bien sûr. Il y avait aussi le bachot, la B.B.C., les *Feldgendarmes*, le gazogène, les tickets, l'occupation, quoi ! Mais le dimanche, mes disques sous le bras, je partais pour Biarritz rejoindre les copains qui organisaient des surprise-parties. Il était interdit de danser, mais on s'en fichait. C'était même plutôt plus amusant. A peine arrivé, je posais sur le gramophone une de mes valses usées jusqu'à la trame, et fort de mon habileté nouvelle, j'allais inviter une jeune fille. L'idée fixe ! Très vite je me taillai une solide réputation de valseur. J'avais enfin grandi, j'étais moins timide, et il arrivait parfois que des filles — en général celles qui m'intéressaient le moins — s'exclament, après une chevauchée sauvage aux accents de *La Veuve joyeuse* : « Dis-donc, qu'est-ce que tu danses bien, toi ! » Rien, absolument rien, n'aurait dû me faire plus de plaisir ! Hélas ! Au lendemain même de ce bal de mariés qui avait consommé ma honte, Anna-Rosa était repartie pour Madrid. Elle n'avait pas assisté à ma transformation. En fait, j'étais devenu un homme pour rien ! Puis vint l'été 41, et mademoiselle Vignes...

Jacques s'interrompit brusquement, et passa une main distraite dans ses cheveux. Qu'il était loin le temps des valses, le temps des cousines et des bals de vacances ! L'Auberge de la Chambre d'Amour, où ils se retrouvaient le dimanche, avec son tourne-disque rouillé par l'air de la mer, les surprise-parties dans la maison des sœurs Laffargue, à Bayonne, sous les fenêtres de la *Kommandantur*, les premiers Allemands sur la route d'Espagne, le cimetière d'Uraldia, les fusils enterrés sous les tombes avec le fou rire, *Verlaine,* les chansons de Trenet, le premier fusillé sur les affiches bordées de noir, les premières filles... « Je suis un homme maintenant ! » Il ne jouait plus aux mêmes jeux. Toutes les balles perdues ne claquaient plus sur des frontons paisibles « A toi ! A moi ! *Dejame la ! Bego !* ». On ne distribuait plus que des millions de petits bouts de ferraille qui prenaient la vie de vitesse et clouaient sur les murs les joueurs maladroits. Pouce ! Pouce ! Le temps d'apprendre les nouvelles règles, de savoir qu'aux gendarmes et aux voleurs il n'y a plus que des gendarmes, que la balle au chasseur vous pète à la gueule ! De se familiariser avec le vocabulaire : Mon camp, ton camp, *Sieg Heil!* notre *Führer, essen, arbeiten, sterben!* Avec les signes de reconnaissance, l'étoile jaune et la swastika, la rayure infamante, la croix de fer, les barbelés de première classe. Le temps de respirer, *Kameraden, Kapos Feldgrauen,* le temps de devenir un homme !...

Il faisait très chaud ce jour-là, c'était au mois de juillet. Pas un souffle d'air. Les arbres d'Uraldia faisaient la sieste. Par la fenêtre de sa chambre, Jacques regardait sur le court de tennis ses frères échanger des balles. Il s'apprêtait à les rejoindre lorsque retentit le timbre de la porte d'entrée. Un brouhaha de voix entrecoupé de portes claquées troubla le calme de cet après-midi d'été. Jacques se rappela que mademoiselle Vignes avait demandé la permission à son père de tenir ce jour-là son cours de danse à Uraldia, son studio n'étant pas libre.

A Bayonne mademoiselle Vignes donnait des cours de danse auxquels assistaient des petites filles de famille de la région. Jacques ne la connaissait que de vue, mais quelques-unes de ses cavalières des rallyes du dimanche avaient été ses élèves et lui avaient parlé d'elle. Petite, blonde aux yeux de faïence bleue, mademoiselle Vignes devait approcher la trentaine. En dépit de sa voix douce, de ses manières un peu précieuses « Je vous en prie, mademoiselle Claude, écoutons la musique ! Je crains fort que nous ne soyons pas en mesure... », elle ne manquait pas d'autorité. Les spectacles qu'elle organisait chaque automne au théâtre de Bayonne, bien que conventionnels, n'étaient dénués ni de tenue ni de charme.

Poussé par la curiosité, Jacques était descendu de sa chambre pour voir travailler les filles. On avait repoussé les meubles du salon. Mademoiselle Pelaga s'était mise au piano, et toutes ces demoiselles, en rang devant une tapisserie des Flandres, commencèrent à lever la jambe. Colette Vignes passait de l'une à l'autre, corrigeant une position, cambrant un pied, arrondissant un bras. « Vous, jeune homme ! Venez donc nous aider ! » L'œil bleu était fixé sur lui. « Allons, venez ! Vous voyez bien que nous manquons de porteurs ! » Jacques se leva. « Qu'est-ce qu'elle appelle un porteur ? » se demanda-t-il avec inquiétude. On le lui expliqua. Il lui suffisait de soulever les filles par la taille pour leur permettre d'exécuter leurs arabesques, ou de les faire tourner entre chaque pirouette. « Vous voyez, c'est simple. Je ne vous demande même pas de danser : je sais combien les garçons sont maladroits ! » Jacques, vexé, s'appliqua. La grande glace du salon lui renvoyait ses gestes. Il y jetait de temps à autre un coup d'œil. « Heureusement que mes frères ne me voient pas ! » songea-t-il. Il avait bien envie de montrer à mademoiselle Vignes qu'il n'était pas aussi maladroit qu'elle se l'imaginait. Il en oublia ses craintes. Toutes ces filles, après tout, à part la Vignes qui était une vieille, avaient moins de quinze ans ! Il n'y avait pas de quoi être intimidé. Calquant ses attitudes sur celles des autres, imitant leurs mouvements de bras, leurs positions de pied, il risqua quelques pas. Ce n'était guère facile. Cette façon de joindre les talons, ou de cambrer le pied, donnait vite mal aux jambes. Ses bras lui causèrent moins de souci. « C'est marrant, leur truc ! » Il s'amusait.

« Un quart d'heure de pause ! décréta mademoiselle Vignes. Les filles, asseyez-vous ! » Puis, se tournant vers Jacques : « Venez ici, dit-elle de sa voix suave. Placez-vous devant moi. Là... les pieds joints. Maintenant, essayez ça... et ça... Les bras ronds au-dessus de la tête, en couronne... Bien... Devant, maintenant. C'est ça... deuxième position... Pas mal... Pas mal !... » Elle se retourna vers la classe attentive ; « Alors, mesdemoiselles, qu'est-ce que vous en pensez ? On l'adopte ? » « Oui ! Oui ! » crièrent les filles. « Vous êtes engagé ! » Le sourire était sincère. En prenant congé de Jacques ce soir-là après la leçon, mademoiselle Vignes avait l'œil caressant.

De porteur Jacques devint élève. D'élève, partenaire. Les promotions vont vite en province. Colette Vignes revint à Uraldia. D'abord avec sa troupe, puis seule. Les leçons se firent particulières. Elle lui apprit les pas de base, puis l'emmena dans son studio et le fit travailler à la barre. Jacques se laissait faire. Elle était si gentille avec lui. Elle ne voulait même pas être payée « Vous n'y pensez pas ? Cela me fait plaisir ! » Il prenait le thé avec elle, après les leçons, et elle lui racontait des histoires de danse, lui prêtait des livres sur les ballets. « Vous avez des dispositions étonnantes ! » lui assurait-elle, l'œil noyé de reconnaissance. Il n'en était pas du tout certain, mais c'était agréable à entendre.

« Jacques ! nous allons monter un numéro ensemble ! » lui déclara-t-elle à la fin de l'été. Ils en montèrent trois, une polka piquée 1900, une valse viennoise suivie d'une mazurka, puis, décidément sans complexe, un véritable pas de deux classique sur une musique de Florent Schmitt.

Septembre. Le grand jour est arrivé. Le théâtre de Bayonne connaît l'affluence des beaux jours. Toutes les familles qui ont un rejeton au cours de mademoiselle Vignes ont envahi les premiers rangs d'orchestre et le balcon. Le reste des places a été arraché par les Bayonnais et les derniers vacanciers. Les distractions sont rares. On ne boude pas un spectacle.

Dans les coulisses règne une effervescence brouillonne. Le rideau va se lever. Les machinistes s'injurient, un électricien a disparu. Dans l'arrière-scène s'entasse une foule jacassante de mères surveillant leur progéniture. Du sous-sol, où se trouvent les loges, parviennent des bruits de sonnette, des appels. On se bouscule aux toilettes. Perchée sur un tabouret, son tutu déchiré, une petite fille pleure.

Sanglé dans un uniforme de hussard, le cœur dans un corset de trac et la bouche sans salive, Jacques est venu jeter un coup d'œil par le trou du rideau. Des ouvreuses s'agitent dans les travées. Quelque part dans la salle se trouve Anna-Rosa. Elle est revenue d'Espagne. Jacques ne la voit pas, mais il sait qu'elle est là, dans cette forêt de têtes, et son cœur bat plus vite. Il se tourne vers mademoiselle Vignes, toute petite dans sa robe à crinoline. Ses traits sont tirés sous l'épais maquillage. Elle lui fait un petit signe qui ressemble à un appel au secours.

Les trois coups. Le silence. L'orchestre attaque. Un lent froissement d'étoffe. Le rideau se lève. La scène est balayée par une brise tiède, où se mêle aux courants d'air des coulisses qui charrient des odeurs de sciure et de colle, ce souffle qui monte d'un public invisible. « C'est parti ! » De derrière son pan de décor, Jacques voit les numéros se succéder. Un rêve : *Suite en blanc, Quadrille, Boléro.* Les toutes petites filles d'abord, les grandes ensuite... Ce petit monde retrouve miraculeusement sa place, entre et sort de scène sans catastrophe majeure. Il y a bien quelques accrocs, mais qui s'en aperçoit ? Le public est en or. Une petite fille s'étale après une pirouette. Une autre, aveuglée par les projecteurs, ne trouve plus la sortie, et fond en larmes. L'orchestre lui-même a des trous de mémoire. A la fin de la mazurka, il s'est trompé de reprise. Jacques et mademoiselle Vignes doivent improviser toute la fin du numéro. Qu'importe ? Pourvu qu'ils sautent en mesure, et le sourire aux lèvres, mazurkas, polkas piquées ou pas, le public n'y voit que du feu.

L'affaire se corse en deuxième partie, à l'heure de l'épreuve décisive : le pas de deux. Jacques le sait bien, le numéro est un peu « léger ». Si sa partenaire a quinze ans d'expérience derrière elle, lui, il ne sait pas faire grand-chose ; sa technique — si l'on peut dire — plongerait n'importe quel professionnel dans un abîme d'étonnement. « Tant pis ! Après tout, c'est elle qui a insisté ! »

Colette Vignes est à son côté, toute vaporeuse dans son tutu long romantique. Lui, en pourpoint de velours noir à manches bouffantes, sur un collant blanc qui lui fait la cuisse maigre et le genou très gros. Ils attendent, un peu crispés, leur tour d'entrer en scène, lorsque le frère de Jacques fait irruption en coulisse et se précipite sur eux :

— Vous ne savez pas qui est dans la salle ?

— Non. Qui ça ?

— Lycette Darsonval !

Jacques sent mademoiselle Vignes devenir toute molle à son bras. Sous le fard, son visage a la couleur du tutu.

— Je ne pourrai jamais danser! Jamais! répète mademoiselle Vignes. Elle plonge sa tête dans ses mains. Ses épaules nues sont secouées de frissons.

Lycette Darsonval ! Jacques la connaît de nom, et au fond il est secrètement flatté : danser devant une étoile de l'Opéra ! Il conçoit cependant que pour la pauvre Colette Vignes l'épreuve soit plus intimidante : sa réputation est en jeu.

Jacques l'a saisie par le bras :

— Venez ! C'est à nous !

L'orchestre attaque les premières mesures de leur

pas de deux. Lycette Darsonval ou pas, il va bien falloir y aller !

Colette Vignes redresse la tête, machinalement prend la pose, la taille dans le bras arrondi de son partenaire. Par-dessus son épaule elle lui jette un regard de noyée. D'une brusque poussée il entraîne sa danseuse sur la scène, et le miracle a lieu. Mademoiselle Vignes retrouve son assurance. Elle danse même avec beaucoup de conviction. Quant à Jacques — il a un solo à exécuter, avec entrechats, jetés battus et autres galipettes — il réussit à aller jusqu'au bout de son numéro sans se tordre une cheville, ni tomber dans le trou du souffleur.

Au salut final, il a le sentiment de s'être surpassé. « Merci ! Merci ! », lui murmure mademoiselle Vignes, ivre de bonheur. Se haussant sur les pointes, elle dépose un baiser sur sa joue. Il la regarde. Dans les yeux de la jeune femme dansent des lampions de fête, crépitent des applaudissements, passent des corbeilles de roses. Il s'aperçoit qu'elle pleure. « Si le spectacle avait été un échec, elle pleurerait aussi ! », pense Jacques. Personne ne lui ôtera de l'idée que mademoiselle Vignes et lui ont frôlé le désastre, pis, le ridicule ! Mais il sait aussi que quelque chose d'étonnant s'est produit qui le remplit de fierté : il a mieux dansé qu'aux répétitions. Il a eu bien plus peur, mais une force inconnue — le trac ? l'inspiration ? — l'a poussé en avant, a contrôlé ses muscles et maîtrisé ses nerfs. Sur scène, ses gestes n'étaient pas étriqués ; au contraire, il s'est senti plus libre que jamais. Jacques a l'impression d'avoir gagné un pari : « J'ai appris à danser ! »

Jacques fit un bond hors du lit et s'habilla. Le poêle était sur le point de s'éteindre. Il y enfourna une pelletée de coke, puis vint se rasseoir près de Gerda sur le bord du lit.

— Viens dîner, dit-il. J'ai faim !

— Elle m'a plu, ton histoire... Mais, dis-moi... et Anna-Rosa ?

— Oh ! Anna Rosa ! — Jacques eut un geste évasif. — Elle était dans la salle, je te l'ai dit, mais elle avait changé. Après le spectacle, elle m'a embrassé, et sa façon de m'embrasser aussi était différente, beaucoup plus gentille. Je lui ai dit : « Tu te souviens ? » et je lui ai rappelé notre valse au mariage de Paloma. Mais elle ne se souvenait pas. Elle m'a pris par le bras et m'a entraîné loin des autres : « Tu ne viens jamais me voir à Madrid ! » Je ne sais plus comment était sa robe, mais elle était moins jolie, un peu *dadame*, une robe d'automne. Il me sembla aussi que ses bras avaient grossi. « C'est la guerre, figure-toi ! » Anna-Rosa fit la moue : « Dommage ! Madrid est très gai en ce moment ! » Dans la cohue des coulisses, je la perdis de vue. Je ne m'aperçus que beaucoup plus tard que je ne l'avais pas retrouvée. J'avais cessé de penser à elle — Jacques soupira — : C'est bête, non ? A cause d'elle, j'avais appris à danser. Et puis, du jour au lendemain, pffft !... — il fit claquer ses doigts. — Je n'ai jamais compris ce qui m'était arrivé. Peut-être, après tout, n'est-ce pas la raison pour laquelle on fait les choses qui est importante, mais de les faire !

Gerda et Jacques achevaient de dîner lorsque le timbre de l'entrée retentit.

— Tu attends quelqu'un ? demanda-t-il.

— Non, personne.

A nouveau la sonnette, impérative.

— Qu'est-ce que c'est ? s'enquit Gerda d'une voix forte. Qui est là ?

— C'est moi, Karl-Hans. Ouvre !

— Mon père ! murmura-t-elle. Vite !... aide-moi à refaire le lit.

Jacques sentit son cœur s'arrêter. Il avait reconnu la voix de Wenger. En hâte, ils recouvrirent le lit.

— Que me voulez-vous ? cria Gerda. Je suis occupée.

— Ouvre ! gronda la voix de Wenger. J'ai besoin de te parler !

— Une minute, je vous prie. J'arrive !

Elle remit de l'ordre dans sa coiffure, et jeta un dernier coup d'œil autour d'elle. Jacques était blême. Elle secoua la tête comme pour le rassurer.

— J'arrive ! répéta-t-elle, tandis que Wenger s'impatientait derrière la porte et secouait le pène.

Il entra, sanglé dans un manteau de cuir brun qui lui arrivait aux chevilles, la tête nue aux cheveux coupés très ras, l'œil clair. Il y avait des mois que Jacques ne l'avait vu. L'apercevant, Wenger se figea.

— *Ach so !...* — L'éclat de son regard se ternit, et il s'inclina imperceptiblement. — *Ponsoir !* J'espère que je ne vous *déranche* pas ?

Le ton était cérémonieux. Trop. Il avait parlé en français.

— Bonsoir ! bredouilla Jacques.

Wenger retira ses gants, fit quelques pas dans la pièce, puis se tournant vers sa fille :

— Quand tu as dit que tu étais occupée, j'ai pensé que tu étais avec Stefan. Je vois que je me suis trompé.

— Qu'est-ce qu'il y a, père ? Vous savez bien que Stefan est au front. Que me voulez-vous ?

— J'ai quelque chose d'important à te dire.

— Je... je crois que je vais m'en aller, dit Jacques.

— Non ! fit Gerda en le retenant d'un geste.

— Qu'est-ce qu'il fait ici à cette heure ? demanda Wenger sans regarder le jeune homme.

— Vous voyez bien, nous dînions. C'est un ami.

Un sourire effleura les lèvres minces de l'Allemand.

— Je n'ai rien contre lui, articula-t-il sans élever la voix. Au contraire. Nous sommes de vieilles connaissances. — Il avait fait demi-tour et fixait Jacques de son regard sans expression. — *Nicht wahr, junger Mann ?*

— C'est exact, dit Jacques.

— Seulement il est Français !

— Et alors ? répliqua la jeune femme.

A nouveau Wenger sourit. Les coins de sa bouche

se soulevèrent, découvrant sa denture parfaite, mais ses yeux restaient éteints.

— Si toi tu ne sais pas ce que je veux dire, lui il le sait !

— Gerda, je m'en vais, dit Jacques. C'est mieux, je t'assure...

Elle secoua la tête. Un éclair de colère brilla dans ses yeux. Les poings serrés, elle se planta devant son père :

— Fichez-lui la paix, père ! Si vous avez quelque chose à me dire, dites-le. Mais lui, laissez-le tranquille, il est chez moi...

— Tu n'as pas le droit... !

— Je me moque de mes droits, de vos interdictions ! J'en ai plus qu'assez de ces discriminations ridicules ! J'ai vingt-cinq ans, père, je sais ce que je fais.

— J'ai peur que non ! J'ai peur que tu ne m'aies pas bien compris, et que tu le regrettes !... Vous ! dit-il à Jacques, vous feriez mieux de la raisonner. Que ma fille soit insolente n'est pas pour me surprendre. Mais qu'elle se conduise comme une écervelée m'inquiète... et devrait vous inquiéter, vous aussi ! Réfléchissez-y !

Il jeta un regard circulaire, fit quelques pas dans le studio plongé dans ses pensées, puis se dirigea vers la porte.

— Viens me voir demain, chez moi. N'y manque pas ! Ce que j'ai à te dire est important !

— Promis ! dit Gerda. Je viendrai à six heures.

Wenger enfila ses gants. Son regard croisa celui de Jacques, mais il fit comme s'il ne le voyait pas. Il sortit sans ajouter un mot.

— Tu n'aurais pas dû, dit Jacques après un silence... Il valait mieux me laisser partir !

Elle haussa les épaules.

— Tu ne le connais pas. Quand on lui cède, c'est pire !

— Oh si, je le connais ! Il ne nous laissera plus en paix maintenant.

Il regarda la jeune femme, songeur. Comment cet individu pouvait-il être son père ?

— Pourquoi vient-il à cette heure, sans me prévenir ? murmura Gerda. Je me demande ce qu'il avait à me dire...

— Qui est Stefan ? demanda Jacques.

Elle ne répondit pas tout de suite. Penchée sur la table, elle sortit une cigarette du paquet et l'alluma. Elle aspira une longue bouffée, ses sourcils se soulevèrent.

— C'était mon fiancé, dit-elle.

CHAPITRE XXVI

— Alors, cet arbre ? demanda Kruckenberg.

— Il pousse, dit Jacques.

Elisa trempa un chiffon dans la colle, puis l'égoutta au-dessus du seau.

— Est-ce qu'il n'est pas beau comme cela ?

Elle plaqua le chiffon sur le tronc de l'arbre posé à plat sur la table, et le tordit comme un serpentin. Des dizaines de chiffons ainsi tordus figuraient l'écorce.

— Drôle de façon de s'y prendre pour faire des arbres ! grommela-t-elle encore.

— *Grosser Gott !* Vous n'avez jamais vu un vieux chêne ! s'exclama Kruckenberg. C'est tout rugueux. Le vôtre est plat, on dirait une planche. Il faut qu'il tourne, malheur! Qu'il gratte, qu'il accroche le regard !

De ses doigts poisseux de colle, Jacques corrigeait à mesure le relief des chiffons. Il était accroupi sur un tabouret, et malgré le béret qu'il avait placé comme un coussin sous ses genoux, il commençait à ressentir des picotements dans les jambes. Au-dessus de lui, le haut-parleur déversait un flot de musique suave.

— Si vous me ratez cet arbre, tonna Kruckenberg, je vous suspends par les pieds dans les cintres ! Le chêne, bande d'incapables, c'est l'élément le plus important dans le décor du *Freischütz*. Tous les archers du chœur viennent s'époumoner sous ses branches.

Il repoussa le jeune homme d'un geste impatient :

— Fichez-moi le camp, le Français! Vous avez de la guimauve dans les doigts. Vous me le sabotez, mon arbre !

Prenant sa place au-dessus du tronc de contreplaqué, il se mit furieusement au travail.

— Allez plutôt me préparer la peinture ! Tout doit être achevé demain. Vert, jaune, un peu de rouge. *Schnell !* Je veux tous les mélanges prêts ce soir dans le sous-sol. Nous y descendrons l'arbre quand il sera habillé.

Jacques déplia ses jambes avec un soupir de soulagement. Passant dans le dos du peintre, il lui décocha un pied de nez au grand effroi d'Elisa.

— *Raus !* rugit Kruckenberg.

Les sous-sols du *Schauspielhaus*, auxquels on accédait par un petit escalier en colimaçon, formaient un monde souterrain dont Jacques, en plusieurs mois, n'avait pas épuisé tous les secrets. Ils s'étendaient sous toute la largeur des ateliers, et s'enfonçaient sous les hangars mitoyens en un inextricable labyrinthe de couloirs coupés de salles obscures. Un espace libre, au centre de la cave, servait aux peintres qui venaient y terminer le travail commencé à l'étage. Le long des murs maculés de taches et de graffiti, s'alignaient les pots de peinture, les sacs de poudre ou de chaux, les brosses et les balais. Pour le reste, l'ensemble des sous-sols n'était qu'un vaste dépotoir où l'on avait accumulé au fil des années des centaines de décors inutilisables, de rideaux de scène et d'accessoires tombés en ruine. C'était le refuge de prédilection de Jacques. Il ne se passait pas de jour qu'il ne fît dans cet inépuisable bric-à-brac quelque nouvelle découverte. Dans un recoin dissimulé derrière l'enchevêtrement des praticables qu'il avait patiemment manœuvrés, déplacés, puis clôturés, jusqu'à ce qu'ils eussent pris l'aspect d'une cabane — il l'appelait « le Musée » — Jacques avait entreposé ses trésors. C'était un ramassis d'objets les plus divers, têtes de faunes ricanants, cuisses et torses de Vénus en plâtre gris qui s'effritaient sous le regard, bustes romains, bancs de bois sculptés, sièges curules sur trois pieds, bouts de tapis effrangés, bijoux de strass, poulets et pâtés en carton avec leur assiette tenante, clairons, cymbales, sabres de bois, yatagans, dagues de cour, coins de fenêtre en trompe-l'œil, sabretaches, galons d'argent, et, posé sur un carré de vieux velours, un heaume de chevalier dont la gueule béante sous le ventail grippé de rouille racontait à qui voulait bien les entendre les hauts faits de Lohengrin et la légende du Graal.

A regret, Jacques se glissa hors de son antre, et gagna le centre de la cave. Il s'assit sur un tabouret, et tira à lui les sacs de peinture. Rouge, jaune, vert. La térébenthine. Les pots pleins de colle séchée, les racloirs. Il se mit à siffler entre ses dents, et reconnut l'air de *Casse-Noisette*. Au-dessus de lui, à l'étage des ateliers, le haut-parleur s'était élevé d'un ton. La musique de Tchaïkovsky lui parvint avec tant de netteté qu'il lui sembla, quelque part derrière les décors noyés d'ombres, qu'une fosse d'orchestre s'était ouverte lui jetant au visage les accords de ses cent musiciens.

Jacques se leva, et vint s'adosser au mur. La tête très droite, appuyée à la paroi, il joignit les pieds qu'il plaça dans le prolongement l'un de l'autre. Talon contre talon. Ses bras s'animèrent. « Première position ! » La musique du ballet lui parvenait comme une fête à peine assourdie. Elle courait dans ses veines, libérait en lui une gaieté sournoise qui lui donnait envie de se détendre, de bondir. Ne pas se laisser griser ! Ecouter ! Tchaïkovsky était un bon maître, il n'y avait qu'à lui obéir. Pourquoi ne pas s'exercer ici ? Personne ne viendrait le déranger dans cette cave, et si quelqu'un s'avisait de descendre, délaissant le chêne, la colle et les chiffons du *Freischütz*, il entendrait ses pas dans l'escalier tournant. Il n'y avait pas de barre, comme dans le studio de Gerda, mais Jacques s'en passerait. L'une après l'autre il récapitula les positions de base, de la première à la sixième, puis s'efforça de lier les mouvements des jambes avec ceux des bras. Il connaissait plus ou moins la gamme des attitudes académiques, le souvenir ne s'en était pas tout à fait effacé depuis les lointaines séances de travail avec Colette Vignes. Et s'il lui arrivait parfois de confondre entre eux les termes techniques, Gerda se chargeait de lui en rappeler la signification.

« Une, deux, trois, plié ! Une, deux, trois, jeté ! » Ce n'était pas aussi simple qu'il l'eût voulu. Les muscles de ses jambes, après ces mois de prison et de camp, avaient perdu de leur souplesse. Il faudrait les réchauffer, les aguerrir, les rééduquer. Si ses jambes étaient encore malhabiles, ses bras et ses mains — ses mains surtout, qu'il avait très souples — semblaient doués d'une âme plus légère. Elles obéissaient sans mal aux sollicitations les plus subtiles de la musique, les devançant même, comme si, de ses doigts aux phalanges noueuses, de ses mains effilées mais vigoureuses au dos desquelles courait tout un faisceau de lignes bleues, de l'arc de ses bras au-dessus de sa tête, eût jailli à mesure l'invention musicale.

Danser ! Il y avait dans cet acharnement à vouloir danser quelque chose d'insolite, d'un peu choquant. Breslau, la Silésie, l'Europe entière, n'étaient plus qu'un immense camp de travail où des millions de forçats s'employaient à forger les outils pour la guerre. Mais lui, le funambule, l'ahuri, dans son sous-sol de théâtre, ne rêvait que pirouettes, jetés battus et cabrioles !

A la vérité, il ne se sentait en rien coupable. Il n'avait jamais beaucoup pensé aux autres. Et quand par extraordinaire cela lui arrivait, très loin, au fond de lui, un petit diable surgissait « Qu'est-ce que ça peut te faire? », un petit monstre d'égoïsme, une manière d'ange gardien dont il n'aurait jamais honte, qui lui donnait envie de rire, de se moquer de tout. Si les autres voulaient à tout prix jouer les héros, ou les esclaves, c'était leur affaire après tout ! « Tant qu'ils me laisseront la pantomime ! »...

Mais la première fois que Gerda l'avait fait travailler, juste après le départ de Wenger : « Essaye ! Fais quelques pas. Je veux voir ce que tu sais faire... » un sentiment de honte l'avait paralysé. Il y avait tant d'impudeur à risquer tous ces gestes, à jouer le jeu, se livrer, s'émouvoir, à coucher avec la musique ! Dans le studio aux lumières tamisées, la main crispée sur la barre, jambes nues, quand il avait esquissé les premiers pas, il lui avait semblé qu'un gouffre allait s'ouvrir entre elle et lui. Que l'étonnement, la déception, ou même un peu trop de gentillesse qu'il lirait sur le visage de la jeune femme, mettraient entre eux des distances irrécupérables — Je ne peux pas ! Je ne peux vraiment pas ! Pas devant elle ! — et qu'aucune épreuve, jusqu'à ce jour, n'avait égalé celle-là.

Gerda se tenait devant lui, en soutien-gorge, sa jupe plissée relevée sur un genou. Elle l'observait, ses yeux bruns attentifs, la tête un peu penchée. Pourquoi ne disait-elle rien ? Pourquoi le fixait-elle en silence, comme un juge ? « Regarde ! Fais comme moi ! » Elle avait commencé à danser. Glissade, attitude. Glissade, arabesque. Jacques la suivait, gauche, désespéré. « C'est ça ! C'est ça !... Les bras ronds, toujours ronds ! Casse-moi tous ces angles !... Les pieds en dehors ! Ouvre ! Ouvre !... Tu vois, tu y arrives ! » De toute sa volonté, le visage tendu, le corps douloureux, il essayait de faire comme elle. Et tout à coup elle s'arrêtait au milieu de l'exercice et se mettait à rire. Cramoisi, Jacques la regardait pouffer dans ses mains. « Je savais bien que c'était idiot ! Complètement idiot ! » Elle posait sur lui un regard qu'embuaient encore les larmes du fou rire : « Je ne ris pas de ta façon de danser, balbutia-t-elle, mais si tu voyais la tête que tu fais ! » Elle jetait ses bras autour de son cou ruisselant de sueur, son front s'appuyait contre le sien : « Jacques! Jacques! Ne sois pas bête! Il ne faut pas avoir peur. Surtout pas ! » Il se raidissait, les membres encore tremblants après l'effort, et s'épongeait le front : « Continuons ! » Ils ne se parlaient presque plus. Elle lui indiquait les mouvements par monosyllabes : « Plié! Jeté! Relevé!... » Encore, encore. Recommencer... « Tu bouges bien. Tes gestes sont liés. C'est important, tu sais, de bien bouger ! » Sa voix vibrait d'excitation ; dans ses yeux brillait une flamme sautillante. « Je t'apprendrai. Nous danserons ensemble ! » Il la regardait, incrédule. « J'en suis sûre ! »

Après, tout devint simple. Le travail dans le studio de Gerda — deux heures à la barre, tous les soirs, — le débarrassa de ses angoisses. Danse! Mon gars, danse ! Il nous reste si peu de jours ! Le miroir lui renvoyait l'image d'un petit homme en slip, tout luisant de sueur, aux jambes grêles, aux genoux trop noueux, qui s'agitait comme une marionnette folle. Mais l'heure n'était plus aux complexes. *Carnaval* n'avait pas encore été mis en répétition, et l'on cherchait toujours quelqu'un pour le rôle de Pierrot. Pierrot, ce serait lui, Gerda l'avait dit. Gros genoux ou pas, ils danseraient ensemble ! A l'Opéra ! Danser, l'idée fixe ! Danser, puisque la vie en dépend ! Danser, comme d'autres font la guerre !...

Il irait trouver Kühn : « Monsieur le Directeur, vous cherchez un Pierrot. Je suis votre homme ! » D'avance, il en avait des sueurs froides. « Encore vous, le faux peintre ! Vous dansez, maintenant ? » « Eh oui, monsieur ! » Kühn le jetterait à la porte : « On me l'avait bien dit que vous n'étiez qu'un farceur ! » Mais il serait bien temps, demain, de se préoccuper des réactions de Kühn...

La valse de *Casse-Noisette* l'arracha au plancher rugueux de la cave où il rêvassait. A l'étage, Kruckenberg et son esclave Elisa, les mains gluantes de colle, devaient être encore en train de sculpter du chiffon. « Ils m'ont oublié. » Dans un grand soupir enthousiaste, l'orchestre attaqua la *Danse des marmitons.* Les bras le long des cuisses, Jacques s'élança. Entrechat quatre, entrechat six de volée... Il faillit se tordre une cheville en retombant, et jura. C'était toujours la même histoire, l'entrechat de volée lui faisait perdre la mesure. Il rassembla ses pieds derechef, et enchaîna. Tout à coup, l'oreille aux aguets, il s'immobilisa. Un bruit de planches brisées, de décors qu'on secoue, couvrit le son de l'orchestre. Une voix goguenarde emplit la cave, le clouant sur place de stupeur, dans la position même où il se trouvait, un bras au-dessus de la tête, l'autre en demi-cercle devant lui.

— C'est bientôt fini ce cinéma ?

L'homme surgit de derrière un portant, ses traits dans l'ombre. Jacques ne le reconnut pas tout de suite.

— A quoi tu joues, p'tite tête ?

Cette voix ! De saisissement, Jacques baissa les bras. Il aperçut le costume fripé, le visage aux joues envahies de barbe. Sous l'éclairage tombant de biais, l'œil brilla, ironique.

— Cario !

C'était bien toujours cette intonation gouailleuse, le sourire torve au coin duquel luisait la dent en or. Cario maigri, méconnaissable, avec une moustache toute neuve, comme une brosse sous le nez, les cheveux gris de poussière.

— D'où sors-tu donc ?

— J'étais là ! Depuis hier. — Il désigna l'entassement des décors dans la pénombre du sous-sol, et s'épousseta d'un air négligent. — Un rien crado, ton Opéra !

Comme il avait changé depuis cet hiver ! Son visage s'était creusé. Sous la veste affaissée aux épaules, son corps avait fondu.

— Mais qu'est-ce que tu fous là, Bon Dieu ?

Cario gloussa :

— Je te regarde. Ça fait un moment que j'arrête pas de me fendre la pipe. T'as des gestes de gonzesse. Tu joues à quoi, dis ?

— Je dansais.

— Ah bon ! T'es danseur à présent ?

Jacques réprima un mouvement d'impatience. Il était furieux que Cario eût assisté à sa séance d'entraînement.

— Tu ferais mieux de me dire ce qui t'amène, au lieu de jouer les voyeurs.

— Danseur ! ricana Cario. Y a pas à dire, toi t'es vraiment l'artiste ! Nous on bosse, on mouille sans arrêt, on manque de se faire ratatiner à tous les coins de rues, et pendant ce temps *môssieu* danse !

Il se mit à tourbillonner sur place, un bras levé, l'autre en corbeille, enlaçant une partenaire imaginaire.

— Arrête ! dit Jacques. Cesse de faire le con !

Cario s'interrompit :

— Question bonnes femmes, fit-il en clignant de l'œil, tu dois pas être à plaindre, ici, mon salaud ! Quand je pense... T'étais moins godiche que t'en avais l'air ! Remarque, j'y ai jamais cru, moi, à tes airs de sainte nitouche !

— Ecoute, Cario ! On ne peut pas rester là, comme ça à discuter. Les gars du dessus peuvent descendre. S'ils te trouvent, ça fera des salades !

Le visage de Cario se rembrunit. Un tic nerveux tira le coin de sa joue.

— Des salades ! Des salades ! Ce seront pas les premières ! — Il se laissa choir sur un tabouret. — J'en ai ras le bol des salades !

— Comment as-tu fait pour t'en tirer ? demanda Jacques.

— J'en sais trop rien, dit Cario. Ça fait des semaines que je cavale ! Ce coup-ci je suis vraiment dans la merde. Faut que tu m'en sortes !

— Oui, mais comment ?

— J'ai plus de planque, mec. La dernière est roussie depuis la semaine dernière.

Il quitta son tabouret, et se mit à marcher de long en large :

— Je les ai tous aux miches, ces enfoirés de la *Polizei* ! Des mois que ça dure !... Mais ils m'auront pas, t'entends ? Ils m'auront pas !

— Ne crie pas, dit Jacques.

Cario se rassit :

— J'ai pensé que t'aurais peut-être une idée...

Jacques se gratta le menton. Le cacher ici, à l'Opéra, c'était impossible. Tôt ou tard on l'y découvrirait.

— Tu as des papiers ? demanda-t-il.

— Oui. Des faux, bien sûr. Mais attention, c'est du beau travail ! Tu n'y verrais que du feu. J'en fabriquais, avec un copain de Liegnitz. Une spécialité qu'il avait. Pour les tampons il sculptait des patates. Un truc que je te montrerai... Et puis on s'est fait repérer.

— La Police ? Tu es sûr au moins qu'elle ne t'a pas suivi ?

— Sûr ! dit Cario. Il cracha à ses pieds d'un air dégoûté. Si tu savais ce que ça me fait chier de venir te relancer !

— Et ton copain ?

— Qui ça ?

— Le faussaire, celui de Liegnitz ?

— Ils l'ont piqué ! — Cario releva la tête. Une nouvelle grimace déforma sa bouche. — J'étais pas là... Quand je suis revenu, j'ai vu leur bagnole. Je me suis tiré vite fait, en bouffant les tampons que j'avais dans les poches.

Pour que Cario vienne lui demander de l'aide, il fallait vraiment que ça aille mal. Qu'est-ce qui s'était passé au juste entre Ofener et maintenant ? Et là-bas à Liegnitz ? Si les *Schupo* avaient retrouvé sa trace, ils ne le lâcheraient plus. C'était une question d'heures.

— J'ai peut-être une idée, dit Jacques. Je vais t'emmener chez la baronne.

— Une copine à toi ?

— Oui. Va m'attendre au coin de la rue, à l'arrêt du *Strassenbahn*! A six heures je viendrai te chercher.

Il le cacherait d'abord chez Gerda, pendant deux jours. Et samedi ils iraient ensemble à Polgsen.

— Où c'est qu'elle crèche, ta baronne ?

— Près de Wolhau, dans la campagne. Un joli château, tu verras.

— Sans blague, c'est une vraie baronne ?

— Oui. La baronne von Becher.

— Von Becher ! — Cario avait sursauté. — Quoi, c'est pas cette souris qu'est venue te voir au camp, une mouflette blonde aux instincts de *S.S.*?

— C'est sa grand-mère. Ne t'inquiète pas, la môme est un peu nazie, mais elle fermera sa gueule !

Jacques n'en était pas si sûr. De toute façon il ne voyait pas d'autre solution.

— Un peu nazie, hein ! — Cario s'était levé. — Eh ben mon pote !

— C'est à prendre ou à laisser, dit Jacques.

— Je prends ! — Cario secoua la tête, l'air écœuré. — Il m'aura vraiment tout fait, ce mec !

CHAPITRE XXVII

Jacques ouvrit les yeux et jeta un regard autour de lui. Personne n'avait bougé. Sans doute s'était-il assoupi, un cahot du train l'avait réveillé. Tassé contre son épaule, bouche entrouverte, la casquette sur le nez, Cario somnolait. Le compartiment était plein. Sur la banquette opposée, deux soldats fumaient en silence. Son cabas serré contre elle, une vieille femme grignotait un morceau de fromage. De l'autre côté de Cario, deux hommes qui avaient l'air d'être des paysans ronflaient dans leur moustache, les mains aux phalanges épaisses posées sur leurs genoux.

Jacques s'étira, repoussant Cario. La banquette était dure, et il commençait à avoir des crampes dans les fesses. Coincée en bout de banc, entre les deux soldats et la vitre donnant sur le couloir, une petite fille d'une dizaine d'années, au visage ingrat encadré de tresses, le regardait en se curant le nez. Jacques lui fit une grimace, et la petite fille prit un air sournois sans cesser de l'observer. Il détourna les yeux.

« Ça y est, je m'ennuie ! » Il n'était pourtant pas loin, ce bled ! Mais le train n'avançait pas. Glang-glang!... Glang-glang!... Le bruit des roues passant sur les éclisses des rails. Il se traînait! Encore une demi-heure au moins avant Wolhau... Jacques se pencha vers la fenêtre. « *Nicht hinauslehnen !* » L'inscription lui rappela les trains de France... Dans le carré de jour baissant, les poteaux télégraphiques défilaient sans hâte, leurs fils montant et descendant en cadence. Au-delà, aussi loin que portait le regard, la plaine rase, désolée, la plaine de Silésie plate à l'infini, avec, disséminés au hasard sur l'étendue grise, les cônes noirs de ses mines de charbon.

Glang-glang glang!... Glang-glang glang!... Un train pour nulle part, des voyageurs fantômes. Le vertige... L'Est, c'était toujours ainsi que Jacques se l'était imaginé, une terre sans horizon... Il ferma les yeux, mais il n'avait plus sommeil. Cario, près de lui, remuait en dormant. Cario avec ses problèmes, ses mains de tueur, sa franchise. Cario rêvant, l'échine lasse, un bruit de roues lointain dans les oreilles qui est celui de l'espérance. Mais qu'y a-t-il en bout de voie, quand le train s'arrête ? Auschwitz. Une baronne ? Qu'y a-t-il au fond du sommeil? Cario de Nantes, d'*Ofenerstrasse*, de Liegnitz, voleur de charbon, justicier, faussaire. Echappe-t-on à ses cauchemars? Glang-glang... glang, glang-glang.... glang ! Tant que ça bouge on peut dormir, imaginer que le destin s'éloigne. Tant que ça roule... Mais fais gaffe, Cario, le cœur s'arrête à la première gare. J'ai peur. Ne dormons pas...

Parle, Cario ! Parle ! Je t'écoute... Était-ce hier ? La nuit ronronne autour d'un poêle. La chambre de Gerda... « Comme on est bien chez vous ! Du schnaps ? Merci, merci bien mademoiselle ! » Cario s'est échappé, Cario n'est pas repris ! — « Dis donc, Jacques, et les copains de la 7/2 qu'est-ce qu'ils sont devenus ? » — « Sibert est mort. Je ne l'ai pas revu. Les autres vont bien... Je ne suis pas retourné au camp. Mais toi, Cario ? Tu ne m'as pas raconté... » — « Pauvre Sibert ! C'était couru. L'était pas fait pour ce pays ! » Il rit. Jacques aime bien le voir rire. Cette dent aurifiée, il ne sait pas pourquoi ça le rassure. — « Si tu savais ce que j'ai pu courir ! Tu te souviens, c'était le soir de Noël... *Stille Nacht... Heilige Nacht !...* Le *Lago*, ce fumier, qui me tirait comme un lapin ! Et puis ces saloperies de chiens ! Ils m'ont poursuivi jusque dans les faubourgs de Zeidlitz, au nord de la ville. Je me suis foutu à l'eau dans le *Kanal*. Il y a un bras de l'Oder qui coule par là. Et quand je dis qu'il coule!... J'ai dû faire un trou dans la glace ! Les clébards ont perdu ma trace, mais moi j'ai attrapé la crève ! Après... » Il vide son verre, et cligne de l'œil. — « Merde alors, elle est raide cette gnole ! » Gerda s'amuse. Elle est assise près de Jacques, une main dans la sienne. De temps en temps, il la regarde : « C'est mon copain. » Et les yeux de Gerda répondent « Je sais. » Nous sommes trois, nous trois, et j'ai chaud dans ma peau comme un homme tranquille. Parle, Cario ! Parle ! Où étais-tu passé ?... — « Après, ce sont des prisonniers qui m'ont caché, dans un oflag près de Carlowitz. J'ai failli crever, ils m'ont soigné. Un des leurs avait clamecé. Ils l'on enterré en cachette, et j'ai pris sa place. Mais ça n'a pas duré. Les chleus ont eu vent de la combine. Je ne les ai pas attendus, et je me suis tiré vers le nord. »

Cario se verse un autre verre. Une gouttelette de schnaps brille, accrochée dans les poils de sa moustache. Il s'essuie la bouche du revers de la main. — « J'ai fait toutes sortes de patelins avant d'arriver à Liegnitz. Les gens voyaient bien que j'étais pas en situation régulière, et ils me foutaient à la porte au bout d'un jour ou deux, quand c'était pas tout de suite. Même les plus chouettes... Les pires, c'étaient les gosses. Ceux-là, ils m'auraient livré au premier *Schupo* venu. J'allais jamais là où il y avait des jeunes... A Liegnitz, vers la mi-janvier, je suis tombé sur un Français qui m'a tiré d'affaire, Vitaly, un petit gars d'Auvergne, démerde en diable, qui travaillait chez Opel, et, la nuit, avait converti sa piaule en officine de faux papiers. J'ai jamais vu un type aussi adroit : il en fabriquait à la chaîne. Je te parie que tous les faux papelards et les *Ausweise* bidon qui circulent dans la région viennent de sa turne ! Il s'était procuré tous les modèles de tampons possibles et imaginables, de la *Kommandantur*, de l'*Arbeitsbüro*, de la *Kranken-kasse*, de la *Polizei* même, et les avait reproduits. C'est lui qui m'a enseigné à sculpter les patates. Bref, je me suis appelé Lucas, de La Rochelle, et j'ai trouvé du boulot dans un atelier de vulcanisation qui faisait partie de l'usine Opel. Je rafistolais des pneus pour les camions du front. Pas mal comme boulot, sauf que le caoutchouc ça pue... Le soir j'habitais chez Vitaly, et je lui donnais un coup de main pour les tampons. Avec la vente des faux papiers on bouffait bien, et on se faisait un peu de fric. On s'était même payé deux Ukrainiennes, de chouettes mômes qui nous faisaient la tambouille et le ménage, et la nuit, quand on ne les prenait pas avec nous pour avoir chaud, elles dormaient sur place, roulées dans leurs gourbaritchkas. La belle vie, quoi ! »...

Cario étire ses jambes près du poêle et fait craquer ses jointures. Jacques ne sait pas ce que Gerda comprend de tout cela. Elle n'a pas bougé. Elle fume, et les regarde à tour de rôle. « Nous ne sommes plus à l'Opéra. Mais y avons-nous jamais été ? Nous sommes en Silésie, côté usine, côté crasse, et c'est de nouveau l'hiver... »

« Mais ça non plus ça n'a pas duré ! Il y a une quinzaine de jours... » Cario serre ses mains l'une contre l'autre. Il grimace, comme s'il allait cracher par terre, puis se ravise. « ... Au-dessus de chez nous logeait un petit vieux, Lange, qu'on avait surnommé Job parce qu'il restait toujours couché sur son fumier, une espèce de grabat pourri qui schlinguait dans tout l'immeuble. Il prétendait qu'il était très malade, et qu'il ne pouvait pas marcher. Il avait été syndic, gérant, ou quelque chose comme ça avant la guerre, mais depuis qu'il n'y avait plus d'intérêts à gérer dans la maison, les voisins l'ignoraient. Personne ne s'occupait de lui. Peut-être qu'il était trop vieux, ou trop sale. Vitaly lui apportait parfois à bouffer, des fayots, du chocolat, et aussi des cigarettes ou de la gnole. En échange, Job-Lange nous refilait sa ration de pommes de terre. On avait besoin de beaucoup de patates pour refaire les tampons qui s'abîmaient vite. Moi je trouvais qu'il avait une gueule de faux-derche, ce type, mais Vitaly s'y était habitué. Un jour en rentrant de l'atelier, je l'ai croisé dans l'escalier, qui descendait de l'étage au-dessus. Il gambillait comme toi et moi, le bougre. — « Alors, grand-père, on a retrouvé ses guiboles ? » Le vieux secoua la tête et prit un air de martyr : « *Leider nicht, mein Junge!* » — « *Suchen Sie etwas?* » Il cherchait de l'aspirine, parce qu'il souffrait trop. Je me demandai s'il n'était pas allé plutôt fouiner dans nos affaires. Notre paperasse était bien planquée, sous une latte du plancher, mais il y avait ce putain de tas de patates dans un coin ! Ça me turlupinait. — « Penses-tu, dit Vitaly. Je le connais depuis longtemps, le vieux Lange. Tu vois des flics partout ! » Mais moi j'en démordais pas. — « Il a une gueule d'indic, ton invalide ! S'il a découvert quelque chose, il nous donnera aussi sec ! » — « Pourquoi le ferait-il ? » — « Pour quelques ronds, si ça se trouve ! » Le malheur avec Vitaly, c'est qu'il n'avait jamais peur de rien. Il s'est foutu de moi. — « Du pognon, mais je lui en donnerai, si c'est ça qu'il veut. » Il y avait plus d'un an qu'il était là, Vitaly, qu'il les faisait marrons avec ses *Papiere* tamponnés à la tubercule, et il avait tendance à prendre tous les frisés pour des cons. — « Tu fais comme tu voudras », j'ai dit. Ce soir-là je suis allé coucher ailleurs. »

« En venant aux nouvelles le lendemain, j'ai repéré la bagnole des flics dans la rue. Lange prenait le frais sur le pas de sa porte. J'ai filé. Je savais que les *Schupo* ne tarderaient pas à retrouver ma trace, et à me restituer ma vraie identité. S'ils m'agrafaient j'étais bon comme la romaine ! Chez Opel, Vitaly ne s'était pas présenté au boulot. J'ai compris qu'il ne se présenterait plus. Ils l'avaient embarqué. J'ai planqué là mes pneus, les Ukrainiennes, et tout le bazar, et je me suis retrouvé en cavale ! »

Cario a ramené sous lui ses pieds entortillés de chiffons. Les godillots sèchent près du poêle. Gerda ne dit rien. Les yeux mi-clos, elle fixe devant elle le bout incandescent de sa cigarette. Jacques se demande à quoi elle pense. — « Quel âge avait-il, Vitaly ? » dit-il, rompant le silence. — « Vingt-deux ! » Cario ricane. — Il aurait dû se méfier... Manque de pot, il est tombé sur le vieux Job ! Ce qu'il pouvait trouver de pire : con, pauvre et méchant à la fois ! Probable que cet abruti ne savait même rien de notre trafic, mais il n'a pas compris pourquoi on bouffait pas ses patates ! »

Glang... glang ! Glang... glang ! Le train avait encore diminué sa vitesse. Jacques colla son nez sur la vitre. Dans la grisaille du crépuscule, il reconnut devant lui, en prolongement du train, les toits pointus de Wolhau, et plus loin la ligne noire des sapins.

— On arrive ! dit-il.

Le train émit un long sifflement, et commença à freiner. Debout entre les banquettes, les soldats retiraient leur fourniment du filet. Les joues mâchées de sommeil, des mèches hirsutes s'échappant de sa casquette, Cario s'inclina vers l'oreille de Jacques :

— N'oublie pas, murmura-t-il, je m'appelle Lucas !

— Tu sais, là-bas ça n'a pas d'importance.

— Si! Ça en a... — Cario eut un geste de mauvaise humeur. — Là-bas c'est comme ailleurs !

Le train eut deux ou trois hoquets, puis s'immobilisa. Jacques se leva, une crispation d'inquiétude au creux de l'estomac. Il songeait à Polgsen. Comment allait-on y accueillir son compagnon ? Pourrait-on, voudrait-on l'aider ? Il vit la baronne, ses cheveux blancs de très vieille dame, le ruban noir autour du cou, Nathalie, ses robes sages, les meubles de style, le parquet de bois ancien... Comment Cario pouvait-il dire que là-bas c'était comme ailleurs ?

— Sois gentil, dit-il, quand on sera dans la maison, laisse-moi faire...

— D'accord ! C'est toi le patron.

— Tu fais comme moi..., tu...

Cario lui jeta un regard étonné.

— Je fais quoi, mec ?

Jacques ne répondit pas. « Pourvu qu'il ne crache pas par terre ! » pensa-t-il.

La baronne leur fit fête. Pour célébrer le retour de Wolfgang, son fils, en permission pour quelques jours, ainsi que l'arrivée de Sonine et des deux Français, Polgsen avait fait peau neuve. Les cuivres de l'antichambre et de l'escalier étincelaient. De grands bouquets de houx ornaient les vases. Dans le salon les housses des fauteuils avaient été retirées, les parquets cirés. Le dîner fut un régal. Au menu, des sarcelles sauvages que Matzka avait prises au collet dans les bois de Klobschen, du chou, de la confiture et des gâteaux secs. Sonine avait apporté le vin.

— Dima ! gronda la baronne, je me demande comment vous faites. C'est une denrée si rare ! Je suis sûre que vous l'avez volé !

Sonine prit un air réjoui :

— Nous sommes retournés à l'âge du troc, chère grande amie. Pour du vin qui ne vendrait son âme ?

Cario leva les yeux, mais les replongea aussitôt dans son assiette. L'ombre d'un sourire apparut sur le visage de Wolfgang. Il éleva son verre et le vida d'un trait :

— *Prosit !* On dit que l'âme chante dans les bouteilles. La vôtre a une très jolie voix.

— A votre santé, *Herr Offizier !*

Le major von Becher était un homme d'un naturel taciturne, avec une petite tête d'oiseau de proie sur un corps d'échalas. Il devait avoir dans les trente-cinq à quarante ans, et ses cheveux coiffés à la diable grisonnaient sur les tempes. Jacques lui trouvait l'air malade, mais surtout infiniment triste. Ses yeux, d'un gris tirant sur le mauve, rappelaient ceux de la baronne sans en avoir l'éclat. Leur expression avait quelque chose de poignant : on y lisait une sorte d'accablement, d'inquiétude aussi, comme si des peurs anciennes eussent stagné au fond des prunelles. « Il n'a pas l'air d'un mauvais bougre, pensa Jacques, mais il me fout le cafard ! » Le commandant faisait partie de la Division d'élite *Grossdeutschland,* et avait participé aux terribles combats de Koursk et de Bielgorod sur le front de Voronej, avant de battre en retraite sur le Dniepr, puis vers la Pologne et la Lituanie à travers les marais du Pripet. Il ne parlait pas de ses campagnes, mais la guerre était restée sculptée dans les rides amères de son visage, elle flottait dans son regard, et s'était incrustée comme une odeur indélébile dans les plis de sa vareuse d'officier. Elle était ce fardeau insupportable que ses épaules un peu voûtées ne parviendraient jamais plus à rejeter.

Assise près de lui, Nathalie mangeait en silence, ses cheveux blonds retenus sur la nuque par un nœud de velours. Son œil noir allait de l'un à l'autre des convives, et quand il s'arrêtait sur Cario placé en face d'elle, Jacques crut remarquer qu'il brillait d'une lueur de colère. Cette sacrée gamine, avec ses idées courtes et son intransigeance, n'allait pas leur faciliter les choses !

De temps à autre il jetait un regard furtif sur son compagnon. Mais Cario n'avait ouvert la bouche, tout au long du repas, que pour engouffrer d'énormes portions de gibier au chou. Aux questions posées par la baronne, il ne répondait que par monosyllabes et, visiblement mal à son aise, repassait sa serviette sur les trois poils de sa moustache pour se donner une contenance.

Le moment était venu pour Jacques de poser la question : « Voulez-vous nous aider ? » Il appréhendait cet instant. Cario, le front moite, sa grosse main sur la table, nettoyait consciencieusement son assiette. Il n'avait l'air en rien concerné. Il sembla tout à coup à Jacques qu'il n'y avait pas de solution à son problème. Il avait été fou d'emmener Cario ici ! Il s'en voulait d'avoir à mêler la baronne, et le monde à part que représentait Polgsen, à cette aventure qui leur était tellement étrangère. Soudain il se prenait à détester Cario, sa gueule trop carrée, ses maladresses. Même Nathalie, en dépit de son hostilité, lui était plus proche. « Cario n'est pas comme eux ! » Mais lequel était son ami ? Qu'elle était donc mal fichue, la vie, qu'il fût nécessaire de choisir, quand on aurait voulu tout avoir! Tout prendre, tout garder. Cario, Polgsen, pourquoi ces différences. Inconsciemment Jacques se sentait coupable, mais il ne savait de quoi. « C'est ma faute : j'ai tout mélangé! »

Jacques attira la baronne à part dans un coin du salon : « Voilà, je voudrais vous demander... » Pourquoi hésiter plus longtemps puisqu'en définitive il savait qu'il poserait la question : Pouvez-vous le cacher? » Il ne dit pas tout sur Cario, pourtant. Il n'osa pas. Ni le meurtre de Robin, ni la fuite à Liegnitz, ni les faux papiers. La vieille dame l'écoutait. Son visage chiffonné penché vers lui sous la lampe avait pris une expression plus lasse. Qu'avait-elle compris, au juste ? Jacques sentit qu'elle savait qu'il ne disait pas toute la vérité.

— Au camp d'Ofener, dit-il, c'est le seul qui m'ait aidé, quand ça n'allait pas bien pour moi...

La baronne ramena le châle sur ses épaules. Elle l'interrompit.

— Je suis obligée de déclarer mes ouvriers. Nous avons déjà quelques étrangers que nous envoie l'*Arbeitsbüro* de Wolhau. Ce sont des prisonniers, Lettons ou Ukrainiens pour la plupart. Ils travaillent dans les fermes du voisinage...

— Il vaudrait mieux que mon ami ne passe pas par l'*Arbeitsamt*, dit Jacques.

La vieille dame remua la tête doucement. Dans

le halo de lumière ses cheveux paraissaient encore plus blancs. Wolfgang s'était joint à eux et les écoutait en silence.

— Je voudrais bien l'aider, reprit Jacques. Mais je ne sais pas comment. Vous comprenez, il ne peut pas retourner au camp...

— Il est en situation irrégulière ? questionna Wolfgang.

Jacques inclina la tête.

— Un peu. Je sais que ce que je vous demande est difficile... Mais j'avais pensé qu'à la campagne...

Ce qu'il demandait n'était pas seulement difficile, c'était dangereux. Le commandant décroisa ses longues jambes, et rapprocha sa chaise. Sa mère et lui échangèrent un bref regard, et à nouveau Jacques se sentit très malheureux.

— Il est recherché ? demanda Wolfgang.

— Oui... Mais c'est tout à fait injuste!

— Par la Gestapo ?

— L'*Arbeitspolizei*... Je vous assure, il n'a rien fait contre les Allemands. C'est un bon ouvrier...

Jacques fixa le bout de ses souliers. Pourquoi l'autre grand escogriffe, avec ses mines de Christ résigné, était-il venu se mêler de ça ? Il allait tout compromettre.

— S'ils le prennent, ils l'emmèneront, comme les autres. On ne le reverra plus.

L'officier soupira.

— La Police est partout aujourd'hui. Même aux armées. C'est difficile d'y échapper.

— Ils ne le prendront pas ! fit Jacques, agacé. Il est très malin, vous savez !

De nouveau la vieille dame et son fils échangèrent un regard. « Ils se ressemblent, remarqua Jacques. Les mêmes yeux gris, l'arête du nez, le teint diaphane. »

— Votre ami, que sait-il faire ?

— Il était spécialisé dans la tôlerie. Mais il sait tout faire, et il est très résistant. D'ailleurs, il a eu toute sorte de métiers. Il était très apprécié à l'usine...

Le major sortit une pipe et une blague à tabac de la poche de sa tunique.

— Maman, vous permettez que je fume ? Peut-être... ajouta-t-il, comme la baronne acquiesçait d'un geste, peut-être pourriez-vous l'envoyer chez les forestiers, à Klobschen? Il y a moins de contrôles dans ce coin-là. — Il bourra sa pipe avec soin et la porta à ses lèvres. — Sans doute faudrait-il expliquer la chose au vieux Matzka, mais il vous est tout dévoué...

Jacques le considéra avec étonnement. Il n'y avait donc pas que de la résignation chez le commandant ?

— Vous croyez ? murmura-t-il.

Un sourire effleura les lèvres de l'officier. Il secoua d'un geste sec l'allumette enflammée au-dessus du fourneau de sa pipe, et l'éteignit.

— Personne n'aime la Police, dit-il.

— Monsieur Lucas ! appela la baronne en se retournant. Monsieur Lucas ! Venez par ici. Nous parlions de vous.

Cario s'approcha, tirant sur sa moustache.

— Savez-vous travailler le bois ?

— Un peu, Madame. J'ai été employé sur des chantiers maritimes... et puis aussi dans une scierie.

— Bien... bien. Je vais vous expliquer ce que vous aurez à faire...

Wolfgang s'était levé pour rejoindre les autres. Un instant Jacques ferma les yeux. Non, la vie, après tout, n'était pas si mal faite ! Cario, debout, immobile, écoutait la vieille dame lui parler de sa petite voix lointaine. Cario, Polgsen... « On peut donc mélanger », se dit Jacques. Tout était possible.

— Votre ami ne s'appelle pas Lucas, dit Nathalie.

Jacques la dévisagea, surpris.

— Je sais qu'il ne s'appelle pas comme ça, insista-t-elle. Je l'ai connu dans votre camp d'Ofener.

— Et après ? Qu'est-ce que ça peut vous faire ?

— Vous vous moquez de Granny ! Je le lui dirai.

Jacques haussa les épaules.

— Votre grand-mère est plus fine mouche que vous ne pensez. Vous ne lui apprendriez rien. D'abord qu'est-ce que vous avez contre mon ami ?

— Je ne l'aime pas !

— Vous n'aimez personne. Vous êtes une petite fille gâtée !

Nathalie frappa du pied.

— Je vous interdis de me parler sur ce ton !

— Alors, laissez-moi tranquille !

Jacques et Nathalie avaient gagné un coin de la bibliothèque. Ils parlaient à mi-voix pour ne pas éveiller l'attention des autres qui étaient restés dans le salon.

— Pourquoi êtes-vous comme ça ? demanda Jacques. Il ne vous a rien fait, mon ami.

— Ce n'est même pas votre ami !

— Si ! Qu'est-ce qui vous fait dire ça ?

— Il ne vous ressemble pas. Il n'a pas de manières. C'est un...

Elle rougit violemment, réalisant qu'elle venait de lui faire malgré elle un compliment.

Jacques se mit à rire.

— Les bonnes manières, vous savez, ça ne veut rien dire ! D'ailleurs vous me détestez aussi.

— Je ne vous déteste pas... Je veux dire, je ne vous déteste pas autant que lui.

Elle détourna la tête et fit un pas pour s'en aller. Jacques la retint par le bras.

— J'aime beaucoup votre grand-mère, dit-il. C'est vrai !

— Je sais. — Ses yeux noirs, écartés vers les tempes, le fixèrent sans bienveillance. — Vous n'auriez pas dû amener cet homme ici !

— Je ne pouvais pas faire autrement. Essayez de comprendre...

— Pourquoi ?

— Parce que ! Nathalie ! C'est comme ça !

Elle secoua la tête. Ses longs cheveux échappèrent au nœud de velours qui les retenait et se répandirent autour de son visage.

— Vous saviez bien que Granny ne refuserait pas.

— Ce n'est pas que ce soit dangereux qui vous tracasse, dit Jacques. Soyez honnête ! C'est parce que nous sommes Français, lui et moi.

Elle eut un mouvement brusque pour échapper à l'étreinte de sa main sur son bras. Mais il la retint.

— Restez ! Nous allons vider cette querellc, une fois pour toutes !

— Je n'en ai pas envie !

— Moi, si ! Qu'est-ce que vous croyez, à la fin ? Que vous appartenez à la race des seigneurs ? Que vous en ferez toujours à votre tête, parce que vous êtes Allemande et fille de hobereau ? Ecoutez, et taisez-vous ! J'en ai plus qu'assez de vos mines moroses, de vos simagrées de fillette éblouie d'héroïsme ! Il y a longtemps que j'ai envie de vous dire ce que j'en pense...

— Laissez-moi ! — Elle se dégagea brutalement. — Je n'ai pas besoin de vos leçons ! D'abord vous êtes un insolent. Vous oubliez que je suis Allemande ! Vous oubliez tout le temps que c'est la guerre !

— Vivre, c'est plus important que la guerre, dit Jacques. Si vous ne savez pas ça, vous n'avez rien compris !

Elle lui jeta un regard méprisant.

— Vous n'avez pas d'orgueil !

Jacques lui tourna le dos, vexé.

— Vous confondez tout, dit-il d'une voix sourde. Je ne sais même pas pourquoi je vous parle.

Il prit un livre au hasard sur un rayon de la bibliothèque et fit semblant de lire. Mais sa main tremblait en tournant les pages, et ses yeux étaient brouillés de colère. Nathalie dansait d'un pied sur l'autre en l'observant du coin de l'œil.

— Vous êtes fâché ? demanda-t-elle.

— Non, dit-il sèchement. Tout ce que vous pouvez

me dire, je m'en fiche ! D'ailleurs je m'en vais demain, vous ne me verrez plus.

— Mais votre ami reste, lui.

— Vous ne le verrez pas non plus. Il travaillera dans les bois.

— S'il n'est pas repris par la Police !

Jacques tressaillit. Sur le visage lisse de la jeune fille un sourire flottait, comme une menace.

— Vous n'oseriez pas !

— Il ne fallait pas l'amener.

— Mais c'est monstrueux ! dit Jacques.

Satisfaite, Nathalie pivota sur elle-même. Déjà elle s'éloignait.

— Un instant ! cria Jacques.

Il se planta devant elle pour l'empêcher de passer. Ils restèrent un instant silencieux, à s'observer.

— Vous ne parliez pas sérieusement ?

Elle ne répondit pas. Dans son visage de craie, ses yeux noirs brillaient d'un éclat singulier. Ce n'était pas possible, elle n'allait pas faire ça ! Dénoncer Cario, le donner aux *Schupo* du village! Un sombre pressentiment gagnait Jacques. Et si elle allait le faire ?

— Vous ne savez pas ce que vous dites ! Vous ne savez pas ce que c'est, la Police ! Oh il avait raison, Cario, vous êtes vraiment comme les autres !... — Jacques se mordit la lèvre jusqu'au sang. — J'ai failli m'y laisser prendre, vous avez l'air d'un ange, et vous êtes... vous êtes une goule !

Tout à coup elle mit une main devant sa bouche, et pouffa de rire. Jacques ne l'avait jamais vue rire. Avec son poing menu devant ses lèvres, son nez plein de fronces, ses yeux comme deux fentes lumineuses, elle paraissait une toute petite fille. Jacques la regarda, décontenancé.

— Pourquoi m'avez-vous fait peur ? demanda-t-il.

— Parce que !

— Parce que quoi? C'est idiot!

— Pour voir... Je ne suis pas idiote, dit-elle. Votre ami, je savais bien qu'il ne s'appelait pas Lucas, et qu'il était poursuivi par la Police. Vous me prenez toujours pour une enfant !

— Un moment j'ai cru...

Elle haussa les épaules.

— Je suis fille d'officier, pas de gendarme ! Ça n'empêche pas que vous n'auriez pas dû amener cet affreux bonhomme à la maison. Dites-lui qu'il reste dans les bois. Je ne veux pas le voir !

— Ne vous inquiétez pas, dit Jacques. Il n'a aucune envie de vous voir non plus. L'antipathie est réciproque.

— Cette fois vous êtes vraiment fâché.

— Vous êtes insupportable, et capricieuse, dit Jacques. Je ne vous comprends pas.

— Si on faisait la paix ? dit-elle avec une petite voix.

Jacques ignora la question. Il était de mauvaise humeur. Elle l'avait bien eu, la *Lorelei*. Elle s'était bien fichue de lui, avec ses menaces. Et puis, cette haine de Cario, c'était grotesque. Il était peut-être vulgaire, Cario, mais il valait dix fois mieux qu'elle. « Qu'est-ce que j'en sais, au fond ? Je la connais si peu. » Elle détestait Cario, mais elle ne le trahirait pas. Jacques en était convaincu. Il y avait bien trop de fierté en elle. Et puis, était-ce une illusion ? Son instinct lui disait que si elle n'était pas vraiment son amie, à lui, Jacques, elle n'était pas non plus son ennemie. Elle ne l'était plus, ça se voyait dans ses yeux. Allons, Cario ne risquerait rien à cause d'elle ! Jacques lui jeta un regard où se mêlaient un peu de rancune et aussi de la curiosité. Mais il ne bougea pas, et ne dit rien.

Adossée à la bibliothèque, Nathalie l'observait de ses yeux immenses. Peut-être n'attendait-elle qu'un geste. Il ne le saurait jamais. Elle détourna brusquement la tête et s'enfuit.

CHAPITRE XXVIII

— Faites-le entrer, dit Kühn.

Le directeur se cala dans son fauteuil, et fit glisser sur son nez ses lunettes cerclées d'or. Les pouces dans les entournures de son gilet, il regarda la porte s'ouvrir et Jacques s'encadrer sur le seuil. Il le laissa s'approcher, tandis que la porte se refermait, et l'observa un moment sans rien dire.

Jacques fit quelques pas dans la pièce et s'immobilisa devant le bureau. La bouche du directeur eut une crispation subite, ses yeux se fermèrent à demi, et il abattit lourdement son poing sur la table, faisant tressauter les objets qui s'y trouvaient.

— Qu'est-ce que c'est que cette histoire ? J'apprends... On me dit que vous voulez danser à présent ?

Jacques se baissa pour ramasser un porte-plume tombé à terre.

— Laissez cela ! *Bei Gott !* Et expliquez-vous !

— C'est-à-dire que je... — Cela commençait bien mal ! Jacques se raidit dans sa salopette comme un soldat au garde-à-vous. — Oui, dit-il, je voudrais danser.

— Est-ce que vous vous payez ma tête ?

Jacques prit un air indigné.

— Oh! Monsieur le Directeur!

— Alors ce n'est pas vrai ? Vous n'avez pas demandé à être admis dans le corps de ballet ?

— Si, dit Jacques.

— Vous voyez bien ! Vous voyez bien ! — Kühn se dressa comme un ressort, repoussant sa chaise. Il brandit une feuille de papier qu'il gifla rageusement du revers de la main. — C'est écrit là !... *Unmöglich ! Das ist ganz unmöglich !* Vous l'avez même signé ! *Nicht wahr ?*

Jacques inclina la tête. « C'est mal parti ! » Il regrettait de s'être laissé tenter par cette histoire de danse. « Qui trop embrasse... ! » Il pouvait tout perdre dans cette aventure ! Mais c'était trop tard pour le regretter.

Le directeur fit le tour de la table, et le toisant d'un regard incrédule :

— Danseur! éructa-t-il. *Dieser Mann ist verrückt!*

— C'est pourtant vrai que je sais danser, dit Jacques d'une voix à peine audible.

— Mais c'est inadmissible! *Ach! Diese Franzosen...* C'est une imposture !... C'est de l'occupation !... — Les joues de Kühn tremblaient comme de la gelée sur une assiette. Il passa une main sur son front pour se calmer. — J'ai déjà cédé à une inqualifiable pression de votre part, reprit-il, à un attentat moral — parfaitement, un attentat ! — Je vous ai permis de vous introduire dans les ateliers du *Schauspielhaus*, bien que vos talents de peintre fussent pour le moins contestables. Vous y travaillez depuis tout juste trois mois, et déjà vous réclamez autre chose ! Vous auriez eu intérêt à vous faire oublier !

— Je ne réclame rien, dit Jacques. Vous aviez besoin d'un danseur. Je me présente...

— Taisez-vous ! hurla Kühn. Vous étiez déjà un mauvais peintre, un petit barbouilleur de banlieue, et maintenant vous voudriez me faire croire... ! C'est de la provocation ! Mais regardez-le, *lieber Gott !* C'est bâti en fil de fer, ça tient à peine sur ses jambes, et ça voudrait danser !

— Pourquoi pas? dit Jacques. On n'a pas besoin de ventre pour danser!

Le directeur avait regagné sa place derrière son bureau. Son visage agité de tics ne parvenait pas à retrouver le calme.

— Wenger avait raison, marmonna-t-il entre ses dents, vous êtes une calamité ! — Il abattit ses deux mains sur la table et se remit à aboyer — : Qui plus est, vous joignez l'impudence à l'imposture! *Jawohl!* Vous sabotez l'esprit de cet établissement! Vous vous moquez des autorités, de l'administration... et de l'art !

— Je ne me moque de personne, dit Jacques. Je sais que vous cherchez un danseur. Danek s'est cassé le bras. Je croyais vous rendre service, ajouta-t-il d'un air contrit, et voilà comment vous me recevez !

— Le meilleur service que vous pourriez me rendre serait de disparaître !

— C'est bon, je m'en vais? Ah! On ne m'y reprendra plus à essayer de me rendre utile !...

Il eut un petit geste d'inclination de tête pour saluer. L'affaire était décidément mal engagée. Mieux valait renoncer. Après tout il était à l'Opéra. La sagesse voulait qu'il s'accrochât à ses pinceaux. La danse, ce serait pour une autre fois ! Ou jamais.

— Qu'est-ce que vous voulez, au juste ?

Calé dans son fauteuil, Kühn l'observait par-dessus les lunettes dont il avait rechaussé l'extrémité de son nez. Jacques crut discerner une lueur ironique dans l'œil du directeur, mais il n'y prit pas garde, et la réponse jaillit aussitôt :

— Le rôle de Pierrot dans le prochain ballet !

Kühn parut réfléchir. Ses mains jouaient avec les porte-plume devant lui. Le silence, quelques instants, ne fut troublé que par le bruit des objets déplacés sur la table. Jacques sentit à nouveau l'inquiétude le gagner. « Qu'est-ce qu'il mijote, ce fumier-là ? »

— Jeune homme ! déclara le directeur en croisant

ses mains sur le bureau d'un air satisfait, je vais vous proposer un marché !

Jacques se figea. Un marché ! Le mot était pour le moins insolite. Quelle chausse-trappe cachait-il?

— Vous connaissez Bertolozzi, notre Maître de Ballet? reprit Kühn sans quitter Jacques des yeux. Eh bien, nous lui confierons la décision. S'il veut de vous pour son Pierrot, ce qui m'étonnerait — il eut un gloussement de mépris — ce n'est pas un rôle de clown ! Vous serez engagé comme danseur. S'il ne veut pas de vous, je vous chasse de l'Opéra ! — Kühn fit claquer ses doigts d'un geste sec. — Vous ne retournerez plus aux *Städtische Bühnen,* ni au *Schauspielhaus.* Je vous renvoie à l'*Arbeitsamt* et à ceux qui s'intéressent à vous. Si mes renseignements sont exacts ils avaient déjà choisi votre affectation... Herr Wenger, et ces messieurs du Travail, se chargeront de vous confier un nouvel emploi plus en rapport avec vos dons.

— Mais, Monsieur le Directeur, je...

— Une minute ! Je n'ai pas terminé ! — Kühn leva la main, imposant le silence. — Cette fois j'en aurai le cœur net. Personnellement !

Il décrocha le récepteur du téléphone et composa un numéro intérieur.

— Allô ! Allô ! Bertolozzi ? — Ses petits yeux brillaient derrière les lunettes, et de ses doigts il tambourinait impatiemment sur le bord du bureau. — Ici Kühn! *Guten Tag!... Ja, Heil Hitler!...* Veuillez je vous prie préparer immédiatement la salle de répétitions pour un récital de danse. Oui... parfaitement ! Réunissez tout le corps de ballet, et demandez à Frau Lulling de tenir le piano... *Ja... stimmt !* Je vous expliquerai... J'ai dans mon bureau un jeune Français qui se prétend danseur et convoite le rôle vacant dans *Carnaval.* Je vous l'envoie. Vous lui donnerez le collant de Danek et ses chaussons. Il va nous faire une exhibition!... C'est ça... *Richtig!...* Une exhibition!...

Ja, ja, sehr amüsant !... Ah, Bertolozzi, que tout soit prêt dans un quart d'heure. J'arrive !

Il raccrocha, et se tournant vers Jacques :

— Vous avez entendu ? Vous ne me direz pas que je ne vous donne pas votre chance ?

— Oui... non... bredouilla Jacques.

— Alors ? Qu'est-ce que vous attendez pour ficher le camp ? — La voix du directeur gronda dans ses oreilles comme le tonnerre du Jugement Dernier. — Allez ! *Raus !* Bertolozzi vous attend. Habillez-vous, *schnell!* Et... Faites votre prière!

« Pour un piège à con, c'est un piège à con ! » se répétait Jacques en arpentant le cagibi, qui servait de loge aux artistes, où Bertolozzi l'avait confiné en attendant de le faire appeler dans la salle. « Je suis vraiment trop bête ! Est-ce que j'avais besoin de me fourrer dans ce traquenard ? » Apercevant son image reflétée dans la glace, un long miroir encastré dans le mur du sol à la hauteur des yeux, il recula, effaré. Quelques secondes lui furent nécessaires pour comprendre que l'inquiétante silhouette ne pouvait être que la sienne. Cette découverte acheva de le déprimer.

Le maillot de Danek qu'il avait revêtu à la hâte sur les indications de Bertolozzi, une sorte de collant d'une teinte indéfinissable, mi-chair, mi-rose, dégageait une odeur aigre de transpiration. Il était un peu grand pour lui, et faisait des plis aux coudes et aux genoux. « Oh non ! murmura-t-il, tandis que le désespoir le gagnait. Non ! » Il tourna lentement sur lui-même, se plaçant de profil comme pour s'assurer qu'il ne s'agissait pas de quelqu'un d'autre, et détailla sans pitié les deux poches vides sous les fesses, les genoux trop gros, les côtes saillant sous l'étoffe. Il essaya — sans conviction — quelques mouvements, dans le fallacieux espoir de tendre le tissu et de remplir ces creux ; mais après chaque effort les poches reprenaient leur place, encore plus distendues qu'avant. « Ah, les salauds! Les salauds! hoqueta-t-il. Me faire danser dans cette pelure, ce flottant pisseux ! Il les entendait déjà rigoler « *Konnten fie die Sranzösische Tänzerin gut sehen ?* » Les gros rires, la honte. Avec leurs coups de pied au cul pour finir... « Par ici la sortie, monsieur Vestris! »

Jacques se rua vers les placards qui garnissaient la loge. En un tournemain, il ratissa les étagères de tous les objets qui s'y trouvaient, chaussons, chapeaux, jupons, bas, bouts de ficelle, qu'il jeta pêlemêle à ses pieds. Il n'y avait rien qui pût lui servir dans ce tas d'oripeaux qui sentait le moisi. Ouvrant soudain la porte d'une armoire, il découvrit ce qu'il cherchait : alignés sur leurs cintres, toute une rangée de costumes. Sa main, fébrile, passant de l'un à l'autre entre deux robes de scène, s'arrêta sur un justaucorps de velours noir. Il l'enfila précipitamment, et se planta devant le miroir. Le pourpoint était à sa taille. Très simple, sans manches, il descendait un peu plus bas que les fesses, dissimulant une partie des plis du maillot. « Ce sera tout de même moins ingrat comme ça ! » pensa-t-il. Dans le fond de l'armoire, il dénicha un paquet de ceintures et des jarretelles. « Juste ce qu'il me faut ! » Il enfila les jarretelles, les faisant glisser tout en haut de ses cuisses pour tendre les jambes du collant au maximum et boucla au dernier cran un ceinturon de cuir sur son pourpoint. « Pourvu que tout ça ne pète pas en scène ! »

L'espoir renaissait. Il n'était déjà plus tout à fait ce guignol pitoyable entrevu un instant plus tôt dans la glace. Sur la cuvette du lavabo, Jacques avisa un peigne et des crayons de maquillage. Non, décidément, il ne fallait rien négliger ! Il passa ses cheveux bouclés à l'eau pour les faire briller, et les plaqua sur son crâne. Puis il agrandit ses yeux au crayon noir, les faisant remonter vers les tempes. « Un danseur, d'habitude, ça ressemble à un Russe ! » Il examina dans la glace, d'un œil critique, ses cheveux noirs luisants et ses yeux faits. « J'ai plutôt l'air d'une pute argentine ! » bougonna-t-il.

La porte de la loge s'entrebâilla, et le visage d'une fille s'encadra dans l'embrasure.

— Ils vous attendent, dit-elle.

— Ah ! bon. Jacques se redressa. Je viens...

La fille le dévisagea, curieuse.

— Il y a beaucoup de monde ? demanda-t-il d'un air faussement négligent.

Elle eut un petit rire :

— C'est plein !

Pourquoi poser cette question idiote ? Elle allait croire qu'il se prenait pour une vedette ! Si elle avait pu se douter !... Il la suivit, le pas mal assuré. Enserrés dans des chaussons trop petits, ses pieds lui faisaient mal. Il avançait, rasant les murs, la tête vide, des picotements dans l'estomac, avec l'impression de se rendre sur les lieux de son exécution. Si le sol avait pu s'ouvrir à l'instant sous ses pas et l'engloutir, il aurait fermé les yeux et crié de joie. La porte de la salle de répétitions était restée entrouverte. Il s'y engouffra.

Le bruit des chaises remuées, le bourdonnement des voix diminuèrent, et il resta un instant figé contre le mur. Son regard embrassait toute la pièce. Une cage, blanche, inondée de lumière, ronde et bien fermée. Trois rangées d'yeux braqués sur lui s'étageaient en demi-cercle autour de la piste. Devant lui, un praticable en bois légèrement surélevé qui lui parut inaccueillant au possible. Plus question de s'enfuir. Il était pris ! Dans un coin de la scène, près du piano droit placé de biais, avec son tabouret à siège tournant — le moindre objet prenait entre ces murs l'aspect d'un instrument de torture ! — il découvrit Kühn et Bertolozzi qui conversaient, adossés à la barre courant le long de la paroi. Ils semblaient ne pas avoir remarqué son entrée, et Jacques en profita pour se glisser jusqu'à une chaise inoccupée où il s'assit, solitaire, espérant passer le plus longtemps possible inaperçu.

Devant, le bourdonnement des voix avait repris. Jacques risqua un regard vers la première rangée de filles. Il ne vit pas Gerda. Elles étaient au moins une trentaine, sûrement toutes les danseuses du corps de ballet. Leurs têtes s'agitaient, blondes, brunes, échangeant des dialogues à mi-voix entrecoupés de fou rire. Il la reconnut à ce qu'elle ne bougeait pas. Elle était au deuxième rang et le regardait. Elle lui fit un petit geste de la main, à peine visible, qui ressemblait à un signe de détresse. Mais il pensa qu'il s'agissait d'un encouragement. Maintenant, il avait hâte qu'on en finisse ; cette attente était insupportable. Il appuya sa nuque contre le mur, et allongea devant lui ses jambes maigres gainées de rose. Ses jarretelles lui sciaient les cuisses, et son ceinturon était si serré qu'il en avait la respiration coupée. Il ferma les yeux. Il aurait voulu mourir.

— *Also, Junge!*

La voix sonore l'arracha à son siège et il se retrouva debout. Par-dessus ses lunettes, le directeur le détaillait sans indulgence.

— Qu'est-ce que c'est que ce costume ?

— Je ne sais pas, dit Jacques. Je l'ai trouvé dans la loge.

Il recula d'un pas. Ils n'allaient tout de même pas lui ôter son pourpoint !

— Original ! dit Kühn. — Il appela Bertolozzi. — Voilà votre homme ! Faites-le travailler, qu'il nous montre ce qu'il sait faire !

Il enjamba le praticable et vint s'asseoir au premier rang, tout au bord de la piste. Une dame d'un certain âge, au visage ingrat chaussé de lorgnons, madame Lulling sans doute, vint prendre place sur le tabouret. Elle posa sur Bertolozzi son regard de taupe, guettant ses ordres. Quelques filles toussèrent, une chaise remua, et le silence se fit.

— A la barre ! commanda l'Italien. Vous commencerez par quelques exercices ! — Il était en tenue de travail, vieux pull à col roulé, bas de laine noire montant à mi-cuisses. Il claqua du doigt. — En position !

Jacques s'exécuta. Positions trois, quatre, cinq ! Attitude !... Ecarté en avant ! Ecarté en arière ! Rond de jambe... Battement !... Bertolozzi, le visage écarlate, aboyait sans répit, esquissant les pas, répétant les annonces avec de grands gestes d'impatience. « *Dio mio! Ma non e vero!* Jeté battu! Glissade! Entre-*ciatta !... Per la Madonna, questo non e une capriola entrecciatta !* Et Jacques bondissait, glissait, pliait, tournait, cambrant le pied, cambrant les reins, le cou raide, les muscles tendus à se rompre, suant, souffrant, la tête saoule et pleine de coton.

Un cauchemar ! « *Uno, due, tre !... Encora !* » gueulait l'Italien. Madame Lulling tapait sur son piano comme si elle avait voulu le démolir. Rancunier, le piano rendait des sons de crécelle. Pirouettes, renversés, fouettés... *Alora,* le saut de l'ange ! Et puis quoi encore ? Jacques eut envie de crier grâce. Il ne savait même plus ce qu'il faisait. Cet agité, ce fou, ce derviche tourneur, ce n'était pas lui ! Ce malheureux cramponné à la barre comme s'il allait se noyer, ce pantin voltigeur qui soudain se désagrégeait au sol, c'était sûrement quelqu'un d'autre ! Il n'aurait jamais pu faire tout ça tout seul !

Madame Lulling cessa brusquement son bombardement. Bertolozzi lui avait fait un signe. Hors d'haleine, et les oreilles sifflantes, Jacques s'adossa au mur et se laissa glisser sur le sol. Il y eut un silence. Bertolozzi avait tiré à lui un tabouret, et s'était assis en s'épongeant le front. Kühn se leva, et s'adressant à l'Italien :

— *Also, Maestro ?*

Bertolozzi secoua la tête d'un air découragé. Kühn s'avança sur le devant de la scène, une lueur d'amusement dans son regard de myope.

— Maintenant je veux vous voir exécuter une danse.

Une vraie ! Et tout seul ! Bertolozzi, laissez-le faire, je vous prie.

— Quelle danse ? bredouilla Jacques, désespéré à l'idée d'avoir à remettre ça.

— Celle que vous voudrez ! Madame Lulling va vous jouer quelques morceaux classiques, et vous improviserez... pour notre plus grand plaisir. — Kühn émit un bref ricanement — et désignant d'un geste l'assistance — : Ces demoiselles, monsieur Bertolozzi et moi-même, nous sommes désireux de connaître toute la gamme de vos talents !

— Mais...

— *Stimmt ?*

— Oui, monsieur...

Le directeur regagna sa place, un sourire satisfait répandu sur ses lèvres. Un silence suivit, puis madame Lulling attaqua, avec sa fougue habituelle, les premières mesures de ce qui parut à Jacques être une Polonaise de Chopin. Il s'avança jusqu'au milieu de la scène. Des gouttelettes de sueur perlaient à ses tempes. Il les essuya du revers de la main. Tout son corps était baigné de moiteur, mais ses lèvres étaient sèches. Il fixa un instant le bout de ses chaussons, comme si l'inspiration dût venir de cette paire de savates avachie que ses doigts de pieds recroquevillés avaient fait éclater par endroits. Il se raidit, releva le menton. De nouveau le vide se glissa dans sa tête, rassurant, comme une goulée d'alcool. La lumière des projecteurs l'isola, et il ne vit plus personne. Il s'élança...

Il arrive un moment où tout devient simple. Pense-t-on qu'on dort, qu'on marche ? S'aperçoit-on qu'on court quand il s'agit de sauver sa vie ? Les gestes coulent de source, deviennent ce langage où les mots tout à l'heure inconnus s'imbriquent par miracle pour signifier quelque chose. Crier, courir, danser, comme on respire. Le corps bouge, bégaie, bavarde. Il a suffi de le libérer de sa gangue de complexes. Alors il raconte des histoires... Bien sûr, la syntaxe, le vocabulaire! Mais bah! On arrive toujours au bout d'une histoire, même dans une langue étrangère, même si on est seul à la comprendre...

Jacques danse. Il est en plein délire. Le rideau s'est levé sur une scène éblouie. Devant lui, par-delà la rampe aveuglante, une salle attentive retient son souffle. Derrière, sur fond de toile et d'imagination, un monde fabuleux s'anime, et l'appelle. Il se retourne. Au cœur de la forêt, dont la voûte se perd dans les cintres, miroite le lac où évoluent les cygnes, blanchit la tache de lune dans la clairière où s'aventurent les biches, et pleurent les Willis et leur reine maudite. Le château de la belle captive scintille de mille feux. Celui du magicien s'effondre dans un fracas de tonnerre. La Princesse va revenir. Jacques court à sa rencontre, la poursuit entre les arbres, l'implore de ne plus disparaître. Il a tout confondu, mélangé tous les thèmes. Qu'importe ? Il danse, grisé par ce qu'il raconte, saoul de légendes. Est-il, boudiné dans son pourpoint romantique, le Prince Albert de *Giselle* errant parmi les tombes, le Siegfried éploré du *Lac des Cygnes,* ou bien, bondissant, le bras armé de l'épée vengeresse, ce Chevalier en armure qui défie les Damoiseaux de la Princesse Biche ? Il n'en sait rien. Ça change tout le temps ! C'est à cause de l'orchestre qui est devenu fou, qui passe sans transition de Chopin à Karl-Maria von Weber, de *Coppélia* à la *Valse des Fleurs.* C'est la faute de madame Lulling qui n'a pas de suite dans les idées, qui joue n'importe quoi, et fait un bruit d'enfer. La faute aussi de cette Princesse qui n'est jamais là, qui se dissimule derrière tous les portants, tous les arbres, et ne parvient pas à choisir entre Sylphide ou Colombine, l'Oiseau de Feu ou Schéhérazade. Il danse avec des ombres. Elles virevoltent autour de lui en une sarabande à lui couper le souffle. Il s'agenouille, les supplie, se relève en sursaut, les poursuit avec rage. Il en attrape une au passage, l'abandonne, la reprend, l'enlace, la ploie dans ses bras, la reperd. C'est une ronde fantastique ! Comment ne pas s'affoler au milieu de tant de personnages ? Ils sont bientôt des dizaines qui l'assaillent, sautillants, hiératiques, désespérés, menaçants, mécaniques, le Spectre de la Rose, Petrouchka et le Maure, Roméo, le Faune, le Sultan Shariar, Pulcinella et tous les jouets de la Boutique Fantasque. La scène est trop petite ! En se précipitant à l'instant, d'un bond sauvage et la lance en avant, vers le Chevalier Noir qui doit mourir, il a failli éborgner Bertolozzi. De saisissement, l'Italien a chu de son tabouret. Dans la foulée, Pierrot tragique pleurant sa Colombine et se roulant par terre, il a mal calculé la largeur du praticable, et manqué basculer dans le public et se retrouver sur les genoux de Kühn. Aucune importance ! Il continue. Comment s'arrêterait-il d'ailleurs ? L'orchestre est déchaîné, madame Lulling infatigable. Rien ne l'arrête : il est couvert de bleus à force de tomber, de se heurter aux tombes et aux troncs d'arbres, de bouffer de la poussière. Mais il ne sent rien. Il rebondit, traverse la scène comme une balle, au risque de fracasser le piano de madame Lulling, ou de se fouler un pied à la réception.

« Je suis fou ! J'en fais trop... Je n'en fais pas assez ! » Dans un bref éclair de lucidité, il se demande comment tout cela va finir. « Ils vont éclater de rire, me huer ! » En tout cas l'interrompre, arrêter le massacre ! Rien ne se passe. Alors il continue. Et ce qui l'étonne, mais aussi le stimule, l'empêchant de se casser net ou de fondre en larmes, c'est qu'en définitive il croit à ce qu'il fait. Il joue, il mime. A la vie, à la mort! Un étrange sentiment de liberté l'envahit. Au fond du cœur un feu le dévore qui a tout absorbé, la timidité, l'angoisse, la fatigue, et le plonge dans un état second qui ressemble au bonheur.

— Assez ! hurle une voix puissante. *Genug davon !*

La voix a couvert l'orchestre, éteint la rampe, fait

rentrer dans le sol les arbres de la forêt, pulvérisé ses ombres. Elle a cassé d'un coup l'impitoyable mécanique de madame Lulling, dont les mains sont restées suspendues au-dessus d'un fa dièse de légende. Tandis que Jacques, comme une marionnette dont le fil soudain s'est rompu, va se désarticuler contre le mur !

— Ça suffit comme ça ! Kühn s'est levé et observe la scène d'un œil rêveur. Il ajoute à mi-voix, comme pour lui-même : « *Mein Gott !* J'ai cru qu'il allait falloir l'abattre ! »

Dans un profond silence, il se dirige vers le coin où se tient un Bertolozzi ahuri, cramponné à son tabouret. Jacques s'est affalé sur une chaise. Il ne pense à rien. Il est anéanti. C'est tout juste s'il aperçoit madame Lulling, à côté de lui, qui le regarde à travers son lorgnon déformant, et lui adresse un sourire niais. L'assistance n'a pas bougé. Les filles sont restées piquées sur leurs chaises, muettes. Seuls Kühn et Bertolozzi, penchés l'un vers l'autre, échangent quelques mots à voix basse. Jacques ferme les yeux. Qu'est-ce que ça peut faire, maintenant, ce qu'ils disent ? Rien n'a plus d'importance. Il ne ressent plus que la fatigue. Son épuisement est profond comme le sommeil.

— *Junger Mann! Kommen Sie sofort her!*

Kühn est monté sur la scène. Jacques se remet péniblement sur ses jambes, et fait un pas à sa rencontre. Les deux hommes se regardent. Jacques cligne des yeux, à cause de la sueur qui l'aveugle. Pourquoi le directeur ne dit-il rien ? Bertolozzi est venu les rejoindre. Et puis Kühn se décide à parler. Le verdict tombe, impitoyable :

— Cela fait quinze ans que je suis dans ce métier... Une pause, puis : Vous êtes certainement le plus mauvais danseur que j'aie jamais vu!

Jacques encaisse, résigné. Ses épaules s'affaissent imperceptiblement. Il a l'air un peu plus maigre qu'avant, avec son maillot distendu, ses cheveux ébouriffés. Son cœur se serre. Il a envie de s'en aller.

— Votre technique est rudimentaire ! reprend Kühn. Elle est même affligeante ! Vous avez appris à danser chez les Zoulous !

Bertolozzi toussote. Jacques passe une main sur ses yeux et l'essuie à son pourpoint.

— Cependant, ajoute Kühn, comme mime je dois avouer que vous nous avez surpris. De l'expression, une certaine fougue... — Il se tourne vers Bertolozzi — : *Nicht wahr, Maestro ?*

L'Italien acquiesce :

— *Surpris* est le mot !

Jacques tend l'oreille. Où veulent-ils en venir, les deux compères ?

— Il se trouve, dit Kühn, qu'en ces temps difficiles où les hommes se font rares, nous sommes bien obligés de nous contenter de peu. Nous avons donc décidé, Bertolozzi et moi, de vous attacher au corps de ballet de l'Opéra. Les répétitons de *Carnaval* commenceront demain !

Le directeur s'est retourné vers l'assistance :

— Mesdemoiselles, vous pouvez disposer. Le spectacle est terminé ! — Il désigne Jacques du doigt — : Je vous présente votre nouveau faire-valoir. Ses prochaines partenaires devront avoir du talent pour deux !

« Cause toujours ! marmonne Jacques, je m'en fiche. Je suis dans la place ! » Un murmure court entre les travées. Dans un brouhaha de chaises, les filles se sont levées et s'enfuient vers la sortie. Jacques croise le regard de Gerda ; il brille de plaisir. Elle lui fait un petit signe et s'éloigne. Jacques voudrait la retenir, lui crier son bonheur. Devant tout le monde la prendre par la main, et proclamer : « C'est à cause d'elle ! »

Kühn lui donne une tape sur l'épaule. Un sourire se dessine sur ses lèvres.

— Jeune homme, voulez-vous que je vous dise la vérité ? Cet établissement a encore plus besoin d'un acrobate que d'un barbouilleur !

CHAPITRE XXIX

La Première de *Carnaval* avait été fixée au 18 avril. La soirée s'annonçait bien. Le public n'avait pas boudé les guichets et, deux jours avant, on ne trouvait plus une place libre dans le grand hémicycle. C'était le premier ballet important présenté à l'Opéra depuis *Schéhérazade,* monté trois mois plus tôt.

Jacques s'étonnait qu'il y eût encore un public, en pleine guerre, pour des ballets. D'autant plus qu'à la mi-avril les nouvelles de Russie étaient catastrophiques. De Léningrad à Odessa, tous les fronts avaient craqué. L'Armée Rouge déferlait sur la Roumanie et la Pologne. Personne ne pouvait plus ignorer l'ampleur de la retraite. Même les journaux, dans leur laconisme, étaient bien obligés de citer des noms de villes, de rivières, chaque jour plus proches. Et s'ils parlaient toujours de la victoire finale, les faire-part cernés du liséré noir publiés dans les pages réservées à cet effet prenaient maintenant de plus en plus de place. Les Silésiens n'en continuaient pas moins de vaquer à leurs affaires, avec une apparente indifférence qui ne manquait pas de surprendre Jacques, mais jamais autant que lorsqu'il les voyait piétiner, à la sortie des bureaux, en longues files patientes dans la *Schweidnitzerstrasse,* devant les guichets du théâtre. Le train-train de la vie avait ses haltes sans grandeur, dont ni la bouillasse des rues ni les pluies de saison n'altéraient la monotonie quotidienne. La queue pour le pain dans les petits matins glacés d'avril, la queue pour le *Konzert*, pour *Lohengrin* ou le *Freischütz*, le soir après l'usine. La queue, en marge de millions de morts, en ce printemps aux relents de charnier, pour un petit ballet de fête appelé *Carnaval !*

Mais pour Jacques la guerre était lointaine. Elle avait même reculé. Depuis qu'il était entré à l'Opéra, elle avait fait un bond en arrière, et il s'étonnait d'y penser si peu. Autour de lui montait une rumeur de fin du monde. Il ne l'écoutait pas. Il dansait. Pierrot de guerre, Pierrot de fortune, Pierrot par hasard... Il était payé pour ça, il avait vingt ans pour ça, et il était amoureux. « Toutes les troupes ont besoin d'un clown », avait dit Kühn. Comme les cours d'autrefois d'un bouffon. Petit Français, tu danses ! C'est un ordre! Pour le *Führer*, pour le Grand *Reich*, pour l'honneur de la Maison... ! Oh non, Monsieur le directeur ! Pour des prunes. Pour moi. Pour moi, vous comprenez ? Pour le plaisir, pour Gerda, pour ma cousine Anna-Rosa, pour toutes les cousines que j'aimerai, un jour, quand je rentrerai chez moi... !

Son rôle de Pierrot, Jacques l'avait travaillé avec acharnement pendant les trois semaines qu'avaient duré les répétitions. En dehors des heures passées quotidiennement à la barre pour tenter d'améliorer une technique défaillante, Bertolozzi lui avait appris à se servir de son costume aux grandes manches, au pantalon vague. Peu à peu Jacques avait composé un personnage de Pierrot, mime plus que danseur, mais conforme à la légende. C'était un Pierrot moins malicieux que rêveur, amoureux transi puis désespéré, un Pierrot plus proche du Deburau du Boulevard du Crime que du pantin gracieux né de la Commedia Dell'Arte dont Fokine s'était inspiré pour sa chorégraphie.

Jacques aimait bien ce Pierrot-là, ses naïvetés, son enthousiasme, ce Pierrot de fête sans humour qui donnait à la sienne sa vraie dimension de semi-drame.

Il lui rappelait un autre mal-aimé, le petit homme à la badine, au melon trop étroit, le Charlot des *Lumières de la Ville.* A force d'en épouser les manies, les maladresses, Jacques avait fini par s'identifier plus ou moins au personnage. Peut-être parce que c'était sans risque, parce qu'il n'avait pas peur d'être triste. Il se réveillait avec lui, tout le jour mettait ses pas dans les siens, et le soir — c'est si tentant de cabotiner en dehors de la scène ! — se couchait dans sa peau de jaloux. Il errait alors, sa fleur inutile dans la main, sur le vaste plateau de l'Opéra, à la recherche d'une Gerda décevante. Elle s'échappait, sa jupe tourbillonnant autour de ses cuisses nues, au bras d'un homme dont le visage restait obstinément dans l'ombre, un Arlequin très mâle qui n'était pas Bertolozzi. Il regardait le couple évoluer, la Silésienne dont il savait par cœur la gorge ronde, les hanches, ce pli de l'aine où la peau était tendre à en devenir fou, disparaître dans les bras de ce voleur en losanges. Au pied du réverbère, il restait immobile, Pierrot de stuc à la rose fardée. Il devenait statue. Quand on a le visage tout blanc on ne peut pas pleurer. Les violons de Schumann, de toute façon pleuraient pour lui, à moins qu'ils ne fussent en train de se moquer, avec les lettres folles A.S.C.H., S.C.H.A., les papillons, comme se moquaient tous les autres, l'insouciant Florestan, Coquette et Pantalon, même Chiarina, la gentille Chiarina. Alors ses manches se mettaient à fondre, ses mains dans ses manches, ses jambes sous lui. Comme du plâtre. La jalousie est une lèpre qui ronge les statues. Pierrot devait être bien malade. Son visage trop lisse s'inclinait sur une épaule, et dans les deux trous du masque, seuls ses yeux restaient vifs, roulant dans leur orbite des billes douloureuses. Pierrot tirait la langue. Oh ! Colombine, où t'en vas-tu ? Tu fais l'amour avec un autre ! Pourquoi ? Dis-moi pourquoi ! Et ce qui est pire, tu es heureuse... ! Mais parce qu'on ne doit pas mourir, Pierrot enlevait la corde, descendait de son socle, et se remettait à danser. Au fond de manches oubliées il retrouvait ses mains, ses longues mains de funambule. Il ramassait la rose. L'un après l'autre les lampions s'éteignaient. Pierrot trompé, humant sa fleur de carton, quittait le bal où Colombine heureuse et demi-nue ne reviendrait pas...

Jacques se réveillait, hagard, couvert de sueur. « Gerda ! Gerda ! Je suis bête, si tu savais... ! » Mais Gerda dormait, tournée vers le mur, en chien de fusil, ses cuisses tièdes contre son genou, desserrées. Confiante Colombine ! Dans l'ombre il distinguait la masse noire de ses cheveux. Il se penchait sur sa nuque pour respirer de plus près l'odeur de sa peau. « Gerda, j'ai rêvé ! » Et seulement quand elle avait tourné vers lui son visage paisible dont les yeux restaient clos, et qu'il l'entendait respirer dans son sommeil, seulement alors, sur le point de se rendormir, il savait que Colombine était innocente.

Après la répétition qui avait eu lieu en costumes — c'était la dernière avant la Générale —, Jacques quitta seul, ce soir-là, les locaux de l'Opéra. Gerda, appelée plus tôt au parloir, était partie avant le finale. Sur le trottoir balayé de pluie, le béret sur la tête — ce béret inusable qui avait déjà traversé deux hivers, épongé tant de sueur, nettoyé bien des assiettes, et dont il ne se séparait que pour dormir — il hésita un instant avant d'aller rejoindre Gerda, se demandant s'il ne passerait pas d'abord chez Sonine. Depuis quelque temps en effet, depuis la visite nocturne de Wenger, il avait trouvé plus prudent d'avoir un domicile autre que celui de la jeune femme. Sonine lui avait aménagé, dans un coin de sa chambre, un lit de camp où il venait dormir lorsque la crainte de se faire surprendre chez Gerda l'assaillait à nouveau. Il y allait, en fait, assez rarement. Wenger semblait avoir disparu de la circulation. Après ce jour où Gerda était allée le voir, il n'avait plus donné signe de vie.

« Les journées rallongent », pensa Jacques. Levant

le nez, il aperçut au travers du rideau de pluie, la grande carcasse du *Rathaus* se découpant sur le ciel pâle. Bientôt, quand il rentrerait après le travail, et qu'il ne pleuvrait plus, il pourrait aller se promener avec Gerda sous les grands ormes du *Scheitniger Park*, ou dans les faubourgs ombragés d'Oltashin. Il ferait jour jusqu'à l'heure du dîner. Il n'y aurait plus de neige nulle part, même dans la campagne, mais des feuilles aux arbres. Ce serait vraiment le printemps.

Pour l'instant il faisait un temps de chien. La pluie qui tombait, fine et pénétrante, lui glaçait les os. Il hâta le pas. « Dire que ce salaud-là... » Jacques pensait à cette conversation entre Wenger et sa fille que Gerda lui avait rapportée. Quelqu'un avait cafardé. On avait dit à Wenger que sa fille vivait avec un étranger. C'était pour cela qu'il était allé la voir, et qu'il avait voulu lui parler. Le ton de la conversation, très vite, s'était aigri. « Je t'interdis de voir ce Français ! » — « Mais, père, il travaille à l'Opéra... » — « Tu es Allemande. Tu n'as rien à faire avec ces gens-là. Ce sont des traîne-misère... Et des ennemis du *Reich* ! » Gerda s'était rebiffée : « Votre nationalisme vous égare. Ce garçon est très bien... Et puis je ne suis pas du Parti ! » — « Moi, si ! Et je ne tolérerai pas que tu te moques des lois ! » — « Je ne fais rien de mal... » Alors Wenger l'avait carrément menacée : « Je n'ai pas besoin de te rappeler comment sont punies les femmes allemandes convaincues d'avoir eu des rapports avec les étrangers. Si j'avais la preuve que tu aies pu commettre une telle infamie... » — « Vous me dénonceriez, peut-être ? » — « Je laisserais la Police faire son travail sans lever le petit doigt... Ai-je ta promesse que tu ne le verras plus ? » — « Mais comment voulez-vous que je ne le voie plus puisque nous travaillons dans le même établissement ? » — « Tu sais très bien ce que je veux dire ! » Gerda avait haussé les épaules sans répondre. « C'est bon ! avait sifflé Wenger entre ses dents, je vais lui casser les reins, à ton petit protégé ! Je lui ferai passer le goût de courtiser ma fille ! » A son tour Gerda s'était mise en colère : « Votre fille, allons donc ! Il y a longtemps que je ne suis plus votre fille ! Ce que je fais, qui je vois, avec qui je couche... Vous vous en fichez éperdument ! Vous êtes un monstre d'égoïsme ! Vous ne pensez qu'à vous-même, à votre puissance, à votre sécurité. On dirait que vous cherchez tout le temps à vous venger de quelque chose ou de quelqu'un ! » — « Gerda ! Je te prie... » Mais elle était emportée par son ressentiment. « Vous n'aimez pas la vie. Vous ne l'avez jamais aimée. Vous êtes sinistre. Vous me faites de la peine... Et maintenant vous voulez la peau de ce garçon. Pourquoi ? Voilà des mois que vous le poursuivez de votre haine. Il ne vous a rien fait. Il a vingt ans, c'est ça qui vous rend fou ! » Le visage de Wenger se crispa. Sa voix, un peu sourde, vibrait de rage contenue: « Je hais ce genre d'hommes! Je les connais, ce sont les pires, des orgueilleux ! Ils se moquent de nous. Ce Français qui te tourne autour est de la même race, un petit aristocrate... ! Je ne cèderai pas ! » — « Quelle étrange rancune vous anime ? Ne dirait-on pas que vous l'enviez ? C'est bien cela, vous lui en voulez parce que vous étiez comme lui à son âge, fier, et bien vivant, et que vous êtes devenu ce que vous êtes... ! » — « En voilà assez ! » Le ton de Wenger était cassant. Dans ses yeux clairs se lisait la détermination d'un homme qui n'hésiterait pas à mettre ses menaces à exécution. « Tu n'auras qu'à t'en prendre à toi-même de ce qui arrive ! Demain je le ferai arrêter. Il y a longtemps que j'aurais dû le faire ! » — « Mais enfin, il n'est coupable d'aucun crime envers l'Allemagne ! » — « Envers moi, si ! » Gerda baissa la tête. Elle savait que son père n'aurait pas de pitié. Il était blessé dans son orgueil d'homme encore plus que d'Allemand. Cela, il ne le pardonnerait pas. « Qu'exigez-vous de moi ? » demanda-t-elle. « Je te l'ai dit ! » — « Si j'accepte, le laisserez-vous tranquille ! » — « Cela dépend de toi ! »

Gerda s'était inclinée. Elle avait tout accepté, tout promis. Elle ne verrait plus jamais le Français en dehors des heures de travail. A l'Opéra elle le traiterait comme une Allemande se devait de traiter un étranger, en sous-homme, en ennemi. En échange, Wenger abandonnerait sa proie. La peur du scandale était encore la seule chose qui pût le retenir de frapper.

Depuis ce jour, malgré toutes les précautions dont ils avaient entouré leurs rencontres — ils ne se retrouvaient jamais seuls en ville, la jeune femme avait même fait changer la serrure de sa porte — et en dépit du silence de Wenger, Gerda et Jacques ne se sentaient qu'à demi rassurés. Jacques avait transporté ses affaires chez Sonine, et y avait couché tous les soirs pendant plusieurs semaines. Avec le printemps, les répétitions de *Carnaval* de plus en plus fréquentes, et comme Wenger ne semblait plus les espionner, la confiance revint, et Jacques avait tout naturellement retrouvé le chemin du studio de Gerda.

La demie de six heures sonnait à l'horloge toute proche du *Rathaus,* ce soir-là, lorsqu'il introduisit sa clé dans la serrure — il en avait conservé un double — et pénétra dans la chambre. Deux lampes aux abat-jour jaunes baignaient la pièce d'une lumière dorée, jetant des ombres sur les tentures, et faisant étinceler les glaces du studio. Le poêle avait été allumé, et ronflait en sourdine. Tout de suite Jacques aperçut, posés sur une chaise, le casque, le ceinturon avec le poignard, et sur le sol la cantine d'officier avec sa courroie de cuir.

Gerda parut, surgissant de derrière le paravent de soie plissée qui masquait le lavabo. Elle était en robe de chambre, les cheveux pris dans un foulard noué sur sa nuque. Des gouttelettes d'eau ruisselaient sur son visage et dans l'échancrure de son décolleté.

— Bonsoir ! dit Jacques. Je te dérange ?

Elle passa une serviette éponge sur sa figure et s'avança vers lui. Jacques ôta son manteau dégouttant de pluie, et l'accrocha avec son béret à la patère de la porte.

— Une visite ? demanda-t-il, désignant d'un geste la panoplie sur la chaise. Il avait essayé de prendre un ton désinvolte mais il lui sembla que sa question sonnait faux.

— Oui. Tout à fait inattendue...

Le regard de Jacques s'attarda un instant sur le casque et le ceinturon.

— Un militaire ?

Elle inclina la tête.

— Stefan... Il est revenu.

Elle avait dénoué son foulard, et ses cheveux retombèrent en pluie sur ses épaules.

Jacques fronça les sourcils.

— Il est venu pendant que tu te changeais ?

L'idée que quelqu'un était entré dans la pièce, avait pu surprendre Gerda en robe de chambre ou en train de faire sa toilette, lui parut insupportable.

— Non... non, dit-elle, mais son sourire avait quelque chose d'hésitant. C'est lui qui est venu me chercher tout à l'heure, à l'Opéra, pendant la répétition. Il a déposé ses affaires ici...

— Stefan ! murmura Jacques. Je l'avais oublié, celui-là...

Il fit quelques pas dans la pièce, désemparé.

— Ecoute, Jacques... je ne pouvais pas ne pas le recevoir. Elle avait rejeté ses cheveux en arrière et les brossait lentement, le surveillant du coin de l'œil. Il est en permission pour deux jours encore. Il arrive de Hambourg où il est allé voir ses parents. Il vient me dire adieu.

— Bien sûr ! dit Jacques.

— Il repart après-demain... pour le front.

Jacques alluma une cigarette. Son cœur cognait dans sa poitrine. Il s'assit sur le bord du lit, sans la regarder. Il avait peur qu'elle ne s'aperçoive de son trouble.

— Tu l'attends ? demanda-t-il.

— Oui. Il est allé faire un tour en ville. Il va revenir...

Jacques donna un petit coup de pied rageur dans la cantine placée près de lui.

— Il s'installe, on dirait ?

Gerda avait disparu derrière le paravent. Jacques entendit un froissement d'étoffe, et aperçut les bras nus de la jeune fille enfilant une robe.

— Gerda... commença-t-il.

Mais il se tut.

Toutes les questions lui paraissaient aussi mesquines. Il écrasa dans un cendrier sa cigarette à demi consumée, et se leva. Gerda venait d'apparaître, moulée dans la robe bleu marine qu'elle mettait parfois pour sortir.

— Bon ! dit-il. Je m'en vais !...

Il la fixait, l'œil sombre, mais ne bougeait pas.

Elle s'avança vers lui, un sourire ironique au coin des lèvres. Jacques remarqua qu'elle avait mis des bas. Ses cuisses crissaient l'une contre l'autre quand elle marchait. Une envie subite de la saisir par les épaules, brutalement, l'assaillit, de la coucher de force sur le lit, et de lui faire l'amour sans tendresse, méchamment. C'était un désir violent, insoutenable. Il ne lui ôterait même pas sa robe, mais la trousserait sur ses jambes gainées de soie, et il la prendrait là, sur le bord du lit, sans la déshabiller. Elle posa une main sur son bras, et il tressaillit comme si le contact de sa main l'avait brûlé.

— Jacques, dit-elle, je ne pourrai pas dîner avec toi ce soir... Ni demain. S'il te plaît, ne fais pas cette tête!

Il se dégagea avec brusquerie.

— Quelle tête ? fit-il. Je ne fais pas la tête !

— Oh si!... — Elle eut un petit rire qui s'étrangla dans sa gorge. — Tu ressembles à Pierrot !...

Elle était contre lui, son visage presque à toucher le

sien, ses yeux grand ouverts dorés dans la lumière des lampes.

— Oh, Jacques, *mein Liebling !* murmura-t-elle. Cet homme repart pour la guerre. C'est un grand ami... Je ne peux pas faire autrement. Dis-moi que tu comprends ! Je t'en prie...

Jacques se détourna sans répondre, puis décrocha de la patère son manteau et son béret encore humides.

— Regarde-moi ! supplia-t-elle.

— Stefan, demanda-t-il, les dents serrées... Il ne va pas coucher ici ?

Il la regarda. Il avait honte de lui poser cette question, mais il n'avait pas pu s'en empêcher.

Elle ne répondit pas. Ses yeux étaient tristes. Il enfila son manteau en silence, ouvrit la porte, et s'engouffra dans la nuit.

CHAPITRE XXX

— Qu'est-ce qu'il a ? demanda Sonine. — Il poussa Kubelik du coude. — Qu'est-ce que tu as fait à ton copain ?

— Rien ; c'est le printemps ! grogna Kubelik.

— Il n'a pas touché à sa soupe, dit encore Sonine. Qu'est-ce que tu avais mis dedans ?

— Pommes de terre et rutabaga. Un peu de *Wurst*.

— Tu vois bien, c'est de ta faute ! Les Français, ça n'aime pas le rutabaga. Par contre... — Il émit un sifflement... — ça ne crache pas sur le schnaps !

— La barbe ! dit Jacques.

Il saisit la bouteille sur la table, et s'en versa une nouvelle rasade.

— Des soucis ? demanda Sonine.

— Le mois d'avril ! dit Kubelik.

Jacques buvait goulûment. L'alcool lui brûlait le gosier. Ses yeux se brouillèrent.

— Tu bois trop vite, remarqua Sonine.

— Fichez-moi la paix ! grommela Jacques, la voix pâteuse. Je te paierai une autre bouteille, si c'est ça qui te tracasse !

Sonine leva les yeux, surpris.

— Pourquoi me regardez-vous comme ça ? questionna Jacques. Je vous le rendrai, votre schnaps !

Le peintre haussa les épaules. De son bras valide, il repoussa la bouteille à demi pleine.

— J'en ai plus que tu pourrais en boire, mon gars ! Tu peux bien la finir, si ça te chante ! Mais tu bois comme un gosse !...

— Je bois comme je veux !

— Moi je sais, dit Kubelik, l'air mystérieux... — Il ramassa la guitare posée près de lui contre le mur, et la plaça sur son genou. — Moi je sais ce qu'il a...

Il plaqua quelques accords et se mit à jouer.

Sa voix s'éleva, un peu sourde, rocailleuse. Kubelik chantait, en russe, « *Plaisir d'Amour* »... Jacques se leva, et empoignant la bouteille, alla s'asseoir par terre près du poêle.

— Tu as peut-être raison, moujik, dit Sonine en repoussant sa chaise. Laissons-le cuver ses chagrins !

Et il se mit à desservir.

Jacques ferma les yeux. L'alcool commençait à faire son effet. La tête lui tournait légèrement. Il savait que Sonine avait raison, que c'était idiot de boire trop vite, mais cela lui était indifférent. Il aurait aimé se rendre malade, rien que pour ne plus penser à Gerda et Stefan. Pour le moment il se sentait encore bien trop lucide : il ne parvenait pas à penser à autre chose.

« Est-ce qu'il l'aime ? » se demanda-t-il. Elle avait dit qu'ils avaient été fiancés, Stefan et elle, mais elle n'avait rien dit d'autre. Jacques en avait déduit peut-être un peu vite qu'ils ne l'étaient plus. Comment pouvait-on ne pas aimer Gerda ? Ne plus l'aimer ? C'était absurde !... Avait-il besoin d'arriver maintenant, ce sacré militaire ? « Et elle... est-ce qu'elle l'aime ? » Jacques serra les poings. Ses mains étaient moites. Il les approcha du poêle, les plaqua contre le tuyau brûlant, et les retira aussitôt. Il avait envie de se faire mal. « Merde et merde ! jura-t-il. Deux jours avant la Générale ! » Comme si la date pouvait y changer quelque chose !... Comment était-il d'abord, ce Stefan? Jeune? Vieux? Pourquoi n'était-il pas mort en Russie, ce con-là, comme tout le monde ?...

Jacques porta la bouteille de schnaps à sa bouche.

Par petites gorgées saccadées, les yeux mi-clos, il but jusqu'à ce que la brûlure de l'alcool lui arrachât une grimace de douleur. « *Prima !* » grogna-t-il, en passant une langue épaisse sur ses lèvres. Mais il se mentait à lui-même. Ce goût de pomme de terre rance commençait à lui donner la nausée. Il appuya sa tête contre le mur, et le mur se mit à vaciller. « La salope ! La garce ! » gronda-t-il, comme si c'eût été la faute de Gerda s'il était ivre. C'est maintenant qu'il aurait aimé tout savoir sur elle, qu'il aurait osé lui poser un tas de questions sur ce Pannwitz, sur les hommes ! Comment n'y avait-il pas songé plus tôt ? « Quelle bête je suis ! » Gerda avait déjà vingt-cinq ans. Elle avait connu d'autres hommes. Elle avait couché avec d'autres hommes. Quoi d'extraordinaire à cela ? Et ce Stefan, bien sûr, avait été son amant. Il se mit à ricaner tout doucement. La grosse ampoule jaune du plafond lui fouillait la tête de sa lumière crue. Il avait fait l'amour avec elle, il l'avait vue nue avant lui. « Et maintenant il est seul avec elle. Il la caresse du regard, il la reconnaît. Il ne peut pas ne pas avoir envie d'elle... Un fiancé qui revient de la guerre a tous les droits. Peut-être qu'en ce moment... » Jacques se mordit la lèvre jusqu'au sang. Il avait envie de crier tant cette image lui faisait mal. « Je suis fou de les avoir laissés ensemble. Je l'ai abandonnée aux mains de ce soudard, de ce violeur de Hambourg ! » Et le pire était de penser qu'elle céderait. « Peut-être qu'il est beau, et qu'il parle bien. Peut-être aussi qu'il va mourir, là-bas, dans ce foutu pays blanc dont il n'aurait jamais dû revenir. Alors, comment se refuserait-elle ? » « Jacques, je ne peux pas faire autrement. Il faut que tu comprennes... » De la pitié, peut-être l'habitude. Et puis, après, les gestes qui sont les mêmes. Le plaisir. Il arrive toujours un moment où une femme ne sait plus très bien avec qui elle fait l'amour... Oh! Non! Non! Pas toi, Gerda! Pas toi avec cet inconnu !...

Jacques étouffa un cri rauque, et se leva d'un bond.

La pièce autour de lui se mit à tourner. Ses jambes étaient en plomb ; il eut du mal à se tenir debout.

— Alors, ça ne va pas mieux ! fit Sonine.

Jacques lui jeta un regard furieux. Le visage du Russe, tout près de lui, flottait comme une méduse. Il vit deux paires d'yeux superposés qui n'arrivaient pas à se mettre ensemble. Il éclata de rire.

— Ça va! Ça va très bien! Je pensais à des choses...

— Des clous! dit Kubelik. Il rêve!

— Tu ferais mieux de te coucher, dit Sonine. Tu es rond comme un petit pois !

— Le mois d'avril, fit Kubelik. Je connais. La neige fond. Ça fait pousser des jardins dans la tête !

Le visage de Jacques se rembrunit.

— Je ferai ce que je voudrai, dit-il. Fichez-moi la paix, vous deux !

Il traversa la pièce en titubant, et posa la bouteille vide sur la table.

— *Fertig !* ricana-t-il. Liquidée, ta gnole !

Il se raidit pour se donner un air digne, et se dirigea vers la porte.

— Où vas-tu comme ça ? questionna Sonine.

— Faire un tour... *Ein kleines Nacht-Rendez-vous...*

— Les roses, dit Kubelik. Au printemps...

— Ta gueule ! fit Jacques. Tu me les casses, avec ton printemps !

La tignasse rousse de Kubelik s'inclina un peu plus sur la guitare.

— ... Pleines d'épines...

— Tu es saoul, grogna Sonine. Prends au moins ton manteau.

— Je ne suis pas saoul du tout, dit Jacques, une lueur de défi dans l'œil. Vous n'y connaissez rien ! — Il saisit son manteau et le jeta sur ses épaules avec une nonchalance étudiée. — Salut les potes ! La fête commence ! Pierrot va faire un tour sur les chevaux de bois...

— Ne fais donc pas l'idiot, tu danses après-demain !

— Non, ce soir ! dit Jacques. Il va y avoir un petit changement au programme !

Sonine hocha la tête d'un air découragé.

— Je laisserai la clé dans la serrure.

— Ça m'étonnerait que je revienne !

Et il claqua la porte derrière lui.

Sous les cheveux carotte, le regard bleu de Kubelik jeta un éclair de malice.

— C'est toujours la même chose, chantonna-t-il. Je sais...

— Tu ne sais rien du tout! grogne Sonine. Toi tu es russe. Printemps ou pas, le petit Français, ce soir, va faire des conneries!

« S'il est là, je le tue ! » Jacques avance par enjambées zigzaguantes, les poings serrés au fond de ses poches. « Je le tue ! Je le tuerai ! » Le froid l'a saisi en sortant de chez Sonine. Un instant, les tempes comprimées, une inquiétante crispation au niveau de l'estomac, il a cru qu'il allait être malade. Puis il a foncé dans l'obscurité. Des relents de schnaps lui remontent dans le nez. La pluie le cingle au visage et l'oblige à baisser la tête. Il suit le bord du trottoir pour se forcer à marcher droit. « Je lui enfoncerai ça dans les côtes ! » Dans sa poche, ses doigts tripotent le couteau à cran d'arrêt qui lui sert à ouvrir les boîtes à sardines, à faire sauter les couvercles des pots de colle. « Le salaud ! Le salaud ! S'ils sont en train de faire l'amour je le tuerai ! » Mais il se demande tout à coup ce qui sera le plus fort, de sa colère ou de sa peine. Ne sera-ce pas plutôt la peine ? Ses doigts se referment sur le manche en bois du couteau. S'il est un homme, il le tuera. C'est plus qu'une question d'honneur : il ne veut pas qu'on la lui prenne ! « Gerda! » Il se met à crier, le visage ruisselant de pluie « Elle est à moi ! A moi ! A moi ! A moi !... » Des ombres le croisent, qui s'écartent, aussitôt happées par la nuit.

Devant la porte du studio, il s'arrête brusquement, tous les sens en éveil. Aucune lumière ne filtre par la baie vitrée. Le nez levé dans l'obscurité, il guette un signe quelconque. L'eau coule sur son visage, dans son cou. Il n'entend que la pluie qui rebondit sur les pavés. Son sang bat dans ses oreilles comme un pendule détraqué. Au fond d'une poche, sa main part à la recherche de la clé. Il s'en saisit, mais dans sa hâte la laisse tomber. Il la retrouve dans une flaque d'eau en tâtonnant à ses pieds. Ses mains barbotent dans la boue. Il se sent misérable.

Il va introduire la clé dans la serrure, puis se ravise. Son bras s'immobilise à mi-chemin. Tout est encore possible. Si Stefan est là, il le tuera, c'est décidé. Mais il ne peut pas entrer dans cette chambre comme un voleur. Comme un voyeur. Ce serait indigne. Ce n'est pas ça, le courage. Il remet la clé dans sa poche. Son poing assène sur la porte des coups redoublés. Il tend l'oreille. Rien que le silence, le petit grignotement de la pluie dans le silence. Il va frapper derechef, lorsque la voix de Gerda le fait sursauter comme s'il ne l'attendait plus. Et il s'aperçoit qu'il n'avait jamais cessé d'espérer qu'ils ne seraient pas là, Stefan et elle.

— *Wer ist da?*

— C'est moi, Jacques !

De nouveau le silence, puis :

— Qu'est-ce qu'il y a ?

La voix de Gerda de l'autre côté d'une porte, c'est ridicule !

— Je veux te voir !

Le visage de Jacques se crispe. Alentour la nuit se dérobe, et il est obligé de s'appuyer au mur pour ne pas perdre l'équilibre. Il ne sait plus s'il attend, s'il réfléchit. Un temps passe, très long, et puis il entend le bruit du loquet. La porte s'ouvre.

— Qu'est-ce que tu veux ? demande Gerda. Sur le seuil, elle a l'air plus petite que d'habitude. Jacques remarque qu'elle a ôté ses souliers.

— Il faut que je te parle ! Laisse-moi entrer !

Mais sa voix sonne faux, et les mots butent sur ses lèvres. Il sent qu'elle l'observe.

— Je ne suis pas seule, Jacques...

— Justement !

Il est devenu très pâle. Ses ongles s'enfoncent dans ses paumes. Gerda voit ses yeux reluire dans la pénombre de l'entrée.

— Tu as bu, dit-elle...

Il l'écarte d'un geste, et s'avance dans la pièce d'un pas mal assuré. Ses godillots raclent le parquet. Il a tout d'un coup très chaud. Des relents d'alcool lui viennent aux narines. Dans le fond de sa poche, sa main s'est refermée sur le couteau.

L'homme est assis sous la lampe, dans le fauteuil de tapisserie près du petit piano droit, les jambes allongées devant lui. Sa main, enveloppée de pansements, pend sur l'accoudoir du fauteuil. Le col de sa vareuse est déboutonné. Il fume un cigare.

— Bonjour ! dit-il.

Jacques cligne des yeux. Dans le halo de lumière dorée qui flotte sous le gros abat-jour, il distingue les longues mèches blondes, le profil au nez busqué, aux pommettes creuses, la bouche trop grande. Il voit la main fine qui tient le cigare, l'écharpe suspendue au cou dont le bras blessé s'est dégagé, sur la poitrine le petit ruban noir au liséré d'argent. Mais ce qui le frappe, ce sont les yeux, d'un vert-brun sans dureté, des yeux qui sourient, un peu tristes, comme des yeux de chien. De nouveau le regard de Jacques se brouille. Il serre les dents pour ne pas tituber. Sa main s'agrippe au manche du couteau. Il faut en finir...

— Entrez donc! dit l'homme.

« Pourquoi est-ce qu'il est assis ? se demande Jacques. Pourquoi est-ce qu'il n'a pas peur ? On dirait qu'il est content. Il n'a pas l'air d'un soldat. »

— Stefan, je te présente mon partenaire dans *Carnaval,* dit Gerda qui s'est approchée. Il est Français.

— Sa main effleure le bras de Jacques. — Plus qu'un partenaire, c'est un ami.

— Tu m'as parlé de lui, dit Stefan. Je l'avais reconnu !

Sa voix est basse et bien timbrée. Il parle lentement. De la main au cigare il désigne une chaise :

— Asseyez-vous... Nous bavardions.

Jacques secoue la tête. La main, dans sa poche, a lâché le couteau. Il hait cet homme, mais il se rend compte qu'il ne pourra pas le frapper. Pas comme cela. Il est accablé.

— Je ne suis pas venu pour bavarder, mais pour la voir, elle ! — Epaissie par l'alcool, sa voix a des intonations vulgaires. — Je ne pensais pas que vous seriez encore là !

Stefan a replié sous lui ses longues jambes et se lève. Il a remis son bras dans l'écharpe, et passe devant Jacques sans lui prêter attention. Sa grande carcasse efflanquée le dépasse d'une tête. Jacques regarde l'Allemand qui lui tourne le dos, détaille la nuque aux tendons saillant dans le col qui bâille un peu, les cheveux plats rejetés sur l'oreille.

— Oui, pourquoi... Pourquoi est-il encore là? demande-t-il, la voix tremblante de colère.

Gerda est devant lui et l'implore du regard.

— Jacques, je t'en prie, va-t-en !

Il a fait volte-face et la toise.

— Pourquoi m'en irais-je ?

— Tu te conduis d'une façon idiote !

— Tu peux penser ce que tu veux, je m'en fous ! J'étais venu pour savoir...

— Voilà qui est fait ! dit Gerda en pinçant les lèvres. — Elle hoche la tête. — Que tu es bête !...

— Oui, dit Jacques. Bête à crever ! Merci pour la leçon !

Stefan s'est retourné et les observe d'un œil ironique.

— Gerda, je crois que ton ami est amoureux !

— Je devais vous tuer ! lui lance Jacques d'une voix

sourde. Vous tuer, vous entendez ? J'étais venu pour ça !

— Cela suffit, Jacques ! Ne fais pas l'enfant !

L'Allemand s'est mis à rire. Sa tête renversée en arrière fait saillir sa pomme d'Adam.

— Ne vous inquiétez pas pour ça, jeune homme ! Là où je vais, d'autres s'en chargeront à votre place !

— Il n'est pas dans son état normal, dit Gerda. Je le connais. Il a dû tomber dans une bassine de schnaps. Il est ivre...

— Il est amoureux ! *Mein Schatz !* Amoureux, répète Stefan.

— Je ne suis pas ivre, bredouille Jacques.

Il a un haut-le-cœur. Une brusque nausée lui fait fermer les yeux, et il manque de s'affaler sur l'épaule de l'Allemand. Il se raidit. « Je suis saoul, saoul à tomber ! » On ne se bat pas avec un homme qui ne tient pas debout. Un homme !... Une bouffée de honte lui monte au visage. Tout ce qu'il a gagné, avec sa scène ridicule, c'est de faire rire ce grand pendard ! Il souffle entre ses dents serrées un air tiède, écœurant. Une sueur glacée perle à ses tempes. Il va être malade...

— Je vais le raccompagner... dit Gerda à voix basse.

Jacques l'a entendue. Il fait un violent effort sur lui-même, et se dirige vers la porte d'un pas mécanique. Il l'ouvre toute grande, et franchit le seuil sans se retourner. L'air froid le gifle au visage. Il fait trois pas sur le pavé mouvant, ses genoux fléchissent, et il bascule dans la nuit.

— Jacques, tu t'es fait mal ?

Accroupie près de lui, Gerda lui soutient la tête. Il est étendu de tout son long contre le bord du trottoir. L'eau du caniveau coule le long de ses jambes. Il redresse la tête et la regarde avec haine.

— Fous le camp ! souffle-t-il.

Derrière elle, dans le rectangle de lumière que découpe la porte entrouverte, il aperçoit la silhouette de l'officier.

— Fous le camp ! crie-t-il. Va donc le retrouver, ton *Kapitän.*

Il s'est remis debout, et s'ébroue avec rage. Son manteau est dégoulinant d'eau.

— Je te raccompagne chez toi, dit Gerda.

— Chez moi c'est ici !

Gerda pose une main sur son bras.

— Viens ! — Elle essaye de l'entraîner. Sa main se fait plus pressante. Sur le seuil de la porte, la silhouette de l'Allemand a disparu. — Oh Jacques ! Pourquoi t'es-tu mis dans cet état ?

Il se dégage avec une telle violence qu'elle trébuche. Il lui fait face :

— Tu vas coucher avec ce type, dis ?

— Tu n'aurais pas dû venir, dit Gerda.

— Ce n'est pas une réponse.

— A question idiote, réponse idiote. Allons, viens, tête de mule !

— Fous le camp ! — Il a levé le bras pour la frapper, et elle recule effrayée. — Mais fous le camp, je te dis ! Va te faire sauter par ton militaire ! Je ne veux plus te voir, tu entends ? Plus jamais ! Plus jamais ! Je ne veux pas que tu me suives ! Je ne veux pas que tu me parles... !

Gerda s'est effacée contre le mur. Elle enfouit sa tête dans ses mains et ses épaules sont secouées d'un sanglot.

Il la regarde pleurer, incrédule, et ricane :

— Colombine, va !

Gerda ôte les mains de sa figure, et relève la tête. Des larmes brillent au coin de ses paupières.

— Va-t-en au diable ! crie-t-elle. Va-t-en au diable, petit homme !

Jacques entend la porte claquer derrière lui, puis le silence et la nuit l'enveloppent. Il s'éloigne en titubant. Ses pieds chuintent dans ses godillots. La pluie, qui n'a pas cessé, plaque ses cheveux sur son cou, pénètre dans ses oreilles, goutte de son nez. Il rase les maisons pour tenter de retrouver le sens de la ligne droite, mais tous les trois pas il va buter lourdement de l'épaule sur les murs. « Qu'est-ce qu'ils ont à me suivre, tous ces cons-là ? » Au bout de la rue il fait halte un instant, les coudes appuyés au parapet qui surplombe l'Oder. Le fleuve coule sous lui, dans le noir. Il ne le voit pas, mais devine l'eau boueuse. Il écoute le clapotis de l'eau sur les marches de pierre le long de la paroi, et il respire profondément pour chasser les derniers effluves d'alcool qui imprègnent ses muqueuses, son palais, ses vêtements.

— La garce ! murmure-t-il.

Les doigts qui sèchent au fond des poches de son manteau palpent un objet familier. Il retire sa main et fixe stupidement la petite clé, avec son trou au centre, et ses dentelures irrégulières. D'un geste de rage il la lance au loin.

— Tiens, pauvre cave ! Tu n'iras pas la chercher, celle-là !

En tombant dans la rivière, la petite clé n'a même pas fait floc !

CHAPITRE XXXI

Une heure à l'avance, Jacques commença de se maquiller. Devant lui, sur la table-étagère de la loge, s'alignaient les trois pots de crème et de fond de teint que Bertolozzi lui avait confiés. Plus le crayon pour les yeux, du coton, et un peu de sparadrap pour les pieds. Dans le miroir ovale, contre le mur, sa propre image l'observait. Elle n'avait rien de prestigieux. Ni de bien romantique. La vie d'artiste ! Etait-ce donc cela, cette loge grande comme une cage à poules, aux parois maculées de taches, ces paquets de ouate sur la table, ce miroir de cocotte ruinée ? La vie d'artiste, allons donc ! Pouvait-elle avoir ce visage d'un enfant mal réveillé, ces épaules noueuses mais trop étroites qui saillaient d'un tricot de corps défraîchi, ces mains hésitantes ?

Ce soir, pourtant, c'était la première de *Carnaval*. Aussi impensable que cela pût paraître, Jacques en était l'une des vedettes. « Je suis danseur étoile ! » Dans la glace, son image lui adressa un sourire complice : « C'est la guerre, mon vieux ! » Tout à l'heure le rideau se lèverait. Dans la salle, qui saurait quelle part de tricherie, de hasard, avait à ce point faussé les cartes qu'un ancien détenu pût glaner des applaudissements dans ce pyjama blanc que la logique eût voulu rayé ? Pierrot, tu rêves ? Non, non, je me grime, je me costume. Je joue le jeu. Pour une fois ce sont les autres qui vont rêver !

Un bruit de pas retentit dans le couloir, suivi de coups frappés sur les portes des loges.

— Habillez-vous pour le deux ! *Schnell !*

Jacques trempa deux doigts dans le premier pot de fond de teint, et entreprit d'étaler sur son front, puis sur ses joues, la pâte blanche, comme l'Italien le lui avait enseigné. Après, quand toute sa figure, jusqu'au fond des orbites, serait enduite de la crème laiteuse, il la saupoudrerait de talc pour l'empêcher de reluire. Alors seulement il s'attaquerait aux yeux, agrandissant au crayon leur ovale, soulignant de deux petits traits noirs les paupières inférieures.

Les loges n'étaient pas très éloignées de la scène, et, de son tabouret, tandis qu'il enfilait l'ample surplis de satin blanc avec ses trois boutons noirs, Jacques écoutait distraitement les cris du régisseur, le piétinement des machinistes déplaçant le décor, et, venant de la fosse, les premiers bégaiements de l'orchestre.

L'entracte précédant la deuxième partie du spectacle prendrait fin dans quelques minutes. Alors ce serait à lui, Pierrot étant le premier personnage de *Carnaval* à entrer en scène. On lui crierait : « *Peterchen, jetzt !* » Un bond, une glissade, un autre bond. Le joyeux moulinet des manches, tout le plateau à traverser sur un tempo de fête. L'âme de Pierrot, en ce début de bal, étant à l'euphorie...

Sur l'étagère, sa main saisit la rose et l'agita. C'était un morceau de fil de fer avec du papier peint au bout. Un pauvre symbole. Il la posa près de lui pour ne pas l'oublier. « L'amour, ce soir, a les joues peintes et le cœur en laiton ! » Il ébaucha un sourire, et deux petites rides creusèrent le plâtre à la commissure des lèvres.

Oui, Gerda c'était bien fini ! A quoi bon soupirer, brandir cette fleur idiote ? A quoi bon y penser ? Mais il y pensait, c'était plus fort que lui. Il se rappela cette nuit de cauchemar où il était allé chez elle, *Oderstrasse,* pour les surprendre, Stefan et elle. Il s'était rendu odieux, ridicule. Cette scène, ces manières d'ivrogne !... Pourtant, ce n'étaient ni sa saoulerie, ni sa conduite, qui le tourmentaient aujourd'hui, pas même les mots échangés dont il se souvenait mal. Il y avait autre chose qui l'avait blessé, et qui continuait à lui faire mal. Mais il ne savait pas très bien ce que c'était, sinon qu'il ne s'agissait pas seulement d'amour-propre. « Je l'aimais, moi ! » Pourquoi ce Stefan était-il revenu ? Sans doute avaient-ils fait l'amour ensemble, ce soir-là, le maudit permissionnaire et sa fiancée. Sans doute... « Oh Gerda ! Gerda ! Tu as tout abîmé ! Quel dommage ! » Il prenait sa tête dans ses mains. A présent plus rien ne serait pareil !

Depuis, il y avait eu les ultimes répétitions, la fièvre de la Générale. Jacques et Gerda s'étaient retrouvés sur le plateau le lendemain. Il ne s'était pas excusé. Elle ne s'était pas expliquée. Ils avaient dansé sans s'adresser la parole. Il se souvint que Bertolozzi l'avait rudoyé parce qu'il dansait mal, que Gerda ne le regardait pas, qu'il avait envie de l'insulter « Garce! Garce! Je ne te parlerai plus jamais! ». Et qu'il avait tout le temps mal à la tête.

D'une pichenette Jacques repoussa la rose sur la table. Allons ! c'était fini tout ça ! Le schnaps et les pleurnicheries, la gamberge, les fleurs de pacotille ! Il redressa la tête et aperçut le masque blanc dans le miroir. Il lui tira une langue toute rose. « Si elle croit que je vais me flanquer dans l'Oder ! » grogna-t-il. Non, certes ! Et il ne lui courrait pas après, non plus. Elle allait voir ce qu'elle allait voir... !

La porte de la loge s'ouvrit. La tête grisonnante de Kruckenberg apparut, suivie de sa carcasse aux bras démesurés. Derrière lui, Jacques reconnut le crâne dégarni de Reinhardt.

— *Heil,* petit Français ! salua Kruckenberg. *Wie geht's?* Nous sommes venus vous voir vous casser la gueule!

Il se glissa dans la loge en riant aux éclats, et assena sur l'épaule de Jacques une claque à lui déboîter l'omoplate.

— Avez-vous le trac ? demanda Reinhardt.

— Oui, dit Jacques, bien sûr...

Pourquoi sont-ils venus, ces deux-là ? s'étonna-t-il. Curiosité ? Gentillesse ? Peut-être n'avaient-ils pas oublié leur ancien apprenti ? Qu'il lui paraissait lointain, déjà, le temps au *Schauspielhaus*, des brosses et des pinceaux, des caves encombrées de trésors pourrissants ! Le vieux Klubka, Rossolovsky, l'Alsacienne Elisa, l'arbre du *Freischütz*, la femme nue de sa première toile...

— C'est bon signe, dit Reinhardt. Quand on a peur on joue mieux la comédie.

— Oh, vous savez... !

Jacques esquissa un geste de la main. Cette comédie-là — mais les deux peintres pouvaient-ils s'en douter ? — il la jouerait sans mal. Le rôle lui convenait trop bien !

— On a peur avant, dit-il, à cause de tous ces pas que l'on craint d'oublier ou de rater. Après, quand le rideau s'est levé, la musique tient lieu de mémoire, et elle ne vous laisse pas trébucher...

Mais il fanfaronnait. Il n'était sûr de rien. Tout à l'heure seulement il saurait s'il était capable de la danser, cette comédie. Pas avant.

— Vous devriez boire un coup, dit Kruckenberg. Ça aide.

Jacques secoua la tête énergiquement.

— Non, non... Ça ne me réussit pas tellement bien!

La sonnerie de fin d'entracte retentit, et les deux hommes prirent congé. Reinhardt porta la main à son front, deux doigts croisés.

— *Na denn, viel Glück!*

Jacques se mit à rire.

— Chez nous on dit merde !

Trois ballerines en tutu court passèrent, trottinant

dans le couloir. Kruckenberg les suivit des yeux. Sous la broussaille des sourcils son regard se plissa.

— Si un jour vous revenez peindre avec nous, lança-t-il du seuil, les femmes nues, vous saurez comment c'est fait !

La porte refermée, les bruits du couloir s'estompèrent, les chuchotements, les chocs sourds sur le plateau, la rumeur de l'orchestre. La sonnerie grelottante couvrait tout. Jacques se leva, jeta un dernier coup d'œil dans le miroir, et, sur la table, ramassa la rose de papier. Il sortit, et se dirigea vers les coulisses.

Les dernières notes de la marche des *Davidsbündlertänze contre les Philistins,* qui clôture le ballet de Schumann, éclatèrent sous la voûte hérissée de cintres et de décors suspendus. En une farandole échevelée, Coquette et Pantalon, Estrella, Eusébius et Chiarina, s'enfuirent vers le fond, poursuivant le couple d'amoureux, le frivole Arlequin enlaçant Colombine. Dans le regard résigné de Pierrot, un à un les lampions s'éteignirent. Et le rideau tomba.

Une salve d'applaudissements crépita dans la salle. La vague monta, franchit la rampe, déferlant sur la scène où le rideau, lentement, se relevait. La troupe entière salua. Quelques bravos fusèrent. Le buste incliné, les mains dans ses vastes manches jointes devant lui, et la tête bourdonnante où n'en finissait pas de bruire l'ovation du public, Jacques sentit sa gorge se nouer. « Je l'ai fait ! Je l'ai fait ! » se répétait-il, une lueur incrédule dans ses yeux salis de rimmel. A nouveau le rideau s'abaissa. Il y eut plusieurs rappels. Bertolozzi, Gerda et lui vinrent saluer ensemble, se tenant par la main. Puis Gerda s'avança, seule, dans son tutu frangé multicolore. Ses yeux jetaient comme des cris de plaisir. Le public lui fit un triomphe, appelant son nom. Elle était belle, avec ses joues en feu, ses jambes, ses bras nus, dorés par la lumière. Quand elle revint de saluer, et passa devant Jacques, un mouvement impulsif la jeta vers lui. Dressée sur ses chaussons, rayonnante, elle jeta ses bras autour de lui, et l'embrassa sur la joue. En un instant Jacques sentit fondre ses résolutions. Un vertige l'envahit. Ces yeux dans les siens, pailletés de bonheur, ces lèvres, l'odeur de sa peau... Lui aussi était heureux et tremblait d'envie de le lui dire. « C'est le succès qui la grise ! » pensa-t-il avec humeur. Des grappes de danseuses, de figurants, les séparèrent.

De retour dans sa loge, Jacques se laissa choir sur le tabouret. Ravinant l'emplâtre de fond de teint, des gouttes de sueur roulaient sur sa figure, coulaient de ses yeux noircis. Il s'épongea distraitement.

« Pourquoi m'a-t-elle embrassé ? » Jacques arracha la calotte noire fixée sur son crâne, et passa une main dans ses cheveux. Il y avait un grand remue-ménage dans le couloir. Le public, les amis, sans doute. Tous ces bruits étaient nouveaux pour Jacques. « Elle m'a embrassé, mais je ne lui ai pas parlé !... Je devrais me démaquiller, pensa-t-il. »

Dans le miroir il vit la porte s'ouvrir. Il se retourna et reconnut Wenger, dans son costume gris foncé, la swastika à la boutonnière, un manteau noir sur le bras.

— Excusez-moi, dit Wenger, je crois que je me suis trompé de loge. Je cherche Gerda...

— C'est au bout du couloir, dit Jacques.

— Tiens! mais je ne l'y ai pas trouvée...

— Elle ne va pas tarder, elle est encore sur le plateau...

Il s'interrompit, surpris. Souriant, Wenger s'était avancé d'un pas dans la pièce et joignait les talons.

— Je suis impardonnable, dit-il. Permettez-moi de vous féliciter. Vous avez été très bien. Si, si... Très convaincant. *Good show*, comme disent les Anglais !

Jacques quitta son tabouret et se redressa lentement. « Qu'est-ce qu'il me veut ? » se demanda-t-il.

— Je vous en prie, asseyez-vous, dit Wenger. Avec votre autorisation j'attendrai ici que Gerda revienne. Il y a tellement de monde là-dehors ! Mais ne vous occupez pas de moi, faites ce que vous avez à faire...

Jacques se rassit, perplexe. Wenger était bien aimable subitement ! Il saisit le tube à démaquiller et le pressa sur ses doigts, mais l'Allemand continuait à lui parler, et Jacques n'osait pas lui tourner le dos.

— Voyez-vous, ce ballet me rappelle des souvenirs ! — De sa main fine de patricien, Wenger se caressa le menton. Ses yeux bleus luirent d'un éclat plus doux. — Figurez-vous en effet que j'ai connu la grande période de Diaghilev et des Ballets Russes ! C'était juste avant l'autre guerre, à Paris. Eh oui ! J'étais jeune à l'époque ! *Ach !* Nijinsky, Karsavina, la Pavlova... ! Mais je bavarde, je bavarde... Peut-être avez-vous besoin de vous changer ?

— Non, non ! dit Jacques... Juste me dégrimer.

— Faites-donc, je suis habitué ! Ma fille...

Jacques se retourna et commença à passer le démaquillant sur sa figure. Dans le miroir, il ne quittait pas Wenger des yeux, sa tête un peu carrée, aux traits bien dessinés, ses yeux clairs. Il ne pouvait pas s'empêcher de le trouver bel homme. Peut-être après tout s'était-il trompé sur son compte ? A force de méfiance, on finissait par voir des ennemis partout. « Ce serait tellement mieux... ! » Cette haine entre eux, depuis des mois, absurde, est-ce qu'il ne l'aurait pas inventée ? Bien sûr, Wenger, tout au début, l'avait trahi. Il lui avait joué un sale tour, avec cette histoire de permission offerte puis reprise. Mais il avait peut-être des raisons que Jacques ignorait. Ce soir il arborait un vrai sourire, et c'était lui qui faisait des efforts pour être aimable. « Nous aurions pu nous rencontrer ailleurs que dans ce garage de *Tauentzienstrasse,* hors la guerre et ces problèmes qui faussaient tout, quelque part à Paris, à Londres, à Berlin. Je n'aurais pas été son employé... Lui et moi, normalement, on aurait dû s'entendre... ! » D'ailleurs, Wenger serait-il resté une minute de plus dans cette loge, s'il avait éprouvé à son égard les sentiments que Jacques lui avait si longtemps prêtés ? « Le succès de sa fille l'aura amadoué ! » Wenger redevenait humain. Un père. Sa visite, ce soir, pouvait-elle signifier autre chose ? On pourrait tout oublier, ne plus jamais avoir la frousse...

— Oui, ma fille... reprit Wenger le regard perdu dans le vague. Il me semble qu'elle a très bien dansé. Ne trouvez-vous pas ?

— Oh si ! dit Jacques.

— Voyez-vous, je n'ai pas toujours été d'accord avec sa carrière. Danser, pour une jeune fille, me semblait un peu... futile. Mais ce soir j'aimerais lui dire qu'elle m'a procuré une grande joie. Je l'emmènerai souper... — Il sortit un étui de cuir de sa poche et alluma une cigarette. — Pourquoi ne vous joindriez-vous pas à nous avec Bertolozzi ? ajouta-t-il. Je connais une taverne, à deux pas du Ring, qui ne ferme pas avant minuit...

— C'est que... Je...

Jacques s'agita sur son siège. Comment expliquer à Wenger qu'il était fâché avec sa fille, qu'il ne lui parlait plus ? Il ramassa la serviette éponge et la passa sur sa figure enduite de graisse, la frottant énergiquement pour en arracher l'épaisse couche de fond de teint. Sous l'emplâtre, son visage apparut par plaques roses. Il se retourna, et fixant Wenger de son œil débarrassé de khôl :

— Je vous remercie beaucoup, Monsieur, mais...

Il s'interrompit brusquement. Le regard de Wenger avait retrouvé son éclat métallique. Une expression de profonde stupéfaction se lisait sur sa face. L'Allemand se raidit, et jetant sa cigarette sur le sol, il l'écrasa sous son talon.

— Oubliez ce que j'ai dit, articula-t-il, les lèvres pincées. Je me suis mal exprimé! *Ach!* Tout ceci est ridicule !... Vous avez surpris ma bonne foi !

Bouche bée, Jacques le regardait. Tout d'un coup il comprit : le maquillage ! Aussi longtemps qu'il avait eu sur la figure le masque blanc de Pierrot, Wenger avait cru parler à quelqu'un d'autre ; il venait seulement de le reconnaître !

L'Allemand avait gagné la porte, et l'avait ouverte avec une certaine nervosité. Pourtant, lorsqu'il se retourna, les traits de son visage avaient retrouvé leur impassibilité coutumière.

— Pensiez-vous vraiment pouvoir me mystifier ? — Ses lèvres ébauchèrent un sourire. — Quelle illusion ! Un moment, je l'avoue, je me suis laissé prendre... Heureusement, la supercherie tôt ou tard devait apparaître !

— Mais je n'ai rien à cacher, dit Jacques, qu'est-ce que vous croyez ?

— Je crois ce que je vois ! — Wenger hocha la tête sans cesser de sourire — : Vous n'auriez pas dû ! fit-il, et il claqua la porte derrière lui.

Jacques baissa le nez, vexé. « Je serai toujours aussi bête ! » Si quelqu'un avait été abusé, c'était bien lui ! Il roula sa serviette en boule, et la projeta sur la glace. « Cette saloperie de maquillage que j'avais oubliée ! »... Quel imbécile ! Penser que Wenger avait changé, qu'il pouvait un instant surmonter ses aigreurs, l'inviter à dîner ! Il se frappa le front : « Mais c'est la gale, cet homme ! Il est malade de haine ! Je l'aurai toujours sur le dos ! Toujours ! Poli, glacé, *korrekt !...* » Il se leva et se mit à marcher de long en large. « Allons ! A moi aussi les bravos me sont montés à la tête ! Pierrot, danseur à l'Opéra, fonctionnaire du Reich ?... Eh oui ! Et après ? Petit Français quand même, traîne-police, gibier de camps ! Je vous emmerde, monsieur Wenger ! Vous entendez ? Je vous emmerde !... »

Jacques s'arrêta de déambuler. Il y avait un grand brouhaha dans le corridor. Il sortit pour voir ce qui se passait. Une foule de gens faisait la queue, piétinant devant les loges. Il aperçut Sonine et Kubelik en bout de couloir, qui essayaient de se frayer un chemin et leur fit un signe. Soudain il vit Gerda devant lui. Elle était encore en costume de scène.

— Jacques...

— Ton père te cherche, dit-il.

— Je sais. Il voulait m'inviter à souper. J'ai refusé, je n'avais pas envie de lui parler. Je... Je pensais...

Jacques la dévisagea, le cœur battant. L'excitation de tout à l'heure, la fébrilité de ses gestes, de son regard, avaient disparu. Elle s'adossa au mur pour laisser passer des gens, et leurs bras alignés se touchèrent. Malgré la foule, Jacques eut l'impression qu'ils étaient seuls.

— ... Que tu viendrais peut-être souper avec moi.

Il ferma les yeux.

— Stefan est parti, dit-elle.

Uu regain de colère l'assaillit.

— Je regrette, murmura-t-il.

— Formidable ! Tu as été formidable ! hurla Sonine qui s'était glissé jusqu'à eux. Quant à toi, ma Pavlova, tu étais miraculeuse ! C'est bien simple, Kubelik pleurait...

— Tu viendras ? demanda Gerda.

— Pas vrai, moujik ?

Jacques secoua la tête.

— Non ! dit-il.

— La vérité ! fit Kubelik de sa voix profonde.

— Merci, mes amis ! Merci ! Je suis heureuse que vous soyez là ! — Elle souriait, mais ses yeux avaient une expression absente. — Excusez-moi, il faut que j'aille m'habiller ! — Elle leur adressa un baiser de la main. — Je vous aime !

Se glissant dans la foule, elle regagna sa loge.

— Venez, vous deux ! dit Jacques. J'enfile un costume et on va boire un coup !

Ils sortirent. Dans le couloir, la foule avait diminué. Quelques personnes restaient agglutinées devant les loges du fond. Ils rejoignirent la scène, traversèrent le grand amphithéâtre désert, et gagnèrent une petite porte de sortie qui donnait sur la *Schweidnitzerstrasse.*

La brise fraîche de la nuit balaya le visage brûlant de Jacques.

— Hon ! grogna Kubelik. On va faire la fête !

Un air de grande concentration se peignit sur sa figure.

— Mais où est notre étoile ?

— Ce soir on sort entre hommes ! dit Jacques. Venez !...

Sonine secoua sa grosse tête bosselée et fit une moue de dégoût.

— Tu es un imbécile ! dit-il.

Jacques ne répondit pas. Les deux Russes lui emboîtèrent le pas, et ils s'enfoncèrent dans la nuit.

QUATRIÈME PARTIE

LES TRAINS DE POLOGNE

Réellement je ne crois pas à l'âme humaine, je n'y ai jamais cru. J'ai la conviction que les gens sont comme des valises remplies de choses diverses, elles sont expédiées, lancées, bousculées, flanquées à terre, perdues et retrouvées, jusqu'à ce qu'enfin l'Ultime Porteur les jette dans l'Ultime Train, et qu'elles roulent au loin dans un bruit de ferraille.

Katherine MANSFIELD.

CHAPITRE XXXII

— Qu'est-ce que tu aimerais le plus au monde ? demanda Gerda.

— Partir, dit Jacques.

— Même à présent ?

— Oui, même à présent.

Gerda ramassa ses pieds sous elle, et appuya sa tête contre les coussins du divan. Elle dit, sans le regarder :

— Tu as peur ?

Il haussa les épaules.

— J'ai toujours eu peur. Mais ce n'est pas pour ça.

— Alors ? Tu as ce que tu voulais. Tu danses. Nous nous aimons. — Elle le dévisagea, un sourire au coin des lèvres. — Je sais bien que tu m'aimes. Dis-le... Tu ne m'aimes pas ?

Partir ! Il y avait pensé, déjà, un an plus tôt. A l'époque il aurait pu le faire avec la permission de Wenger. Il ne l'avait pas eue. Rentrer sans papiers, s'évader, il n'y fallait pas songer. Breslau était trop loin de la frontière. Mais surtout, même s'il avait pu rentrer en France en fraude, — et il aurait peut-être pu (il n'y avait rien d'impossible, en ce domaine, à qui y consacrerait assez de patience, de ruse, d'entêtement) — il risquait de rejeter son père dans les griffes de la Gestapo. Il avait accepté le marché, la liberté de son père contre son contrat d'ouvrier volontaire. Cette signature lui avait été extorquée à la suite de ce qu'il considérait comme un chantage. Mais il était bien obligé de la respecter. S'il rentrait un jour chez lui, ce devrait être légalement.

— Je me demande, dit-il ce qui nous tire si fort en arrière, et met du plomb jusque dans le bonheur de tous les jours. Je ne sais pas si c'est l'enfance, ou si c'est l'avenir...

Il saisit la main de Gerda et la retourna dans la sienne, la paume en dessus.

— Regarde ! Trois lignes, la vie, la tête et le cœur ; et puis cette petite-là, la quatrième, pour la chance. Tu veux que je te les lise ?

— Oh oui !

Il attira davantage la main sous la lampe. Gerda avait de longs doigts effilés, la peau très claire, et un extraordinaire enchevêtrement de lignes qui étoilaient sa paume à partir des trois sillons de base.

— Je n'aime pas ton avenir, dit-il. On dirait qu'il m'échappe. Il est sinueux, il danse. Il ne prend rien au sérieux. Tu vois toutes ces petites rides, ces déviations, et puis cette coupure, là ?

— Oui. Qu'est-ce que c'est? L'amour? La vie? Qu'est-ce qui s'arrête ?

— Tout s'arrête en même temps, dit Jacques.

— Tu y crois, toi, à ces choses-là ?

— Non. Je pense que non. Mais quand je rencontre quelqu'un qui y croit, ça me fait un drôle d'effet. C'est comme si ce qu'on dit devenait vrai.

Gerda essayait de déchiffrer sa main par-dessus l'épaule de Jacques.

— Lis encore !

— Quand j'étais en prison, dit-il, et que les copains s'ennuyaient, je leur disais la bonne aventure. Comme ça, ou dans les cartes, quand on avait des cartes.

— Ils y croyaient ?

— Je ne sais pas. Un peu sans doute. C'était plus amusant d'y croire. Mais une fois, j'ai lu dans la main d'un type qu'il mourrait jeune. Je le lui ai dit. J'ai même ajouté en manière de plaisanterie, qu'il ne passerait pas la semaine. Je sais... C'était une plaisanterie stupide à faire en prison.

— Et alors ?

— Il a été fusillé le lendemain. Après, je n'ai jamais plus recommencé. Bien sûr, c'était une coïncidence...

Gerda se pencha et l'embrassa sur la joue.

— Moi je ne suis pas en prison. Lis, s'il te plaît. Je veux savoir...

— Qu'est-ce que tu veux savoir ?

— Si tu m'aimes.

Jacques se mit à rire.

— Ce n'est pas là que c'est écrit. Tiens, donne-moi ton autre main, la droite. La gauche c'est ce qu'on est, l'autre ce qu'on devient.

Elle tendit sa main droite. Jacques l'examina et fronça les sourcils.

— T'as pas des kilos de chance !

Il referma les longs doigts sur la paume et les serra dans sa propre main.

— Je jouais à ça avec mes cousines. Cela me donnait l'illusion d'avoir du succès. Au fond, elles ne s'intéressaient qu'à elles !

Gerda retira ses mains, et s'assit sur le lit à côté de lui, ses pieds nus battant l'air.

— Moi je t'aime, dit-elle tout bas. C'est différent...

Il y avait déjà quelques jours que Jacques et Gerda s'étaient réconciliés. Leur brouille n'avait pas duré longtemps. « Tu es un imbécile ! » avait grogné Sonine, le soir de la première de *Carnaval*. Jacques n'était pas loin de penser que le Russe avait raison. Mais il s'était entêté. Il avait voulu couper les ponts entre elle et lui, rendre tout racommodage impossible. Barricadé derrière les grands principes, il entretenait sa rancune, sans se préoccuper des sentiments de Gerda, de sa vérité, à elle. Pouvait-on aimer à moitié ? Partager ? C'était tout ou rien. Comment imaginer qu'on pût reprendre dans ses bras une femme qui avait peut-être appartenu à un autre ? « C'est fini ! Je ne le lui pardonnerai jamais ! » Ce Pannwitz avait tout gâché. Ce qui était arrivé, Jacques ne pourrait plus l'oublier, puisqu'il ne pourrait pas faire en sorte que ce ne fût pas arrivé !

Mais d'un autre côté il n'était sûr de rien. Que sait-on des autres ? Ils nous échappent de mille manières. Nous trahissent-ils pour autant ? A partir de quand ?... Oh Gerda ! Gerda ! Où donc était le gâchis ? Dans sa vulnérabilité de femme — mais il ne l'aurait pas aimée autrement ! — ou dans sa propre intransigeance ? « Au fond, la vie, on ne sait pas ce que c'est !... » Rouge, noir. On fonce. A vingt ans on est pressé de faire le tri. Je t'aime, ou pas du tout. Les demi-teintes c'est pour les vieux. Mais au-delà de cette hâte, qu'y avait-il d'autre, de mieux peut-être ?

Non, il n'était sûr de rien. Sinon qu'il l'aimait, et que cet amour n'était pas passé sur un coup de colère. C'était cela le plus surprenant. « Je devrais la détester, la mépriser ! » Mais il n'éprouvait aucune haine, et le mépris allait plutôt à sa propre impuissance. « On prend une femme, on la garde ! On peut la perdre, mais on ne discute pas, on ne fait pas des scènes ! » Pas plus qu'on ne pouvait poser des questions. Dieu ! C'était bien difficile de devenir un homme !

Très vite il s'était rendu compte — bien qu'il eût fait semblant de n'en rien voir — que Gerda souffrait autant que lui de leur rupture. Davantage, peut-être : il n'était que blessé, elle était triste. Le surlendemain de la première, Kühn les avait tous réunis dans le studio de danse, pour leur tenir un petit discours sur les devoirs du comédien en temps de guerre, et vider avec eux une bouteille de vin du Rhin. « A la Victoire ! A la Compagnie ! » Il avait embrassé Gerda « *Meine schöne Colombine* », remercié Bertolozzi « *Vielen Dank, Maestro* », et choqué son verre contre celui de Jacques « *Also, Peterchen, prosit !* » Derrière les lunettes du directeur dansait une lueur malicieuse. De qui se moquait-il? De Pierrot? De la guerre? Du petit ventre et des bajoues d'Arlequin? D'une Colombine un peu volage ? Et quand il avait levé son verre « A nos succès futurs », Jacques s'était demandé si Kühn faisait allusion aux exploits de la *Wehrmacht* sur le front de l'Est et dans les plaines du Pô, ou bien aux prochains spectacles de la Compagnie des Ballets de Breslau. Puis Gerda s'était approchée de Jacques de sa démarche ondulante « A ta santé ! » Elle avait parlé en français pour la première fois. Il avait souri, à cause de l'accent.

Ce soir-là, après le travail, Gerda vint dans la loge où il se changeait. Elle s'assit sur une chaise pendant qu'il finissait de boutonner sa chemise et de nouer sa cravate, mais ne lui parla pas. De temps en temps il jetait un coup d'œil dans le miroir. Il apercevait son profil calme, ses lèvres sans fard, un peu épaisses, les genoux ronds qui saillaient sous la jupe. Elle fumait. Le long de ses doigts, la fumée bleue montait en un filet immobile, pour se perdre dans la paroi grise au-dessus de sa tête. Jacques s'étonnait que leurs gestes, même leurs silences, parussent si naturels. Il passa un coup de peigne dans ses cheveux, et enfila son manteau. Dans le couloir, il entendit les autres danseurs qui s'en allaient. Gerda n'avait pas bougé. L'espace d'une seconde leurs regards se croisèrent. Jacques éteignit la lumière, et ils partirent ensemble. Ils ne s'étaient rien dit.

— Tu as raison de vouloir t'en aller, reprit Gerda... Ici, bientôt ce sera la fin du monde. Nous dansons, mais demain nous croulerons sous les bombes. Et si les bombes nous ratent, les Russes, eux, ne nous rateront pas ! Moi en tout cas...

— Je sais, dit Jacques. J'y pense souvent... Pourquoi ne pars-tu pas avec moi ?

Gerda ne répondit pas tout de suite. Elle alluma une cigarette, et posa son menton sur son poing.

— Parle-moi de Paris !

— Oh ! fit-il, je n'en connais pas grand-chose. J'y ai vécu si peu... Je sais qu'à cette époque de l'année les filles deviennent très jolies. Elles roulent à bicyclette, avec des jupes de couleur qui flottent autour de leurs jambes nues. Avenue Victor-Hugo, à l'Etoile, au Bois. Elles sont comme des fleurs. Quelquefois je sortais la nuit, en cachette de mes parents. J'allais à Montmartre, au cabaret « Monseigneur », écouter les tziganes. J'aime les violons, beaucoup de violons. Il y avait plein d'officiers allemands, et des princes russes enrichis au marché noir, on buvait du champagne dans des gobelets en or. Un soir j'y ai rencontré une très jolie fille, une entraîneuse je crois. Elle s'appelait Chantal. Elle m'écrivait sur du papier rose, qui sentait bon...

— Ah ! Parce qu'elle t'écrivait ?

— On s'était revus... D'autres fois j'allais chez Suzy Solidor. Elle chantait Lilli Marlène, et se disputait avec un type très drôle et très triste qui s'appelait Henry Bry... On rentrait à pied, quelquefois en vélo-taxi quand il me restait de l'argent, ou en fiacre.

— Mais cette Chantal ?

— Elle était blonde, dit Jacques, comme pour s'excuser.

Il y eut un silence. Jacques se tourna vers Gerda, et plongeant son regard dans le sien :

— Gerda, demanda-t-il, pourquoi m'aimes-tu ?

— Il ne faut pas poser cette question. Je mentirais. Ou je ne donnerais pas les bonnes raisons... Peut-être est-ce parce que je ne m'ennuie pas avec toi. Jamais. Je ne sais pas pourquoi, tu me rassures. Tu es un petit gitan ombrageux à mauvais caractère, mais on dirait que la vie contre toi se casse en petits morceaux... Tu es pur, et sournois. Tu as la peau mate. Un regard têtu, très doux, mais têtu. Des yeux de chien jaune... On te donnerait le Bon Dieu sans confession !

« Tu me fais rire ! ajouta-t-elle. Avec tes cheveux noirs, ton front buté, ta jalousie, tu as l'air d'un étudiant de Salamanque, d'un Cadet pour Tolède... D'abord je ne t'aime pas!... » — Elle saisit la main de Jacques et la posa sur sa poitrine, à plat, juste audessus de son sein. — Touche ! Qu'est-ce que tu sens là ? Mon cœur ou mon sein ? Tu vois, tu ne sais pas. De toute façon, c'est moi... — Du bout des doigts Gerda tapota sa jupe, l'air songeur. — Ce n'est pas si facile d'être heureux. Tu verras, le bonheur, ça change tout le temps. Tu n'es pas heureux, toi ?

— Si... Mais je ne suis heureux qu'à cause de toi.

— Et alors ?

— Ce n'est pas assez. Je veux être heureux à cause de moi aussi. Danser, c'est formidable, ça m'a sauvé, ça m'amuse... Mais maintenant il faudrait que je rentre...

Elle soupira.

— Tu vois, ça change tout le temps. Tu as raison... Partir! Quitter l'Allemagne, quitter la guerre! Mais comment feras-tu ?

— Je crois que j'ai une idée, dit Jacques.

Déjà, il avait commencé ses démarches. Elles durèrent des semaines, mais à la fin du mois d'avril rien encore n'était gagné. Il y consacra le même acharnement qu'il avait mis à quitter le garage de Wenger, puis à entrer à l'Opéra. Cela durerait le temps qu'il faudrait, mais s'il y avait une chance entre mille pour qu'il obtînt ce qu'il cherchait, il ne la laisserait pas échapper.

Peu de temps auparavant Jacques avait été assez souffrant pour que l'administration de l'Opéra lui accordât quelques jours de repos. Une bronchite le tint alité avec une très forte fièvre. Il en garda une sorte de râle dans les bronches, et une toux sèche dont il ne parvenait pas à se défaire, qui parfois le prenait en scène, au grand désespoir de Bertolozzi, et le secouait pendant de longues minutes. Le docteur de la *Krankenkasse* lui avait délivré un certificat de maladie spécifiant que son *rechte Lunge* était atteint, mais que cette affection ne saurait toutefois l'empêcher de danser. Tout de suite Jacques comprit le parti qu'il pouvait tirer de sa toux chronique et de ce poumon défectueux. Il entretiendrait la première au risque de détériorer définitivement le second. Après quoi, s'il obtenait des différents médecins de contrôle militaire ou de l'*Arbeitsamt* les attestations suffisantes, ce serait bien le diable s'il ne parvenait pas à faire contresigner par Kühn le petit papier bleu des permissionnaires qui portait en tête le mot magique *Urlaub*. En quatorze mois Jacques n'avait vu que deux ou trois de ces pièces rarissimes circuler sous les yeux extasiés de ses camarades.

Il entreprit dès lors de soigner à sa manière ce restant de bronchite sur lequel reposait tous ses espoirs. Il l'exposa au froid, aux courants d'air, aux pires intempéries, quittant les studios entre deux répétitions et le corps baignant de sueur pour aller musarder sur les balcons éventés de l'Opéra, se promenant la nuit sans manteau dans les bourrasques de mars, en ville, sur les bords de l'Oder, à l'heure des rafles ou des poubelles. C'était dangereux, mais c'était la seule manière. Il se sentait si peu vulnérable à ce qui pouvait venir du ciel ou de la nuit, à tout ce qui ne viendrait ni de la Police ni des militaires, qu'il ne pensa jamais qu'un poumon malade était capable de le tuer aussi sûrement qu'une bombe alliée ou qu'un *Schupo* de mauvaise humeur!

Le premier certificat qu'il obtint — non sans mal — fut celui d'Escherbach. « Mon cher ami, vos bronches sont atteintes. Il faut absolument vous soigner. Du repos ! Un long repos ! — Ecrivez-moi ça sur un bout de papier, docteur. Si, si, sur votre papier à en-tête. Allez-y carrément! Inscrivez « permission »! Le mot test *Urlaub!* » *Urlaub, Urlaub!...* Six lettres qui grelottaient dans sa tête comme un paquet de breloques ! Mais Escherbach se faisait tirer l'oreille : « Je ne peux pas me permettre, cher ami, comprenez-moi... » Son regard délavé devenait trouble. Il frottait ses paupières sous les lunettes ; un peu de sueur perlait sur son crâne dégarni. « Mais si, mais si, vous pouvez ! Vous ne risquez rien. D'abord ce n'est pas ce bout de papier qui pourra me faire rentrer en France. Il m'en faudra bien davantage, mais ça c'est mon affaire ! »... *Urlaub !* Un petit mot de rien du tout, six lettres, une bêtise... Huit jours de siège, au cours desquels le bon docteur en profita pour ausculter Jacques sur toutes les coutures, le tâter en long et en large, le tripoter de ses mains molles, au point que le dernier jour Jacques se fit accompagner par Gerda. « Mais il est pédé, ce type ! s'exclama la jeune femme lorsqu'ils furent dehors. Tu n'as pas vu comme il te regarde ? » Elle était furieuse. Jacques éclata de rire. « Tu crois ? » — « Tu te fous de moi ou quoi ? » — « Je n'y avais pas pensé ! »

Le lendemain, Escherbach signa l'ordonnance : *Urlaub*. C'était un début.

Muni du certificat, Jacques se rendit à l'*Arbeitsamt*, où les docteurs, après une brève auscultation, le renvoyèrent à la *Krankenkasse* pour y subir des examens plus approfondis. Le médecin-chef de la *Krankenkasse*, un major à lorgnon qui portait la blouse blanche par-dessus son uniforme, avait une secrétaire-infirmière polonaise qui s'appelait Lika, une belle fille blonde d'une trentaine d'années avec qui Jacques finit par lier connaissance. Elle était mère de famille, veuve, et romantique comme Werther. A la troisième visite, Jacques lui apporta des tablettes de chocolat pour ses enfants, et les poèmes de Baudelaire pour sa consommation personnelle. La belle Lika n'entendait pas un mot de français. Aucune importance. Ils communiquèrent dans ces hautes sphères de l'âme où les poèmes se traduisent par des soupirs et des regards intelligents. Elle l'invita chez elle pour « échanger des idées ». Jacques eut l'occasion de lui expliquer ce qu'était « le mal du siècle », et elle fut bientôt convaincue qu'il était aussi poitrinaire que Chopin.

Toute cette comédie était assez épuisante, d'autant plus qu'il continuait à travailler toute la journée, et à danser *Carnaval* trois soirs par semaine. Mais il avait enfin le sentiment d'arriver quelque part. Il gagnait du terrain. Jacques profita des bonnes dispositions de la Polonaise pour lui dire ce qu'il désirait : rentrer mourir chez lui, dans sa famille ! « Mais vous n'allez pas mourir ! protestait la douce Lika. Ne dites pas des choses pareilles! » — « Si, si! Je ne le sais que trop, hélas! Mais, chez moi, ça m'est égal! » On ne pouvait pas lui refuser ce plaisir !... L'ennui était que pour être considéré comme mourant, et avoir une chance d'être expédié en France, il fallait être, sinon déjà mort, du moins à toute extrémité ! Un coup de pouce au destin se révélait nécessaire : on ne pouvait pas compter absolument sur la clairvoyance d'un examinateur. Aussi le dossier de ses divers tests, analyses du sang, numération globulaire, radiographies, etc., fut-il retiré des tiroirs du médecin-major, longuement compulsé dans l'appartement de Lika, annoté... et corrigé. Lorsque Jacques fut convoqué devant l'officier, celui-ci l'ayant examiné par-dessus son lorgnon après avoir pris connaissance de son dossier eut un hochement de tête qui en disait long sur la gravité de son cas. Jacques avait, pour la circonstance, particulièrement soigné son aspect. Depuis deux jours il avait omis de se raser, et ne s'était pas couché de la nuit pour que les cernes sous ses yeux fussent d'authentiques cernes de fatigue. Enfin il toussait de mieux en mieux. Quant au râle dans les bronches, il fit merveille. Le major n'était pas bavard, ni sans doute très curieux. Il ne fit aucun commentaire, et signa toutes les pièces que Lika lui soumit, y compris un ordre rédigé en bel et bon gothique, et dûment tamponné, notifiant que sauf avis contraire des services de Police, et sous réserve de l'accord de son employeur, il était renvoyé pour un mois dans ses foyers en permission de convalescence. *Heimatsurlaub*, avait lu Jacques, entre deux quintes de toux, par-dessus l'épaule de Lika. Le mot *Heimat* (pays natal) ajouté au mot *Urlaub* (congé) donnait à ce dernier toute sa valeur.

Jacques faillit tout compromettre en témoignant à Lika une reconnaissance qui n'était pas le fait d'un homme à toute extrémité. Il était trop content, et cette gaieté-là, un poème n'en serait pas venu à bout ! La Polonaise marqua un certain étonnement, mais fut promptement rassurée lorsqu'il lui expliqua que le phénomène était bien connu, les tuberculeux sur le point de mourir manifestant une vigueur toute spéciale. Elle était infirmière, elle aurait dû le savoir.

Nanti de ses deux certificats, Jacques prit un temps de réflexion. Certes, le dernier document, officiellement délivré par la *Krankenkasse*, serait un appoint sérieux pour la suite des opérations. Mais le plus dur restait à faire : passer devant les médecins de la Police. Ceux-là, Jacques ne les convaincrait pas avec son râle d'enrhumé, ni avec des histoires sur Chopin. Il devrait subir d'autres examens, se soumettre à de nouvelles prises de sang, à de nouvelles radios, dont il ne pourrait plus fausser les résultats. C'était surtout cette radiographie des poumons qui le préoccupait. Comment empêcher qu'elle ne dévoilât toute la supercherie ?

La visite dans les bureaux de l'*Arbeitspolizei* qui jouxtaient ceux de la Gestapo, au premier étage d'un grand immeuble en béton triste situé à deux pas de l'*Arbeitsamt*, n'avait été fixée que pour la seconde semaine de mai. Jacques connaissait les locaux, qui n'avaient rien de rassurant, pour les avoir fréquentés un an et demi plus tôt à son arrivée ; mais secrétaires, infirmières et docteurs lui étaient également inconnus. Il allait falloir improviser.

Le hasard vint à son aide sous la forme d'une barre de chocolat. C'était dans les derniers jours d'avril. Un colis arriva d'Espagne, expédié par des cousins madrilènes, qui contenait entre autres denrées précieuses du chocolat. Jacques déballa le colis chez Gerda. C'était un chocolat en tablettes épaisses, un peu gris, si dur qu'on avait du mal à le casser. « Je vais le mettre en poudre, nous en ferons du cacao ! » dit-elle en battant des mains. « Du cacao ? » Le mot réveilla un souvenir enfoui dans la mémoire de Jacques, et lui rappela une histoire qu'un vieux tire-au-flanc réformé de tous les services militaires lui avait racontée en prison. Il arracha le paquet de chocolat des mains de Gerda et se mit à gambader dans la chambre en poussant des cris de Sioux.

— Gerda, ma vie, ma providence ! Ecoute bien... Grâce à toi je sais maintenant comment je vais partir !

Il lui conta l'histoire. C'était au fort du Hâ, en 42. L'homme, un prisonnier de plus de trente ans, avait l'air de savoir de quoi il parlait. D'après lui, il suffisait d'aspirer longuement, très longuement, de la poudre de cacao, de la faire pénétrer dans les poumons, en l'aspirant de toutes ses forces afin qu'elle passe directement dans les bronches, pour que la radio fasse apparaître sur les plaques des taches inquiétantes, que les médecins interprétaient automatiquement comme des cavernes. « J'ai fait le coup plusieurs fois, ça marche toujours ! C'est bien simple, avait ajouté le prisonnier, la première fois, quand le toubib a vu ma radio, il n'en revenait pas que je sois encore vivant, avec des ombres et des trous pareils dans le caisson ! » Sur le moment l'histoire avait laissé Jacques sceptique. Du cacao! Cela semblait un peu simpliste. Aujourd'hui, peut-être parce qu'il avait tellement envie d'y croire, elle lui paraissait plausible.

Il se retourna vers Gerda. Elle n'avait pas bougé, et restait silencieuse. Il lui prit les mains.

— Ecoute, Gerda ! Pourquoi ne pars-tu pas avec moi ? Tu le pourrais. Rien ne te retient ici...

Elle le regarda. Ses yeux étincelèrent.

— Viens ! dit-il encore. Partons ensemble !

— D'accord, murmura-t-elle, et elle se mit à rire nerveusement.

Le visage de Jacques s'illumina. Il prit la tête de Gerda dans ses mains, et plongea son regard dans le sien.

— Gerda ! Gerda ! Tu viendrais avec moi ? Dis, tu viendrais ?... Pourquoi ne m'en as-tu pas parlé plus tôt ?

— Je ne sais pas... Je voulais que tu en aies l'idée, que ce soit toi qui me le demandes. Je voulais être sûre que tu m'aimais...

Elle jeta ses bras autour de lui. Sa voix, dans son oreille, était brûlante.

— Ecoute, Jacques, il faut que tu saches... Ce n'est pas parce que la guerre est perdue que je pars avec toi, ni parce que j'ai vingt-cinq ans et que je suis vieille. Ce n'est pas non plus parce que j'ai peur...

— C'est parce que je ne pourrais pas partir sans toi ! dit-il.

— Ne dis pas cela, Jacques ! Ne dis pas cela... !

Il la serra contre lui, très fort, comme s'il craignait de la perdre.

CHAPITRE XXXIII

Avec le mois de mai vinrent les mauvaises nouvelles. Ce fut d'abord la diminution brutale des rations de matières grasses et de pain. Les tickets de viande ne furent plus honorés et les pommes de terre disparurent complètement des magasins de ravitaillement.

A pas de géant les armées de Koniev et de Rokossovsky se rapprochaient de Lublin, Brest et Varsovie, chassant devant elles, avec les débris de la *Wehrmacht*, des populations entières fuyant de Lituanie et de Pologne. Les trains de réfugiés encombrèrent les gares, et le formidable exode commença. Terrorisés par l'avance rouge, des centaines de milliers de sans abri et d'affamés franchirent la Vistule, cherchant à se retrancher derrière ce qui leur paraissait la meilleure frontière naturelle, l'Oder. La plaine silésienne devint leur terre promise.

Vers cette époque Jacques reçut une lettre du docteur Escherbach lui annonçant la mort de Wolfgang von Becher, le fils de la baronne. Il avait été tué en retraversant le Dniestr avec son unité, quelque part au sud de Lwow en Pologne. Sa division, le Grossdeutschland, avait tenté en vain de percer en direction de Vinnitza. Après l'échec de la contre-offensive, les Russes avaient rejeté les restes de la division au-delà des fleuves Bug et Dniestr. C'est en franchissant ce dernier sur des bacs de fortune, que le major von Becher et ses hommes avaient été pris à partie par une escadrille de Yaks. Le docteur avait eu tous les détails de sa fin par un des officiers de la division, grièvement blessé lui-même au cours de l'engagement, et qui avait été admis au Lazarett de Karlowitz, dans les faubourgs de Breslau. Il ajoutait qu'il était allé voir la baronne à Polgsen, que la vieille dame avait appris la nouvelle avec beaucoup de courage, mais qu'il l'avait trouvée très lasse, et subitement vieillie. Il conseillait à Jacques d'aller lui rendre visite, si toutefois ses obligations le lui permettaient.

Cette lettre datait déjà de quelques jours, mais Jacques, très pris par les répétitions d'un nouveau ballet que Bertolozzi voulait monter pour la fin du mois, n'avait pas encore trouvé un jour de liberté pour se rendre à Polgsen. Sur ces entrefaites il reçut à l'Opéra, dans les premiers jours de mai, une visite qui le bouleversa.

C'était un vendredi matin, quelques minutes avant la pause de midi. En compagnie de Danek, le Tchèque, qui avait réintégré le corps de ballet, son poignet guéri, Jacques travaillait dans un des studios avec le *Meister* italien, lorsqu'on le fit appeler au parloir. Dans le salon délabré, dont la porte était toujours aussi jalousement gardée par Otto, le vieil huissier somnolent, Jacques se trouva en présence de Nathalie. La jeune fille était assise dans un coin du grand canapé mural, les mains jointes sur ses genoux. Elle se leva à son approche, toute raide dans sa robe noire. Elle paraissait plus frêle encore que d'habitude. Dans son visage triangulaire qu'encadraient les longues mèches de cheveux blonds, ses yeux eurent un éclair étonné. Jacques était en tenue de travail : sur ses cuissards de grosse laine brune, il avait jeté à la hâte un manteau. Elle ne sourit pas, et il n'osa pas lui tendre la main.

— Je suis désolé, dit-il. J'ai appris... pour Wolfgang...

Un frémissement passa sur le visage de Nathalie.

— Ce n'est pas à cause de lui que je suis venue. Il s'est passé beaucoup de choses à Polgsen...

Jacques l'observait en silence. Que venait-elle lui annoncer d'autre ? Dans sa petite robe funèbre, elle était apparue au milieu de ce salon aux lambris décadents comme un oiseau de mauvais augure. Elle le regarda avec un air de défi :

— Votre ami a été repris.

— Cario ? Ils l'ont arrêté ?

— Il est mort.

— Mort ! murmura Jacques...

Mais le mot ne voulait rien dire. Un mot vide. Il passa une main dans ses cheveux que la sueur avait plaqués sur son front. Cario ne pouvait pas mourir. Pas lui.

— Ce n'est pas possible, dit-il.

Les yeux noirs de Nathalie ne cillèrent même pas, dardant sur Jacques la fixité implacable de leurs prunelles.

— Matzka aussi est mort !

Jacques respira profondément. Les mots pénétraient peu à peu dans sa chair, comme des couteaux. Il aurait voulu les détourner de lui. Les refuser. Il secoua la tête avec rage, et tournant le dos à Nathalie, se mit à marcher de long en large. Ses chaussons ne faisaient presque pas de bruit sur le parquet nu. Sur une console, la grosse pendule aux angelots de bronze tinta, égrenant les douze coups de midi.

— Granny est tombée très malade, dit Nathalie avec une petite voix. Elle veut que je m'en aille, que je quitte Polgsen, et que je me réfugie chez sa sœur en Bavière... Mais je ne veux pas la laisser...

Jacques la saisit par le bras.

— Nathalie, cria-t-il en la secouant, que s'est-il passé ?

Elle se dégagea. Son visage pâle se crispa, et Jacques crut qu'elle allait pleurer.

— Je vous en prie ! dit-il.

Elle le toisa, une lueur méchante dans le regard.

— C'est votre faute! — Elle se détourna et frappa le sol du pied avec colère. — Sans vous, ce ne serait jamais arrivé...

Ses épaules furent secouées d'un frisson, et elle se tut.

Il y eut un silence. « C'est votre faute! » La phrase de Nathalie revenait sans fin, se vrillait dans sa tête. Jacques agrippa la jeune fille aux épaules et l'obligea à le regarder.

— Vous pensez vraiment ce que vous dites ?

Elle agita la tête de droite et de gauche comme si elle avait voulu en chasser une vision trop pénible.

— Je ne sais pas, dit-elle. Je ne sais plus...

Mais Jacques ne la lâchait pas. Ses mains se crispèrent sur les épaules menues.

— Ne serait-ce pas plutôt votre faute? demanda-t-il hors de lui. C'est vous qui l'avez dénoncé ! Avouez-le ! Mais avouez-le donc !

Nathalie le repoussa avec une violence dont on ne l'aurait pas crue capable. Elle croisa les mains sur son visage, et son corps tout entier fut secoué de sanglots.

— Je vous hais ! Je vous hais ! dit-elle entre deux hoquets. Vous ne comprenez rien !

— Venez ! dit Jacques, en l'attirant vers le canapé. Il regrettait son emportement. Il avait eu tort. Ses soupçons étaient abominables. Il ne savait pas pourquoi il s'était laissé aller ainsi à la colère, à dire ces choses. Peut-être était-ce parce qu'il était malheureux, que c'était insupportable d'avoir de la peine à ce point.

— ... Venez, Nathalie.

Il la poussa sur la banquette. Elle demeura un instant blottie contre lui, sanglotant, le visage au creux de son épaule.

Jacques s'était relevé. Il se remit à marcher, les poings serrés dans ses poches.

— Dites-moi ce qui s'est passé, Nathalie... S'il vous plaît !

— C'était affreux ! dit-elle. Je n'aurais jamais pensé que de telles choses pussent arriver... ! — Elle frissonna, le regard dans le vide. — C'était lundi dernier, commença-t-elle...

Jacques cessa de déambuler, et s'adossa au mur.

— ... Huit jours plus tôt nous avions reçu la nouvelle de la mort de Wolfgang. Le dimanche, Granny et moi, nous étions allées au village assister à une messe pour la mémoire de mon oncle. Il pleuvait beaucoup. Dans la carriole, Granny a attrapé froid. Le lendemain elle s'est alitée avec de la fièvre. Un peu après midi, des hommes arrivèrent de Wolhau, deux civils avec des *Feldgendarmes*. Les civils étaient des policiers de Liegnitz. Ils réclamèrent les papiers des étrangers employés sur la propriété et dans les fermes environnantes : les *Feldgendarmes* se tenaient. à la porte tandis que les civils interrogeaient ma grand-mère. J'étais restée au salon : je fis appeler Matzka. Nous fournîmes aux policiers les papiers qu'ils voulaient, et ils les épluchèrent longuement. Granny leur demanda la raison de ce contrôle. « Nous recherchons un Français, dirent-ils. Il se cache dans la région. Nous savons qu'il est ici ! » D'après ce qu'ils expliquèrent, l'homme était un dangereux meurtrier, coupable en outre de vols nombreux et de pillages dans les entrepôts de ravitaillement de la *Wehrmacht* entre Liegnitz et Breslau. Nous avions bien compris, tous, de qui il s'agissait. Eux aussi. Ils demandèrent à Matzka d'aller chercher le dénommé Lucas — ou Cario —, votre ami. Matzka regarda grand-mère, quêtant son approbation. Il n'avait jamais pris d'ordres de personne d'autre, excepté de grand-papa dont il avait été l'ordonnance pendant l'autre guerre. Alors les policiers le frappèrent et lui ordonnèrent de ramener le Français. Matzka parti, les policiers s'installèrent comme chez eux, se prélassant dans les fauteuils du salon sans aucun égard pour Granny. Ils nous racontèrent une horrible histoire. Un vieil homme du nom de Lange, des services de la Police de

Liegnitz, avait été torturé puis battu à mort le lendemain de l'arrestation d'un Français qui habitait la même maison que lui. On avait retrouvé le vieillard sur son lit, le visage écrasé, la bouche pleine de pommes de terre. Mort. L'autre Français habitant la maison, le coupable, avait réussi à s'enfuir...

— Mon Dieu ! fit Jacques...

— Tout cela, vous ne l'aviez pas dit à Granny ! remarqua Nathalie, le visage dur.

— Je n'en savais rien, murmura-t-il...

Ainsi Cario avait tué le vieux Job. Il lui avait fait bouffer les pommes de terre !... Cette obsession de la vengeance ! Il ne connaissait donc qu'une loi, Cario, celle du talion : œil pour œil, vie pour vie ! Après Robin liquidé sur la voie ferrée d'Ofener, Lange le donneur avait payé pour Vitaly. Deux meurtres, pour du charbon, et quelques patates !...

— Je ne savais pas, répéta Jacques.

Il baissa la tête, décontenancé. Pourquoi Cario ne lui avait-il pas dit la vérité ?

— Plus tard, Matzka est revenu de Klobschen, reprit la jeune fille. Seul. Il n'avait pas trouvé le Français. Je n'ai pas su s'il n'avait pas voulu le trouver, ou si votre ami s'était caché. Les policiers devinrent furieux. De nouveau ils frappèrent Matzka, avec leurs poings bagués, lui arrachant des lambeaux de peau sur la figure. Puis ils l'emmenèrent. Je fus enfermée dans la chambre de Granny. Nous n'avions pas le droit de sortir tant qu'on n'aurait pas retrouvé Lucas. Ils avaient décidé de partir eux-mêmes à sa recherche, et comptaient sur Matzka pour les emmener jusqu'à lui...

Nathalie passa une main sur son visage. Ses épaules tremblaient.

— Granny ne disait rien. Elle était couchée, la tête enfoncée dans les coussins. Ses yeux étaient brillants de fièvre. J'ai compris qu'elle était très malade parce qu'elle ne parlait pas. Elle avait l'air absent. J'entendis qu'ils questionnaient Matzka dans le salon, et le frappaient. Malgré moi j'écoutais. Je ne comprenais pas ce qu'ils disaient, mais leurs vociférations arrivaient jusqu'à nous, suivies de coups sourds, de chute de meubles. Cela dura longtemps. J'avais fini par me mettre les mains sur les oreilles pour ne plus entendre. Puis il y eut un hurlement, interminable, qui nous glaça le sang, suivi d'un long silence. Granny pleurait. Je ne l'avais jamais vue pleurer, même pas pour la mort de papa, ou de Wolfgang... Je me suis mise à crier. Je me précipitai sur la porte comme une folle, mais elle était fermée à clé. C'est alors que je les ai aperçus, par la fenêtre. Ils poussaient Matzka devant eux, à coups de genoux, de crosses de fusil, les deux gendarmes et les civils. Je vis qu'ils lui avaient crevé un œil...

Nathalie serra ses mains l'une contre l'autre. Une crispation douloureuse déforma son visage qui était devenu gris comme celui d'une vieille femme. Jacques quitta le mur contre lequel il s'adossait, et vint s'asseoir à l'autre bout du canapé. Il n'osait pas lui parler, ni la toucher. Un malaise le gagnait, doublé d'angoisse. Il espérait que la jeune fille aurait le courage d'aller jusqu'au bout de son récit, et en même temps il avait peur de l'entendre.

— Après ? demanda-t-il.

Nathalie desserra ses mains et les posa sur ses genoux. Son regard, morne, fixait le bout de ses souliers.

— Le reste, je ne l'ai appris que plus tard, par les gens de Klobschen, et par les cheminots...

La pendule de bronze sonna la demie. Les nerfs tendus, Jacques écoutait la petite voix un peu haute égrener sur un ton monocorde la suite du cauchemar. Dans ce parloir aux murs jaunis, aux tapisseries déteintes, il eut l'impression que le temps s'était arrêté, qu'il n'irait jamais plus de l'avant. Tout s'était terminé là-bas, dans les marais de Klobschen, absurdement comme tout ce qui se termine, près de cette cabane où Cario avait habité avec les autres bûcherons. Puis plus tard, des heures et des heures plus tard, sur ce quai d'une gare de Katowice... Oh Cario ! Cario ! Qui étais-tu ? Cario des chantiers de Nantes, mon copain d'Ofener, l'assassin de Liegnitz ? Tu n'as pas tué Robin, ni le vieux Lange. Tu n'étais pas non plus mon ami. Nous n'avions rien ensemble, rien à partager, même pas ce putain d'exil qui nous séparait tout le temps. Et maintenant tu es mort, et je t'en veux davantage d'être mort que de tout le reste. Je sais à présent comment cela s'est passé, Cario — la mort c'est sale et poussiéreux — et je vais te tourner le dos, te dire adieu. Je ne peux pas aller te chercher là où tu es. Nous ne sommes plus copains, toi et moi. Quand même, Cario, sache-le, je suis content que tu sois mort comme ça. Ils ne t'ont pas eu, tu étais plus malin. Ils n'ont tué qu'un inconnu...

Oui, je sais maintenant comment cela c'est passé. Personne ne connaît la vérité. Les paysans ont peur, ils sont muets. Les cheminots s'en foutent. Matzka est mort. Même Nathalie ne peut pas imaginer. Elle n'aimait pas Cario. Elle le haïssait. Maintenant, je ne sais plus, elle en parle autrement...

Cario court à travers bois. A droite le hameau de Klobschen, à gauche les marais. Au-delà, l'inconnu, la Pologne. Il sait que les autres vont venir, qu'ils vont alerter les paysans, lancer des chiens à ses trousses. Mais il a déjà fui si souvent ! Il débouche de la forêt, et fonce vers les marais. Des bandes d'oiseaux sauvages se lèvent sous ses pas, des pluviers d'eau, des sarcelles, des courlis à long bec, une multitude d'oiseaux criards que le bruit de ses godillots pataugeant dans les roseaux fait fuir à tire-d'aile. Mais Cario ne connaît pas le marais. C'est plein de pièges, de trous d'eau qu'on ne voit pas, de vase. Il sait qu'il y a des chemins de terre en plein marécage que les chasseurs du pays empruntent parfois pour aller de Klobschen à Vinya, mais il en ignore le tracé. Alors il avance au petit bonheur. Bientôt les roseaux ne forment plus que des îlots au milieu de la vase, les trous d'eau se font plus profonds. Cario n'avance plus. Ses pieds ne s'arrachent qu'avec peine à la boue sournoise. Il s'enfonce. Au premier aboiement de chien, il comprend qu'il sera pris. Puis ce sont les voix d'hommes, là-bas, à la lisière de la forêt. Elles se rapprochent très vite. Celui qui les conduit connaît bien le marais. Cario ne bouge plus. Il a de l'eau jusqu'à mi-cuisses. A travers les roseaux il voit scintiller les canons des fusils, il distingue le gris-vert des uniformes. Ils sont tout près maintenant, et le cernent. Il a le temps de reconnaître le vieux Matzka, son visage sanguinolent, qui a l'air de marcher sur l'étang, suivi des *Schupo* et de deux hommes en civil. Puis, dans un grand éclaboussement d'eau, les chiens sont sur lui et le déchirent...

Quand il revient à lui, Cario est assis par terre, contre un mur qui doit être celui d'une maison de Klobschen. Son cou et ses oreilles saignent. Il a des menottes aux poignets, et ses vêtements sont en lambeaux, maculés de boue et de sang. La première chose qu'il voit c'est le trou dans la terre, un trou de terre fraîche, que l'on vient de creuser. Puis il voit les bottes, quatre bottes. Son regard remonte le long du drap *grüngrau*, jusqu'au col à parements noirs, la plaque de métal en demi-lune. Il aperçoit sous le casque la face ricanante, et pousse un cri de douleur. L'homme vient de le frapper au visage avec la crosse de son fusil. « *Aufstehen ! Los ! Los !* » Cario est debout. Il a l'arête du nez brisée, et la douleur, fulgurante, lui fouille le cerveau. Du canon de son arme, l'autre le pousse vers le mur. Cario comprend. Une rage folle s'empare de lui et le fait frissonner. Il jette un regard autour de lui — cela prend une fraction de seconde — un regard en dessous, chargé de désespoir et de haine. Dans un rayon de cinquante mètres il n'y a personne d'autre que les deux feldgendarmes qui ont fait un pas en arrière, et manipulent la culasse de leurs fusils. Beaucoup plus loin sur la droite, Cario croit reconnaître les deux policiers en civil qui s'éloignent, encadrant une silhouette aux cheveux blancs. A gauche, personne. La forêt.

Cario a bondi. C'est une bête sauvage, ivre de peur, qui s'est jetée en avant. Ses poignets enchaînés s'écrasent avec un bruit mou sur les dents du premier des gendarmes, le ricaneur et les font éclater comme une grenade mûre éparpillant ses pépins. L'homme s'abat en arrière en hurlant. Cario s'est retourné vers le second gendarme, et ses mains ont saisi par le canon le fusil pointé vers lui ; avec une force irrésistible, elles l'arrachent à son propriétaire. Dans un sifflement d'air, l'arme décrit un moulinet, et s'abat avec une telle violence sur le visage du soldat qu'elle se brise net au ras de la crosse. Cario entend les os craquer sous le casque. Une grande tache rouge l'éclabousse de sang. L'homme s'est affalé sans un cri. Cario a enjambé le corps à ses pieds, et s'est mis à courir. Il détale comme un fou, à travers prés et chemins, vers la forêt proche. Dans ses oreilles sifflantes, il entend des appels, là-bas, du côté du village, puis des cris, des coups de sifflets. Des détonations claquent, l'une après l'autre, de plus en plus nourries. Cario ne s'est pas retourné. Il court en zigzags dans l'herbe rase des champs, la tête dans les épaules, ses mains enserrées par les menottes jointes devant lui en un geste ridicule de prière. A droite et à gauche des mottes de terre se soulèvent sous l'impact des balles, et crachent des petits nuages de poussière. Il court, la tête en feu, roulant des épaules à cause de ses poignets liés, et fait des crochets comme un lièvre poursuivi par les rabatteurs. Il a atteint l'orée de la forêt et fonce sous bois, droit devant lui. Les coups de feu se sont espacés, puis cessent. De loin lui parviennent les aboiements des chiens. Il ne faut pas s'arrêter de courir. Il ne pourra plus jamais s'arrêter...

Combien d'heures a-t-il marché ? Pendant combien de kilomètres, toujours sous le couvert des arbres, avant de rejoindre la voie ferrée ? Il ne sait plus. Ses jambes tremblent d'épuisement, et il a très mal à l'endroit où le soldat l'a frappé lui enfonçant le crâne à la naissance du nez. De temps en temps la douleur lui jette des éclairs dans la tête, et il a peur de perdre connaissance. La nuit est tombée depuis très longtemps, et il lui semble qu'il y a des années qu'il est là, blotti sous ce wagon de marchandises, dans la petite gare déserte de Leuthen. Toute la nuit, contre le montant d'acier d'un essieu, il a limé la chaîne qui réunit ses menottes. Dans le silence cela faisait un bruit irritant. Il s'arrêtait pour écouter, et reposer ses bras fatigués, et scrutait en vain l'obscurité épaisse. L'instant d'après le lent travail d'usure reprenait.

Puis le jour s'est levé, gris, sale, avec des traînées de brume accrochées aux flancs des sapins, le long du bois. Cario a les poignets en sang, des bouts de peau adhèrent aux deux cercles d'acier — mais il s'en moque ; il ne sent plus rien d'autre que cette douleur à la tête qui le rend fou. Dans un ultime effort, Cario réussit à briser la chaîne. Elle casse net en son milieu. Il agite ses bras libres, et un sourire de triomphe desserre ses lèvres tuméfiées. La brume de l'aube s'est dissipée. Un pâle soleil éclaire les cailloux du remblai, les touffes d'herbe entre les traverses, fait étinceler les rails. Cario risque un œil hors de sa cachette. Dans la gare aux murs crépis à la chaux il n'y a pas âme qui vive. Au-dessus de lui, sur la tôle grise du wagon, il déchiffre des noms de villes, Krakow, Katowice, Dresden, Leipzig. L'Ouest... Si ce train pouvait s'en aller ! Il tâtonne le long des wagons fermés à la recherche d'une porte coulissante, lorsque des bruits de voix lui parviennent de la gare ; il se glisse à nouveau sous le train. Pour qu'on ne l'aperçoive pas de l'extérieur, il se hisse, à la force des bras, entre l'essieu et le plancher d'un wagon.

Des heures passent, une éternité. Il entend les cheminots piétiner autour du convoi, ouvrir et refermer des portes de fer, vérifier des attaches. Les appels des hommes, les coups de marteau, résonnent longtemps dans sa tête, puis s'estompent. Il s'endort, et rêve que le train part. Des crampes le réveillent au moment où il va se laisser choir sur le ballast. De toutes ses forces il se cramponne. Pour ne pas s'assoupir, du bout de ses doigts gourds agrippés à l'essieu, il frappe à petits coups son nez blessé dont l'enflure gagne ses paupières, lui obscurcit la vue. La douleur le tient éveillé, mais ses lèvres sont gonflées de sang, et il respire avec peine.

C'est dans une demi-inconscience qu'il entend le coup de sifflet. Puis le wagon sursaute, et le train s'ébranle. Sous lui, une à une, Cario voit les traverses passer, se multiplier, se jeter les unes sur les autres. Tout se confond, bois, boulons, caillasse. Il ferme les yeux. Ses avant-bras, ses cuisses, ses mollets, enserrent la barre d'acier. Il enfonce sa tête dans ses épaules pour ne pas heurter la tôle du plancher qui trépide au-dessus de son crâne. Le hurlement du vent, le fracas des roues sur les rails, mille crissements de ferraille déchirent ses tympans. Le train roule, il s'enfuit. Cario ne sait pas vers où, mais il y va à une allure vertigineuse, et la terre sous lui se dérobe comme un ruban fou. Il ne se demande pas si sa tête ne va pas éclater, si ses bras, si ses muscles, tiendront, ni jusqu'où, ni jusqu'à quand. Il est coulé lui-même dans l'acier de l'essieu, et où le train ira, il ira. Ses lèvres qui tressautent sur la barre, bavent de l'huile et du sang. Elles répètent tout bas les mêmes mots, indéfiniment, et ni l'assourdissante clameur du train, ni sa blessure, ni la fatigue, ne les feront plus jamais taire : « Je suis libre... Je suis libre... Je suis libre... Je suis libre... »

C'est seulement le lendemain que les cheminots l'ont retrouvé, à trois cents kilomètres de Leuthen, dans une gare des faubourgs de Katowice, en Silésie orientale. Couché sur le ballast entre les roues d'un wagon, la face contre terre, il était mort. Ils le retournèrent. Son visage, souillé de poussière et de sang, était très enflé, ses bras et ses jambes déjà raides. Ils virent les poignets déchiquetés par les menottes, la chaîne brisée. Ils jetèrent son corps sur le remblai et alertèrent la Police. Les *Feldgendarmes* fouillèrent le cadavre, mais il n'avait pas de papiers, alors ils donnèrent l'ordre aux cheminots de faire un trou et de l'enterrer. Les convoyeurs du train creusèrent une fosse sur place, et Cario fut enseveli près de la voie ferrée. Les cheminots de Leuthen apprirent la nouvelle par ceux de Katowice. Les paysans ne sont pas bavards, pourtant ils savent toujours tout. De Klobschen à Vinya, de Wolhau à Polgsen, le lendemain du même jour, personne n'ignora comment était mort le bûcheron français de la baronne.

— Il était fou, dit Nathalie... — Elle ajouta, comme à regret — : Il avait du courage !

Jacques se leva et s'approcha de la fenêtre. Ecartant les rideaux, il resta un long moment à regarder marcher les passants dans la rue. Les arbres de la *Schweidnitzer Allée,* des marronniers, commençaient à fleurir ; un soleil printanier jouait dans les branches.

— Et Matzka ? demanda-t-il en se retournant.

— Quand votre ami s'est enfui, les policiers de Liegnitz l'ont abattu. — Le visage de Nathalie reprit son air dur. — Ils l'ont laissé là, dit-elle. Je suis allée le chercher. Avec des paysans, nous l'avons mis sur une charrette et nous l'avons ramené à Polgsen. Il y avait quarante ans qu'il était chez nous...

Elle était assise, toute droite sur son canapé, les mains sur les genoux. Dans sa robe de laine noire montante qui amincissait encore sa silhouette, elle avait l'air d'une petite fille très sage.

— Je ne leur pardonnerai jamais ce qu'ils ont fait ! dit-elle d'une voix sourde. Jamais !

Jacques s'approcha et la prit par la main. Elle se laissa faire. Il l'attira vers lui, et l'embrassa sur la joue.

CHAPITRE XXXIV

Enveloppée de châles, un plaid sur les genoux, Pauline von Becher était assise au fond d'un fauteuil de velours sombre à oreilles qui faisait ressortir la pâleur de son visage. Ses mains, aux doigts transparents, à la peau couverte de taches de son, jouaient avec les franges du plaid.

Jacques avait attiré une chaise auprès d'elle et observait la vieille dame à la dérobée. Une lampe à abat-jour de soie plissée, posée sur un guéridon proche, jetait sur les murs des ombres douces. Malgré cette lumière tamisée, Jacques remarqua le tremblement des mains et, sous le ruban noir un peu lâche, le décharnement du cou. Il lui sembla que les cheveux de la baronne étaient moins blancs que lors de sa dernière visite, ses yeux moins bleus.

— Je suis contente que vous soyez venu, mon petit. Vous me manquiez...

Toujours la même voix, légèrement fêlée. On n'y décelait pas de tristesse ; elle était juste un peu grelottante, amicale, avec un soupçon d'ironie. La baronne se redressa sur ses oreillers :

— J'avais très envie de vous voir, de vous regarder. Vous avez une mine de papier mâché, mais vous êtes très joli garçon quand même !... — Elle agita la main. — Tut ! Tut ! Laissez-moi dire ! Wolfgang aussi vous avait trouvé sympathique.

— Madame, je suis si triste pour votre fils...

— Venez là ! Et taisez-vous !... Ecoutez-moi plutôt, mon petit danseur !

Jacques rapprocha sa chaise. Il n'aimait pas les vieilles gens, d'habitude. Elles ont une drôle d'odeur aigrelette, un peu écœurante, une odeur de placard, de médicaments, ou d'église. Mais pas Pauline von Becher. Elle sentait le savon, la poudre de riz, ces herbes qu'on met dans les armoires entre les draps. Elle était vieille, mais comme les maisons sont vieilles, avec des odeurs rassurantes.

— Au sujet de ce qui s'est passé ici, dit-elle, je voudrais... Comment dire?... Que vous n'ayez pas trop de peine. Ni de regrets... Ce qui est arrivé à Matzka, et à votre ami, personne ne peut se le reprocher.

— Je l'avais amené... dit Jacques.

Elle l'interrompit de la main :

— Nous avons essayé de faire ce qu'il fallait faire, vous et moi. Cela n'a pas réussi. Quelquefois on ne peut rien contre le malheur... Je voudrais que vous me fassiez une promesse !

Jacques leva les yeux vers elle.

— Celle de ne pas regretter notre geste. Ce ne serait pas gentil pour moi !

— Je vous le promets, dit-il.

La baronne posa une main sur son bras.

— C'est bien ! C'est bien !... Attendez, ne vous éloignez pas. J'ai encore d'autres choses à vous demander. — Un éclair de gaieté traversa son regard. — C'est étrange, voyez-vous, j'ai l'impression que nous sommes un peu pareils, tous les deux. Moitié soldat, moitié danseur. Nous ferons toujours la guerre à la guerre. Cette gourmandise de vivre, je la connais bien; votre âge, je l'ai toujours eu. J'aime que l'on soit égoïste...

Un petit trou pour Cario en terre polonaise, au bord d'une voie ferrée, avec des trains qui passeraient tout le temps au-dessus de lui, des trains pleins de charbon et de pommes de terre. Où pouvait-il être, sinon dans un trou comme celui-là, remué, trépidant, jamais fermé ? Un peu de terre aussi pour Matzka le taciturne, dans un coin de ce domaine qu'il avait servi quarante ans et qui bientôt ne serait plus à personne. « Je vais les oublier. Comment est-ce possible ? C'étaient de vrais hommes, ils faisaient bien ce qu'ils faisaient. Non, je n'aime ni les soldats, ni les danseurs. Je préférais ceux-là. Cario, Matzka, je ne reviendrai jamais. J'ai fait tout ce que j'ai pu : nous ne nous ressemblions pas... »

— Je crois que je vais bientôt rentrer en France, dit Jacques.

— Comment cela ? Ils vous laisseront... ?

Jacques lui conta ses démarches, les deux certificats obtenus, l'expérience qu'il allait tenter la semaine suivante devant les médecins de la Police. Il ne lui parla pas de Gerda.

— Oh, que je suis contente ! — La vieille dame ferma les yeux à demi. Sa voix n'était plus qu'un murmure. — Partez ! Partez ! quand il en est encore temps ! Cette terre, mon pays, est devenue inamicale et maudite. Un jour elle vous aurait piégé, comme les autres, comme tous les autres, les soldats, les Juifs, les étrangers, nous-mêmes... Vous n'êtes pas d'ici, allez-vous-en !

— Mais vous ? demanda Jacques.

Elle rouvrit les yeux.

— C'est de Nathalie que je voulais aussi vous parler, dit-elle, ignorant la question. Je l'envoie à Munich, chez ma sœur. Elle partira à la fin du mois. Elle ne veut pas, elle résiste. Mais je n'ai pas besoin d'elle ici...

— Pourquoi n'iriez-vous pas aussi à Munich ?

La baronne secoua la tête.

— Non, pas moi.

— Pourquoi ? insista Jacques. Elle serait à l'abri, mais près de vous.

— Non. Je n'en ai pas envie... Voyez-vous, mon petit, je n'en ai plus pour très longtemps. Non, non, ne protestez pas ! Quand on arrive à mon âge, on sait très bien ces choses-là. On sait qu'on est parvenu au bout de la route quand on pense qu'il n'y a plus rien à découvrir derrière le prochain tournant. La mort, pour une vieille femme comme moi, ce n'est pas autre chose : perdre sa curiosité. C'est tout simple, croyez-moi. Ce n'est pas triste...

Jacques ne dit rien. Il regardait le visage exsangue, les yeux profondément enfoncés sous leurs arcades, la bouche cernée de rides minuscules qui se ratatinait sur le masque. « La mort de Wolfgang l'a tuée », pensa-t-il.

— J'ai eu une jeunesse un peu folle, continua-t-elle, un mari, des enfants, deux guerres, mais, tout compte fait, une vie merveilleuse. J'ai été belle, puis très heureuse. Une femme peut-elle en demander davantage ? Par la suite la vie m'a ôté peu à peu ce qu'elle m'avait donné. Je ne suis pas amère. Simplement lasse...

La vieille dame posa une main hésistante sur l'épaule de Jacques.

— Vous, vous pourriez décider Nathalie à m'obéir.

— Moi ?

— Nathalie vous écoutera.

— Je ne crois pas, dit Jacques. Elle ne m'aime pas beaucoup.

— Vous vous trompez ! — Un sourire plissa ses joues parcheminées. — Ah, les hommes ! Ils ne voient jamais rien ! De mon temps, c'était pareil : j'étais déjà obligée de tout leur expliquer! Croyez-vous, ajouta-t-elle, que ce soit moi qui lui aie demandé d'aller vous voir à l'Opéra, l'autre jour ?

Jacques lui jeta un regard étonné.

— J'aurais cru...

— Pensez-vous ! Elle n'a même pas demandé mon avis. Elle a pris le premier train pour Breslau, et elle est partie en m'expliquant qu'il ne fallait pas que vous appreniez la mort de votre ami n'importe comment... Elle avait raison. J'aurais fait la même chose.

La baronne sourit. Son corps se tassa dans le fauteuil, et elle laissa aller sa tête sur les coussins.

— N'ai-je pas une étrange famille ? murmura-t-elle. Deux ombres, un petit Basque, une Silésienne...

Sa main chercha celle de Jacques.

— Je suis une vieille princesse de votre enfance, et je rentre chez moi... Je vous aime bien, vous ressemblez à ma jeunesse...

Elle avait fermé les yeux. Jacques regarda le visage très blanc, aux narines un peu pincées, qui reposait sans poids sur l'oreiller. Il lui trouva l'air paisible.

Jacques quitta Polgsen le lendemain. Nathalie le raccompagna jusqu'à la gare de Wolhau, dans la carriole à trois arceaux tendus d'une bâche verte qui ressemblait à une troïka, celle-là même dans laquelle Matzka l'avait emmené la première fois. La jeune fille tenait les rênes. De temps en temps elle les faisait claquer sur la croupe du cheval qui trottinait sans hâte, les oreilles frissonnantes. La route poudroyait sous les grands sapins, soulevant derrière l'attelage un nuage de poussière crayeuse. Une odeur de résine, de jeunes pousses, de mousse printanière, flottait dans la pénombre du sous-bois. « Je ne reviendrai plus », pensa Jacques. Il regardait la route avec curiosité, comme un paysage condamné à disparaître. Il se demanda ce qu'évoquerait pour lui, plus tard, la Silésie : la grisaille du camp d'Ofener, des bruits d'usine, l'Opéra, ou cette route en forêt qu'il avait prise un jour par hasard, qui ne menait pas seulement à Polgsen, mais d'une certaine façon, le ramenait chez lui. On se souvient de ce qu'on veut...

Il alluma une cigarette, et jeta un regard vers sa voisine. Sous la toque de fourrure, le profil, très pur, était celui d'un cocher de quinze ans, à l'œil oblique, dont les cheveux d'or flottaient au vent de la course.

— Laissez-moi conduire, dit-il.

— Non. Vous ne savez pas. — Elle fronça les sourcils. — Vous ne devriez pas fumer, dit-elle. Vous toussez.

Il se mit à rire.

— Vous parlez toujours comme un soldat, ou une infirmière. Je fume exprès...

Il lui fit part de son départ prochain, de ses démêlés avec les docteurs, avec la Police.

— Je pars avec une femme, ajouta-t-il, comme pour ajouter plus de poids à ses confidences.

Elle le regarda, étonnée :

— Pourquoi me dites-vous cela ?

— Je ne sais pas, fit-il, gêné. Vous n'aviez pas l'air de me croire.

— Cela m'est bien égal, dit-elle. — Brusquement elle se retourna et lui tendit les rênes. — Tenez ! prenez-les, puisque vous les voulez !

Il saisit dans ses doigts les lanières de cuir, et essaya de les tenir comme il l'avait vu faire à la jeune fille. Le trot du cheval devint irrégulier.

— Ce n'est pas si facile, dit-elle. La main basse, le poignet souple... Vous voyez, il sait très bien qui le dirige !

Jacques se mordit la lèvre. Penché en avant sur son siège, il essaya de laisser aller ses bras.

— Alors, je ne vous verrai plus ? demanda Nathalie.

— Vous êtes contente ?

Elle le regarda sans sourire.

— Non. Plus maintenant. Donnez ! — Elle reprit les rênes dans ses mains. — Vous n'avez pas l'habitude !... Avant, je vous détestais, ajouta-t-elle.

— Je sais, ça se voyait. Pourquoi ?

— Je ne me rappelle pas très bien. Vous étiez Français. J'avais l'impression que vous me voliez quelque chose, que c'était votre faute si la guerre n'allait pas bien. Vous habitiez la chambre de papa. Granny vous trouvait drôle...

— Et maintenant ?

Nathalie pouffa de rire et mit une main devant sa bouche.

— Granny m'a raconté une histoire. Elle m'a dit que la première fois qu'elle avait détesté un garçon, elle avait pleuré quand il était parti. Moi, je ne veux pas être triste.

— Personne, dit Jacques.

Elle fixa la route devant elle, l'air appliqué.

— Vous partirez quand ?

— Bientôt... — Il lui jeta un bref regard. — Pas pour longtemps, Nathalie. Je reviendrai...

Ce n'était pas vrai. Il ne reviendrait pas, ou seulement beaucoup plus tard, après la guerre, quand il serait un homme, et qu'elle serait grande.

Ils ne dirent plus rien jusqu'à Wolhau. La gare était presque déserte. Quelques soldats aux capotes poussiéreuses, attendaient le train, affalés sur des bancs, leur fusil entre les jambes. Quand la locomotive entra en gare, soufflant devant elle des panaches de fumée, Jacques se pencha vers l'oreille de la jeune fille, hurlant dans le fracas des roues : « Au revoir, Nathalie ! » Il lui serra la main, et grimpa dans le premier wagon. Le train repartit très vite. Sur le quai jonché de papiers sales, de détritus, Nathalie resta seule, silhouette attentive et très blonde. De la portière, Jacques agita la main. Au passage, elle lui cria quelque chose qu'il n'entendit pas. Elle avait les yeux brillants, et pour une fois son regard était sans colère.

En rentrant à Breslau, Jacques trouva chez Sonine un mot de Gerda et deux notes officielles. L'une émanait des services médicaux de l'*Arbeitspolizei* et le convoquant pour le lendemain 12 mai. L'autre, plus inquiétante, portait le sceau de la Gestapo, et lui intimait l'ordre de se présenter également le lendemain au service des *Ausländische Politische Gefangene* pour vérification d'identité.

— Vérification, des prunes ! grommela Jacques en froissant le papier avec humeur. Je n'irai pas !

Sonine ramassa la convocation, la déplia et la lut. Son œil se fit interrogateur.

— Si j'arrive à couillonner les toubibs demain, dit Jacques, si je passe cet examen, ces salopards de flics n'auront plus besoin de rien vérifier. Je serai parti !

Il se jeta sur son lit et décacheta la lettre de Gerda. *Ne viens pas ce soir, lut-il. Je suis surveillée. Je passerai te voir tout à l'heure, si je peux. Je suis inquiète : « Qui tu sais » a encore fait des siennes... !*

— Allons bon ! grogna Jacques, voilà que ça recommence ! — Il tendit la lettre à Sonine. — Wenger ! aboya-t-il. Toujours lui ! Je le croyais mort, ou calmé. Penses-tu, il remet ça !

Il assena un coup de poing sur la table qui fit sursauter Kubelik. Le visage mal réveillé, sa tignasse carotte en broussailles, l'Ukrainien vint aux nouvelles.

— Merde et merde ! hurlait Jacques. Ce serait trop bête à présent ! Juste au moment où j'allais leur tirer ma révérence !

— Ne t'excite pas comme ça, dit Sonine. Peut-être Gerda s'inquiète-t-elle à tort.

— Et ça ? cria Jacques. — Il arracha le pli des mains de Sonine. — Qu'est-ce que tu crois que c'est ? D'où imagines-tu que ça vienne, sinon de cette pourriture de Wenger ?

— Vérification... articula Kubelik qui lisait pardessus l'épaule de Jacques.

— Vérification ! Vérification ! — Jacques secoua la tête avec accablement. — Ils ont de ces formules à la Gestapo !

— Les *SS*, ils ne vérifient bien que les morts! dit Kubelik.

Sonine lui jeta un regard impatient.

— Toi, si tu retournais dormir, hein ?

— Je disais ça comme ça...

On frappait à la porte.

— Voilà Gerda, dit Sonine. Il alla ouvrir.

— Bonsoir, mes amours, fit-elle. — Elle ôta son manteau et se laissa glisser sur le bord du lit. — Ouf ! C'est bon d'être ici ! — Ses yeux paraissaient las. — Dima, quand te décideras-tu à changer cette horrible lumière ?

Sonine regarda le plafond et prit un air coupable. L'ampoule qui s'y balançait laissait tomber sur les visages un éclairage impitoyable.

— Demain ! Craché, juré ! Demain même ! Que la Vierge de Kazan m'arrache la langue si je mens !

Il s'assit aux pieds de la jeune femme.

— Moujik ! donne-nous des verres !

— Jacques, murmura Gerda, tu es revenu...

Son regard devint rêveur. L'espace d'une seconde, elle parut absente :

— Je n'aime pas quand tu t'en vas...

— Je n'étais pas parti.

— Schnaps ! dit Kubelik, en posant devant eux la bouteille et les verres. Pour les bonjours, pour les adieux, toujours schnaps !

Il ramassa la guitare dans l'alcôve, et alla s'asseoir un peu plus loin. « *Musik, immer Musik !... Wein und Gesang !* » La tête inclinée sur les cordes, il écouta les premiers accords.

— Raconte, dit Jacques. Qu'est-ce qui s'est passé ?

Gerda hocha la tête. Deux rides barraient son front.

— Depuis quarante-huit heures, je suis sous surveillance. Il y a un policier en civil dans ma rue. Ce soir, j'ai réussi à le semer.

— Une idée de ton père ?

— Oui. Il a fait une enquête. Nous avons été dénoncés par des voisins qui ont dit que tu restais la nuit chez moi... Je l'ai su par Kühn, samedi. — Elle leva les yeux vers lui : — Tu vas être interrogé à la Gestapo !

— Je sais, dit Jacques. J'ai reçu la feuille. — Il se mit à marcher de long en large. — Il y a quelque chose que je ne comprends pas. Pourquoi me convoquer ?

S'ils veulent m'arrêter, ils peuvent le faire tous les jours à l'Opéra.

— C'est à cause de Kühn, je crois. Un directeur d'Opéra, c'est important ici. Lui aussi est du Parti. Mais il n'aime pas mon père.

— Une chance ! fit Jacques. Est-ce que ton père se doute que nous partons ensemble ?

Elle se mit à rire :

— Tu es fou, il nous tuerait !

— Tu crois qu'il est au courant de mes démarches ?

— Je ne pense pas. Il y a des cloisons si étanches entre les divers services. La preuve, tes deux convocations pour le même jour. Et puis ils ont tant de gens sur les bras en ce moment, à l'Arbeitsamt et à la Police, avec les sinistrés de Dresde, les réfugiés de Prusse et de Pologne ! Mais Kühn, lui, se doute de quelque chose.

— Ah ?

— Il m'a dit : « *Peterchen ist schwerkrank! Es steht nicht gut um ihn.* » S'il savait !...

— Je n'ai pas confiance, dit Jacques. Il nous aime bien, mais il est lâche.

— Ne dis pas cela, il t'a aidé.

Jacques haussa les épaules.

— Tant que je dansais, tant que j'étais en règle... Tu sais bien qu'il ne me défendra pas si la Gestapo me recherche !

Ils restèrent un moment silencieux. Sonine buvait son schnaps à petits coups, renversant la nuque en arrière d'un mouvement sec. Kubelik, lèvres fermées, fredonnait une vieille mélodie d'Ukraine. Jacques réfléchissait. Il avait peu de chance de réussir à présent. Tout dépendrait de cette radio, demain matin. Les autres certificats ne lui seraient d'aucune utilité sans le visa de la Police et le paraphe de Kühn. Au premier contrôle dans le train, il serait refoulé inexorablement. Et même si le truc du cacao marchait, et que les médecins de la Police le crussent vraiment à l'article de la mort, encore lui faudrait-il obtenir ce visa et cette signature le jour-même. Le moindre délai lui serait fatal : la Gestapo l'empêcherait de partir.

— Il faut que je m'en aille, dit Gerda en se levant. Tiens ! Je t'ai apporté le chocolat. Tu as une râpe, ici ?

Jacques fit signe que oui. Il jeta ses bras autour d'elle et la regarda. Elle était très pâle.

— Demain, sois ici vers sept heures. N'emporte rien, ou presque rien. La plus petite valise possible ! Et fais attention au flic dans ta rue...

— Et si tu n'es pas là ?

Jacques fit la grimace.

— C'est que ça n'aura pas marché.

Elle appuya son front contre le sien.

— Je ne veux pas qu'ils te prennent ! Je veux partir ave toi...

— Ils ne me prendront pas ! dit-il. Pas avant demain en tout cas ! Ce soir je ne coucherai pas ici.

Elle recula, effrayée :

— Où iras-tu ?

— J'irai à la gare. Il y a des bancs. Demain matin, il vaut mieux que j'aie une mine de déterré quand je verrai les docteurs.

— Il a raison, dit Sonine. Pendant ce temps, je vais lui préparer son cacao. Viens, moujik ! Prends la râpe. On va faire de la poudre fine, fine, pour les poumons pourris du petit Français ! — Une grimace tordit ses lèvres épaisses. — Si ce n'est pas malheureux, un si beau chocolat !

Jacques raccompagna Gerda jusqu'à la porte.

— Tu crois que tu réussiras ? demanda-t-elle.

— J'en suis sûr ! — Il l'embrassa sur le coin des lèvres. — Dors, mon amour, ne pense plus à rien. A midi, j'aurai mon *Urlaub* signé par la Police. Et tout de suite après, j'irai voir Kühn.

— Il faudra qu'il signe aussi ?

— Qu'il signe, et tamponne, et retamponne ! — Jacques rit nerveusement. — Les gendarmes et les douaniers n'auront jamais vu des *Papiere* aussi bien tamponnés !

— Tu as l'air bien sûr de Kühn !

— Il n'a aucune chance de s'en tirer ! dit Jacques en clignant de l'œil. Je l'ai déjà pratiqué, notre directeur ! Et puis, tu oublies qu'il ne sera pas mécontent de jouer un mauvais tour à ton père.

— Bien sûr de toi, aussi ! remarqua-t-elle.

— Oh moi !... — Jacques eut un geste évasif. Son visage redevint grave. — Je voudrais être à demain ! fit-il.

Un instant Gerda demeura sur le seuil, hésitante.

— J'aurais pu rester, attendre le jour avec toi. C'est peut-être notre dernière nuit à Breslau...

Il secoua la tête.

— Nous avons toute la vie. Ce ne serait pas prudent.

— A demain, Jacques.

Elle mit deux doigts sur ses lèvres et sortit. La porte, derrière elle, se referma sans bruit.

Jacques revint vers les Russes qui s'affairaient autour de la table.

— Au boulot ! dit-il. Passez-moi ce chocolat !

Il s'assit, et posa son front sur ses mains jointes. Non, en vérité il n'était sûr de rien !

CHAPITRE XXXV

Il était huit heures du soir le lendemain lorsque accompagnés par Sonine et Kubelik, Gerda et Jacques arrivèrent au *Hauptbahnhof*. L'air était doux. Depuis le matin il avait cessé de pleuvoir. Dans l'allée bordée de châtaigniers en bourgeons, flottait un parfum de printemps. La nuit était tombée, mais sur l'écran encore rose du ciel, au-dessus des maisons, les masses des arbres se découpaient comme de noires rosaces de dentelle.

Une grande animation régnait aux abords de la gare centrale, et les quatre jeunes gens mirent près d'une heure à atteindre le quai réservé aux trains en provenance de Varsovie. Devant les entrées principales s'agglutinaient des troupes de soldats avec tout leur équipement, qui rejoignaient leurs unités en partance pour le front. Un flot de réfugiés encombrait les salles d'attente. Ils s'étaient répandus au hasard parmi un amoncellement de bagages de fortune, de carrioles, de brouettes et de ballots divers, ou formaient d'interminables queues devant les portes donnant accès aux quais, où les gendarmes doublés de policiers en civil exerçaient un minutieux contrôle.

Son baluchon solidement accroché à ses épaules par deux courroies, la main de Gerda coincée dans la sienne, Jacques fendait la foule, les oreilles pleines du vacarme où les appels, les cris d'enfants, le cliquetis des armes, se mêlaient au grésillement des haut-parleurs et aux longs sifflements des trains. Près d'eux, noyés dans la masse amorphe des réfugiés, Kubelik et Sonine jouaient des coudes.

Jacques se retourna. Il serra plus fort la main de Gerda. Elle portait le manteau gris à capuchon dans lequel il l'avait vue pour la première fois, huit mois plus tôt, lorsqu'il était tombé sur elle dans une rue de Breslau et qu'elle l'avait aidé à pousser sa charrette de planches. Ses cheveux bruns flottaient en désordre hors du capuchon rabattu. Un sourire éclaira son visage crispé de fatigue, et elle répondit à Jacques par une pression de la main. Derrière elle, la petite valise de Gerda serrée sur son ventre, Kubelik avançait en roulant les épaules. Un petit garçon d'une dizaine d'années, coiffé d'une casquette trop grande et le visage sali de larmes, s'accrochait aux pans de sa veste, essayant de se frayer un chemin dans son sillage.

— Par ici ! cria Kubelik.

Dans le dédale des souterrains et des couloirs d'accès aux voies, ils suivirent le Russe qui connaissait bien la topographie des lieux pour avoir jadis travaillé aux Chemins de fer. Des bagages abandonnés jonchaient le sol un peu partout, et des valises éventrées répandaient leurs guenilles sous les pieds des passants, Roulés dans leurs manteaux, quelques vieux, épuisés, dormaient à même le sol.

Jacques se laissait guider, la main de Gerda toujours dans la sienne. « Attention ! Ne pas la perdre ! La foule a peur. Elle est méchante. Elle défait, dissout comme l'eau. Elle nous séparerait... » Ils avançaient coude à coude, sans se parler, courant presque. Une joie violente gonflait le cœur de Jacques ; ses lèvres tremblaient d'excitation ; il ne sentait plus sa fatigue. Ces trains de Pologne, combien de fois les avait-il entendus siffler la nuit, dans les baraquements d'Ofener ? A l'époque, certes, il ne servait à rien d'y penser ! Ces trains, il les entendait, mais c'était comme s'ils n'existaient pas. Ils roulaient dans son sommeil, convois fantômes qu'il ne prendrait jamais en marche. Interdits ! Il se souvint des trois pylônes dans la brume, quand ils attendaient, Cario et lui, accroupis sur le bord de la voie, près du camp, le train de Cracovie, pour y voler du charbon, et qu'il avait rêvé d'y monter. « Des conneries ! avait grogné Cario. Tu n'irais pas plus loin que Sagan ! » Tout avait commencé avec des trains et finirait de même, pour Cario et pour lui, comme si le train eût été le vrai symbole de la guerre, une sorte de trait d'union hurleur, métallique, incroyablement résistant, entre le passé et l'avenir, entre la vie et la mort.

— C'est là ! dit Kubelik.

Ils débouchèrent sur un quai mal éclairé au milieu de la gare. Au-dessus d'eux une verrière vétuste leur cachait le ciel. Sous la voûte, un grand écriteau indiquait « *Nach Dresden. Nach Leipzig* ». Jacques lâcha la main de Gerda, et vint s'adosser à un pilier de fer, coinçant son baluchon entre deux barreaux pour soulager ses épaules. Autour de lui, des groupes de voyageurs s'étaient formés par petits paquets près des bancs. Deux sentinelles, le fusil à la bretelle, déambulaient le long d'un convoi militaire formé sur le quai de droite. Des soldats continuaient à arriver par groupes de six ou huit sous les ordres de leur Obergefreiter. Des officiers passèrent, vêtus de cuir et casqués. Jacques leur jeta un regard distrait. Eux et lui ne faisaient plus partie du même univers : leurs trains n'allaient pas dans le même sens.

Kubelik posa la valise de Gerda aux pieds de Jacques, et la jeune femme s'assit dessus, la tête appuyée sur ses bras, reprenant son souffle. Sonine regarda sa montre. Puis ses yeux se portèrent vers la voie en bout de quai.

— J'ai cru que nous n'y arriverions jamais ! dit Gerda.

— Neuf heures ! dit Sonine. Les convois sont toujours en retard en ce moment...

Jacques observa les deux Russes côte à côte dans la grisaille de la nuit. Leurs visages tendus, ils scrutaient l'obscurité avec une attention sans défaillance. Même Kubelik, paraissait excité comme s'il eût attendu le train pour lui-même.

« Je pars, et ils ne disent rien. Ils ne sont même pas tristes. Au fond, je les abandonne ! » Kubelik le rêveur, qui boudait pour la neige et boudait aussi pour le printemps, le roux paysan qui sentait la *Wurst* et la pomme de terre, et martyrisait sa guitare en en jouant comme d'une balalaïka, sur trois cordes. Et Sonine, le manchot, avec son cache-nez rouge, ses bosses, son rire de faux voyou, ses alcools de marché noir, Dima-la-Providence qui lui avait appris à peindre, et chez qui il avait retrouvé la jeune femme au manteau gris... Qu'aurait-il fait sans eux ? Que serait-il devenu, chassé d'Ofener, pourchassé par Wenger ? Le temps aurait passé d'une manière ou d'une autre. Comment ? On ne le saurait jamais. Mais sûrement infiniment moins bien. « Ils m'auront accompagné jusqu'au bout, silencieux, complices, rassurants... » Malgré la joie bouillonnant en lui comme l'eau sous le couvercle de la marmite, Jacques écoutait sourdre, un instant surpris, cette vague inquiétude qui ressemblait à un remords. Ils guettaient pour un autre ce train de l'espérance, et Jacques devinait que s'ils partageaient son émotion, il n'y avait pas de place en eux pour des regrets.

Jacques se laissa glisser le long du pylône, et s'accroupit aux côtés de Gerda. Il saisit à poignée les cheveux de la jeune fille, et avec une joie sauvage, lui inclina de force la tête sur son épaule.

— Aïe ! cria Gerda. Tu me fais mal.

Elle se blottit contre lui.

Il se mit à rire tout doucement. Ses doigts passèrent sur le visage de Gerda qu'ils frôlèrent en aveugles. « *Du... !* » Ils se posèrent sur sa bouche.

— Tais-toi ! murmura-t-il. Ecoute ! — Il s'était à

demi redressé. — Est-ce que ce n'est pas un train que j'entends ?

Ils tendirent l'oreille. Rien qu'une rumeur, autour d'eux, venue de la gare, du train de militaires. Elle secoua la tête.

— C'est encore trop tôt.

Jacques rit de nouveau :

— Tu sais à quoi je pense ? A la tête de Kühn, ce matin ! Si tu avais vu son expression quand je lui ai apporté les certificats, les radios, tous ces papiers à signer !

Il se pencha brusquement vers elle, et son front, à petits coups tendres et têtus, heurta celui de Gerda :

— Oh, dis... dis-moi ! Pourquoi ai-je de la chance ? Toute cette chance ? T'avoir rencontrée, partir. Tout le reste... Même Kühn n'était pas dupe. Et les docteurs, tous les docteurs... Je ne sais plus. Quelquefois on est malin, on gagne parce qu'on est malin. Mais quelquefois, on a encore plus de chance que de malice. Après, on ne sait pas très bien où est la frontière entre les deux. Le hasard...

— La chance et le hasard, ce n'est pas pareil, dit Gerda. Il y a des gens comme ça. Ils n'ont pas besoin d'être forts, ni méchants. Ils collent bien à la vie, et la vie leur fait l'amour tout le temps... Tu crois que Kühn a compris ?

— Je ne sais pas. Peut-être... — Jacques haussa les épaules. — Il a signé ! — Il sortit une liasse de papiers de la poche de son blouson, et en détacha la petite feuille bleue. — Regarde ! C'est écrit là : *Heimatsurlaub*, tamponné par toutes les sommités médicales et policières du district. — Il agita le document au-dessus de leurs têtes. — Je ne sais qui est fou, eux ou moi, mais ce petit bout de papier a plus de valeur que tout au monde !

— Plus que moi ?

— Ne dis pas de bêtises... !

Il replia soigneusement les papiers et les enfouit au fond de sa poche. Gerda pouffa de rire :

— Tu as eu plus de mal à l'avoir que moi !

— Des papiers, ce ne sont jamais que des papiers ! dit Jacques.

Mais il savait bien que ce n'était pas tout à fait vrai. Ceux-là, que n'aurait-il payé, vendu, donné, pour les obtenir ? Jusqu'à l'ultime minute il avait tremblé qu'on ne les lui confisquât. Jamais sans doute l'espoir n'avait-il pris de telles proportions. Jamais la peur non plus !

Oui, le cacao avait fait merveille !...

Certaines nuits de veille ne sont qu'un long cauchemar. Il semble qu'elles ne finiront jamais ! Celle-ci, Jacques l'avait passée sur le banc d'une station de tramway, la tête enfouie dans un cornet de papier journal, à respirer sa poussière de chocolat. Aspirant, toussant, crachant, terrifié.

L'aube, l'engourdissement, les premiers chalands sur l'Oder, dans l'arbre un rouge-gorge affolé. Ne pas sombrer, ne pas dormir. Les bruits harassants d'une ville au réveil, le volet qui claque en sursaut, les poubelles, des pas, encore des pas, lointains, bêtement guillerets, ou traînant dans leurs talons de vieux sommeils, le grésillement soudain du trolley, là, juste au-dessus, et son éclair pâlot dans la nuit finissante. Où suis-je ? Mardi, mercredi ? Tout remettre ensemble ! Cornet à frites, l'odeur du chocolat, les pieds enflés dans les godillots, la poudre de perlimpinpin, un béret basque, la peur blafarde du petit matin. Debout ! La caisse est creuse à force de tousser, il y sonne d'étranges choses, des gargouillis de faim, de rhume, des sifflets d'*Eisenbahn*, les cloches rauques, raclantes du mois de mai...

Les bureaux en papier gris *Wehrmacht*, gris souris, gris guerre. L'odeur d'éther. Plein de malades, très malades, beaucoup plus malades, avec leurs bandages pas propres, leurs béquilles, des plaies inexplicables, des furoncles oranges ou bleus, quelquefois seulement — c'est pire — des visages trop gris, gris Silésie, gris mort. Par la fenêtre entrouverte on aperçoit l'immeuble de la Gestapo, juste de l'autre côté de la rue, avec ses sentinelles, ses lucarnes grillagées, ses soupiraux bouchés. Parfois une voiture s'arrête dans un crissement de freins, et des *Schupo* ensommeillés en descendent. Mais devant la grande porte noire il ne passe personne. Même les soldats changent de trottoir. De ce côté ça pue, mais là-bas on assassine.

Jacques a mis deux heures pour passer d'un banc à l'autre, entre un œdème et une ophtalmie aiguë, et maintenant c'est son tour. Il tend ses papiers, tous ses papiers, certificats d'embauche, de maladie, d'aryen, de permissionnaire, de danseur, de moitié mort. Et la valse des docteurs recommence, des infirmières sans lèvres, sans regard, des cagibis glacés où l'on se déshabille qui sentent encore l'odeur du précédent malade, des éprouvettes, des balances — cinquante-quatre kilos! Tiens, c'est bien ça; il a vraiment maigri ! — des radios. Nous y voilà ! Ce n'est pas parce qu'il est tout nu derrière la plaque froide qu'il tremble, ni parce qu'il a trop maigri, mais il pense que cette histoire de cacao, c'est peut-être une blague. Il s'est donné tant de mal ! Il en a bien aspiré une livre en poussière, et il se sent d'ailleurs tout bizarre à l'intérieur, là où ça gratte, où ça ronronne sans fin. « Rendez-moi mes papiers, et laissez-moi partir ! » Partir ! Ce n'est pourtant pas difficile de signer ! D'écrire *krank ! tot !* Ce sont des petits mots qui s'écrivent tout seuls !

Et de nouveau l'attente. Sur le banc, il a retrouvé l'œdème, mais l'ophtalmie a disparu. Son voisin est si vieux, et si blême, qu'il pourrait bien, lui, ne pas attendre jusqu'au bout. Qu'attend-il, d'ailleurs, ce moribond ? Qu'attendent-ils, tous ? Jacques s'étonne : ils pourraient tous crever, là, dans cette cour sans miracles, qu'éprouverait-il ? Ni compassion, ni dégoût. Rien. Strictement rien.

Deux *Feldgendarmes* ont fait irruption dans la salle, casqués, plaqués, la jugulaire hargneuse. Jacques s'est tassé sur son banc. Il est tout petit, il ne tousse plus. Il n'ose même pas les regarder. Si on ne regarde pas les gens, ils ne vous voient pas, c'est connu. Des ordres claquent. Il entend les cris gutturaux sans les comprendre, le raclement des bottes. Il sait qu'il a peur, parce qu'il sent la sueur qui coule dans son dos goutte à goutte, et que son cœur s'est arrêté depuis très longtemps. Les deux gendarmes ont empoigné un homme par la veste, et l'emmènent. Jacques ne sait pas qui c'est. Il s'en fiche. Un patient qui est devenu tout pâle. Jacques pense qu'il est maintenant beaucoup plus malade qu'avant. Au moment où il franchit la porte, il surprend son regard. Un regard sale, gris peur, gris prison.

Puis le docteur est entré, un petit vieux à lorgnon dont la blouse est tachée de sang. Il est debout devant Jacques et lui tend ses papiers. Jacques se lève. Ses genoux flottent, plus mous que des méduses par mauvais temps. Ses oreilles bourdonnent, et il a l'impression qu'il va avoir un vertige. Le docteur le regarde avec un étonnement qu'amplifient les verres épais du lorgnon. Son œil, à la cornée un peu jaune striée de fines veinules, roule une pupille dilatée par la surprise. Jacques a pris les papiers. « Pourquoi est-ce qu'il me regarde comme ça ? » Mais il n'arrive pas à les lire. Ses mains tremblent. Tout se brouille. A son tour il fixe le docteur.

— Je peux partir ? demande-t-il.

Le vieux hoche la tête.

— Je veux dire... en permission ?

Le mot est lâché. Le ciel va lui tomber sur la tête. Mais le docteur a haussé les épaules. Il grommelle quelque chose entre ses dents, et s'en va.

Jacques est déjà dans la rue. Personne dans l'escalier ne l'a retenu. Là-bas, les sentinelles s'ennuient dans leur guérite. Il tourne le coin, rase les murs. Il va n'importe où. Ne pas courir. Un homme en règle ne court pas. Une odeur de feuilles et d'écorce mouillées frappe ses narines. Il lève les yeux. Au-dessus de sa tête des ormes commencent à bourgeonner ; il voit les pousses vertes au bout des branches. Il marche le long de l'Oder. Des passants, des tramways le croisent. Tout Breslau remonte le fleuve. « Je fous le camp, vous entendez ? » Dans sa bouche demeure un goût d'hôpital. Par-dessus le parapet, il crache dans la rivière un jet de salive brune, moitié glaires, moitié cacao. Il est plus de midi. Le soleil, très blanc, est tout en haut du ciel, et roule entre deux nuages. Jacques s'assoit sur un banc et sort un par un les papiers de sa poche. « A nous deux, monsieur Kühn ! »

Le directeur est penché sur la table, les documents étalés devant lui. Il ne dit rien. De temps en temps, par-dessus ses lunettes, il dirige sur Jacques un regard courroucé. Au-dessus de lui, le *Führer*, encore plus fâché, qui salue, bras levé, « *Heil*, vilain Français ! », avec ses yeux de fou.

Le directeur soupire.

— Vous êtes bien compliqué !

— Je ne suis pas compliqué, je suis malade, dit Jacques.

— Oui, oui... Je vois. — Kühn froisse les papiers avec humeur. — N'empêche que vous vous mettez toujours dans des situations impossibles ! *Nicht wahr ?*

En guise de réponse Jacques se remet à tousser.

— Il peint, il danse... Maintenant, il tousse! bougonne Kühn.

Il s'est levé et arpente la pièce. Soudain, il se retourne.

— Pourquoi signerais-je ces papiers, hein ? Je vous le demande ?

Jacques ne répond pas. Il pense que la question n'en est pas une. Elle masque un piège, mais lequel ? Le mieux est de rester tranquille. Il se retient même de tousser.

— Si je signe, vous partez ! gueule Kühn. Qui va

danser *Carnaval* ? — Il lève les yeux au plafond. — Après tout le mal que je me suis donné !

« Et moi, donc ! », pense Jacques.

— Vous avez Danek, monsieur, risque-t-il timidement. Il est revenu, et il danse très bien...

Il pourrait lui dire aussi que s'il ne se décide pas à signer ces papiers, le résultat pour l'Opéra sera le même, puisque Jacques sera vraisemblablement arrêté le lendemain. Mais Kühn le sait sûrement. Mieux vaut jouer la bête. « Il n'aimerait pas que je sache qu'il sait... »

— Il danse mieux que vous ! crie le directeur. Là n'est pas la question ! C'est un danseur, lui, non un simulateur !

— Mime ! rectifie Jacques. Il ajoute, vexé : « Je ne trichais pas ; j'aimais beaucoup mon rôle de Pierrot ! »

— Mais vous préférez vous en aller !

Jacques se frappe la poitrine qui rend un son creux.

— Je n'ai pas choisi !

— Vous abandonneriez vos camarades ?...

— Je ne les oublierai pas.

— ... Ce pays qui est le dernier refuge devant l'envahisseur, qu'il vienne de l'Est ou de l'Ouest ?

— En France, nous sommes également protégés par vous !

Le directeur s'est assis à son bureau, et rechausse ses lunettes qui ont glissé.

— Vous n'êtes qu'un petit combinard, dit-il. Comme tous vos compatriotes ! Un affreux petit combinard !

« Ils m'auront tout dit ! pense Jacques. Saboteur, imposteur, simulateur, et maintenant combinard ! » Il remarque que la gravité de l'accusation va plutôt décroissant.

— Et la Police ? demande Kühn. Vous auriez des ennuis avec la Gestapo, je ne serais pas étonné.

— Moi ?

— *Herr* Wenger a... quelques questions à vous poser. — Le directeur frappe sur la table. — Allons ! allons! Il n'y a pas d'innocents!

— Il n'y a pas non plus de coupables, dit Jacques.

— Vous n'avez pas été convoqué pour un interrogatoire ?

— Absolument pas ! Je suis tout à fait en règle avec la Police. D'ailleurs, mes papiers... Voyez vous-même, monsieur.

— Et menteur, en plus ! marmonne Kühn entre ses dents. Il ne faudrait pas me prendre pour un imbécile !

Il a ramassé la liasse de documents et décapuchonne son stylo. Un par un, il les signe. La plume crisse sur le papier. Jacques voit le crâne dégarni, le rebord brillant des lunettes, sous la main potelée le paraphe à l'encre noire. « Mais je l'aime, cet homme ! » Il pense que s'il avait répondu : « Oui, j'ai des ennuis avec la Gestapo », Kühn n'aurait pas signé. Il a menti. Ça les arrangeait tous les deux.

— Vous allez vous soigner ?

Kühn a relevé la tête et lui tend les papiers à travers le bureau.

— Oui.

— D'après les radios... et le reste, vous êtes mal en point.

— Je sais, dit Jacques.

Le directeur a ôté ses lunettes. Privés de leur écran de verre, ses yeux paraissent las.

— Je crois que ça s'arrangera ! dit-il. *Nicht wahr ?*

Jacques se balance d'un pied sur l'autre. Il voudrait s'en aller. Mais Kühn n'a pas bougé. De ses yeux aveugles, il fixe le vide. « Lui serrer la main, lui dire adieu ? Impossible. Ce serait comme si je le remerciais. On ne va pas tout remettre en question ! »

Kühn s'est redressé sur son siège, et son visage se fige.

— *Raus !* hurle-t-il. *Sofort raus !* Allez donc vous faire pendre ailleurs!

CHAPITRE XXXVI

De nouveau, Sonine regarda sa montre.

— Qu'est-ce qu'il fout ce train ?

— C'est un omnibus, dit Kubelik. Il s'arrête dans les petites villes.

— Mais il y a plus de six heures qu'il a quitté Varsovie !

— Il musarde. La Pologne, c'est très joli à cette époque...

Sonine haussa les épaules et se remit à arpenter le quai.

Jacques se tourna vers Gerda :

— Qu'est-ce que tu as dit à ton père ?

— Rien... Il m'a donné l'ordre de faire mes bagages et de rentrer chez lui.

— Alors ?

— J'ai fait semblant de céder... Ah ! comment te dire ? Je l'ai vraiment blessé. Je ne sais s'il a honte, ou peur, ou s'il est juste en colère. On dirait qu'il ne s'aime pas lui-même. Depuis que la guerre s'est durcie, il est comme un joueur qui est en train de perdre...

Gerda passa une main dans ses cheveux. Son front se plissa.

— Il sait que tu ne t'es pas présenté à la Gestapo. Il m'a demandé où tu étais. J'ai dit que je ne savais pas, que tu étais très malade. Il a ricané, et m'a dit : « Je vais le guérir ! »

— Trop tard ! grommela Jacques. On ne paye pas seulement quand on a perdu, monsieur Wenger, mais aussi quand on a gagné en trichant ! Il faudra vous faire une raison !

— Je ne serai tranquille que lorsque nous serons loin !

— Il ne t'a pas vu faire ta valise, au moins ?

— Non. J'ai attendu qu'il s'en aille. Quelque chose m'étonne : ma rue n'est plus gardée, le policier est parti. Oh, Jacques ! Heureusement que nous partons ce soir ! Demain, il est si sûr de te trouver à l'Opéra ! Il me l'a dit : « Vous ne danserez plus ! » Il n'a même pas eu peur que je te prévienne.

— Pourvu qu'il n'ait pas l'idée de venir ici... !

Elle se pelotonna contre lui.

— Jacques, ne pensons plus à lui.

Il se pencha et l'embrassa sur les lèvres. Il sentit ses cils sur sa joue, comme une caresse. Ses lèvres étaient fraîches. « Je l'aime, rien ne nous séparera », pensa-t-il. Ils partiraient tout à l'heure. Wenger ne viendrait pas. Finie, la Silésie ! Après, les trains ne s'arrêteraient plus de rouler vers le Sud. « Je lui montrerai Paris. Nous ferons l'amour tout le temps. Et Uraldia... Je l'épouserai peut-être. »

La tête contre le pylône, il ferma les yeux. Cette tension des dernières heures l'avait épuisé. Maintenant qu'il avait atteint son but et qu'il n'y avait plus qu'à attendre, l'engourdissement le gagnait. « J'ai sommeil, tellement sommeil ! » Depuis combien de temps n'avait-il pas dormi ? Quarante-huit heures au moins ! Les bruits de la gare, le crissement des chariots sur le ciment, les cris, les piétinements s'estompèrent. Une rumeur, comme un souffle anonyme, montait vers lui, puis s'éloignait. Sa tête bascula sur le côté. La bouche entrouverte, il s'assoupit.

Ils sont réunis dans le petit salon vert d'Uraldia, son père, son frère et lui, et se concertent à voix basse. Dans quelques heures ils mourront. A l'aube Les portes sont gardées. Par la fenêtre encadrée de lierre noir, Jacques voit passer les sentinelles dans le jardin. Leur démarche est paresseuse, presque distraite. Ce sont elles, demain, qui tireront. « Il ne nous reste plus que quelques heures à vivre », pense Jacques. Impossible de s'échapper : son père a donné sa parole qu'ils ne tenteraient pas de s'enfuir. Jacques s'interroge. Mourir lui paraît bien difficile.

La nuit est tombée. Les soldats ont fermé les fenêtres, tiré les rideaux de velours bleu. Jacques n'entend plus que le bruit étouffé de leurs pas sur le gravier. On les a laissés seuls. Son père est très calme. Il est assis dans le fauteuil canné à dossier de cuir dans lequel il s'assoit toujours. Jacques le trouve très beau, avec ses cheveux gris, ses yeux clairs. Peut-être prie-t-il. Il s'approche de lui. Il voudrait lui parler, lui expliquer ce qu'il ressent : « Je ne veux pas être fusillé. » Mais il ne sait pas comment le lui dire. Ils ne partagent pas la même veille. Ils ne se comprendraient pas. D'ailleurs, son père ne le voit pas. Ses yeux sont tournés vers l'intérieur de lui-même où tout est calme. Il a accepté de mourir, et Jacques sait bien qu'il ne manquera pas de courage.

Alors, il se tourne vers son frère et l'entraîne avec lui sur la banquette, près de la cheminée. « Si nous nous échappions ! », suggère-t-il. Mais son frère secoue la tête. « On ne peut pas, dit-il, papa a donné sa parole ! » Lui non plus n'a pas peur. Il y a une détermination grave, mais paisible, au fond de ses yeux. Il va mourir sans discuter, comme ça, pour l'honneur. « Mais, c'est idiot ! crie Jacques. On ne meurt pas pour avoir l'air de quelqu'un ! » Il sait qu'il a raison, mais il a un peu honte. Pourtant, quoi de plus vain ? Prendre la pose devant les fusils, comme chez le photographe ! Le cliché ne sera pas flou si le fusillé ne tremble pas. La belle affaire! Il sera définitif. Son frère le regarde avec étonnement : « Tu ne parles pas sérieusement ? » Alors, Jacques se tait. Il pense que s'il insiste, il ne le convaincra pas. « Je suis peut-être un lâche, puisque je veux vivre. Mais lui, il ne connaîtrait que la tentation de la lâcheté ! » A quoi bon ? Il s'éloigne, le cœur divisé.

Le temps a passé et la nuit tire à sa fin. D'ici peu l'aube va blanchir les fenêtres, réveiller les sentinelles qui somnolent sous leur casque, sans rêves. Et Jacques n'est toujours pas parti. Qu'est-ce qui le fait attendre, hésiter, puisque de toute façon il sait qu'il partira ? Ni la peur, ni le silence, pas même le regard bleu de son père qui le traverse sans le voir. Il veut être tout à fait sûr de lui. Quand il s'enfuira, tout à l'heure, il aura besoin, pour courir, de toutes ses forces. Et il sait bien qu'il ne réussira que s'il n'a pas de regrets, s'il est fier, non s'il a honte.

C'est peut-être cela qu'il attendait, que son père change de visage et le libère. Et voici que cela se produit, avec les premières lueurs de l'aube qui flottent sur les meubles endormis du salon. Les cheveux gris sont moins gris, la tête un peu plus massive, et l'œil bleu qui l'observe est celui de Wenger. Jacques a un élan vers lui qui l'étonne : « Je vous ai pris pour mon père. » Mais Wenger ne répond pas, ses belles mains posées sur les accoudoirs du fauteuil. Il a un sourire indifférent sur les lèvres. « Et vous n'existiez pas ! », dit Jacques. Il se détourne. « Pourquoi ai-je attendu si longtemps ? C'était lui qui me retenait. Il me faisait peur et je l'aimais ! »

Il a gagné la porte, et se glisse dans le jardin. Les sentinelles dorment, les bras sur leur fusil, plantées dans le petit matin comme des arbres. Il se met à courir vers le bas de l'allée où se trouve le garage. Les portes en sont ouvertes. La Citroën est là, les clés sur le tableau de bord. Il bondit à l'intérieur, tourne la clé, et démarre. Devant lui la route, entre les chênes, serpente, et brille comme de l'eau. Son pied appuie à fond sur l'accélérateur... une main s'est posée sur son bras et le réveille en sursaut.

— Le voilà ! dit Kubelik.

— Où ? Jacques s'est dressé d'un bond. Je ne vois rien !

— Je l'entends ! Les yeux de Kubelik luisent dans l'ombre comme des lucioles. — Il serre le bras de Jacques : — Ecoute bien! Ça fait Ssssch! Sssh! Par là...

Il n'est pas le seul à l'avoir entendu. Sur toute la longueur du quai, les voyageurs s'ébrouent subitement, ramassent leurs colis, et se rapprochent de la voie. Un haut-parleur se met à grésiller. La voix bourdonne, couvrant le tumulte : « *Achtung !* Quai douze ! *Zurückbleiben! Zurückbleiben!* » Un air tiède balaie le sol, soulevant la poussière, la suie, faisant claquer les pantalons. A droite et à gauche des soldats pénètrent sur le quai. Sous la verrière l'horloge indique dix heures.

— Regarde ! dit Gerda.

Elle est debout près de Jacques, sa valise à la main. Sous le capuchon gris son profil s'immobilise, figé par l'étonnement.

Jacques a vu la fumée, ses volutes noires, puis le cul rond et brillant de la locomotive qui progresse en crachant des soupirs. Ce n'est que lorsque l'âcre nuage s'est dissipé, qu'il découvre le reste du convoi. C'est un spectacle hallucinant. L'un après l'autre les wagons défilent. Aux portières, aux fenêtres, sur les marchepieds, des masses humaines s'agglutinent. Il y en a même sur le toit. On dirait des mouches. Dans le carré des fenêtres, les têtes, à touche-touche, comme des chiures. Des bouches, des mains, des milliers de regards. Ce n'est pas un train, c'est une fourmilière ! Mais le convoi s'arrête dans un crissement de freins, les wagons s'entrechoquent, et personne ne descend. C'est la ruée.

— *Los ! Los !* crie Kubelik. — Il a empoigné Jacques et Gerda sous les aisselles et les pousse devant lui. — On va le prendre, ce train !

Les soldats, les premiers, sont partis à l'assaut du

convoi. Des permissionnaires ! Ceux-là, ils ne céderont leur place à personne ! A coups de manche à grenade, à coups de bottes, ils se fraient un passage sur les marchepieds. Des femmes, des hommes, lâchent prise, les doigts écrasés sur les barreaux, et tombent sur la chaussée. Des enfants hurlent. Dans les oreilles de Jacques résonnent des cris stridents. Il a envie de crier, lui aussi, de frapper, de mordre. Il enrage : « Putain de train », mais comment entrer là-dedans ? Bientôt toutes les portières sont obstruées par des soldats qui se bousculent, balançant des horions, les yeux mauvais au ras du casque.

De son bras valide, Sonine désigne une fenêtre. Jacques aussi l'a vue. Il crie dans l'oreille de Gerda :

— Par là !

Avec Kubelik, il la hisse jusqu'à l'appui de métal. Aux têtes qui s'agitent au-dessus d'eux, à toutes ces formes gesticulantes, Kubelik hurle en russe des mots que Jacques ne comprend pas. Ils poussent Gerda par les pieds.

— Entre ! gueule Jacques. Il faut que tu rentres !

Dans le carré de la fenêtre des visages grimacent. Accroché d'une main à la vitre baissée, Kubelik distribue des coups au hasard. Là-haut, les pieds de Gerda battent l'air. Son corps a presque entièrement disparu à l'intérieur du compartiment.

— A moi, maintenant !

Jacques prend appui sur les mains jointes de Kubelik, et il est catapulté à son tour au-dessus du barreau métallique. Sa tête bascule à l'intérieur, mais elle ne va pas plus loin. Dix, vingt mains, la repoussent. « Nom de Dieu de nom de Dieu ! fulmine Jacques. Allez-vous me laisser entrer ! » Des doigts lui arrachent son béret, tirent sur ses cheveux à pleines poignées. Il crie à Sonine et Kubelik au-dessous de lui :

— Poussez-moi, bon Dieu ! Mais poussez donc !

Il a placé ses godillots sur les épaules des Russes qu'il sent plier sous lui, et gagne encore quelques centimètres. La barre d'appui, sous son estomac, lui coupe la respiration. Son sac à dos se coince dans l'encadrement de la fenêtre. Gerda qui est maintenant dans le compartiment le dégage, et tente de hisser Jacques en le tirant par son blouson. Mais les hommes, à l'intérieur, le frappent au visage à coups de poing pour essayer de le faire redescendre. « Les salauds ! Les salauds ! » grommelle Jacques. Il couvre sa tête de ses bras. « Est-ce que j'y arriverai ? » Encore un effort, et son corps oscille au-dessus du barreau. Ses pieds se balancent à l'horizontale ; il donne de furieuses ruades dans le vide. Tout à coup il pousse un hurlement. On vient de lui assener sur le dos un coup à lui casser les reins. La douleur, se répercute jusque dans son cerveau. Il a juste le temps d'entendre le soldat, derrière lui, qui vocifère : « *Runter!* Descends de là, vermine ! » et de voir la crosse du fusil qui se relève. Son corps se détend, ses doigts crispés sur des épaules et des bras s'entrouvrent. Tout devient noir, et il perd connaissance.

Quand il revient à lui, il est allongé sur le quai, la tête sur son sac. Gerda est penchée au-dessus de lui. Il distingue, dans un brouillard, derrière elle, les visages de Sonine et de Kubelik. De la morve lui coule du nez. Il secoue la tête de droite et de gauche. « Oh non... Non ! » se lamente-t-il.

— Jacques, *mein Liebling,* tu as mal ?

Il essaye de bouger, mais la douleur le cloue au sol. Il a l'impression d'avoir les reins bloqués, le corps dans un corset de plomb.

— Je ne peux pas... ! murmure-t-il.

Deux larmes roulent sur ses joues tuméfiées.

Sonine et Kubelik se regardent. Gerda a saisi Jacques par les épaules et tente de soulever le haut de son corps. Son capuchon a glissé, et Jacques voit que son visage est marqué de balafres. Brusquement il entend le sifflet, puis le chuintement strident de la vapeur. Des masses de gens refluent vers lui. Il pousse un cri et se redresse.

— Le train !

Devant lui, au dessus des têtes, il aperçoit les toits gris des wagons qui lentement défilent, puis prennent de la vitesse. Glang-glang! Glang-glang! Le train passe...

Jacques est debout. Ses jambes tremblent sous lui, son dos est en béton, une douleur lancinante martèle ses tempes.

— Le train ! répète-t-il, hagard.

— J'ai cru qu'ils t'avaient brisé la colonne vertébrale ! dit Gerda.

Elle est très pâle. Ses cheveux sont décoiffés, son nez, ses joues, striés d'égratignures.

Il secoue la tête.

— Ce n'est rien, ça va passer. Sur le moment j'ai eu très mal. Ça m'a fait tomber du train... Et toi ?

— Quand je t'ai vu par terre, je suis ressortie par la fenêtre. Ressortir, ce n'était pas difficile... Oh ! Jacques, nous l'avons manqué !

Sonine et Kubelik l'entourent. Tous les quatre ont gagné un banc. Des voyageurs repassent devant eux, chargés de valises, traînant des chariots.

— J'ai perdu mon béret, dit Jacques.

Il est agacé. Ce béret, c'était son fétiche. Il l'avait protégé du froid, des coups, lui avait servi d'oreiller, de coussin, d'assiette. Il avait connu Ofener, l'usine, puis l'Opéra; maintenant il roulait sans lui vers l'Ouest.

— Saloperie de réfugiés ! grogne-t-il.

— Il y a un autre train, dit Kubelik. En principe...

Jacques et Gerda ont relevé la tête. Kubelik connaît tous les horaires, de toutes les lignes. Kubelik ! Kubelik! Que dis-tu?

— Celui-là vient de Cracovie, explique-t-il. Il va aussi à Leipzig, mais par Dresde. Il passe à Breslau vers cinq heures du matin...

— Moujik! Mon moujik! rugit Jacques. — Il s'est jeté sur lui et le secoue. — Tu es sûr de ce que tu dis ?

— Oui. C'est un rapide. Il ne reste que quelques

minutes en gare, ici, et n'a que des voitures de voyageurs...

— Venez ! dit Jacques. — Il arrache Gerda à son banc et l'entraîne. — On va se renseigner !

« Une cigarette, deux, trois... combien ? Depuis combien de temps ? Tirer dessus pour qu'elle grésille, petit point orange qui saute dans la nuit, et se ravise. Ne pas s'endormir... Attendre. Fumer et attendre. La cigarette passe vite, distraite, plus vite que le temps. Elle n'a pas usé la nuit. D'une pichenette, expédier le mégot qui brûle les doigts. Sur le sol, en tombant, trois étincelles qu'écrase un godillot ne donneront pas le change. C'est bien trop long, la nuit, bien trop épais, quand on a froid, peur et froid, que le cœur bat comme une horloge. Pourquoi êtes-vous partis, Sonine et Kubelik ? Pourquoi m'avez-vous abandonné, à cette heure entre toutes ? J'ai peur, et sommeil. La nuit sans vous s'est enlisée. Je barbote dans la solitude comme quelqu'un qui se noie... Et toi, Gerda, qui ne reviens pas ! Que c'est bête, mon amour, tu n'avais pas besoin d'aller là-bas. Je t'assure, tu n'aurais pas dû me laisser... Maintenant j'ai beaucoup plus peur qu'avant. Je n'en peux plus d'attendre !... »

Sonine et Kubelik avaient quitté Jacques pour aller dormir quelques heures, mais ils avaient promis de revenir à temps pour lui dire au revoir. « Nous t'aiderons. Tu ne le rateras pas, ce train-là ! » Mais reviendraient-ils ? De toute façon cela n'avait plus d'importance. Qu'ils revinssent ou pas, c'était lui qui n'était plus avec eux. Un lâchage ? Non. « J'ai failli partir. » C'était ce train qu'il ne fallait pas manquer.

Gerda avait voulu passer à son studio ramasser quelques affaires. « Je rapporterai de quoi manger ! » Il avait essayé de la retenir. « Gerda! C'est dangereux, c'est bête... ! » Il n'était pas question de l'accompagner en ville, c'eût été trop risqué. D'abord, il ne quitterait pas cette gare ! « Laisse ! Nous n'aurons besoin de rien là-bas. Et je n'ai pas faim... ! » — « Tu n'as rien mangé depuis hier ! » Il mentait bien sûr. Il avait faim, comme il avait peur et sommeil. Mais Gerda, ce n'était pas comme les deux Russes : il ne supporterait pas de la perdre ; elle faisait partie de lui-même, de l'avenir. « Comment ai-je pu la laisser partir ? » Peut-être était-il trop las pour discuter. « Dors, Jacques! Je serai de retour dans une heure! Ne t'inquiète pas, *mein Liebling,* je t'en supplie... ! » Ils s'étaient éloignés tous les trois, Kubelik, Sonine et elle, mêlés à la foule, en un instant happés par elle, une tignasse rousse, une manche vide, un manteau gris... Quelle bêtise ! On ne devrait jamais ni se quitter ni dormir ! Jacques était resté sur son banc, ivre d'inquiétude, et tout de suite il avait commencé d'attendre.

Jacques se leva, marcha jusqu'à la porte vitrée qui donnait sur les quais, et pour la dixième fois jeta un regard sur l'horloge. 3 h 40 ! « Peut-être s'est-elle endormie ! A moins que... » Il se mordit la lèvre. « Non... Non... Elle va revenir! » Mais il lui en voulait.

Il retourna se blottir en coin de banc, et tendit l'oreille. Il n'y avait plus foule dans la salle d'attente. A peine quatre ou cinq soldats, roulés dans leurs capotes, dormant à même le sol, quelques civils allongés sur les banquettes. Il n'entendit que leurs respirations irrégulières autour de lui, entrecoupées de ronflements. Où étaient-ils partis, tous les autres, les réfugiés, les militaires ? Pourquoi y avait-il si peu de monde dans cette gare, à l'heure où un train allait passer ? Et si Kubelik s'était trompé ? S'il n'y avait pas de train ? Mais non. Kubelik n'avait rien inventé. C'était inscrit là, sur le panneau : Krakow, Breslau, Dresden, Leipzig...

Une porte claqua. Un homme revenait des pissotières. Il passa comme une ombre, traînant les pieds.

— Pardon, monsieur... dit Jacques, se raclant la gorge, vous attendez le train, vous aussi ?

L'homme opina du chef.

— Le train de Cracovie ? insista Jacques. Celui de cinq heures ?

Mais l'autre n'eut pas le temps de répondre. Un son strident déchira l'air, faisant trembler les vitres, vibrer toutes les portes de la gare. Jacques sursauta, la peau hérissée par le vacarme.

— *Was ist denn los?* murmura-t-il.

— *Fliegeralarm !* articulèrent les lèvres de l'inconnu.

Les dormeurs avaient sauté sur leurs pieds et ramassé leurs bagages. Une lumière rouge s'alluma au fond de la salle. « *Luftschutzraum* », lut Jacques au-dessus de la porte. Soldats et voyageurs se hâtèrent en direction de l'abri. L'espace d'une seconde, Jacques hésita. Les suivre, c'était s'éloigner des voies. Et si le train arrivait pendant ce temps ? Personne ne faisait attention à lui. Il ramassa son sac et se faufila sur le quai par la porte entrebâillée. Tout était désert. Il distingua, sur une voie de garage, la masse sombre d'un train de marchandises, et pensa s'y réfugier. Il n'en eut pas le temps. A l'instant même où il entendait au-dessus de lui le ronronnement des avions, les premières bombes tombèrent.

La déflagration le souleva de terre. Le sol se mit à trembler, et il se jeta à plat ventre. Il lui sembla que les bombes étaient tombées sur la gare tant les explosions étaient proches, mais en se hissant sur un coude, il reconnut le bâtiment à sa place habituelle et, là-bas, le train immobile. Les bombes se remirent à tomber, le vacarme devint assourdissant et ne cessa plus. Jacques se laissa glisser sur la voie et rampa sous le parapet du quai. La plate-forme à cet endroit formait un surplomb au-dessus de la voie. Il tenta d'insérer son corps dans l'espace libre, mais se demanda s'il y avait de la place pour un homme. Arrachant le sac de son dos, il le poussa devant lui. Puis il se traîna sur les coudes et les genoux, s'écorchant aux cailloux du remblai, jusqu'à se forcer un passage sous le parapet. Ses yeux étaient pleins de terre, et ses ongles se retournaient sur le sol dur. Progressant comme une taupe, il se retrouva sous la plate-forme, le corps coincé entre la terre et le ciment, la tête contre son sac. Au-dessus, c'était la fin du monde. Au fracas des bombes se mêlait l'aboiement rageur des canons de D.C.A. Le sol tressautait sous l'effet d'un tremblement de terre, et Jacques s'attendait d'une seconde à l'autre à voir son mince abri se volatiliser. Une explosion plus violente ébranla le quai au-dessus de lui, l'assommant à demi. Il se mit à hurler. Sa voix lui arracha les entrailles, mais à son grand étonnement il ne l'entendit pas. Peut-être était-il mort ? Des larmes de terreur coulaient sur ses joues. Il sut qu'il n'était pas mort parce qu'il pleurait et que cela lui piquait les yeux. Mais il pensa que ce serait pour le coup prochain. Une rage folle le secoua. De ses poings crispés il frappait le sol, crachant entre ses larmes des mots sans suite : « Non... pas maintenant... pas aujourd'hui... c'est trop con !... Mon Dieu, je n'en peux plus !... Arrêtez... Arrêtez ce bruit ! !... Laissez-moi partir ! » Dans sa bouche un goût salé de larmes et de terre fade mêlées lui donnait envie de vomir. Son corps était secoué de trépidations continuelles, et il ne savait plus si c'était lui ou la terre qui tremblait. Il crut, tant le vacarme était intense, qu'il était devenu sourd.

Les explosions cessèrent comme elles avaient commencé, avec la même brusquerie. Pendant un moment Jacques ne bougea pas, les membres paralysés d'angoisse, l'oreille aux aguets. Mais il n'entendit qu'une rumeur lointaine, hachée de crépitements, qui ressemblait à celle d'un incendie. Il se glissa hors de son abri, persuadé de ne retrouver ni rails, ni gare, ni train, et risqua un œil au-dessus du parapet. La masse de la gare se dressait, apparemment intacte, dans la pénombre du petit jour qui commençait à se lever. Près de lui les rails luisaient faiblement. Il aperçut l'incendie derrière la gare. Des bâtiments annexes flambaient. Au-dessus, le ciel était rose violet, et dans d'immenses panaches de fumée noire montaient des gerbes d'étincelles. Il s'extirpa de son trou et s'épousseta. Des hommes couraient entre les voies, se dirigeant vers le lieu du brasier. Il leva les yeux. Au-dessus de sa tête la verrière s'était volatilisée. Il n'en restait que des cadres de ferraille noircie au travers desquels pâlissaient de grands carrés de ciel. Là-bas, vers l'est le jour blêmissait.

Le train de Cracovie entra en gare comme la sirène sonnait la fin de l'alerte, et Jacques se mit à courir.

A son grand étonnement Jacques trouva le train presque vide. Il monta dans le premier wagon qui se présentait, une voiture de troisième classe aux banquettes de bois, dont les portières s'ouvraient directement sur la voie. Deux soldats le regardèrent hisser son sac dans le filet, puis sauter sur le quai.

Le jour s'était levé. Il devait être près de six heures. La porte d'entrée de la gare était restée sur ses gonds, mais toutes ses vitres avaient disparu. Derrière, flambait la ville. Jacques fixa le trou béant. Dans ses prunelles brillait un incendie qu'il ne regardait pas. Ses yeux brûlaient, mais de guetter quelqu'un. « Gerda, tu ne reviendras plus ! Wenger a gagné, puisque tu n'es pas venue. Ni le bombardement, ni le feu, ni la Police n'auraient dû t'empêcher de venir me rejoindre. Seul Wenger. Je l'ai toujours su... » Il passa une main sur son front. Personne n'effacerait plus le cauchemar. « Je n'ai honte que de la Honte, et ma seule honte est que tu ne sois pas là... » Où était-elle ? « Le train va partir, Gerda ! » Crier ? Courir ? Aller à sa recherche ? Où ? Derrière la gare morte, déserte, le ciel s'était embrasé au-dessus des maisons. Quelque chose flambait, et c'était plus qu'une ville. La Silésie, deux années, le hasard, un manteau gris à capuchon, gris fumée, gris cendre... « Oh ! mon beau visage, mon amour, quel abandon ! Je t'aime et je t'en veux à mourir. Tu vois, je ne t'attends pas, je ne pars pas à ta recherche. Je ne sais pas pourquoi je reste là comme une quille, planté sur ce quai à regarder des trous dans une porte... ! Je voudrais te haïr. Pour avoir moins mal. Gerda, te haïr... »

Le wagon derrière lui tressaillit. Ses pare-chocs heurtèrent le suivant. Le convoi s'étira en un long bâillement, et tout doucement le train s'ébranla. « Non ! Non ! Oh non !... » Mais il ne criait pas. Il se parlait à voix basse en marchant le long du wagon. Pourquoi aurait-il élevé la voix ? Il était tout seul sur ce quai douze, le quai des trains de Pologne, où ne viendrait plus personne.

Il se retourna et sauta sur le marchepied. Sous la verrière en miettes, les derniers pylônes passèrent très vite, la gare devint minuscule, et le vent le gifla au visage. Il ouvrit la porte du compartiment et se laissa tomber sur la banquette. Glang-glang!... Glang-glang!... Le désespoir aussi se grise de vitesse. Gerda! Gerda! Gerda! Comme le cri du vent qui déchire... On ne peut rien contre le vent — elle ne répondra pas —, Wenger, la tôle grinçante et glacée. Perdre ? Gagner ? Où était la victoire ? Un train pour mourir, un train pour vivre. Cario, Jacques... Deux trains, deux mesures. Voici que la vie devenait toute petite, racornie, un moignon d'espérance. Les rails étincelaient, là-bas, deux traits fulgurants dans la lumière du matin. « Où donc est-elle, cette maladie dont j'ai failli mourir ? Le cœur ne s'arrête pas... » Les rails amorçaient une courbe, dans l'ombre retrouvée, mais ils continuaient. A l'infini. Des kilomètres de voie ferrée, avec leurs trains sales ou flamboyants, qui ignoraient la guerre, la peur, toute mélancolie. Et cette ville, Breslau, déjà loin en arrière, à peine rose et grise, qui brûlait...

Jacques s'aperçut que les deux soldats, sur la banquette d'en face, l'observaient. « Je dois avoir une étrange dégaine, avec mes cheveux pleins de terre, mes joues sales, mes vêtements déchirés ! » Il ferma les yeux. Ce qu'ils ne savaient pas, les deux militaires, c'était cette joie brutale qui se levait au fond de lui comme un soleil au milieu des décombres et lui donnait envie de pleurer.

Son visage creusé de cernes profonds bascula un instant d'une épaule sur l'autre. Un sourire effleura ses lèvres. Et comme chaque fois qu'il était triste, Jacques s'endormit.

Breslau, 10 juin 1944

Lieber Jacques !

Je ne sais pas si cette lettre te parviendra jamais. Je la donne à un soldat qui va en France sur le front.

Hélas! je n'ai pas pu retourner au Hauptbahnhof te rejoindre, la nuit de ton départ. Quand je suis passée chez moi, j'ai trouvé mon père qui m'attendait. Nous avons bataillé jusqu'au matin. Il m'a empêchée de repartir. J'étais désespérée...

Depuis que tu n'es plus là, c'est de nouveau la guerre. Les Russes bombardent plus souvent. Il y a beaucoup de réfugiés. Nous commencons à manquer de vivres.

Kühn et Kruckenberg ont été appelés sous les drapeaux. Je ne suis pas retournée à l'Opéra, mon père s'y oppose. Après cette scène terrible, la nuit où tu es parti, tout a changé. Je ne danse plus, je ne ris plus. J'ai peur. Sonine vient quelquefois me voir, et nous parlons de toi.

Jacques, mein Liebling, *quand je pourrai m'échapper — un jour, bientôt, il faudra bien que cela soit possible ! — que mon père ne me retiendra plus prisonnière, je prendrai le premier train (s'il y a encore des trains) pour te retrouver.*

Mon Peterchen, mon Gitan, mon beau danseur tendre et jaloux, tu ne sauras jamais à quel point me manque ce Français aux mains mates que j'avais ramassé une nuit au coin de la rue, qui tirait une charrette de planches...

Ta Silésienne
Gerda

Cette lettre est arrivée à son destinataire en juillet 1944.

Francfort-sur-le-Main, 2 août 1945

Cher Monsieur,

Je m'adresse à vous, avec espoir que cette lettre vous trouvera, afin de vous demander un service. Etant donné je cherche actuellement à retrouver un travail dans ma profession du théâtre, je dois passer devant un Tribunal de dénazification. A cet effet, je suis requis fournir quantité de documents. Pourriez-vous me certifier sur un bout de papier que, en qualité de directeur des Städtischen Bühnen de Breslau, et de votre supérieur, ainsi que de chef de main-d'œuvre étrangère, je traitais bien les subordonnés. Je suis de l'opinion que je peux prétendre cela sincèrement. Cette attestation m'aiderait beaucoup auprès des autorités occupantes.

Comme vous le savez sans doute, la Silésie se trouve aujourd'hui sous la souveraineté de Pologne. Ma famille et moi-même avons été expulsés, mais nous sommes retrouvés saufs, la guerre finie, à Francfort, en zone américaine. Kruckenberg est mort à Kiel au cours de la retraite. Nous en avons eu grande peine, c'était un honnête homme. Klubka et Rossolovsky aussi, à Breslau pendant le siège. Bertolozzi est retourné en Italie. Reinhardt est à Essen, et dessine des réclames en attendant de trouver un travail comme décorateur.

Je suis heureux que vous-même l'avez échappé bien à cette époque. Est-ce permis de vous dire aujourd'hui que j'ai bien regardé à travers votre maladie. Je devinais ce que c'était pour vous vivre dans le danger, loin du pays natal. Je suis content que je pouvais vous assister un peu lorsque vous avez travaillé à l'Opéra, et aussi pour vous mettre en état de rentrer. Oui, je savais que vous étiez malade, mais je pressentissais le vrai motif. Je n'avais pas le droit. Je l'ai seulement fait parce que j'ai connu votre regard clair. J'avais raison.

Votre dévoué
Ludwig Kühn

Munich, 10 septembre 1945

Mon cher Jacques,

....

Gerda est morte. Elle a été tuée dans un bombardement pendant le siège. C'était à la mi-août. Nous avions passé la soirée ensemble. Tout le temps nous parlions de toi, nous faisions des projets. Elle devait partir quelques jours plus tard et voulait essayer de passer en France. Ce n'était pas facile, à cause de Wenger qui était devenu très important dans la Police de Breslau, les derniers mois, et qui la faisait surveiller. Je l'ai quittée vers dix heures. Puis les avions sont venus. Ils étaient très nombreux ce soir-là. C'est tombé sur le quartier du Ring. Le lendemain je n'ai pas retrouvé sa maison, il ne restait que des cendres. Je sais qu'elle est morte tout de suite...

Sonine

Munich, 3 janvier 1946

Monsieur le Français, je vous dois quelques nouvelles...

. . . .

... Granny est morte quelques jours après votre visite à Polgsen. Par Sonine nous avions su votre départ. Granny a dit qu'elle était contente. Je pense qu'elle avait raison avec vous, et que quelquefois je me suis trompée. Après sa mort je suis partie en Bavière. La fin de la guerre a été très difficile, à cause du ravitaillement, des bombes, mais aussi pour les désillusions. Maintenant j'habite chez ma tante, et je travaille à l'Université. En langues, j'ai choisi le français. Dans quelques jours j'aurai dix-sept ans. Je voudrais vous faire une prière : que vous veniez me visiter. En souvenir de Granny, et aussi parce que j'ai bien des choses à vous dire. Dima est également à Munich. Cela va un peu mieux pour lui depuis qu'il a trouvé du travail. Il m'a parlé de la jeune fille qui était danseuse avec vous, et j'ai eu beaucoup de peine. Alors voilà, nous vous attendons ! J'espère que la vie est bien pour vous, et que vous avez du succès dans vos entreprises. En vous écrivant, je ne peux m'empêcher de penser à Polgsen, à ce printemps de l'année dernière, à ce que vous m'avez dit. Si vous voulez bien, nous en reparlerons...

Nathalie

TABLE

Cet ouvrage a été reproduit
par procédé photomécanique
et réalisé par la
SOCIÉTÉ NOUVELLE FIRMIN-DIDOT
Mesnil-sur-l'Estrée
pour le compte des Éditions Grasset
en octobre 1992

Imprimé en France
Première édition, dépôt légal : 1968
Nouveau tirage, dépôt légal : octobre 1992
N° d'édition : 8934 - N° d'impression : 21572
ISBN : 2-246-10051-8